FERAL MOON

DIE BRENNENDE KRONE

ASUKA LIONERA

DARK
DIAMONDS

© rini

Asuka Lionera wurde 1987 in einer thüringischen Kleinstadt geboren und begann als Jugendliche nicht nur Fan-Fiction zu ihren Lieblingsserien zu schreiben, sondern entwickelte auch kleine RPG-Spiele für den PC. Ihre Leidenschaft machte sie nach ein paar Umwegen zu ihrem Beruf und ist heute eine erfolgreiche Autorin, die mit ihrem Mann und ihren vierbeinigen Kindern in einem kleinen Dorf in Hessen wohnt, das mehr Kühe als Einwohner hat.

Ein tiefer Fall führt oft zu hohem Glück.

William Shakespeare
(Cymbeline IV, 2 – Lucius)

SCARLET

KAPITEL 1

Es ist zum Verrücktwerden! Nicht nur, dass sich die Klingen, die ich vor zwei Tagen noch als Verlängerung meines Körpers angesehen habe, völlig falsch in den Händen anfühlen. Das Schlimmste ist, dass ich meine Kraft nicht mehr einschätzen kann. Und die Geschwindigkeit ebenso wenig.

Mir ist noch immer schleierhaft, wie sich diese Änderungen innerhalb eines einzigen Tages – oder einer einzigen Nacht – vollziehen konnten. Ash meinte, dass ich nun einen Teil seiner Feral-Kraft in mir trage. Anfangs hielt ich das für einen Scherz, aber mittlerweile spüre ich die unbekannte Kraft, die durch meine Adern pulsiert. Allerdings sehe ich mich außerstande, sie einzuschätzen oder in die richtigen Bahnen zu lenken. Deshalb muss ich trainieren.

Mein Blick huscht zur Absperrung des Übungsrings. Keine Ahnung, wie viele Soldaten ich heute Morgen schon ernsthaft verletzt habe, obwohl ich nur mit Stöcken und nicht mit den Halbmond-Klingen kämpfe. Ich konnte ihre Knochen splittern hören, obwohl ich nur mit halber Kraft ausgeholt habe. Mir auszuweichen hat noch keiner geschafft. Jeder Hieb trifft ins Schwarze. Schneller, durchschlagender. Tödlicher. Ich habe gehofft, dass Ash nur damit übertrieben hat, dass er mich eine Weile nicht aus dem Schloss lassen will, bis ich alles unter Kontrolle habe. Ich dachte wirklich, dass es nur kurz dauern würde, mich an die neue Kraft, die durch mich hindurchrauscht und mich bestärkt, zu gewöhnen. Doch als ich meine Klingen in die Hände nahm und sie sich viel leichter anfühlten, wusste ich, dass etwas nicht stimmte.

Und das ist nicht alles. Ich bin erschrocken darüber, in wie vielen der Soldaten, die hier im Schloss dienen, ein Feral schlummert. Sie reagieren allesamt auf mich, aber erst dann kann ich erkennen, was sie wirklich sind. Es verursacht mir ein mulmiges Gefühl im Magen, wenn sie vor mir zurückweichen. Manche werfen sich sogar auf die Knie, wenn ich nur flüchtig in ihre Richtung schaue.

Hazel fand das anfangs lustig; Payne hat nur die Stirn gerunzelt. Ich bin froh, dass ich die beiden um mich habe. Sie bewahren mich davor, völlig durchzudrehen. Als ich heute Morgen in unser gemeinsames Zimmer kam und die Sachen, die ich nicht brauchte, in der Kommode verstaute, mussten sie nur einen Blick auf mich werfen, um zu erkennen, *was* ich bin. Sie neigten beide den Kopf und lächelten mich an. Ich habe mich nicht getraut zu fragen, wie viel sie wirklich wissen. Aber wahrscheinlich wussten sie von Anfang an mehr als ich. Ich musste es selbst herausfinden. Auf die harte Tour. Und beinahe wäre ich daran zerbrochen.

Ich hätte es nie für möglich gehalten, dass sich mein Leben so sehr verändern könnte. Als ich vor über fünf Jahren beinahe einer Feral-Attacke zum Opfer fiel und meinen Jugendfreund Tristan für tot hielt, verlor ich jeglichen Lebenswillen. Nur dank Ashs Fürsprache und Jydes gnadenlosem Training kämpfte ich mich zurück auf die Füße und sah mein neues Lebensziel in der Ausrottung der Ferals.

Die Welt um mich herum war damals schwarz und weiß. Ich hätte mir nie träumen lassen, dass sich das ändern würde. Doch nun bin ich die Gefährtin eines Alphas. Ich kann es selbst kaum glauben!

Die Welt um mich herum fühlt sich klarer, aber auch neu an und ich habe Mühe, mich darin zurechtzufinden.

Hazel sucht einen neuen »Freiwilligen« aus, der gegen mich kämpfen soll. Sie und Payne sind der Meinung, dass ich zuerst lernen muss einzuschätzen, wozu meine neue Kraft in der Lage ist – und das ginge am besten, indem ich mich ein bisschen verausgabe. Aber ich werde nicht müde. Nach mehreren Stunden Training sollten die Arme schwer werden oder mir zumindest ein paar Schweißperlen auf der Stirn stehen. Doch da ist nichts. Mein Atem geht gleichmäßig und der Griff um die Stöcke ist fest.

Der junge Soldat, der auf Hazels Befehl hin in den Ring stolpert, lässt sich sofort vor mir auf die Knie fallen. Frustriert blecke ich die Zähne, was ihn nur veranlasst, noch tiefer in den Staub zu sinken. Dieses Verhalten lässt nur einen Schluss zu: ein weiterer Feral ... Offensichtlich! Na toll. Die Nachricht, dass ich Ashs Gefährtin bin, wird sich in rasender Geschwindigkeit in der Burg verbreiten. Wie viele von denen, die hier leben, wissen wohl, was Ash ist? Wissen es nur die, die sich ihren Körper mit einem Feral teilen, oder ist es ein offenes Geheimnis, das nur ich nicht kannte? Ich zwinge mich dazu, ruhig zu bleiben, und bedeute dem jungen Soldaten mit einem Kopfnicken, dass er verschwinden soll. Hastig kommt er der Aufforderung nach und stolpert dabei fast über die eigenen Füße.

»So funktioniert das nicht«, erkläre ich an Payne gewandt, die gegen die Absperrung gelehnt dasteht.

»Sag uns doch vorher, welche von ihnen Ferals sind«, meint sie. »Dann könnten wir sie gleich ausschließen.«

Doch ich schüttele den Kopf. »Ich erkenne sie nicht. Erst, wenn sie auf mich reagieren, weiß ich, was ich vor mir habe. Abgesehen davon sehen sie aus wie normale Menschen. Ich bemerke keinen Unterschied.«

Payne seufzt. »Das bringt uns nicht weiter.«

»Es bringt uns auch nicht weiter, wenn ich die Hälfte unserer Soldaten verletze.«

»Mit den Stöcken sicher nicht«, sagt Payne. »Es sind deine Klingen, an die du dich wieder gewöhnen musst.«

Ich runzele die Stirn. »Wenn ich ihre Knochen schon mit den verdammten Stöcken zersplittern lasse, was glaubst du wohl, was passiert, wenn ich die Klingen nutze?«

Payne nickt. »Du brauchst einen anderen Trainingspartner.«

»Und wen?«, frage ich. »Die Ferals weigern sich gegen mich zu kämpfen – und die anderen sind ... unerfahren und mir erst recht nicht gewachsen.«

Ich wünschte, mein Lehrmeister Jyde wäre hier. Er konnte mir zwar nach fünf Jahren harten Trainings nichts mehr beibringen, aber selbst nach meiner Ausbildung hat er immerhin länger als zehn Sekunden gegen mich durchgehalten.

»Was ist mit Ash?«, wirft Payne ein. »Solange er seinen Nexus getragen hat und wusste, wie dein nächster Schritt aussieht, hat er sich ganz schön lange gegen dich behaupten können.«

Ich schüttele den Kopf. »Ich glaube nicht, dass er gegen mich kämpfen will. Nicht mal zu Trainingszwecken.«

»Von *wollen* ist hier auch nicht die Rede«, sagt Hazel, die zu uns geschlendert kommt. »Niemand bei klarem Verstand will gegen eine von uns kämpfen.«

Das überhebliche Grinsen, das sie dabei zur Schau stellt, ist ansteckend. Mir ist nicht entgangen, wie die Männer selbst vor der zierlichen Gestalt mit dem niedlichen Gesicht zurückweichen. Ja, wir drei haben einen gewissen Ruf unter den Wachen. Wer einmal einer von uns gegenüberstand oder bei einem unserer Kämpfe zugesehen hat, überlegt sich, ob er sich mit uns anlegt.

Hazel ist eine Meisterin mit Pfeil und Bogen und trifft selbst aus großen Entfernungen ihr Ziel mit Leichtigkeit. Ich habe noch nie gesehen, dass sie danebengeschossen hätte.

Paynes Kampfkünste stammen aus einem fernen Land. Sie hat sich auf den Nahkampf spezialisiert, kann aber auch einen Gegner mittels eines einzigen Handkantenschlages unschädlich machen.

Ich hingegen kämpfe mit zwei gebogenen Schwertern, die Halbmond-Klingen genannt werden. Seit ich zur Leibwache gestoßen bin, der Hazel und Payne bereits angehörten, sind wir ein Team, gegen das noch niemand bestehen konnte.

Doch bei dem Training, das ich jetzt benötige, können mir weder Hazels Schusskünste noch Paynes Fingertricks etwas nützen.

»Na schön, ich frage ihn«, sage ich und entferne mich ein Stück von den beiden. Dann schaue ich nach oben zu der Brüstung, auf der Ash schon den ganzen Morgen sitzt, und tippe auf meinen Nexus.

»Komm runter, ich brauche dich hier«, denke ich, sobald er die Verbindung angenommen hat. Er versteht mich zwar auch so, wenn ich an etwas denke, da sein Nexus meine Gedanken auf kurze Distanz abhören kann, aber ich ziehe es vor, mich mit ihm unterhalten zu können.

»Ich kämpfe nicht gegen dich, Scar«, antwortet er ohne Umschweife.

»Warum denn nicht? Es ist doch nur Training und es wäre nicht das erste Mal. Du darfst auch deinen Nexus tragen.«

»Die Gefahr, dass ich dich verletzen könnte, wäre viel zu groß.«

Ich verdrehe die Augen. *»Stell dich nicht so an! Bisher hast du mich noch nicht verletzt. Und falls doch etwas passieren sollte, hast du ein Mittel, um mich wieder zusammenzuflicken.«*

Als Alpha verfügt Ash über die Gabe, Verletzungen bei sich in rasender Geschwindigkeit heilen zu können. Bis zu einem gewissen Grad funktioniert das auch bei mir, deshalb mache ich mir keine Sorgen darüber, verletzt werden zu können.

»Mein›Feral-Sabber‹, wie du ihn so schmeichelhaft nennst, funktioniert nur bei oberflächlichen Wunden.«

»Dann sollten wir nicht mit stumpfen Waffen kämpfen.«

Er seufzt. *»Na schön. Ein Kampf. Ein einziger. Danach habe ich dir einen anderen Trainingspartner organisiert.«*

Und damit unterbricht er die Verbindung, bevor ich erfahren kann, was er mit der letzten Bemerkung gemeint hat. Ich drehe mich zu Hazel und Payne um und halte einen Daumen nach oben. Als ich wieder hoch zur Brüstung sehe, ist Ash bereits verschwunden.

Nur wenige Augenblicke später kommt er durch die Gänge hinaus auf den Hof geschlendert. An seiner Seite hängt ein Schwert, ansonsten trägt er dieselben Klamotten, die er bereits heute Morgen anhatte. Keine Rüstung. Nicht einmal ein Lederschutz an Armen oder Brust. Ich ziehe eine Augenbraue nach oben. So will er gegen mich kämpfen? Ich weiß nicht, ob ich über seine Selbstüberschätzung den Kopf schütteln oder lachen soll. Traut er mir so wenig zu? Schließlich habe ich ihn bereits einmal besiegt, als ich der Königin vorführen musste, wozu ich fähig bin. Ich erinnere mich mit einem Schmunzeln an den Tag zurück, denn nach unserem Kampf und der darauffolgenden verbalen Auseinandersetzung, für die ich ihm am liebsten die Augen ausgekratzt hätte, hat er mich zum ersten Mal, seit ich im Schloss ankam, geküsst. Und seitdem führte eins zum anderen ...

An der gegenüberliegenden Seite des Rings bleibt Ash stehen und verschränkt die Arme. »Wolltest du nicht auf stumpfe Waffen verzichten?«

Mein Blick huscht zu den Halbmond-Klingen, die an der Absperrung lehnen und im Schein der Morgensonne glänzen. Meine Finger kribbeln vor Verlangen, sie endlich wieder zu führen, und noch dazu in einem Kampf, der mich fordern könnte. Nicht nur gegen leblose Attrappen, die meinen Hieben nichts entgegenzusetzen haben. Aber ... ich habe Probleme, Kraft und Geschwindigkeit einzuschätzen.

Ash zieht sein Schwert und durchbricht damit meine Gedanken. Ein Schauer rauscht mir durch den Körper, befeuert durch Vorfreude und Aufregung. Ohne weiter zu zögern, eile ich hinüber zu den Klingen und werfe im Laufen die dämlichen Stöcke einem der Zuschauer zu. Wie gewohnt umfasse ich die Griffe der gebogenen Waffen und lasse sie zweimal um mich herumwirbeln. Ihr Gewicht fühlt sich noch immer anders an als sonst ... Ich schließe die Augen und atme tief durch. Davon darf ich mich jetzt nicht ablenken lassen! Ash ist kein leichter Gegner, obwohl er sicher Rücksicht auf mich nehmen wird. Und wenn er keine nimmt, wird Tenebrae es tun.

Tenebrae ist Ashs eigentlicher Name, aber ich benutze ihn nur für den Feral, der in ihm wohnt. Ich weiß noch genau, was in mir vorging, als ich seine andere Gestalt das erste Mal sah: Ich war mir sicher, dass ich sterben würde. Riesengroß, mit rabenschwarzem Fell überzogen und gefährlich. Zumindest dachte ich das. Ashs Feral entpuppte sich jedoch schnell als zutraulich und behütend, jedenfalls mir gegenüber. Alle anderen haben in Tenebraes Gegenwart weniger zu lachen. Tristan kann davon ein Lied singen und froh sein, dass er dem schwarzen Alpha in einem Stück entkommen konnte, nachdem er mich dazu zwingen wollte, seine Gefährtin zu werden. Ash – oder vielmehr Tenebrae – hat das weniger gut aufgefasst. Es dauerte eine Weile, bis auch ich so weit war, um über meinen Schatten springen zu können. Schließlich bestand mein Lebenssinn bis zu jenem schicksalhaften Abend darin, die Ferals auszulöschen. Da konnte ich mir auch noch nicht träumen lassen, dass in meinen beiden Prinzen ein ebensolches Monster schlummert!

Als ich mich nun zu Ash umdrehe, drücke ich auf meinen Nexus und starte die Kampfsequenz. Nach nur wenigen Sekunden blinken Zahlen und mögliche Angriffswege meines Gegenübers vor mir auf. Doch irgendwas stimmt nicht ... Diese Zahlen können unmöglich richtig sein! Sie sind viel zu hoch! Beim letzten Mal waren sie ...

Aus dem Augenwinkel sehe ich Stahl aufblitzen und schaffe es im letzten Moment, die eigenen Waffen zu heben und Ashs Angriff abzublocken. Der Aufprall unserer Schwerter vibriert bis hinauf in meine Schultern und lässt mich fast auf dem Hintern landen. Die Zahlen, die mein Nexus ausspuckt, blinken wild auf und warnen mich vor einer weiteren Attacke. Aber wie kann er so schnell ...?

Ich habe kaum Zeit, mich von dem ersten Angriff zu erholen, da springt Ash bereits ein paar Meter zurück und holt wieder aus. Ich ignoriere das Geblinke vor den Augen und die Zahlen, die mir sagen, dass ich verdammt noch mal das Weite suchen sollte, und springe stattdessen ebenfalls nach vorn. Mit einem ohrenbetäubenden Klirren prallen unsere Klingen aufeinander. Staub wirbelt zu unseren Füßen auf. Meine Arme zittern, als ich versuche Ash zurückzudrängen, doch er bewegt sich keinen Zentimeter. Beinahe gelassen schaut er auf mich herab.

Ich fühle mich an unseren ersten Kampf erinnert, kurz nachdem ich hier im Schloss ankam, aber diesmal löst Ashs schiefes Grinsen bei mir keine Wut, sondern ein Kribbeln im Bauch aus. Seine wunderschönen, farblich unterschiedlichen Augen funkeln vor Kampfeslust und Stolz. Keiner von uns muss sich beweisen oder klarstellen, wer von uns der Bessere ist. Wir stehen seit gestern Nacht auf einer Stufe, er und ich. In uns pulsiert die gleiche Macht. Ich genieße es dennoch, mich mit ihm zu messen und endlich wieder meine Klingen führen zu können, ohne fürchten zu müssen, dass ich jemanden ernsthaft verletzen könnte.

»Du hast dich beim letzten Mal zurückgehalten«, murmele ich, während ich noch immer versuche ihn zurückzudrängen.

Er zuckt mit einer Schulter. »Schon möglich.«

Ich lasse die rechte Klinge gegen seine stoßen und verschaffe mir dadurch etwas Freiraum. Dann greife ich nach meinem Nexus, nehme ihn ab und werfe ihn Hazel zu, bevor ich mich wieder Ash zuwende. Er zieht nur eine Augenbraue nach oben. Wir sind einander ganz nah; keiner der Zuschauer kann verstehen, was wir sagen.

»Dann zeig mal, was du kannst, Alpha.«

Sein freches Grinsen wird breiter und wirkt auf einmal verrucht. »Hältst du es für eine gute Idee, mich zu reizen?«

»Tue ich das etwa?«, frage ich so unschuldig wie möglich.

Er beugt sich zu mir herab und flüstert mit rauer Stimme in mein Ohr: »Tenebrae hast du bei eurem Trainingskampf einen Preis versprochen. Bekomme ich auch etwas, wenn ich gewinne?«

Sofort schießt die Hitze des gestrigen Tages und der darauffolgenden Nacht wieder durch meine Adern. Ich beiße mir auf die Unterlippe, als ich scharf die Luft einsauge.

Federleicht fährt Ash mit der Nase an meinem Hals entlang und schnuppert. »Mir gefällt, woran du denkst.«

Ich trage meinen Nexus nicht mehr, aber er kann sie riechen – meine Erregung.

»Und was bekomme ich, wenn ich gewinne?«, frage ich heiser.

Ashs Blick huscht zurück zu meinem. »Was hättest du denn gerne?«

»Ich bin sicher, dass mir etwas einfallen wird«, schnurre ich. »Wir sollten uns also beide anstrengen.«

»Worauf du wetten kannst.«

Ohne eine weitere Vorwarnung lassen wir unsere Waffen aufeinanderprallen. Da ich mich nicht zurückhalten muss, fällt es mir mit jeder Minute leichter, die neue Kraft und die Geschwindigkeit, über die ich nun verfüge, besser einschätzen zu lernen. Es klappt noch nicht perfekt und ich mache Fehler. Bei einigen Angriffen lege ich zu viel Schwung hinein, sodass ich beinahe auf der Nase lande, wenn Ash mir einfach nur ausweicht. Allgemein gibt er mir sehr viel Raum, greift mich nur direkt an, wenn ich ihm keine andere Wahl lasse, und pariert die Attacken lediglich.

Er ist viel schneller und stärker, als ich es mir je hätte vorstellen können.

Bei unserem Showkampf hat er mich absichtlich gewinnen lassen, damit ich in jedem Fall in die Leibwache aufgenommen werde, da bin ich mir sicher. Vor ein paar Wochen wäre ich deswegen noch wütend auf ihn gewesen, aber jetzt, wo ich weiß, was er ist, kann ich es nicht. Ich akzeptiere, dass er stärker ist, als ich es damals war. Ich hielt mich für schnell und unbesiegbar, dabei kommen mir meine damaligen Kampfversuche nun stümperhaft vor.

Wieder und wieder klirren unsere Waffen gegeneinander, ohne dass einer von uns die Oberhand gewinnt. Mit jeder Attacke gewinne ich ein Stück meiner alten Leichtigkeit zurück und nach einer gefühlten Ewigkeit scheinen die Halbmond-Klingen wieder ein Teil von mir zu werden.

Ash bemerkt es ebenfalls, denn er nickt mir zu. »Wollen wir dann ernst machen?«, fragt er leise. Verwirrt blinzele ich ihn an. »Ich hätte gerne meine Belohnung.«

Bevor ich reagieren kann, schlägt er mir mit einem gezielten Hieb die rechte Klinge aus der Hand. Ich stolpere einen Meter zurück, verliere durch die Wucht des Aufpralls das Gleichgewicht und lande auf dem Hintern. Ash hält mir die Spitze seines Schwertes an den Hals.

Einen Moment begegne ich seinem Blick, in dem ich jedoch keinen Hochmut oder Geringschätzung erkennen kann. Nur Freude und Stolz blitzen in seinen Augen um die Wette. Ich lasse den Kopf in den Nacken sinken und hebe beide Hände als Zeichen meiner Kapitulation.

Um uns herum ist es still. Mehrere Sekunden vergehen, bis Jubel und Applaus aufbranden. Einige Wachen kommen auf Ash zu und klopfen ihm auf die Schulter. Ich springe auf die Füße, nehme meine Klinge an mich und schlendere hinüber zu Hazel und Payne.

»Keine schlechte Vorstellung«, sagt Payne. »Gegen Ende hin bist du immer besser geworden.«

Ich nicke und setze meinen Nexus, den Hazel mir reicht, wieder auf. Sofort spüre ich ein Klopfen im Kopf, das eine Gedankenverbindung mit Ash ankündigt.

»In mein Zimmer«, kommandiert er knapp. *»Ich bin in fünf Minuten da.«*

Normalerweise würde ich mich über einen solchen Befehlston ärgern, aber

Ashs lässt mich schmunzeln – und ein Kribbeln der Vorfreude rauscht durch meinen Körper. Als ich zu ihm schaue, sehe ich, wie krampfhaft er versucht das Lob der Soldaten entgegenzunehmen, während sein Blick die ganze Zeit über immer wieder zu mir huscht.

»Danke für eure Hilfe«, sage ich zu meinen Mitbewohnerinnen. »Wir treffen uns später.«

»Die Königin will uns heute Nachmittag sehen«, teilt Hazel mit, bevor ich mich umwenden kann.

»Ich werde da sein«, verspreche ich.

Payne zieht eine Augenbraue nach oben und schaut in Ashs Richtung. »Bist du sicher? Oder sollen wir dich lieber zwanzig Minuten vorher abholen kommen?«

Hazel kichert und hält Payne die Hand hin, damit sie einschlagen kann, während ich spüre, dass meine Wangen rot werden. Trotzdem nicke ich und ein Lächeln zupft bereits an meinen Lippen. Dann wirbele ich auf der Hacke herum und versuche mich möglichst unauffällig davonzustehlen.

***

Ich habe es kaum zurück in sein Zimmer geschafft, als sich die Tür hinter mir bereits wieder öffnet. Ash schlüpft in den Raum und tritt die Tür wieder hinter sich zu.

»Du hast irgendwie merkwürdige fünf Minuten«, ziehe ich ihn auf, klinge dabei aber seltsam atemlos.

Durch meine Adern rauscht noch die Anspannung unseres Kampfes, doch es ist mehr als das. Jetzt, da ich weiß, was er mit mir anstellen kann, muss ich Ash nur ansehen, um in mir ein schier unbändiges Verlangen zu schüren. Ihm scheint es ebenso zu ergehen und das lässt mich nur noch mehr brennen.

Wir stehen uns gegenüber, schauen uns an und warten darauf, dass der andere den nächsten Schritt macht. Ich warte nicht, weil ich mich nicht trauen würde, den Anfang zu machen, sondern weil ich die knisternde Spannung zwischen uns genieße, die mit jeder verstreichenden Sekunde stärker zu werden scheint. Allein unsere Blicke genügen, um den jeweils anderen wissen zu lassen, wie es um uns steht.

Schließlich ist es Ash, der den ersten Schritt macht. Er packt meine Hand, zieht mich an sich. Ich pralle gegen seine Brust, spüre seine Hände an meinem Po und werde hochgehoben. Wie von selbst schlingen sich meine Beine um seine Mitte und ich vergrabe die Finger in seinen ohnehin schon zerzausten Haaren. Sein Mund fühlt sich heiß, fast fiebrig, auf meinem an. Ich spüre seine Zähne an meiner Unterlippe. Als er sich knabbernd weiter nach unten vorarbeitet, ziehe ich leicht an seinen Haaren. Er antwortet mit einem gezischten Stöhnen und presst mich mit dem Rücken grob gegen die nächste Wand. Ich keuche auf und er hält sofort inne. Sein Blick huscht zu meinem Gesicht, sucht nach Anzeichen dafür, dass er mir wehgetan hat, doch ich ziehe ihn mit den Beinen näher an mich, um seine Bedenken zu zerstreuen.

Er hat mich nicht verletzt, ganz im Gegenteil. Ich liebe es, wenn er mich nicht wie ein rohes Ei behandelt, denn ich gehöre nicht zu den Frauen, die ein Mann nur mit Samthandschuhen anfassen darf. Ich will ihn spüren, auf mir und in mir, nicht nur flüchtig, sondern so, dass das Gefühl auch danach noch bestehen bleibt.

Lächelnd lehnt er die Stirn an meine. »Du bist wirklich mein ganz persönliches Wunder.«

Ehe ich fragen kann, was er meint, fällt mir wieder ein, dass wir beide unseren Nexus tragen und er meine Gedanken hören konnte. Nun kriecht die Hitze, die in meinem Körper wütet, auch die Wangen hinauf.

»Es gibt nichts, was dir peinlich sein müsste«, murmelt er, bevor sein Mund wieder mit meinem verschmilzt.

Ich gebe mir dennoch die größte Mühe, an gar nichts zu denken, während er jetzt sanft und fordernd zugleich an meinem Hals knabbert. Erst als er die Hüften gegen meine gespreizten Beine drückt, herrscht in meinem Kopf wieder Aufregung. Ich stöhne, schlinge die Beine noch enger um ihn und bewege die Hüften im Takt mit ihm.

»Wenn du deine Lederrüstung nicht sofort ausziehst, schneide ich sie dir mit der Klinge vom Leib«, raunt er. Allein der Klang seiner Stimme lässt meine Nerven zusätzlich vibrieren.

»Dazu müsstest du mich runterlassen«, entgegne ich gepresst und atemlos.

Ash knurrt. »Oder ich gebe eine neue Rüstung in Auftrag und reiße diese einfach in Fetzen«, sagt er dann. »Ich kann mir das als Prinz erlauben.«

Ich schmunzele, während ich eine Hand unter sein Kinn lege und seinen Kopf leicht anhebe, damit er mich ansieht. »Das wäre aber sehr verschwenderisch, mein Prinz. Ich hänge an dieser Rüstung, weißt du?«

Seine Augen werden groß, als er mich anstarrt. Ich glaube sogar, dass er die Luft anhält. »Sag das noch mal«, bittet er mit rauer Stimme.

Ich ziehe eine Augenbraue nach oben und kann ein breites Lächeln auf meinen Lippen nicht verhindern. »Dass ich an der Rüstung hänge?«

»Du weißt genau, was ich meine.«

Ja, das weiß ich. Und bis auf ein kleines Missgeschick im Wald und in meinem Zimmer habe ich es noch nie gesagt, wenn er in der Nähe war. Stattdessen habe ich es stets abgestritten, wenn ein anderer die Sprache auf uns brachte.

Ich lehne mich nach vorn, schaue ihm tief in die Augen und wispere die Worte, die er hören und ich aussprechen will. »Mein Prinz.«

Ich spüre, wie sein gesamter Körper an meinem erschauert, und protestiere nicht, als er mit einem Ruck meine Lederrüstung in Fetzen reißt.

KAPITEL 2

Gefühlte Minuten später werden wir durch ein sehr hartnäckiges Klopfen an der Tür geweckt. Grummelnd schmiege ich mich enger an Ash, der mir jedoch nur einen flüchtigen Kuss auf die Stirn haucht und dann aus dem Bett klettert. Aus einem halb geöffneten Auge beobachte ich ihn dabei, wie er auf dem Boden nach der Hose sucht. Nur spärlich dringt Licht durch die zugezogenen Fenster, deshalb habe ich keine Ahnung, wie spät es tatsächlich ist. Aber was kümmert es mich? Wäre dieses nervige Klopfen nicht, könnte ich wohl noch ewig weiterschlafen. Doch wer auch immer da draußen auf dem Flur steht, kennt kein Erbarmen.

Nachdem Ash die Hose gefunden und angezogen hat, öffnet er die Tür einen Spaltbreit. Zischend werfe ich mir die Decke über den Kopf, weil das Licht, das vom Gang ins Zimmer dringt, in den Augen brennt.

»Was gibt es?«, fragt Ash.

»Stören wir?«, trällert Hazel mit viel zu hoher und aufgedrehter Stimme.

»Wir wollen zu Scarlet«, sagt Payne, bevor Hazel zu weiteren Bemerkungen ansetzen kann. »Die Königin will uns in ein paar Minuten sehen.«

Ich werfe die Decke von mir und setze mich auf. »O Mist! Das habe ich völlig vergessen.«

Erst als Hazel mich breit angrinst, Payne seufzend den Kopf schüttelt und Ash ein Schmunzeln hinter der Hand versteckt, merke ich, dass ich splitterfasernackt im Bett sitze. Schnell greife ich wieder nach der Decke und klemme sie unter die Arme. Mein Blick huscht zum Boden, wo unsere Klamotten wild verteilt liegen. Meine Lederrüstung ist zerfetzt. Ich habe gar nichts mehr, was ich anziehen könnte ...

»Hier.« Payne wirft mir ein Bündel zu. »Wir haben dir was mitgebracht.«

Als ich sehe, dass es sich dabei um meine andere Rüstung handelt, die ich für die Reise nach Leerth bekommen habe, seufze ich erleichtert.

»Ihr seid meine Rettung«, sage ich und mache mich sofort ans Anziehen.

»Ich richte dir die Haare!«, ruft Hazel und kommt zu mir. Auch Payne stellt sich neben mich und berichtet mir, was ich die letzten Wochen verpasst habe. Mit den Fingern kämmt Hazel meine Haare und beginnt anschließend sie mir zu einem Zopf zu flechten.

»He, das ist immer noch mein Zimmer«, grummelt Ash von der Tür aus, bedenkt uns drei aber mit einem Lächeln. »Fühlt euch eben wie zu Hause ...«

Die beiden beachten ihn gar nicht, sondern erzählen abwechselnd davon, wie oft sie Ruby auf dem Rückweg von Leerth beinahe den Hals umgedreht hätten.

»Ruby und die paar Mädchen, die von der Entourage noch übrig waren, sind in vorteilhafte Ehen vermittelt worden. Wusstest du das schon?«, fragt Payne.

Ich schüttele den Kopf, was mir ein Schnauben von Hazel einbringt, die mit dem Flechten meiner Haare noch nicht fertig ist.

»Wer genau der arme Mann ist, der sich nun mit Ruby herumschlagen darf, weiß ich nicht, aber die anderen beiden sind vom Hof verschwunden und wohnen jetzt irgendwo in der Stadt«, berichtet Payne weiter. »Bei ihnen war es ja sowieso absehbar, dass sie nicht infrage kamen – aber dass für Ruby so schnell ein potenzieller Ehemann gefunden wurde ...«

»Hauptsache, sie ist weg«, sagt Hazel. »Was kümmert es uns, wer sie nun am Hals hat?«

»Seit wann ist Ruby bereits mit einem anderen verlobt?«, frage ich.

»Neera hat gleich nach unserer Rückkehr nach Daarth veranlasst, dass sie die Burg verlässt«, sagt Payne. »Bereits einen Tag später wurde sie mit Sack und Pack abgeholt. Dabei hat sie geheult wie ein kleines verzogenes Kind.« Sie zuckt mit den Schultern. »Wirklich gut aufgenommen hat sie es nicht. Wahrscheinlich dachte sie immer noch, dass sie Chancen hätte, die nächste Königin zu werden.«

»Die schwanden von dem Zeitpunkt an, als Scarlet einen Fuß in die Burg setzte«, plappert Hazel.

»Selbst davor hatte Ruby keinerlei Chancen«, brummt Ash. »Könnt ihr bitte damit aufhören, über so was zu reden, wenn ich noch anwesend bin?«

Doch keine von uns bemüht sich seine Frage zu beantworten.

Nachdem der Zopf fertig ist und ich angezogen bin, greife ich nach meinen Klingen und befestige sie an den Vorrichtungen am Rücken. Hazel und Payne warten bereits an der Tür auf mich.

Ash nimmt meine Hand, als ich an ihm vorbeilaufe. »Du stehst nicht mehr im Dienst meiner Mutter«, flüstert er. »Du musst ihr nicht mehr gehorchen, wenn sie nach dir schickt.«

Ich schüttele kurz den Kopf, bevor ich mich an ihn schmiege und die freie Hand über seine nackte Brust gleiten lasse. »Ich gehe nicht, weil es meine Pflicht ist, sondern weil ich es will. Für mich ist sie nicht nur die Königin, sondern auch eine Freundin. Es muss einen Grund geben, warum sie uns alle drei sehen möchte.« Ash mustert mich besorgt. »Ich verspreche dir, dass ich das Schloss nicht verlassen werde.«

Er lehnt sich nach vorn und küsst mich. »Mir wäre es lieber, wenn du mein Bett nicht verlassen würdest«, wispert er an meinen Lippen. »Wobei wir das an der Wand auch bei Gelegenheit wiederholen sollten.«

»Aber nur, wenn du nicht wieder meine Klamotten zerfetzt«, entgegne ich.

Er zuckt mit den Schultern. »Ich habe mich vielleicht etwas mitreißen lassen.«

»Vielleicht«, murmele ich. Nach einem letzten Kuss löse ich mich von ihm und wende mich um. »Bis nachher«, sage ich, bevor ich zu Hazel und Payne eile.

***

Wir sind pünktlich im Thronsaal, sodass wir nicht Neeras Zorn auf uns ziehen. Die Königin steht etwas abseits und unterhält sich mit Caleb. Als sie uns sieht, gibt sie Caleb mit einem Wink zu verstehen, dass er gehen kann, und wir drei sinken auf die Knie.

Neera bleibt vor uns stehen und legt mir einen Finger unters Kinn. Als ich zu ihr aufsehe, lässt sie ihn meinen Hals hinuntergleiten und zieht den Kragen meiner Rüstung ein Stück weit auseinander. Ihr Blick fällt auf die Bissmale. Mit jeder verstreichenden Sekunde verkrampfen sich meine Muskeln weiter. Sie meinte zwar, dass sie es gutheißt, aber ich kann nicht einschätzen, ob es nicht doch nur so dahingesagt war. Ob sie es nicht nach langen Jahren der Herrschaft vorziehen würde, keine andere Frau im Rang über sich zu haben.

Erst als Neera mich anlächelt, fällt die Anspannung von mir ab. Sie streicht mir mit der Hand über die Wange, bevor sie uns befiehlt, uns zu erheben.

»Ich habe eine Überraschung für dich, Scarlet«, sagt sie.

Noch bevor ich fragen kann, was sie damit meint, wird die Tür zum Thronsaal geöffnet und plötzlichen stehen meine Großmutter und Jyde vor mir. Ich falle ihr um den Hals. Seit ich so überstürzt aufgebrochen bin, weil Tenebrae mich brauchte, habe ich sie nicht mehr gesehen.

Jyde verharrt etwas abseits, und nachdem ich mich von Großmutter gelöst habe und wieder zurück zu meinen Freundinnen getreten bin, fällt mir auf, dass sein Blick zwischen der Königin und mir hin- und herhuscht. Er macht einen Schritt auf uns zu.

Und verbeugt sich vor mir.

Verwirrt schaue ich mich um, doch Neera steht mehrere Schritte von mir entfernt. Sie kann er nicht meinen. Aber … wie …?

»Jyde«, murmele ich. »Bist du …?«

Es gibt nur eine Erklärung für sein Verhalten. Einzig und allein ein Feral kann wissen, was ich bin und welchen Rang ich innehabe. Die Erkenntnis, dass Jyde demnach einer sein muss, trifft mich wie ein Schlag. Ich wollte nie darüber nachdenken, wie viele der Menschen, die ich kenne, tatsächlich Ferals sind, aber auf Jyde wäre ich nie im Leben gekommen. Gäbe es eine Liste, die ich nach der Wahrscheinlichkeit geordnet hätte, stünde Jyde mit am Ende. Der beste Kämpfer unseres Dorfes ist ein Feral. Er hat andere darin ausgebildet, Ferals zu jagen und zu töten … Ich werde wohl noch eine Zeit lang brauchen, um das wirklich zu verstehen.

Ein Funkeln liegt in Jydes gesundem Auge, als er sich wieder aufrichtet und mich ansieht. »Erwarte aber nicht, dass ich dich anders behandele als zuvor.«

Meine Mundwinkel zucken. »Darauf wäre ich nicht im Traum gekommen.«

Meinte Ash das etwa damit, als er sagte, er würde mir einen anderen Trainingspartner organisieren?

»Ich bin gespannt zu sehen, welche neuen Tricks du jetzt auf Lager hast«, sagt Jyde.

»Das muss noch warten«, unterbricht uns die Königin. Sie legt meiner Großmutter eine Hand auf die Schulter. »Brianna, ich würde mich sehr geehrt fühlen, wenn du unserer Unberührbaren unter die Armen greifen könntest. Ihre Dienste waren in letzter Zeit ... weniger hilfreich.« Dann wendet sie sich an Jyde. »Ich bin sicher, dass du sehr viel Freude daran hättest, unsere Rekruten auf Vordermann zu bringen. Außerdem lege ich das Training meiner Leibwächter in deine Hände. Sie sind zwar alle drei sehr gut in Form, aber bestimmt gibt es das ein oder andere, was du ihnen beibringen kannst.« Sie wirft mir einen kühlen Blick zu. »Und wenn es nur dazu dient, dass eine von ihnen nicht meine armen Soldaten grün und blau prügelt, soll es mir auch recht sein.«

Ich ziehe den Kopf zwischen die Schultern und versenke den Blick in den Boden.

Jyde nickt. »Es wird mir eine Ehre sein.«

Caleb, der an der Tür gewartet hat, führt Großmutter und Jyde nach draußen.

»Vielen Dank«, sage ich zu Neera. »Dafür, dass sie hier sein dürfen.«

Doch Neera winkt ab. »Nicht dafür. Ich freue mich, vor allem Brianna hier im Schloss zu wissen. Ihre Heilkünste können wir immer gebrauchen und auch Jyde wird eine Bereicherung für unsere Truppen sein. Schließlich hat er dich trainiert. Nun aber zu dem Grund, warum ich euch gerufen habe.« Nacheinander schaut sie uns an. »Wie ihr wisst, konnte das Treffen in Leerth aufgrund eines Zwischenfalls nicht zu Ende gebracht werden.«

»Was für ein Zwischenfall?«, frage ich.

»Dass du und Ash verschwunden seid und der Verlobte der Prinzessin mit ein paar fiesen Kratzern zurückkam«, wirft Payne in gewohnt trockenem Tonfall ein.

»Oh«, murmele ich. Das habe ich nach allem, was in letzter Zeit meinen Kopf beschäftigt hat, fast wieder verdrängt.

»Hat er dir etwa schon nach zwei Tagen die Gehirnzellen rausgevögelt?«, fragt Hazel.

Neera reibt sich seufzend mit der Hand über die gerunzelte Stirn, während ich die kleine Leibwächterin entgeistert anstarre, unfähig auf ihre Unverfrorenheit etwas zu erwidern. Meine Wangen und Ohren werden heiß und ich weiß nicht mehr, wohin ich noch sehen soll.

»Können wir bitte zum Thema zurückkommen?«, fragt Payne.

»Danke«, sagt Neera und wirft Hazel einen vernichtenden Blick zu, bevor sie fortfährt. »Da wir während des Treffens keine endgültige Entscheidung finden konnten, muss ein neues abgehalten werden. Und diesmal wird es in Daarth stattfinden.«

»Hier?«, wiederholt Hazel ungläubig. »Aber warum nicht wieder in Leerth?«

»Nach besagtem Zwischenfall möchte König Cespar keine fremden Truppen in der Stadt haben. Bisher haben sie den Schuldigen noch nicht gefunden.«

»Ja, wie auch?«, murmelt Payne. »Der läuft ja hier herum. Haltet Ihr das für eine gute Idee, die beiden wieder aufeinandertreffen zu lassen? König Cespar wird seine Tochter und deren Verlobten mit Sicherheit mitbringen.«

»Sie ... sind schon hier«, werfe ich ein. Alle Blicke richten sich auf mich. »Luisa und Tristan sind bereits im Dorf der Roten.«

Mir kam es schon die ganze Zeit über seltsam vor, dass sie auf einmal bei uns aufkreuzten. Nur daran, dass Boldur endlich wissen sollte, dass sein Sohn lebt, konnte es nicht gelegen haben. Dafür war bereits zu viel Zeit vergangen. Aber ein erneutes Treffen der Herrscher könnte ein Grund für Tristan sein, um die alte Heimat zu besuchen und seine Prinzessin herumzuzeigen. Und mir auf die Nerven zu gehen.

»Das endet doch wieder in einem Desaster«, sagt Payne mit einem Seufzen.

Doch Hazel klatscht in die Hände. »Diesmal sind wir auf unserem Gebiet. Das heißt, wir dürfen Blondie so richtig fertigmachen, wenn er sich Scarlet gegenüber blöd verhält.«

»Niemand wird hier fertiggemacht«, unterbricht Neera sie. »Das Treffen dient dazu, endlich unsere Kräfte zu vereinen, und nicht, um uns gegenseitig zu zerfleischen. Es ist von größter Wichtigkeit, dass diesmal alles reibungslos verläuft. Wir können keine weitere Verzögerung gebrauchen. Jeden Tag bröckelt unsere Verteidigung. Wir brauchen die Truppen der Gelben und Blauen so schnell wie möglich.«

Hazel und Payne nicken verständnisvoll, sodass ich mich nicht traue zu fragen, was Neera damit meint. Welche Verteidigung? Und warum brauchen wir die Truppen aus den anderen Gebieten? Ich hasse es, wenn ich nur die Hälfte begreife, aber ich will mir auch nicht den nächsten dummen Spruch von Hazel einfangen ...

»Das Treffen findet noch diese Woche statt«, fährt Neera fort. »Und für dich, Scarlet, wird es deine erste Bewährungsprobe werden.«

Ich schlucke krampfhaft. »Bewährungsprobe?«

Augenblicklich werden meine Hände eiskalt. Beim letzten Mal war ich nur eine Leibwächterin, doch das reichte schon aus, um beinahe eine Katastrophe auszulösen. Tristan, Ash und mich gleichzeitig in einen Raum zu lassen wird nichts Gutes bringen. Entweder gehen sich die beiden Männer an die Gurgel oder ich drehe Tristan den Hals um, weil er sich wieder wie ein Idiot aufführt. Tristan sollte also so weit abseits von uns gehalten werden wie nur möglich.

»Wir werden das Treffen nutzen, um eure Verlobung bekannt zu geben«, sagt Neera.

Ich ziehe scharf die Luft ein und mache einen Schritt zurück. Obwohl ich mit beiden Füßen fest auf dem Boden stehe, scheint die Welt um mich herum zu wanken. *Verlobung*? Nein, das ... geht mir zu schnell. Ich habe mich gerade mal an den Gedanken gewöhnt, dass Ash ein Feral und Alpha ist. Ich kann nicht ... Wir können doch unmöglich ... Wenn es nach mir ginge, würden wir ewig so weitermachen wie bisher. Aber es offiziell machen? Nach so kurzer Zeit?

Neeras Augen verengen sich zu Schlitzen. »Die Ferals hier im Schloss wissen es bereits«, sagt sie kühl. »Es wird sich nicht auf Dauer geheim halten lassen, dass mein Sohn dich auserwählt hat. Und je eher wir dich den anderen Herrschern vorstellen, desto besser.«

»A … aber ich dachte … «

Ich dachte, es würde ausreichen, wie es bis jetzt ist. Wir gehören zusammen, daran habe ich keinen Zweifel. Aber ich habe auf mehr Zeit gehofft, um mich auf alles einstellen zu können. Ich habe ja noch nicht einmal mehr die Kontrolle über die eigene Kraft, verdammt noch mal! Mir ist klar, dass ich viel zu lernen habe, wenn ich an Ashs Seite stehen will, aber das kann ich unmöglich innerhalb weniger Tage schaffen.

Ich werde versagen. Ich werde alle bloßstellen, sie enttäuschen. Vor allem Ash.

»Ich kann das nicht«, würge ich hervor, bevor ich an den Worten ersticken werde.

Neera legt den Kopf schräg. »Ich erwarte nicht von dir, dass du vor allen eine Rede hältst oder sie von unserem Vorhaben überzeugst. Wenn es dir damit besser geht, stelle dir einfach vor, dass wir dich in ein schickes Kleid stecken und dir eine Krone aufsetzen, während du nett lächelnd einen Abend über da oben sitzt.« Sie deutet mit einem Nicken auf das Podest, auf dem zwei Throne stehen.

Meine Handflächen sind schweißnass. Ist das ihr Ernst? Selbst das ist schon zu viel für mich. Ich kann nicht stundenlang irgendwo ruhig sitzen und lächeln. Ich kann nicht so tun, als würde ich das Getuschel nicht hören, das garantiert aufkommen wird, wenn sie mich sehen. Wenn sie hören, dass ich nichts weiter als ein Waldmädchen bin …

Als ich einen Schritt nach hinten machen will, packt mich Payne am Arm und Hazel stellt sich vor mich. Letztere stemmt die Arme in die Hüften und funkelt mich wütend an.

»Hör endlich auf in Panik zu geraten!«, grummelt sie. »Wir sind die ganze Zeit über bei dir und werden jeden, der dir irgendwie blöd kommt, einen Kopf kürzer machen. Wer sich mit dir oder Ash anlegt, legt sich auch mit uns an. Caleb wird das genauso sehen. Mit uns dreien hinter euch, gibt es nichts, wovor du Angst haben müsstest.«

»Es …« Ich versuche vergeblich, gegen den Kloß im Hals anzuschlucken, doch er will einfach nicht verschwinden. Deshalb gleicht meine Stimme nun einem Krächzen. »Es geht nicht darum, dass ich vor jemandem Angst habe.

Es ist ihre Geringschätzung, die ich fürchte. Und ich fürchte mich davor, euren Ansprüchen nicht gerecht zu werden. Denn ich ...« Ich zucke hilflos mit den Schultern. »... bin einfach nur ich. Ich stamme nicht aus einem alten Adelsgeschlecht oder wurde mein Leben lang auf einen Aufenthalt bei Hofe vorbereitet.«

Hazel fasst sich an die Stirn und seufzt. »Den Blödsinn hast du doch bestimmt auch schon zu Ash gesagt, oder?«

Ich nicke.

»Und was hat er darauf erwidert?«, will sie wissen.

Unser Gespräch in meinem Zimmer ist mir noch gut im Gedächtnis und ein warmes Gefühl breitet sich bei der Erinnerung daran in der Brust aus. »Dass ... ich mir keine Sorgen machen muss.«

Natürlich hat er noch viel mehr gesagt. Dass er eine Frau braucht und kein Mädchen. Dass er nie von mir verlangen würde, dass ich mich ändere. Ich weiß, jedes Wort von ihm ist die Wahrheit. Dennoch fällt es mir schwer, diese Ängste einfach abzustreifen, denn nach all den Jahren sind sie tief in mir verankert. Ich habe noch nie irgendwo dazugehört, hatte nie Menschen hinter mir, die bedingungslos an mich geglaubt und mich in dem unterstützt haben, was ich machen will. Ich lebte am Rand unserer Gesellschaft, durfte nicht auffallen, denn ich war anders. Schon immer. Ich wuchs unter Männern auf und übernahm mit der Zeit auch ihre Verhaltensweisen. Ich redete und kleidete mich wie sie. Ich durfte sogar hin und wieder am Training teilnehmen, doch es gab genügend Bewohner im Dorf, denen meine Lebensweise – sogar meine bloße Existenz – regelrecht ein Dorn im Auge war. Im Mittelpunkt zu stehen ist mir fremd, und allein die Vorstellung versetzt mich in Panik. Wenn mich jemand angeschaut hat, anstatt durch mich hindurchzusehen, dann hieß es, dass ich aufgefallen bin. Dass ich nicht vorsichtig genug war. Und dies wiederum bedeutete, dass ich jederzeit in die Stadt geschafft werden konnte.

Auch nachdem mein Training mit Jyde begann, hielt ich mich im Hintergrund, demonstrierte mein Können nur, wenn es sich nicht vermeiden ließ, und versuchte meinen Standpunkt gleich beim ersten Mal klarzumachen, damit ich anschließend meine Ruhe hatte.

Ich zweifele weder an Ashs Worten noch an dem Vertrauen, das Neera, Payne und Hazel in mich setzen. Ich zweifele an mir selbst. Und ich weiß nicht, wie ich das ändern kann. Denn ich musste nie jemand anderes sein als das Mädchen aus dem Wald. Niemand stellte Ansprüche an mich, denen ich genügen musste. Jydes Training war hart, aber meine Ansprüche an den eigenen Fortschritt und mich selbst waren sehr viel höher als die meines Lehrmeisters.

Neera schiebt Hazel zur Seite und umfasst mein Kinn mit einer Hand. »Wir werden trainieren«, sagt sie in einem Tonfall, der keinen Widerspruch duldet. »Jeden einzelnen Tag, bis die Herrscher eintreffen. Du wirst zu einer Königin werden, auf die wir stolz sein können. Ich werde dir deine Zweifel schon noch austreiben.«

»Aber mein Posten in der Leibwache ...«, werfe ich ein, doch Neera unterbricht mich mit einem Zungenschnalzen.

»Hast du es noch nicht verstanden?«, fragt sie. »Ich bin nicht mehr die Königin und brauche weder deinen noch Hazels oder Paynes Schutz. *Du* bist die Königin. Das weiß jeder Feral, der dich ansieht. Nur die Menschen müssen es noch erfahren und sie erwarten eine entsprechende Zeremonie. Ich weiß, dass du Angst davor hast, aber wir müssen das durchziehen, bevor sich Gerüchte verbreiten. Wir müssen dich präsentieren – und sei es nur für einen einzigen Abend. Was du danach machen willst, kannst du gemeinsam mit Ash besprechen. Niemand erwartet von dir, dass du eine herrschende Königin wirst wie ich.«

Ich atme tief ein und aus. Ein Abend. Das ist alles, was ich schaffen muss. Alles, was danach kommt, entscheide ich, wenn es so weit ist.

»Was mache ich an den anderen Tagen?«, frage ich. »Die Herrscher werden nicht nur für einen Abend anreisen.«

Neera zuckt mit den Schultern. »Ich gehe mal davon aus, dass du nicht aktiv an den Verhandlungsgesprächen teilnehmen willst. Aber Ash wird es bestimmt viel bedeuten, wenn du wenigstens anwesend wärst. Wie du dich dabei gibst, bleibt dir überlassen.«

Payne lässt meinen Arm los und ergreift das Wort. »Ich denke, wir sind uns alle einig, dass Scarlet kein Püppchen ist, das nett ausstaffiert auf seinem Platz sitzen wird. Vielleicht können wir das für uns nutzen.«

Neeras Blick huscht zu Payne. »Was schwebt dir vor?«

Ich schaue ebenfalls zu ihr. Ein triumphierendes Lächeln umspielt ihre Lippen, als sie sagt: »Scarlet soll sich nach der Verlobungsverkündung so zeigen, wie sie normalerweise auftritt. Als Kämpferin. Ein Königreich, das von zwei starken Herrschern geführt wird, die sich mehr um Sicherheit als um ihren eigenen Wohlstand kümmern, macht nach außen hin einen anderen Eindruck als beispielsweise Leerth. Verglichen mit Prinzessin Luisa und ihrem Verlobten stechen Ash und Scarlet heraus. Gut möglich, dass diese Tatsache ausschlaggebend dafür sein könnte, König Cespar und die Minister aus Moorth zu überzeugen.«

Neera zögert, nickt dann aber. »Cespar ist ein alter Mann und vernarrt in seine Tochter. Er könnte blind sein für die Stärke, die wir bieten. Aber Migorn, der König der Wasserstadt Moorth, würde sich davon beeindrucken lassen. Er ist nur ein paar Jahre älter als Ash. Ich hoffe, dass sich seine Minister, die er als Vertretung schickt, auch so leicht blenden lassen.« Sie wendet sich mir zu. »Verhalte dich die restlichen Tage über wie immer. Trainiere draußen auf dem Platz, aber lass etwas Vorsicht walten. Ich kann nicht einschätzen, wie die anderen Herrscher auf einen Feral auf dem Thron reagieren. Obwohl ich bei Migorn sicher bin, dass er etwas ahnt ... Sie wissen, dass sich viele Ferals völlig unauffällig unter ihr Volk gemischt haben, aber ein herrschender Feral ist noch mal eine andere Sache. Zeige ihnen also nicht deine ganze Stärke und unternimm auch keine Dummheiten, sodass Ash eingreifen müsste.«

»Da wird König Cespar bald sein blaues Wunder erleben«, murmelt Hazel. »Wenn er erfährt, dass sein zukünftiger Schwiegersohn auch ein Feral ist.«

»Das soll unsere Sorge nicht sein«, sagt Payne. »Wobei ich weiterhin darauf wette, dass Blondie einen erneuten Zusammenprall mit Ash nicht überleben wird. Diesmal wird er ihn nicht davonkommen lassen, wenn er sich Scarlet wieder nähern sollte.«

»Blondie wird auch auf Scarlet reagieren, oder?«, fragt Hazel.

»Das wird sich nicht vermeiden lassen«, antwortet Neera. »Aber ich bezweifele, dass die Lage so eskalieren wird wie in Leerth. Scarlet ist jetzt Ashs Gefährtin. Nur wenn Tristan erneut versuchen sollte, Scarlet gegen ihren Willen zu etwas zu zwingen, wird Ash eingreifen. Alles andere kann sie allein klären.« Sie lächelt mich an. »Und das wird sie auch, daran habe ich keine Zweifel.«

Ich würde mich freuen, wenn ich auch so viel Vertrauen in mich selbst hätte wie die anderen ... Mit Tristan und Ash im selben Raum hat noch nie etwas geklappt, wie ich es mir erhofft hatte. Das wird auch beim kommenden Zusammentreffen nicht der Fall sein. Doch diesmal habe ich noch ganz andere Sorgen als meinen Freund aus Kindheitstagen.

»Ich muss mich also den Menschen als Ashs Verlobte präsentieren, die anwesenden Ferals möglichst unauffällig unter Kontrolle halten und Tristan am besten aus dem Weg gehen«, fasse ich zusammen. »Und das alles so, dass ich die Anwesenden überzeuge, uns zu unterstützen. Habe ich irgendwas vergessen?«

»Nein, das trifft den Kern in etwa«, sagt Neera und verschränkt die Arme. »Ab Morgen beginnt dein Training bei mir. Wir haben vier Tage, um dich auf das Wichtigste vorzubereiten.«

»Na toll«, murmele ich, bevor ich gemeinsam mit Hazel und Payne den Thronsaal verlasse.

KAPITEL 3

Zurück in Ashs Zimmer, suche ich meinen Nexus, der unter einem Haufen Klamotten begraben liegt.

Payne lehnt mit verschränkten Armen am Türrahmen und beobachtet mich. »Hinterlasst ihr das Zimmer immer so, nachdem ihr …?«

Ich verdrehe die Augen, beschließe aber, lieber nicht auf ihre Frage zu antworten. Hazel hat sich bereits am Thronsaal von uns verabschiedet, um der Baracke einen Besuch abzustatten. Warum Payne noch hier ist, weiß ich nicht.

»Meine Großmutter müsste bei der Unberührbaren sein«, sage ich. »Kannst du mich dorthin bringen?«

Payne nickt und ich folge ihr nach draußen.

***

Auf dem Weg zu meiner Großmutter stelle ich eine Gedankenverbindung zu Ash her. Er antwortet fast sofort.

»Was wollte meine Mutter von dir?«, fragt er.

Ich zeige ihm meine Erinnerungen an das Gespräch im Thronsaal, doch es gelingt mir nicht, meine Bedenken und Zweifel vollends vor ihm zu verbergen. *»Wusstest du … von der Verlobungsverkündung?«*

»Mir war klar, dass meine Mutter nicht lange damit warten würde«, sagt Ash. *»Ich brauchte es nicht – und so, wie ich dich einschätze, legst du ebenfalls keinen sonderlichen Wert auf solche öffentlichen Zeremonielle. Aber meiner Mutter ist es wichtig. Und den Menschen unseres Volkes auch. Sie möchten dich sehen und kennenlernen.«*

Ich seufze und fange mir dadurch einen fragenden Blick von Payne ein, die an meiner Seite läuft.

»Es ist nur ein Abend«, sagt Ash. *»Danach kannst du als die auftreten, die du bist.«*

»Ich weiß«, murmele ich. *»Trotzdem wäre es mir lieber, wenn wir es noch ein wenig aufschieben könnten. Es gibt so viel, was ich noch lernen muss. Neera hat mir sehr strengen Unterricht angedroht, von morgens bis abends. Dabei ... würde ich meine Zeit viel lieber mit dir verbringen.«*

»Mir geht es genauso. Ich habe noch viele Vorbereitungen zu erledigen. Jetzt im Moment bin ich mit Caleb in der Stadt, um etwas in Auftrag zu geben, was ich dringend für den Empfang brauche. Dann muss ich mich darum kümmern, dass gewisse Sicherheitsmaßnahmen getroffen werden. Ich werde die nächsten Tage ebenso beschäftigt sein wie du. Aber wenn das Treffen überstanden und meine Mutter zufrieden mit der Ankündigung ist, werden wir wieder Zeit füreinander haben.«

»Worum geht es bei diesem Treffen überhaupt?«, frage ich. *»Neera meinte, dass wir die anderen Herrscher von etwas überzeugen müssten.«*

»Wir brauchen Hilfe, um die streunenden Ferals von unseren Siedlungen und Daarth fernzuhalten«, sagt Ash. *»Kays Truppen halten sie zwar noch in Schach, aber es wird nicht mehr lange dauern, bis die Front anfängt zu bröckeln. Leerth und Moorth haben keine solchen Probleme, denn in ihren Gebieten leben weit weniger Ferals als bei uns. Sie fühlen sich in den dichten Wäldern heimischer als in den Gebirgen von Leerth oder den Sümpfen von Moorth.«*

»Ich wusste nicht, dass die Ferals ein solches Problem darstellen«, murmele ich.

»Wir haben eine sehr hohe Feral-Population in Daarth und den umliegenden Gebieten«, erklärt Ash, *»aber die meisten von ihnen sind völlig harmlos. Sie leben angepasst unter uns und nur wenige wissen überhaupt etwas von ihnen. Doch es gibt auch andere Ferals ... Sie sind unfähig, ihre andere Seite zu kontrollieren, und sie verbreiten Angst und Schrecken unter der Bevölkerung. Wir nennen sie Ausgestoßene oder Streuner. Das sind die Ferals, vor denen dich deine Großmutter immer gewarnt hat.«*

»Ich bin mir ziemlich sicher, dass sie mich auch vor riesigen schwarzen Ferals gewarnt hat, die mich in den Hals beißen und ständig ansabbern.«

Ich höre sein Lachen in meinem Kopf. *»Jedenfalls sind es diese streunenden Ferals, die eine Bedrohung darstellen. Sie werden nur noch durch ihre Instinkte* *geleitet und haben keinerlei Sinn mehr für das, was einen Menschen ausmacht. Nach und nach drängen sie unsere Verteidigung zurück.«*

»Aber warum tun sie das?«, frage ich. *»Wenn sie da draußen so viel besser nach ihren Instinkten leben können, warum bleiben sie nicht einfach dort?«*

»Caleb hat es dir schon erzählt. Sie brauchen die Menschenfrauen, um sich fortpflanzen zu können. Und sie wollen all jene Ferals töten, die nicht so sind wie sie. Die Menschenmänner stehen ihnen sowieso nur im Weg; die wären nichts weiter als Kollateralschäden.«

»Leerth und Moorth können uns helfen, das zu verhindern?«

»Wir hoffen es. Unsere Truppen allein sind auf Dauer nicht stark genug. Aber zuerst müssen wir die beiden Herrscher von unserem Vorhaben überzeugen. Sie werden uns ihre Soldaten nicht einfach so überlassen. Das erste Treffen in Leerth diente auch schon dazu, mit ihnen zu verhandeln, doch ... Na ja, wie es ausgegangen ist, weißt du ja.«

»Alles nur meinetwegen«, murmele ich. *»Wäre ich nicht dabei gewesen, wäre das zwischen dir und Tristan nicht geschehen und die Verhandlungen hätten damals schon zum Abschluss gebracht werden können.«*

»Noch ist nichts verloren«, sagt Ash. *»Diesmal haben wir die Chance, es besser zu machen.«*

Aber Tristan wird auch wieder da sein. Ich kann mir nicht vorstellen, dass er und Ash in einem Raum sein können, ohne sich gegenseitig umbringen zu wollen.

»Mach dir um ihn keine Sorgen. Diesmal ist die Ausgangssituation anders.«

Payne und ich erreichen das Zimmer der Unberührbaren, das direkt vom Burghof zugänglich ist, und ich verabschiede mich in Gedanken von Ash, der noch eine Weile mit Caleb in der Stadt bleiben muss. Schon eine Sekunde später vermisse ich seine Stimme im Kopf. Am liebsten würde ich alles stehen und liegen lassen, allen sagen, dass sie sich allein um ihren Mist kümmern sollen, und hinaus in die Stadt rennen, um Ash zu suchen. Es zerreißt mich innerlich, dass er nicht hier ist. Jeder Augenblick ohne seine Nähe fühlt sich wie ein halbes Leben an. Ich bekomme eine ungefähre Vorstellung davon, was Neera damit meinte, ich würde jetzt keine drei Tage mehr ohne ihn aushalten. Selbst die paar Stunden kratzen schon an den Nerven und machen mich dünnhäutig.

***

Das Zimmer der Unberührbaren ist klein und unordentlich. Selbst auf dem Boden liegen leere Tiegel oder zerbrochene Fläschchen. Ein bestialischer Gestank beißt mir in der Nase, sobald ich einen Fuß hineingesetzt habe. Ich muss mich dazu zwingen, nicht sofort auf der Stelle wieder umzudrehen, nachdem ich es betreten habe. Großmutter steht mit in die Hüften gestemmten Händen vor einem Regal und schüttelt unentwegt den Kopf. Erst als Payne die Tür hinter uns schließt, wendet sie sich zu uns um. Ihre Brauen sind zusammengezogen und ein verkniffener Ausdruck liegt um ihre Mundwinkel.

»Ich kenne die Unberührbare des Schlosses nicht«, grummelt sie, »aber anhand der Beschriftung ihrer Krüge und der Aufzeichnungen in den Büchern kann ich sagen, dass sie eine Pfuscherin ist. Kaum etwas von dem, was sie hier hat, ist wirklich nützlich. Und das, was nützlich ist, wurde so schlecht gelagert, dass ich es am liebsten sofort wegwerfen würde. Daher kommt auch der widerliche Gestank.«

Ich gehe an ihr vorbei und werfe einen kurzen Blick in eines der Bücher. »Das wüsste selbst ich besser«, murmele ich, als ich direkt auf der aufgeschlagenen Seite eine völlig falsche Behandlungsmethode für Fieber erkenne.

»Das will ich auch hoffen«, brummt Großmutter. »Wie lange ist die jetzige Unberührbare schon hier im Dienst?«

Payne zuckt mit den Schultern. »So oft haben wir mit ihr nicht zu tun. Ich kann mich gar nicht daran erinnern, je ihre Dienste in Anspruch genommen zu haben. Kleinere Verletzungen behandeln Hazel und ich selbst. Ich weiß nur, dass Kyla, die Unberührbare, auch noch andere Arbeiten verrichtet.«

Kyla. Den Namen habe ich schon mal gehört. Wo war das nur?

»Ich kann in diesem Saustall unmöglich arbeiten«, sagt Großmutter und schüttelt den Kopf. »Ich bleibe gerne hier am Schloss, aber ich werde weder in diesem Zimmer noch mit einer Pfuscherin arbeiten können.«

»Ich kläre mit Neera, ob du ein anderes Quartier beziehen kannst«, biete ich an. »Dort könntest du auch deine eigenen Utensilien unterbringen. Ich bin sicher, dass sich schnell herumsprechen wird, wer die Bessere von euch beiden ist.«

Nach kurzem Zögern nickt Großmutter und folgt uns hinaus. Ich werfe noch einen Blick in das Zimmer, doch ich werde das Gefühl nicht los, dass ich etwas übersehe. Neera als ehemalige Unberührbare würde doch nie eine Unberührbare beschäftigen, die so nachlässig mit ihren Tränken und Tinkturen umgeht – oder die offenbar keinen blassen Schimmer davon hat, was sie überhaupt macht …

***

Während Payne meine Großmutter herumführt, kontaktiere ich Neera über den Nexus. Sie sichert sofort zu, dass Großmutter ein anderes Quartier bekommt, in dem sie nach ihrem Gutdünken schalten und walten kann. Außerdem verspricht Neera, sich selbst von den Missständen zu überzeugen und Kyla zur Rede zu stellen. Ich bedanke mich und lasse Großmutter von Payne zu ihrem neuen Zimmer bringen.

Anschließend mache ich mich auf die Suche nach Jyde. Er wurde bereits von Caleb den Soldaten vorgestellt und hat wie selbstverständlich die Rolle des Ausbilders übernommen. Ich bleibe eine Weile am Rand des Trainingsareals stehen und beobachte ihn und seine neuen Schützlinge. Er hat sich nicht verändert. Jyde war schon immer ein sehr strenger und genauer Lehrer, aber er war stets fair und wusste, wie weit er seine Schüler treiben konnte. Nicht bis zur völligen Erschöpfung – es sei denn, sie fordern es, so wie ich es oft getan habe, wenn die Erinnerungen mich zu übermannen drohten. Ich freue mich schon darauf, wieder mit ihm trainieren zu können, und bin gespannt, ob er wirklich gegen mich antreten wird. Die anderen Ferals haben sich allesamt geweigert, aber bei Jyde habe ich das Gefühl, dass er sich nicht so verhalten wird.

***

Nachdem ich mich davon überzeugen konnte, dass Großmutter und Jyde in guten Händen waren, machte ich mich auf den Rückweg zu Neera. Mittlerweile ist es Abend geworden und ich hätte nichts dagegen, mich hinzulegen. An Schlaf war die letzten Tage nicht zu denken. Nicht dass ich mich beschweren will! Aber so langsam fordert auch mein Körper trotz seiner neuen Kraft ein wenig Erholung.

Neera erwartet mich vor ihren Gemächern und bittet mich hinein. Ich kann mich nicht daran erinnern, jemals hier gewesen zu sein. Ihre Räumlichkeiten sind einfach und kommen ohne viel Prunk aus. Keine goldenen Verzierungen, keine aufwendigen Wandvertäfelungen oder kostbaren Teppiche. Ähnlich wie bei Ash. Bis auf sein verschwenderisch großes Bett und seine unzählbaren Bücher gibt es nicht viel von Wert.

»Setz dich.«

Neera weist mit einer Handbewegung auf eine kleine Sitzgruppe. Ich zögere zunächst, dann lasse ich mich auf das Sofa nieder, während Neera auf einem Sessel Platz nimmt. Vor mir steht eine dampfende Tasse Tee. Erst jetzt bemerke ich, wie ausgetrocknet sich mein Mund anfühlt. Ich starre die Tasse mit der bräunlichen Flüssigkeit an, wage aber nicht, danach zu greifen. Ich spüre Neeras Blick auf mir und mir wird klar, dass das hier ein Test ist. Irgendwas will sie wissen. Aber was? Meine Haltung, während ich die Tasse zum Mund führe? Ob ich schlürfe? Ob ich abwarten kann, bis sie mir erlaubt zu trinken? Oder …?

Ich lehne mich ein Stück nach vorn und schnuppere an dem aufsteigenden Dampf. Der Geruch des Tees ist merkwürdig. Vielleicht ist es nur eine Sorte, die ich nicht kenne, aber … etwas stimmt mit dem Getränk nicht. Ich lehne mich wieder zurück und schaue stirnrunzelnd zu Neera.

Sie nickt mit einem zufriedenen Lächeln und sagt: »Gut gemacht. In den Tee habe ich ein leichtes Schlafmittel gemischt. Nichts Gefährliches, aber ich bin dennoch beeindruckt, dass du es herausriechen konntest.«

»Aber warum?«

Sie legt den Kopf schief. »Es ist deine erste Lektion. Vertraue niemandem hier im Schloss. Du sollst natürlich deine Vertrauten, deinen inneren Kreis, haben. Dazu zählen sicherlich Hazel, Payne, Caleb, jetzt auch Brianna und Jyde – und selbstverständlich Ash und ich. Doch auch wenn einer von ihnen dir etwas zu essen oder zu trinken bringt, vertraue ihnen niemals blind! Jedes Getränk, jeder Happen Essen ist hier im Schloss durch so viele Hände gegangen, dass kaum noch nachzuvollziehen ist, wer es letztendlich zubereitet hat. Das bedeutet, dass du niemals deine scharfen Sinne ausschalten darfst – auch nicht, wenn es Ash ist, der dir etwas zu trinken reicht.« Der erbarmungslose Blick aus ihren blauen Augen hält meinen gefangen. »Dank dieser Vorsichtsmaßnahme habe ich so lange überlebt. Ich kann keine Gifte am Geruch erkennen so wie du, aber ich habe andere Wege gefunden, um mich vor solchen Anschlägen zu schützen.«

Ich warte darauf, dass sie weiterspricht, aber sie tut es nicht.

»Lass nur diejenigen in deinen inneren Kreis, denen du – ohne zu zögern – dein Leben anvertrauen würdest«, mahnt sie. »Sei sparsam mit deiner Gunst. Aber das muss ich dir sicher nicht sagen.« Neera lächelt. »Dass du nicht so leicht Freundschaften schließt, wird sich hier bei Hofe als Vorteil herausstellen. Du lässt dich nicht blenden von Reichtum oder Herkunft oder schönen Versprechungen.« Ihr Lächeln wird breiter. »Wie es aussieht, stellst du dich gegenüber Ruby doch als Glücksgriff heraus.«

Ich rolle mit den Augen. »Ich fasse das einfach mal als Kompliment auf.«

»Das sollte es auch sein.« Neera schiebt die Tasse samt Untersetzer beiseite und stellt ein neues Service vor mich, bevor sie Tee aus einer Kanne einschenkt. »So, kommen wir nun zu unserer zweiten Lektion.«

»Und die wäre?«

Mit zwei Fingern greift sie nach dem Henkel ihrer Tasse und führt sie mit einer geschmeidigen Bewegung zum Mund. Sie nimmt nur einen winzigen Schluck, der nicht einmal ausreichen würde, um den Durst eines Vögelchens zu stillen.

Als sie die Tasse wieder sinken lässt und nahezu geräuschlos auf die Untertasse setzt, antwortet sie: »Die zweite Lektion befasst sich damit, wie man Tee trinkt, ohne dabei wie ein Dorfmädchen auszusehen.«

KAPITEL 4

Jeder einzelne Muskel im Rücken und Nackenbereich schmerzt von der ungewohnten Sitzposition, in die Neera mich pausenlos gezwungen hat. Selbst im Gesicht habe ich Muskelkater, da ich dabei ständig lächeln sollte. Nicht übermäßig viel, nicht zu wenig. Es dauerte schier endlos, bis ich das richtige Maß gefunden hatte, mit dem sich auch Neera zufriedengab. Doch es fiel mir schwer, diese Grimasse pausenlos zur Schau zu stellen. Nach wenigen Stunden drückte meine Blase von den unzähligen Tassen Tee, die ich trinken musste, bis ich es schaffte, nichts zu verschütten oder keine Geräusche dabei zu machen.

Als Neera mich endlich entlässt, wanke ich in mein Zimmer, mache mich fertig für die Nacht und will nur noch ins Bett. Selbst Hazels Schnarchen werde ich heute Nacht nicht hören, weil ich tief und fest schlafen werde.

Ash hat sich seit heute Nachmittag nicht mehr gemeldet. Wahrscheinlich ist er ebenfalls noch unterwegs. Ich bin zu erledigt, um nachzufragen, ob ich in sein oder mein Zimmer gehen soll, deshalb entscheide ich mich für Letzteres. Da muss ich niemanden fragen, sondern kann mich einfach in mein Bett werfen – was ich tue. Payne murmelt etwas, was ich nicht verstehe, weil es von Hazels Schnarchen übertönt wird. Lautlos öffne ich die Kommode und nehme ein Fläschchen heraus, das ich mitgebracht habe, als ich hier ankam. Kurz schnuppere ich daran und verziehe aufgrund des stechenden Geruchs das Gesicht. Dennoch nehme ich einen kräftigen Schluck des Lotriumsaftes, bevor ich die Flasche wieder zurück an ihren Platz stelle.

Bei meinem Aufbruch habe ich darüber den Kopf geschüttelt, dass Großmutter mir ein Verhütungsmittel mitgegeben hat; jetzt bin ich dankbar für ihre Weitsicht.

Als ich endlich mit nur einem weiten Hemd bekleidet unter der Bettdecke liege, spüre ich, dass die Anspannung der letzten Tage von mir abfällt, und beinahe augenblicklich drifte ich in einen erholsamen Schlaf über.

Ich schrecke jedoch hoch, als sich die Tür zu unserem Zimmer öffnet. Mit angehaltenem Atem taste ich nach dem Dolch, der auf dem kleinen Schränkchen neben meinem Bett liegt. Aber als ich die gewohnte Schrittfolge höre, entspanne ich mich und hebe die Bettdecke an. Lautlos schlüpft Ash darunter und schlingt die Arme um mich. Ich schmiege mich zufrieden seufzend an ihn und bekomme nur noch mit, dass er mir einen Kuss auf die Stirn haucht, bevor ich wieder einschlafe.

***

Unsanft werde ich aus dem Schlaf gerissen, als Payne die Vorhänge zurückzieht und Hazel anfängt zu kichern. Ich hasse es, nicht von allein aufzuwachen, doch noch schlimmer finde ich es, wenn ich schon vor dem Aufwachen im Mittelpunkt der Aufmerksamkeit stehe.

»So leid es mir auch tut, Scarlet«, sagt Payne, »aber für dich gelten die Regeln ebenso wie für uns.«

Ash regt sich in meinen Armen und presst das Gesicht noch fester gegen meinen Hals, um den erbarmungslosen Sonnenstrahlen entkommen zu können.

»Welche Regeln?«, brummelt er undeutlich.

Seine Lippen streifen sanft über die empfindliche Haut knapp unter dem Bissmal.

»Keine Männer in unserem Zimmer«, murmele ich.

»Genau«, trällert Hazel viel zu gut gelaunt für diese Tageszeit. »Auch ein Prinz ist von dieser Regel nicht ausgenommen.«

Ich öffne ein Auge zur Hälfte. »*Du* bist der Grund, warum es diese Regel überhaupt gibt.«

Sie zuckt mit den Schultern und wedelt mit der Hand vor ihrem Gesicht, als wolle sie meinen Einwand wegwischen. »Keine Ausnahmen«, wiederholt sie.

»Ja, ja, schon gut«, grolle ich und reibe mir übers Gesicht.

Ich bin immer noch nicht richtig wach. Wenn man so geweckt wird, kann der restliche Tag nur mies werden ... Am liebsten würde ich mir die Bettdecke über den Kopf ziehen und die restliche Welt aussperren. Wenigstens noch für ein paar Stunden ...

Ash setzt sich neben mir auf und fährt sich mit einer Hand durch sein heillos zerzaustes Haar. Auch er sieht aus, als könne er auf der Stelle wieder einschlafen. Trotz seiner zerknitterten Klamotten und des Kissenabdrucks im Gesicht, sieht er hinreißend aus, während ich wohl eher ein Bild des Jammers abgebe.

»Darf ich fragen, warum es diese Regel gibt?«, will Ash von Hazel wissen.

»Weil ...«, setzt Payne an, wird jedoch von Hazel unterbrochen. »Weil wir die Tugendhaftigkeit unserer Truppe gewährleisten müssen«, sagt sie voller Ernsthaftigkeit und mit vor der Brust verschränkten Armen.

Auf Paynes fassungslosen Blick hin kann ich ein Lachen nicht mehr zurückhalten. Auch Ashs Schultern zucken verdächtig.

»Dafür ist es ein bisschen spät, fürchte ich«, murmelt er leise, ehe er sich erhebt und vor Hazel verneigt. »Nichts lag mir ferner, als eurer Tugendhaftigkeit zu schaden.«

Hazel vollführt eine gönnerhafte Handbewegung. »Euch sei verziehen. Aber bei einem erneuten Vergehen werde ich nicht so viel Gnade walten lassen!«

Ich erhebe mich ebenfalls, nicht ohne Hazel noch einen bitterbösen Blick zuzuwerfen, und ziehe Ash zur Tür. Er bückt sich nur noch nach den Stiefeln und winkt mit der freien Hand Hazel und Payne zu, bevor er nach draußen auf den Korridor geht.

»Entschuldige«, murmele ich. »Ich wusste nicht, dass die beiden ... so reagieren.«

»Es ist ihr gutes Recht, immerhin ist es auch ihr Zimmer. Ich hatte eigentlich gehofft, dich in meinem Bett zu finden, als ich irgendwann kurz vor Mitternacht zurückkam«, sagt er, als er die Schuhe angezogen hat. »Aber ich musste feststellen, dass du nicht da warst, und das ... kam mir falsch vor. Also bin ich hergekommen, ohne groß darüber nachzudenken, dass du kein Zimmer für dich allein hast. So gesehen bin ich derjenige, der sich entschuldigen muss.«

»Mach dir wegen der beiden keine Gedanken«, sage ich. »Diese blöde Regel gibt es nur, weil Hazel pausenlos ihre Liebhaber in unser Zimmer geschleppt hat und Payne bei dem Lärm kein Auge zumachen konnte. Ich selbst habe das zum Glück nie selbst miterlebt. Wahrscheinlich sollte ich Payne für das Aufstellen dieser Regel danken.«

Ash grinst, legt beide Arme um meine Mitte und zieht mich an sich. »Hazel ist berüchtigt unter den Wachen und der Belegschaft der Baracke. Ich glaube, die einzigen männlichen Wesen, mit denen sie nichts hatte, sind Caleb und ich. Es wird sogar darüber spekuliert, ob sie irgendwo ein Brett hat, in das sie für jeden Kerl eine Kerbe schlägt, der ihr Bett verlässt.«

Ich fahre mit den Fingern seine Arme entlang. »Bisher ist mir so was noch nicht aufgefallen, aber wenn ich ein solches Brett finden sollte, gebe ich dir Bescheid.«

Allerdings bin ich mir ziemlich sicher, dass sie gerne eine Kerbe für Caleb hinzufügen würde. Wenn ich so drüber nachdenke, hat sie mich schon mehrfach nach ihm ausgefragt.

»Schläfst du heute Nacht bei mir?«, fragt Ash nach einer Weile.

Kein Befehl. Keine vollendeten Tatsachen, die keinen Widerspruch dulden. Sondern eine Frage, die ich auch mit Nein beantworten könnte. Das ist einer der Gründe, warum ich ihn so liebe. Einer von sehr vielen.

»Ich werde bestimmt erst wieder spät von meinem Unterricht mit Neera zurück sein«, sage ich. »Sie wird mich heute den ganzen Tag quälen.«

»Ich werde auch lange unterwegs sein«, meint Ash. »Aber wenigstens hätte ich dann etwas, worauf ich mich freuen kann, wenn ich zurückkomme.«

»Ich überlege es mir«, sage ich. »Gestern Abend war ich froh, dass ich mich noch an den Weg zurück in mein Zimmer erinnern konnte.«

»Zur Not schleiche ich mich eben wieder zu dir hinein und ziehe Hazels Zorn auf mich«, entgegnet er grinsend. »Ich schlafe einfach viel besser, wenn du neben mir liegst.«

Ich stelle mich auf die Zehenspitzen und stehle mir einen schnellen Kuss. »Geht mir genauso.«

»Dann bis heute Abend«, wispert er, bevor er mit beiden Händen mein

Gesicht umfasst und die Lippen auf meine presst, um so jeden möglichen Widerspruch im Keim zu ersticken.

Erst Paynes Räuspern hinter uns treibt uns auseinander. »Neera verlangt nach dir«, sagt sie. »Und ich bezweifele, dass es einen guten Eindruck hinterlässt, wenn du so spärlich bekleidet bei ihr auftauchst.«

Seufzend schließe ich für einen Moment die Augen. »Warum habe ich mich nur darauf eingelassen?«, flüstere ich zu mir selbst, doch als ich die Augen wieder öffne, sehe ich den Grund dafür vor mir. Mit dem Daumen streichelt Ash über meine Wange, bevor er die Hände sinken lässt, eine Verbeugung andeutet und sich umwendet.

»Anziehen. Jetzt«, kommandiert Payne in knappem Ton. »Und kämmen solltest du dich auch.«

»Bist du neuerdings meine Mutter?«, murre ich, als ich an ihr vorbei zurück ins Zimmer gehe. Hinter mir meine ich, Ashs Lachen hören zu können, bevor er in den nächsten Gang verschwindet.

»Nein«, antwortet sie. »Aber deine Großmutter und Neera haben mich damit beauftragt, ein Auge auf dich zu haben. Ich habe nicht vor, meine Aufgabe auf die leichte Schulter zu nehmen. In drei Tagen sind der Empfang der Herrscher und deine Verlobung. Bis dahin musst du noch eine Menge lernen.«

»Ich weiß«, knurre ich missmutig, während ich mich anziehe.

Hazel scharwenzelt ebenfalls um mich herum und bettelt darum, meine Haare kämmen zu dürfen. Keine Ahnung, warum ihr das so viel Freude bereitet, aber ich bin froh, dass mir ein wenig Arbeit abgenommen wird. Soll sie sich doch über die Knoten im Haar ärgern.

»Wir erwarten dich dann heute Abend nach deinem Training wieder hier«, sagt Payne, als ich fertig bin und sie mir hinaus auf den Korridor folgt.

»Was?«, entfleucht es mir. »Aber wieso?«

»Damit ich dich aus dem Bett werfen kann, ohne mir das Gemurre des Prinzen anhören zu müssen, wenn ich seine Tür eintrete«, sagt sie. »Denn das müsste ich zwangsweise, da du ein Morgenmuffel bist und am liebsten bis mittags in den Federn liegen würdest. Dein Trainingsplan für die nächsten drei Tage ist mehr als überfüllt. Du kannst dir keine Verspätungen leisten, wenn du auf alles vorbereitet sein willst.«

Ich erspare mir jeden weiteren Kommentar und beiße die Zähne zusammen.

Nur drei Tage, sage ich zu mir selbst. Drei Tage werde ich das schon irgendwie überstehen.

KAPITEL 5

Nein, ich werde diese drei verdammten Tage niemals überstehen!

Schon der Vormittag ist eine Katastrophe. Ich verbringe ihn damit, gerade dazusitzen, Tee zu trinken und ein möglichst neutrales Gesicht zu machen, während ich Konversation betreibe. Ich habe Mühe, nicht auf der Stelle einzuschlafen. Zu welchen Themen ich nicke und hin und wieder einen – in meinen Ohren wenig geistreichen – Kommentar einwerfe, kann ich im Nachhinein nicht mehr sagen.

Nach einem kurzen Mittagessen folgt Tanzunterricht mit Payne, die den männlichen Part mimt. Ash und Caleb sind unterwegs und gemeinsam mit einem Fremden würde ich noch schlechter tanzen als so schon. Selbst bei Payne zucke ich zusammen, wenn sie eine Hand an meinen Rücken legt. Wenigstens ist sie keine ganz so gnadenlose Lehrerin wie Neera, die mir nicht den kleinsten Fehler durchgehen lässt. Payne ist zufrieden damit, wenn ich nicht über meine eigenen Füße stolpere oder allzu oft auf ihre trete. Mit anmutigem Tanz hat das, was ich abliefere, jedoch wenig zu tun und ich bezweifele, dass sich das innerhalb weniger Tage noch ändern wird.

Als meine Füße in den neuen Schuhen mit den ungewohnten Absätzen schmerzen und so geschwollen sind, dass sie pulsieren, bekomme ich eine Pause und darf mich eine Stunde lang ausruhen. In Windeseile streife ich diese verflixten Folterinstrumente ab, schlüpfe in meine Stiefel, greife nach den Waffen und flüchte hinaus in Richtung Burgplatz. Hoffentlich ist jemand da, mit dem ich trainieren kann, um wenigstens für eine Weile den Kopf frei zu bekommen.

***

Ich habe Glück: Jyde ist gerade dabei, ein paar neuen Rekruten die Grundlagen im Schwertkampf beizubringen. Ungeduldig laufe ich am Rand des Trainingsgebietes auf und ab. Ich muss aussehen wie ein eingesperrtes Tier, denn irgendwann platzt sogar Jyde der Kragen. Er gibt dem Rekruten zu verstehen, dass er sich außerhalb der Absperrung hinstellen soll und winkt mich zu sich.

Ich ignoriere das Lachen und die anzüglichen Sprüche, die von den Grünschnäbeln laut werden, als ich auf einer Seite des Rings in Position gehe. Ihr Lachen verstummt in dem Augenblick, in dem ich die Klingen ziehe.

»Seht gut zu«, sagt er zu den etwa zwanzig jungen Männern. »Vielleicht könnt ihr noch was lernen. Wenn nicht, lasse ich euch in der nächsten Stunde gegen sie antreten. Und glaubt mir, ich sammele danach nicht eure Einzelteile auf.«

Wow, ein Witz aus Jydes Mund ist ganz was Neues. Anscheinend tut es ihm gut, hier am Schloss zu sein und einen neuen Wirkungskreis zu haben.

Ich lege den Kopf schief und warte darauf, dass er angreift, doch stattdessen senkt er den Blick.

»Nein, Scarlet«, sagt er leise, doch meine geschärften Sinne können jedes seiner Worte verstehen. »So funktioniert das nicht. Ich darf dich nicht mehr direkt angreifen, wenn mir mein Leben lieb ist. Aber ich werde mich verteidigen, wenn du mich attackierst.«

Ich rolle mit den Augen und will ihm widersprechen. Doch wahrscheinlich sollte ich froh darüber sein, dass er sich mir überhaupt entgegenstellt. Die anderen Ferals haben sich allesamt geweigert, auch nur nach einer Waffe zu greifen, wenn ich sie herausforderte, und haben sich stattdessen sofort in den Staub geworfen. Dass mir ein solches Verhalten nicht passt, wenn ich trainieren will, muss ich nicht extra erwähnen.

Ich lockere die Schultern, konzentriere mich und stürme nach vorn. In dem Moment, als ich mich in Bewegung gesetzt habe und nun nur meinen Gegner vor mir sehe, vergesse ich alles andere um mich herum. Die Kraft, die mir vor wenigen Tagen noch fremd und ungewohnt vorkam, lässt mich schneller und geschmeidiger als vorher werden. Ich höre den Wind, den meine Klingen zu zerteilen scheinen. Mein Blick nimmt jede Regung von Jyde wahr und meine Sinne interpretieren selbst das kleinste Muskelzucken. Ich weiß bereits vor ihm, in welche Richtung er ausweichen wird und reagiere instinktiv. Schnell, lautlos und präzise.

Vor fünf Jahren habe ich mir gewünscht zu einer Waffe zu werden. Vor drei Monaten dachte ich, dass ich zu einer geworden wäre. Aber das, wozu ich damals fähig war, ist nichts im Vergleich dazu, was ich jetzt kann. Wenn ich es darauf anlegen würde, könnte ich Jyde mit einem einzigen Blick dazu bringen, aufzugeben. Zwar verfügt auch er über Feral-Kräfte, von denen er mir bisher in all den Jahren nichts gezeigt hat, aber meine Instinkte sagen mir, dass sie nichts gegen meine sind.

Ich halte kurz im Angriff inne, gebe ihm die Zeit, sein Schwert zur Verteidigung zu heben, und lasse dann beide Klingen niedersausen. Unter dem Aufprall des Angriffs geht Jyde in die Knie, hält die Waffe aber verbissen aufrecht.

»Nicht schlecht«, sage ich und kann mir ein Schmunzeln nicht verkneifen.

»Ebenfalls«, erwidert er, allerdings etwas angestrengter als ich. »Wer hat dich geärgert, dass du deinen Frust loswerden musst?«

Ich mache einen Satz zurück, damit er wieder aufstehen kann. Jyde kennt mich viel zu gut; er weiß genau, warum ich hier bin.

Mit einer Hand massiert er kurz die rechte Schulter und fragt dabei: »Ist es wegen des Empfangs? Oder wegen der Ankündigung?«

Ich erspare mir die Frage, woher er davon weiß, und wiege den Kopf hin und her. »Ein bisschen von beidem, schätze ich.«

Ich presche nach vorn, jedoch nicht so schnell, dass er mir nicht mehr ausweichen könnte. Es liegt mir fern, diesen kleinen Trainingskampf sofort zu beenden, auch wenn ich es könnte. Würde Jyde dabei noch den Mund halten, könnte ich es sogar genießen.

»Du bist sicher, dass du das durchziehen willst und es nicht etwas zu schnell geht?«, fragt Jyde, während er neben mir erneut in Verteidigungsstellung geht. »Ich hätte darauf gewettet, dass ihr länger brauchen würdet. Schließlich hast du dich geweigert ihn anzusehen, als wir hier ankamen, und das einzige Wort, das du zu ihm gesagt hast, war sein Name. So wortkarg und aufgewühlt habe ich dich noch nie zuvor gesehen.«

»Möchtest du weiterreden oder lieber gleich mit dem Gesicht voran im Dreck landen?«, knurre ich.

»Geht dir das noch immer so unter die Haut? Ist es das, was dich zögern lässt?«

Ich hole mit der Klinge in der Linken aus, doch er bringt sich mit einem Sprung zur Seite in Sicherheit. »Ich zögere nicht«, stelle ich klar. »Ich könnte nur dankend auf dieses ganze Drumherum verzichten. Warum muss ich tanzen können oder wissen, wie ich eine Teetasse abzustellen habe, ohne dabei ein Geräusch zu verursachen?«

»Weil das nun mal dazugehört, wenn man sich ausgerechnet einen Prinzen aussucht«, erwidert Jyde trocken. »Es ist ja nicht so, als hättest du keine Auswahl gehabt.«

»Nach Tristans Tod wollte ich keinen anderen. Das weißt du genau.«

Jydes Mund verzieht sich zu einem seltenen Grinsen. »Wir bekommen nur selten das, was wir *wollen*. Du solltest es inzwischen gelernt haben. Wir bekommen das, was wir *brauchen*.«

»Was wird das?«, grolle ich. »Ich bin nicht hier, um mit dir zu reden.«

»Ach nein?«, fragt er. »Dafür lässt du mich aber lange gegen dich bestehen. Denkst du, ich merke nicht, wie sehr du dich zurücknimmst? Früher warst du gefährlich, weil du dachtest, dass es nichts gäbe, was du brauchtest.«

Mit mehr Kraft als bisher stürme ich nach vorn, hole aus und bringe Jyde um ein Haar zum Straucheln. Ich blecke die Zähne, als ich sage: »Ich bin immer noch gefährlich.«

Er zuckt mit den Schultern. »O ja, das bist du. Du bist sogar noch gefährlicher. Weil du jetzt etwas brauchst. Weil du etwas hast, was du beschützen willst. Das macht dich zu einer Gefahr, die niemand einschätzen kann, der dich nicht kennt. Vorher ging es dir nur darum, irgendwie weiterzumachen und irgendwen für den Schmerz, den du empfandest, leiden zu lassen. Doch jetzt«, er grinst erneut, »bist du sogar so weit, dass du freiwillig tanzen lernst, um andere zu beeindrucken. Das ist es, was dir so zusetzt, nicht wahr? Dass du wildfremde Menschen beeindrucken sollst, für die du rein gar nichts übrighast.«

Ich wirbele herum und schlage ihm mit einem Hieb die Waffe aus der Hand, die ein paar Meter entfernt im Sand stecken bleibt. Verwirrt und mit einem leichten Hauch von Erschrecken in der Miene schaut Jyde abwechselnd zu seiner unerreichbaren Waffe und zu mir. Ich lege so viel Kraft wie möglich in meinen Blick und starre Jyde nieder. Schon nach wenigen Sekunden zwingt ihn der Feral in ihm, den Kopf zu senken.

»Ich schätze dich und deine Meinung, Trainer«, grolle ich leise. »Aber im Moment will ich deine Meinung nicht hören.« Ich stecke die Klingen zurück in ihre Scheiden und wende mich zu den Rekruten um, die allesamt merklich blass um die Nase geworden sind. »Jyde war mein Lehrmeister«, sage ich so laut, dass mich jeder von ihnen verstehen kann. »Er hat mir alles beigebracht, was ich weiß. Ihr solltet auf ihn hören, wenn er euch trainiert.«

»Wer bist du?«, fragt einer der etwas zu klein geratenen jungen Männer in der vorderen Reihe. »Ich habe noch nie eine Frau gesehen, die so gut kämpfen kann.«

»Ich habe noch nie eine Frau gesehen, die *überhaupt* kämpfen kann«, wirft ein anderer ein.

»Das«, sagt Jyde hinter mir, »ist Scarlet.« Er klopft sich den Sand von der Hose und richtet sich anschließend zu voller Größe auf. »Sie ist die beste Schwertkämpferin, die es in unseren Gebieten gibt. Und sie ist eure Königin – oder wird es bald sein, also zollt ihr verdammt noch mal Respekt oder sie wird euch Stück für Stück auseinandernehmen!«

Es kostet mich schier endlose Willenskraft, den Blick nicht abzuwenden, als alle Rekruten mich anstarren, als wäre mir ein Extrakopf gewachsen. Ich hasse kaum etwas mehr, als im Mittelpunkt zu stehen, doch ich muss lernen es zu ertragen. Nach und nach erwachen die jungen Männer aus ihrer Starre und senken die Köpfe.

Jyde tritt zu mir und nickt. »Kein Feral unter ihnen, den du zum Gehorsam zwingen könntest, oder?«

Ich schüttele den Kopf. »Das hätte ich nicht vorgehabt. Es tut mir auch leid, dass ich es bei dir gemacht habe. Es … ist einfach passiert. So wirklich scheine ich es doch noch nicht unter Kontrolle zu haben.«

»Darum geht es nicht«, sagt Jyde schnell. »Völlig egal, ob ein Mensch oder Feral vor dir steht, jeder von ihnen hat dir mit Respekt zu begegnen. Und wenn er das nicht macht, hast du ihn einzufordern. Es ist mir gleichgültig, ob du ihn mit netten Worten, einem anmutigen Tanz oder scharfen Klingen dazu bringst; Hauptsache, du tust es. Denn jeder, der dir nicht mit Respekt begegnet, begeht einen riesengroßen Fehler. Lass das niemanden vergessen. Und jetzt hoch mit deinem Kinn! Schließlich bist du eine Königin.«

»Noch nicht offiziell«, murmele ich, komme aber der Aufforderung nach.

»Die Meinung von ein paar Menschen, die Wert auf einen Stammbaum oder eine glitzernde Krone auf deinem Kopf legen, zählt nicht«, widerspricht Jyde. »Wenn es nur darum geht, diese Menschen beeindrucken zu müssen, solltest du aufhören dich zu quälen. Denn selbst wenn du eine perfekte Drehung beim Tanz hinbekommst, werden sie dennoch etwas finden, um dich von oben herab zu behandeln.«

»Was soll ich dann tun?«, frage ich. »Die Herrscher kommen bereits in wenigen Tagen.«

Jyde wendet sich zu mir um und legt beide Hände auf meine Schultern, ehe er mir tief in die Augen sieht. »Sei du selbst.«

Ich senke den Kopf. »Ich bezweifele, dass das so gut ankommen wird.«

»Durch deine Art hast du einen Prinzen für dich gewonnen«, wirft Jyde ein. »Wenn das nicht zählt, dann weiß ich auch nicht weiter.«

Ich bin mir nicht sicher, ob es eher andersherum war, dass Ash mich durch *seine* Art gewonnen hat. Durch seine Blicke, das spitzbübische Grinsen, die saloppen Sprüche, die mich ein ums andere Mal aus dem Konzept brachten. Ich kann mir nicht vorstellen, dass es eine Frau auf dieser Welt gibt, die ihm nicht verfällt, wenn er es darauf anlegen würde, selbst abgesehen von seinem Titel, hinter dem allein schon ein Großteil her wäre.

»Irgendwann«, murmelt Jyde und legt mir einen Finger unters Kinn, um meinen Kopf wieder anzuheben, »erzähle ich dir ein paar Einzelheiten der letzten fünf Jahre, die du noch nicht kennst. Aber jetzt geh zurück zu deinem anderen Training!«

»Welche Einzelheiten?«, frage ich.

»Einzelheiten, die deinem Prinzen zu peinlich sind, um sie dir zu verraten«, antwortet er und zwinkert mit dem gesunden Auge. Sein Blick huscht hinter mich. »Da sucht bereits jemand nach dir.«

Ich wende mich um und entdecke Payne, die mit verschränkten Armen am Rand des Trainingsareals auf mich wartet. Seufzend verabschiede mich von Jyde und nicke den Rekruten zu, bevor ich hinüber zu Payne eile.

»Konntest du deinen Kopf etwas frei kriegen?«, fragt sie. Als ich nicke, fügt sie hinzu: »Sehr gut. Wir haben noch viel zu tun.«

***

Die nächsten Tage verlaufen alle ähnlich. Tagsüber wird mein Kopf mit sinnlosem Wissen gefüllt, bis ich das Gefühl habe, dass er jeden Moment platzen könnte. Die Füße schmerzen von den Tanzstunden mit Payne, der Rücken tut von den Sitzübungen mit Neera weh. Stundenlang lässt sie mich gerade dasitzen, bis sich meine Muskeln verspannt haben und ich keine Ahnung habe, wie ich noch eine weitere Sekunde aushalten soll. Abends bin ich so erledigt, dass ich mich oft nicht erinnere, wie ich es zurück in unser Zimmer geschafft habe.

Ash sehe ich nur kurz, wenn er sich zu mir ins Bett schleicht, bevor mir die Augen wieder zufallen. Auch er ist so fertig, dass er sofort einschläft, sobald er sich an mich geschmiegt hat. Vor Sonnenaufgang verschwindet er wieder, trotzdem bin ich mir sicher, dass Hazel und Payne genau wissen, dass er da war. Sie sagen jedoch nichts, wofür ich ihnen dankbar bin, denn die wenigen Stunden in Ashs Nähe geben mir jeden Morgen die nötige Kraft, um wieder aufzustehen. Ohne seine kurzen Besuche würde ich vergessen, warum ich diesen ganzen Blödsinn überhaupt mitmache. Wir reden zwar kein Wort miteinander, aber allein das Gefühl seines Körpers an meinem, seine Wärme und sein Duft beruhigen meine angespannten Nerven. Zumindest so lange, bis ich wieder Neeras Training über mich ergehen lassen muss.

Einen Tag vor dem Empfang der Herrscher verwandelt sich die Burg in einen Bienenstock. Diener und Wachen huschen aufgeregt umher, legen letzte Hand an die Vorbereitungen, dekorieren den großen Saal und kochen, als würden sie ganze Heerscharen verköstigen wollen.

Caleb hat nach dem Fund des Winterlilien-Vorrats die gesamte Belegschaft der Küche austauschen lassen. Dennoch bin ich vorsichtig, wenn ich etwas esse oder trinke. Bisher konnte die Küchenhilfe, die damals mein Essen zubereitet hat, nicht gefunden werden. Es scheint fast, als hätte sie sich in Luft aufgelöst.

Von der Unberührbaren der Burg fehlt ebenfalls jede Spur, sodass Großmutter kurzerhand ihren Platz eingenommen hat. Während einer Pause half ich ihr dabei, die heruntergekommene Kammer von den Altlasten zu befreien. Nun empfängt sie dort regelmäßig ihre Patienten, behandelt Verbrennungen bei Küchenhilfen, Schürfwunden und Prellungen von Stallburschen oder Schnittverletzungen der Soldaten. Für jeden einzelnen von ihnen findet sie nicht nur die richtige Behandlung, sondern auch freundliche Worte. Schon nach zwei Tagen hat sich herumgesprochen, dass nun eine fähige Unberührbare am Werk ist, und Großmutter kann sich kaum noch vor Zulauf retten.

Jyde verrichtet seinen Dienst als harter, aber gerechter Ausbilder der Soldaten und Rekruten ebenfalls zu voller Zufriedenheit.

Beide scheinen mit ihren neuen Aufgaben glücklich zu sein und ich freue mich darüber, sie in meiner Nähe zu haben. Mir wäre nicht wohl dabei gewesen, Großmutter auf Dauer im Dorf zu lassen. Niemand hätte nach ihr gesehen oder sich um sie gekümmert, wenn sie bei etwas Hilfe gebraucht hätte.

»Du grübelst schon wieder«, sagt Großmutter, als ich während einer meiner wenigen Pausen bei ihr vorbeischaue.

Seufzend setze ich mich auf ihre Behandlungsliege und lasse die Beine ein Stück weit über dem Boden baumeln. »Morgen ist der Empfang«, murmele ich. »Ich habe das Gefühl, als hätte das ganze Training gar nichts gebracht. Ich bin immer noch ein Trampel beim Tanzen und habe keine Ahnung davon, wie ich mit wildfremden Leuten reden soll.« Mit beiden Händen reibe ich mir übers Gesicht. »Ich werde mich, Ash, Neera und alle anderen bis auf die Knochen blamieren.«

Großmutter schließt den Deckel eines Kruges und stellt ihn zurück ins Regal. »Bist du es nicht bald leid, dir über alles Gedanken zu machen?« Sie dreht sich zu mir um. »Ich verstehe, dass du zum Empfang in einem gewissen Rahmen angemessen erscheinen musst, aber es bedeutet nicht, dass du dich verbiegen sollst. Du kannst in den hochhackigen Schuhen kaum laufen und hast Angst umzuknicken? Dann zieh deine ausgetretenen Stiefel an. Niemand wird sie unter dem langen Kleid, das du tragen wirst, sehen können. Du kannst nicht mit fremden Menschen reden? Dann halte dich an die, die es können, und beschränke dich aufs Zuhören. Irgendwann wirst du von ganz allein ins Gespräch einsteigen können. Und wenn nicht«, sie zuckt mit den Schultern, »bist du eben die schöne stumme Unbekannte an Ashs Seite. Menschen lieben das, was sie nicht verstehen können. Wenn du schweigst, machst du dich interessanter, als wenn du pausenlos vor dich hinplapperst.«

Ich blinzele mehrmals mit offenem Mund, ehe ich frage: »Warum leitest du eigentlich nicht mein Training?«

Weder Neera noch Payne sehen das Offensichtliche. Auch ich bin blind für die Kleinigkeiten, die mir den Abend aber ungemein erleichtern könnten. Mit anderen Schuhen habe ich schon eine Sorge weniger und fühle mich gleich wohler. Ich habe das Kleid, das ich tragen werde, zwar noch nicht gesehen, doch anhand der beiden Kleider, die ich bereits für Empfänge bekommen habe, gehe ich davon aus, dass es ebenfalls bodenlang sein wird. Und wenn ich die ganze Zeit über bei Ash oder Hazel und Payne bin, werden sie genug reden, dass es gar nicht so sehr auffallen wird, wenn ich stumm bleibe. Zumindest für den Anfang. Denn Großmutter hat recht: Irgendwann werde ich auftauen und etwas sagen können.

»Du wirst niemanden enttäuschen«, sagt Großmutter. »Ash am allerwenigsten. Versuche einfach keinen der anderen Herrscher gegen dich aufzubringen, dann wirst du den Abend unbeschadet überstehen können.«

Also sollte ich doch lieber den Mund halten und im Hintergrund bleiben. Das wird mir nicht schwerfallen.

»Wirst du morgen auch anwesend sein?«, frage ich sie.

Großmutter nickt. »Ich werde mir doch nicht deine Verlobung entgehen lassen«, sagt sie. »Ich freue mich schon darauf, dich in einem Kleid zu sehen. Bisher kann ich es mir immer noch nicht richtig vorstellen, aber ich bin sicher, dass du darin genauso wunderschön aussehen wirst wie deine Mutter.«

»Worin?«

Sie schenkt mir ein kleines Lächeln. »Ich habe dein Kleid für morgen gesehen«, gesteht sie. »Ash und Neera wollten meine Meinung dazu hören, aber ich musste schwören, kein Wort darüber zu verlieren. Nur so viel: Es sieht bereits an der Schneiderpuppe umwerfend aus.«

»Beschreib es mir!«, bettele ich.

Doch Großmutter schüttelt sofort den Kopf. »Keine Chance! Ash nimmt schon die ganzen Tage über keinen Kontakt per Nexus zu dir auf, damit du in seinen Gedanken nicht doch schon einen Blick darauf erhaschst, und nur er, Neera und ich wissen, wo es sich überhaupt befindet. Du wirst es morgen Nachmittag sehen und keine Sekunde früher.«

»Das ist gemein«, murre ich.

»Ich darf dir nur verraten, dass das Kleid schon für die Reise nach Leerth angefertigt wurde, aber Ash ließ noch ein paar Änderungen vornehmen, damit es dem Kleid ähnelt, das deine Mutter bei ihrer Hochzeit getragen hat«, sagt Großmutter. »Damit verrate ich nichts, denn du kennst ihr Hochzeitskleid nicht. Aber du ähnelst ihr so sehr ... Deine grünen Augen, die fast schwarzen Haare, die Statur.« Sie legt eine Hand an meine Wange. »Du wirst umwerfend aussehen. Niemand wird darauf achten, ob deine Tanzschritte perfekt sind. Jeder wird damit beschäftigt sein, dich und deinen Prinzen anzustarren. Du wirst niemanden enttäuschen. Vielmehr werden alle stolz auf dich sein.«

»Danke«, hauche ich und lege die Hand auf ihre.

»Trotzdem wird es nicht schaden, wenn Neera noch mehr ihres Wissens in dich einhämmert«, sagt sie mit einem Augenzwinkern und scheucht mich aus ihrer Kammer.

Als ich zurück zu meinem Training gehe, fühle ich mich leichter und befreiter.

KAPITEL 6

Am nächsten Morgen verabschiedet sich Ash mit einem langen Kuss von mir, bevor er sich aus dem Zimmer schleicht. Ich bleibe noch eine Weile liegen, obwohl ich kein Auge mehr zubekomme. Aufgeregt wälze ich mich von einer Seite auf die andere, was mir ein Schnauben von Payne einbringt.

»Nur weil sich der Prinz nach draußen schleicht, heißt das nicht, dass wir auch schon aufstehen müssen«, brummt sie in ihr Kissen.

»Tut mir leid«, wispere ich.

War ja klar. Sie wussten genau, dass Ash die Nächte hier verbringt. Wahrscheinlich haben sie nur nichts gesagt, weil wir nichts weiter getan haben, als wie Tote zu schlafen. Oder sie sind nachsichtig mit mir, da ich mich den ganzen Tag herumschikanieren lassen muss.

Aber das endet heute. Die Herrscher samt Gefolge oder deren Abgesandte werden eintreffen und am Abend findet der Empfang statt, vor dem ich mich schon seit Tagen fürchte. Allein der Gedanke daran lässt meine Handflächen schwitzig werden.

Jetzt schwingt sich Hazel mit gewohnt guter Laune aus dem Bett und zieht mir die Decke weg.

»Aufstehen, Schlafmütze!«, ruft sie aufgedreht. »Heute verbringst du den Tag mit mir.«

Ich stütze mich auf die angewinkelten Arme und werfe Payne, die ebenfalls auf den Beinen ist, einen Hilfe suchenden Blick zu, doch sie zuckt nur mit den Schultern und sagt: »Neera und ich können dir nichts mehr beibringen. Hazel ist dafür verantwortlich, dass du heute Abend vorzeigbar bist.«

»Vorzeigbar?«, wiederhole ich, als ich wieder in Hazels strahlendes Gesicht schaue. Ihre gute Laune und das breite Grinsen lassen mir einen kalten Schauer über den Rücken laufen. »Was hast du mit mir vor?«

»Das ist mein *Ge-heim-nis*!«, trällert sie. »Steh auf und zieh dir was Bequemes an! Wir haben einiges vor und dürfen nicht trödeln.«

»Du weißt, wann sie fertig sein muss?«, fragt Payne an Hazel gerichtet.

»Natürlich«, antwortet die kleine Leibwächterin. »Wir werden pünktlich wieder hier sein. Sieh du lieber zu, dass alles bereit ist, wenn wir zurück sind.«

Es ist seltsam, die beiden über meinen Kopf hinweg von mir reden zu hören, während ich nichts weiter tun kann, als mit fragendem Gesichtsausdruck danebenzusitzen.

»Bist du immer noch nicht fertig?«, fragt mich Hazel, nachdem sie Payne mehrmals versichern musste, dass wir rechtzeitig wieder da sein werden.

Sie greift nach meinen Händen und zerrt mich aus dem Bett. Ungeduldig zieht sie mir das Hemd, das ich zum Schlafen trage, über den Kopf und durchwühlt meine Sachen nach etwas, was ich jetzt anziehen könnte. Ich versuche gar nicht erst, sie zu stoppen; sie ist bereits so sehr in ihrem Element, dass nichts und niemand sie aufhalten könnte. Seufzend ergebe ich mich meinem Schicksal.

Nachdem ich fertig angezogen bin, scheucht Hazel mich aus dem Zimmer. Payne schlendert unterdessen von dannen, um sich davon zu überzeugen, dass alles für heute Abend vorbereitet ist. Damit ich nicht doch noch auf die Idee komme zu flüchten, hakt sich Hazel bei mir unter und zieht mich mit sich.

***

Als wir den Burghof beinahe überquert haben, wird mir klar, wohin sie mich bringen will. Ich bleibe wie angewurzelt stehen und zwinge Hazel so dazu, das Gleiche zu tun.

»Was ist los?«, fragt sie.

»Ich gehe nicht in die Baracke«, sage ich. »Das gibt nur Ärger.«

Hazel seufzt. »Wir gehen nicht *deswegen* hin. Ash würde mich umbringen und erst hinterher fragen, warum ich dich dorthin gebracht habe. Nein, so dumm bin ich nicht. Um diese Zeit sind die Männer noch gar nicht da. Aber die heißen Quellen schon. Ein paar Stunden wirst du dich jetzt waschen und verwöhnen lassen, bis ich dich heute Nachmittag einkleiden und frisieren darf.« Ihre haselnussbraunen Augen leuchten. »Du glaubst gar nicht, wie sehr ich mich darauf freue!«

»Ich … möchte mich nicht vor Wildfremden ausziehen«, sage ich. »Mein Rücken …«

»Auch daran habe ich gedacht«, wirft sie sofort ein. »Nur ich werde in den Quellen bei dir sein. Überhaupt wird jetzt kaum jemand in der Baracke anwesend sein. Die, die dort arbeiten, schlafen um diese Tageszeit noch und für die anderen lohnt ein Besuch nicht. Deshalb ist die Baracke unsere erste Station. Danach gehen wir noch in die Stadt. Ich kenne da jemanden, der sich ganz hervorragend um deine Haare kümmern wird. Wann wurden deine Spitzen denn das letzte Mal geschnitten?«

»Was?«, frage ich verwirrt.

»Das habe ich mir gedacht«, murmelt sie und zieht mich weiter. »Aber mach dir keine Sorgen! Bei mir bist du in den allerbesten Händen.«

Gegen meinen Willen muss ich schmunzeln. Ich habe zwar keine Ahnung, was Hazel alles mit mir vorhat, aber ich vertraue ihr. Ich würde ihr, Payne und Caleb – ohne zu zögern – mein Leben anvertrauen nach allem, was wir schon durchgemacht haben. Deshalb höre ich auf, mich zu sträuben und mache ihr die Freude, mich völlig in ihre Hände zu begeben.

* * *

Die Baracke ist tatsächlich wie ausgestorben. Auf den Tischen stehen noch halb volle Humpen und einige andere Überbleibsel der letzten Nacht, die ich mir lieber nicht genauer ansehen will. Zielsicher huscht Hazel zwischen den Stühlen und Tischen hindurch und winkt mich in den hinteren Teil der Hütte. Eine Treppe, verborgen hinter einem braunen Vorhang, führt uns nach unten. Die Luft wird mit jeder Stufe wärmer und feuchter. Ebenso fühlen sich die Steinwände an, an denen ich mich mit einer Hand abstütze, um auf den ausgetretenen Stufen nicht das Gleichgewicht zu verlieren. Hazel hingegen huscht die Treppe hinunter, als hätte sie jeden Tag ihres Lebens nichts anderes gemacht.

Dann stehen wir in einer Art unterirdischer Höhle. Mehrere Fackeln an den Wänden erleuchten den Raum, in dessen Mitte eine Vertiefung voll dampfendem Wasser ist.

»Siehst du?«, sagt Hazel, während sie mich hinter einen Paravent zieht. »Niemand ist hier. Wir haben die heißen Quellen ganz für uns allein.«

Das Becken, in das heißes Wasser fließt, bietet genug Platz für mindestens zehn Besucher, aber Hazel hat recht: Außer uns ist niemand hier. Es fällt mir trotzdem schwer, mich auszuziehen. Hazel kennt die Narben an meinem Rücken, doch ich befürchte, dass noch jemand auf die Idee kommen könnte, so früh am Morgen ein Bad zu nehmen. Erst auf Hazels hartnäckiges Drängen hin streife ich meine Kleidung ab, schnappe mir eines der ausgelegten Handtücher und lasse mich ins Becken scheuchen. Das Wasser ist so warm, dass sich meine Haut sofort rötet, doch die wohltuende Hitze lockert die Muskeln. Mit einem wohligen Seufzer lehne ich mich zurück und schließe die Augen.

Hazel kniet sich am Beckenrand hinter mich und beginnt meine Haare mit einer duftenden Flüssigkeit einzureiben. Ich erkenne einige Frühlingsblumen am Geruch, aber die genaue Zusammensetzung kann ich nicht herausfinden.

»Kommst du nicht mit rein?«, frage ich, ohne die Augen zu öffnen.

»Nein«, sagt sie, während sie meine Schläfen und die Kopfhaut mit genau dem richtigen Druck massiert. »Heute kümmere ich mich nur darum, alles aus dir herauszuholen. Ich kann jeden Tag hier herunterkommen, wenn ich das will. Aber heute Abend will ich, dass jedem, der dich ansieht, der Mund offen stehen bleibt. Neera wollte erst, dass ihre Zofe sich um dich kümmert, doch das habe ich schnell abgewendet. Die Frau hat keine Ahnung.«

Ich öffne ein Augenlid einen Spaltbreit. »Aber du schon?«

Hazel schweigt einen Moment, ohne ihre Arbeit zu unterbrechen, ehe sie sagt: »Bevor ich hierher nach Daarth kam und in Neeras Leibwache aufgenommen wurde, war ich eine Zofe im Schloss von Moorth. Ich diente der dortigen Königin fast vier Jahre.«

Ich runzele die Stirn. »Du warst eine Zofe? Aber warum kannst du so gut mit Pfeil und Bogen umgehen?«

»Ich stamme wie du aus einem der Dörfer, die die Städte beschützen«, sagt sie. »Jedoch gab es in meiner Familie keine Wächter. Wir waren Jäger und sorgten dafür, dass unser Dorf und auch die Stadt regelmäßig mit Wild und dergleichen versorgt werden. Sobald ich laufen konnte, nahm mich mein Vater mit auf die Jagd und drückte mir einen Bogen in die Hand. Schnell wurde ich zu einer der besten Jägerinnen, die es weit und breit gab. Entweder war ich ein Naturtalent oder es lag an den Generationen von Jägern in meiner Blutlinie.« Sie kichert. »Manche waren der Meinung, dass in den Adern unserer Familie das Blut des Adlers fließen muss, der das Wappentier von Moorth ist, weil unsere Augen so scharf sind wie die eines Tieres. Vielleicht gab es in meinem Stammbaum tatsächlich mal einen Adler-Feral, wer weiß?«

»Und dann wirst du ... eine Zofe?«

Ich verstehe beim besten Willen den Zusammenhang nicht. Dass Hazel ein unvergleichliches Talent mit Pfeil und Bogen hat, wurde mir schon klar, als ich sie zum ersten Mal schießen sah. Aber was bewegte sie dann dazu, in ein Schloss zu gehen und Zofe zu werden?

»Mir gefielen schon immer schöne Dinge«, erzählt sie. »Ich liebte Kleider aus aufwendigen Stoffen und hatte ein Händchen dafür, den anderen Frauen und Mädchen umwerfende Frisuren zu zaubern. Muss wohl auch an den fünf Schwestern liegen, mit denen ich aufgewachsen bin. Als sie merkten, dass ich ganz gut darin war, zu flechten und zu frisieren, konnte ich mich vor ihrem Betteln, ihnen die Haare zu richten, kaum noch retten – und mit jeder Frisur wurde ich besser. Das Jagen und Schießen war mein Beruf, das andere meine Leidenschaft. Von allein hätte ich keines von beiden aufgegeben.«

Das unausgesprochene Aber hängt drückend über uns, doch ich will sie nicht drängen. Ich spüre, wie schwer es ihr fällt, darüber zu reden. Deshalb schweige ich und genieße die Arbeit ihrer Hände an meinem Kopf.

»Unser Dorf liegt recht weit von Moorth entfernt«, sagt sie nach einer Weile, »sodass unsere Frauen und Mädchen dortbleiben und nicht weggeschickt werden müssen wie in deinem Dorf. Allgemein ist die Bedrohung durch die Streuner in Moorth nicht so groß wie hier. Nur eine Handvoll Menschen aus meinem Heimatgebiet hat je einen streunenden Feral zu Gesicht bekommen und viele halten sie nicht für mehr als Schauergeschichten. Sie führen ein fast normales Leben. Mit allen Höhen und Tiefen.«

Sie spült den Schaum aus meinem Haar und wickelt es anschließend in ein Handtuch. Dann reicht sie mir einen Tiegel.

»Wasch dich damit ab«, weist sie mich an. »Und komm dann aus dem Wasser, bevor deine Haut runzelig wird. Das kann ich heute nicht gebrauchen.«

Ich höre ihre Schritte hinter mir und tue wie mir geheißen. Die Flüssigkeit im Tiegel riecht so ähnlich wie die, die sie für meine Haare verwendet hat. Nachdem ich sie wieder abgespült habe und aus dem Becken klettern will, steht Hazel bereits mit einem großen Handtuch da, das sie mir umlegt. Ich husche hinter den Paravent, um mich abzutrocknen und wieder anzuziehen.

»Es gab da … diesen Jungen«, murmelt sie leise auf der anderen Seite des Paravents und ich halte die Luft an, um jedes ihrer Worte verstehen zu können. »Ich war jung, viel zu jung, und alles ging schief. Als er hörte, dass ich schwanger war, wandte er sich von mir ab und sprach kein Wort mehr mit mir. Ich war so verzweifelt, dass …« Ich höre sie krampfhaft schlucken. »Ich ließ mir von unserer Unberührbaren einen Trank brauen, um …«

»O nein«, wispere ich.

Keine Unberührbare bei klarem Verstand braut einen Trank, um ein heranwachsendes Kind zu töten. Es gibt Mittel, um eine Schwangerschaft von vornherein zu verhindern, so wie meinen Lotriumsaft, aber wenn bereits eine Schwangerschaft besteht, gibt es nichts, um diese zu unterbrechen. Es ist ein ungeschriebenes Gesetz, dass jede Unberührbare das Leben zu achten hat. Ein Kind im Mutterleib zu töten kommt der schlimmsten Sünde gleich, die eine Heilerin begehen kann. Wenn sie dabei erwischt wird, kann sie froh sein, wenn ihr Tod schnell und schmerzlos vonstattengeht. Auch die Mutter, die wissentlich ihr Kind töten ließ, erwartet ein ähnliches Schicksal. Großmutter hat nur ein einziges Mal einen solchen Trank gebraut, weil das Leben der Mutter am seidenen Faden hing. Und ohne die Mutter wäre das Kind sowieso gestorben. Aber wenn Hazel einen solchen Trank genommen hat ...

»Wie alt warst du, als du ...?« Ich schaffe es noch nicht einmal, es auszusprechen.

Hazel wendet den Blick ab. »Nicht mal vierzehn«, antwortet sie so leise, dass ich sie fast nicht verstehen kann. Dann stößt sie die Luft aus und schüttelt den Kopf. »Kaum zu glauben, dass es schon beinahe zehn Jahre her sein soll.«

»War es ... sehr schlimm?«

»Ich wäre beinahe gestorben«, flüstert sie. »Ich habe über mehrere Tage hinweg geblutet und mich vor Schmerzen gewunden und war mehr tot als lebendig. Mein Vater ließ mich heimlich aus dem Dorf schaffen, damit ich meiner Strafe entgehen konnte. Er kannte jemanden in Moorth, der im Schloss arbeitete, und so verschlug es mich dorthin. Als ich über den Berg war, habe ich nur geweint. Tagelang. Ich aß nichts, ich redete mit niemandem. Ich lag nur in einem fremden Bett in einer fremden Stadt und heulte.«

Ich trete hinter dem Paravent hervor und nehme meine Freundin in die Arme. Ihre Geschichte lässt sich für mich nicht mit dem fröhlichen Plappermaul in Einklang bringen, das fast jedem männlichen Wesen auf zwei Beinen nachsteigt. Hazel legt ebenfalls die Arme um mich und drückt das Gesicht gegen meine Schulter. Eine Weile stehen wir so da, bis sie sich von mir löst.

»Wahrscheinlich habe ich damals so viele Tränen vergossen, dass es für ein ganzes Leben reicht«, sagt sie mit einem traurigen Lächeln, das ich noch nie bei ihr gesehen habe. »Ich habe mir geschworen nie wieder zu weinen oder mich zu verlieben. Männer taugen nur dazu, für kurze Zeit Spaß zu haben, das habe ich damals gelernt.«

»Was ist dann mit dir geschehen, nachdem du in der fremden Stadt warst?«, frage ich.

»Dies und das«, sagt sie ausweichend. »Kurz nach meiner Ankunft starb die alte Zofe der Königin von Moorth, und bevor ich wusste, wie mir geschah, nahm ich ihren Platz ein. Die Königin war gut zu mir und schätzte meine Arbeit. Nach ein paar Wochen im Schloss traf ich auf Payne, die ebenfalls dort arbeitete. Allerdings war sie in der Waffenkammer tätig.«

»Payne stammt auch aus Moorth?«

Hazel nickt. »Ich meine sogar, mich daran zu erinnern, dass sie irgendwie weitläufig mit dem jetzigen Herrscher verwandt ist.«

Bisher habe ich den König von Moorth noch nicht zu Gesicht bekommen, aber mir vorzustellen, dass Payne aus einer adeligen Familie stammen soll, fällt mir schwer. Mir ist zwar aufgefallen, dass sie über sehr viel Wissen verfügt, vor allem was Tänze und Benehmen angeht, aber sie kam mir bis jetzt nicht wie jemand vor, der in einem Schloss aufgewachsen ist.

»Und wie hat es euch beide letztendlich nach Daarth verschlagen?«, frage ich.

Hazels Miene verdunkelt sich. »Es könnte sein, dass ich den Prinzen von Moorth ein wenig bedroht habe, nachdem seine Mutter gestorben war.«

Ich blinzele mehrmals. »Du hast ihn … bedroht?«

»Er hat damals eine Grenze überschritten«, sagt sie vage. »Und ich habe ihm dafür einen Pfeil in die Brust gejagt. Payne hat meine Tat gedeckt und ist dann mit mir gemeinsam mitten in der Nacht aus der Stadt geflohen. Wir … schlugen uns eine Weile zusammen durch, bis wir irgendwann in Daarth ankamen. Hier wurden Frauen anders behandelt als bei uns, das mussten wir schnell merken. Aber unsere Kampfkünste ließen Königin Neera auf uns aufmerksam werden.« Sie zuckt mit den Schultern. »Und so sind wir hier gelandet. Das war vor gut sechs Jahren. Seitdem stehen wir in Neeras Diensten. Und ab morgen in deinen.«

Ich lege den Kopf schief. »Mir wäre wohler zumute, wenn ihr beiden euch auch weiterhin um Neera kümmern könntet. Ich kann ganz gut auf mich allein aufpassen.«

»Das wissen wir«, sagt Hazel und wendet sich um. »Wir werden dir auch nicht im Weg stehen, wenn du jemandem Manieren beibringen willst. Durch unsere Zeit an diesem Hof und dem von Moorth sind Payne und ich ganz gut darin, Bedrohungen zu erkennen, bevor sie zu einer Gefahr werden. Das ist etwas, was du noch nicht gelernt hast und vielleicht auch nie lernen wirst.« Über ihre Schulter hinweg sieht sie mich an. »Oder möchtest du uns nicht als deine Leibwächterinnen?«

Schnell hebe ich beide Händen. »Das ist es nicht! Ich freue mich, euch beide an meiner Seite zu wissen. Ich hätte nur gedacht, dass ihr nach fast sechs Jahren in Neeras Diensten etwas anderes machen wollt.«

Sie zieht spöttisch eine Augenbraue nach oben. »Heiraten und Kinder kriegen, meinst du? Glaub mir, das Thema ist bei Payne und mir durch. Wir hatten in Sachen Liebe nicht so viel Glück wie du und sind froh, wenn wir selbst damit nie wieder was zu tun haben müssen. Zu einer anderen Arbeit als Beschützen und Kämpfen taugen wir beide nicht. Und ich fände es lästig, mich an eine neue Herrin gewöhnen zu müssen.«

Ich muss beinahe lachen. »Ihr nehmt also lieber das bekannte Übel?«

Hazel lächelt und mir fällt ein Stein vom Herzen, als die dunklen Schatten aus ihrem Blick weichen. »Worauf du dich verlassen kannst. Und jetzt komm! Wir haben heute noch mehr vor, als hier über dumme alte Zeiten zu reden.«

***

Auf dem Weg in die Stadt hat Hazel ihr sorgenfreies Gemüt längst wiedergefunden und plappert ohne Pause auf mich ein. Nach dem, was ich vorhin über sie erfahren habe, befürchte ich jedoch, dass ihre Frohnatur ein Schutzmechanismus ist. So wie ich eine Mauer aus Eis um mich herum errichtet habe, hat Hazel sich geschworen, nie wieder zu weinen und stattdessen immer fröhlich zu sein. Obwohl mich ihr Geschnatter oft nervt, ist es mir tausendmal lieber als das traurige Gesicht, das sie vorhin gemacht hat.

Ich will mir gar nicht vorstellen, was sie als junges Mädchen durchmachen musste … Sie wird mir nur einen Bruchteil dessen erzählt haben, was ihr tatsächlich widerfahren ist, und mir fehlt der Mut, sie weiter auszufragen. Wenn sie nicht darüber reden will, dann werde ich das akzeptieren. Und im Grunde will ich es auch gar nicht wissen. Es ist unwichtig, was sie bisher durchgemacht hat. Entscheidend ist nur der Mensch, der sie heute ist. Ich bin froh darüber, Hazel zu meinen engsten Freunden zählen zu dürfen, denn trotz ihrer flatterhaften Sorglosigkeit schätze ich sie so sehr wie eine Schwester. Mindestens!

Hazel schleift mich unbeirrt durch die Stadt. Bisher habe ich mich nur selten in Daarth aufgehalten und die Burg kaum verlassen. Sobald ich einen

Fuß in die überfüllten Straßen gesetzt habe, weiß ich auch wieder warum. Dicht an dicht drängen sich die Menschen, hetzen von einem Ort zum anderen und quetschen sich dabei durch die kleinsten Lücken hindurch. Ich klammere mich an Hazels Arm fest, um nicht wieder verloren zu gehen wie damals, als ich mit meiner Großmutter hier war. Wenn wildfremde Menschen mir so nahe kommen oder mich gar berühren, bekomme ich sofort Panik.

»Wir sind gleich da«, versucht Hazel mich zu beruhigen und tätschelt mir die eiskalte Hand.

Ohne mich wäre die zierliche Hazel sicher schneller durch die Menschenmassen geschlüpft, doch sie hält sich an meiner Seite und wirft jedem, der uns auch nur merkwürdig ansieht, einen bitterbösen Blick zu.

Sie führt mich in ein Haus etwas abseits. Sofort kommt uns ein hochgewachsener Mann entgegen, der Hazel überschwänglich begrüßt und sich dann mir zuwendet. Irgendwas an dem Kerl ist seltsam ... Obwohl er eindeutig ein Mann ist, wirkt er weiblich und ähnlich aufgekratzt wie meine Begleiterin.

»Das ist sie?«, fragt er, nachdem er mich von oben bis unten gemustert hat. Ich bin mir nicht sicher, ob es Enttäuschung oder Unglauben ist, denn all das meine ich aus seiner Stimme herauszuhören.

Hazel nickt. »Du weißt, was zu tun ist. Vorn etwas kürzer, hinten nur die Spitzen. Wenn du zu viel abschneidest, kann ich nicht dafür garantieren, dass sie dir anschließend nicht deine Schere in den Hals jagt.«

Der Mann zieht eine Augenbraue nach oben. »Eine Kämpferin, also? Keine Angst, meine Kleine, bei mir bist du in den allerbesten Händen.«

Er führt mich zu einem Stuhl in der Mitte des Raumes und öffnet meinen Zopf.

Nachdem er eine gefühlte Ewigkeit das noch feuchte Haar gebürstet hat, fragt er an Hazel gerichtet: »Wirklich nur schneiden?«

»Die Frisur mache ich selbst«, entgegnet sie. »Ich muss erst sehen, wie groß die Kro ... die Spangen sind, die ich verwenden soll. Ich spreche kurz mit Payne und frage nach, wie weit sie ist.«

Hazel tippt mit dem Zeigefinger auf ihren Nexus und wendet sich von uns ab. Ich bleibe allein bei dem Mann zurück, der mit einer Schere bewaffnet an meinen Haaren herumhantiert. Wie von selbst kralle ich mich mit den Händen an der Stuhllehne fest, um nicht durchzudrehen. Die Nervosität, die ich wegen heute Abend verspüre, wird nun noch dadurch verstärkt, dass ich allein in einer fremden Umgebung mit einem mir unbekannten Mann bin. Ohne meinen Nexus. Ohne meine Waffen.

Nach kurzer Zeit kommt Hazel zurück und ich beruhige mich wieder etwas.

»Wir müssen uns sputen«, sagt sie zu mir. »Ash und Caleb sind bereits zurück und haben alles mitgebracht, was ich brauche.«

»Ich bin gleich fertig«, murmelt der Mann hinter mir.

Kaum hat er die Schere beiseitegelegt, wirft Hazel ihm eine Münze zu und zieht mich schon fort.

»Warum haben wir es so eilig?«, frage ich, während ich ihre Hand fest umklammert halte.

»Weil wir noch viel zu tun haben«, entgegnet sie knapp. »Ich habe die Accessoires selbst noch nicht gesehen und muss erst schauen, ob und wie ich sie alle einbringen kann.«

***

Nur flüchtig grüßt Hazel die Wachen am Eingang zur Burg, für die sie sonst immer einen flotten Spruch übrighat, und zieht mich weiter. Als ich sehe, dass auf dem Platz gerade ein Training stattfindet, bleibe ich jedoch wie angewurzelt stehen.

»O nein, denk nicht mal dran!«, warnt Hazel mich.

»Nur ganz kurz«, quengele ich.

»Nichts da! Ich werde nicht riskieren, dass du staubig wirst und nach Schweiß stinkst. Außerdem haben wir jetzt keine Zeit dafür.«

»Nur einen Kampf, *biiitte*! Nur einen einzigen Gegner. Es würde mir helfen, wieder etwas klar im Kopf zu werden.«

Hazel ringt mit sich, doch als sie sieht, wer gerade trainiert, zieht sie mich weiter. Ich folge ihrem Blick und entdecke Ash, Caleb und Jyde, die ein paar Soldaten Grundlagen im Schwertkampf beibringen. Wie ungerecht! Warum darf Ash um diese Zeit noch hier draußen sein und sich schmutzig machen, während ich mit Hazel von einem Ort zum anderen hetzen muss?

Ash hebt den Kopf und schaut in unsere Richtung. Im Vorbeigehen strecke ich ihm die Zunge heraus, doch er grinst mich nur an. Der kurze Moment des Blickkontakts reicht jedoch aus, um ein Kribbeln im Bauch hervorzurufen. Ich habe ihn seit Tagen nicht gesehen und nachts haben wir tief und fest geschlafen. Ich vermisse ihn ... Seine Stimme, die Späße und Berührungen. Seine Hände auf meiner Haut, seinen Körper an meinem. Das Grinsen von eben verschwindet aus Ashs Gesicht und er bläht die Nasenflügel. Einen Augenblick später fängt er sich einen Fausthieb von Caleb ein.

»Nicht träumen, Kumpel!«, ruft der laut genug, dass wir ihn hören können.

Ich beiße mir auf die Unterlippe, um nicht sofort loszulachen. Dass allein meine Gedanken ausreichen, um meinen Geruch für ihn so zu verändern, dass er unaufmerksam wird, hätte ich nicht für möglich gehalten. Aber ich werde es mir auf jeden Fall merken.

»Also wirklich«, murmelt Hazel. »Caleb!«, brüllt sie dann über den Platz. »Wenn ich mir die ganze Mühe umsonst mache und Scarlet nachher vergeblich auf ihren Prinzen warten muss, kriegst du es mit mir zu tun! Hast du das kapiert?«

Caleb deutet eine spöttische Verbeugung an. Anscheinend ist er dafür zuständig, dass Ash nachher nicht zu spät kommt, allerdings scheint er darum kein solches Gewese zu machen wie Hazel. Mir wäre es auch lieber, wenn es ein Tag wie jeder andere wäre.

»Los jetzt«, murrt Hazel und hakt sich wieder bei mir unter.

***

Nachdem wir durch die Gänge gehastet sind, erwartet uns Payne bereits auf dem Zimmer.

»Wo wart ihr so lange?«, fragt sie und zieht tadelnd eine Augenbraue nach oben. »Die Herrscher müssen jeden Augenblick eintreffen.«

Hazel verdreht die Augen. »Ich kann nur hoffen, dass Ash und Caleb bis dahin aus dem Hof verschwunden sind.« Dann wendet sie sich an Payne. »Ist sie da?«

»Natürlich«, antwortet sie. »Denkst du, ich würde hier seelenruhig auf euch warten, wenn sie nicht da wäre? Sie liegt dort hinten.«

»Sie?«, frage ich, während ich von Hazel zum Frisiertisch gescheucht werde. Das macht sie schon den ganzen Tag und langsam, aber sicher fängt es an, mich zu nerven. Ich verstehe die Hektik nicht, mit der alle um mich herumschwirren und mich von einem Ort zum anderen hetzen. Wenigstens kann ich jetzt am Frisiertisch sitzen und vielleicht ein wenig die Augen schließen, solange mir Hazel die Haare macht.

Und dort sehe ich sie. Eine silberne Krone, besetzt mit unzähligen weißen Steinen, jeder von ihnen kleiner als der Nagel meines kleinen Fingers. Doch gemeinsam glitzern sie im Kerzenlicht um die Wette. Nur ein Stein vorn ist größer und hat eine andere Farbe: Er ist kohlschwarz.

Hazel pfeift durch die Zähne. »Da hat sich aber jemand Mühe gegeben. Die sieht aus, als hätte er dafür das halbe Königreich verpfänden müssen.«

»Ich glaube fast, dass der Goldschmied mehr Gold für das enge Zeitfenster als für die Diamanten verlangt hat«, wirft Payne trocken ein. »Wobei der schwarze Diamant ein kleines Vermögen gekostet haben dürfte. Jedenfalls hat der Schmied mir fast auf Knien dafür gedankt, als ich sie heute abgeholt habe, weil er nun nicht mehr von Ash oder Caleb heimgesucht wird. Die beiden haben ihn unter Druck gesetzt, wann sie denn endlich fertig wäre. Er meinte, sie wären manchmal viermal am Tag bei ihm aufgekreuzt und hätten ihm über die Schulter geschaut.«

»Der Ärmste hat bestimmt Blut und Wasser geschwitzt aus Angst, nicht rechtzeitig fertig zu werden«, sagt Hazel kichernd. »Dass Ash auch immer jeden mit seinen Sonderwünschen auf Trab halten muss! Die Schneider haben mir ebenfalls ihr Leid geklagt.«

»Unser Prinz kann schon ganz schön anstrengend sein«, pflichtet Payne ihr bei. »Für seine Gefährtin ist ihm nur das Beste gut genug. Aber ich muss auch zugeben, dass sowohl die Krone als auch das Kleid jede Mühe wert waren. Bleibt nur zu hoffen, dass beides auch passt. Wenn am Kleid noch Änderungen vorgenommen werden müssen, haben wir ein Problem.«

Seufzend schüttelt Hazel den Kopf. »Das kommt davon, weil sie sich nie ordentlich vermessen lässt.«

Ich bekomme ihre Unterhaltung nur am Rande mit. Die ganze Zeit über starre ich auf die glitzernde Krone, die vor mir liegt. Der Gedanke, dass es meine ist oder sein wird und ich sie bald tragen werde, ruft ein mulmiges Gefühl im Magen hervor und die Knie fangen an zu zittern. Schnell lasse ich mich auf den Stuhl vor dem Frisiertisch gleiten und schlucke mehrmals, um die aufsteigende bittere Galle wieder dahin zu befördern, wo sie hingehört. Allerdings mit mäßigem Erfolg.

»Alles in Ordnung, Scarlet?«, fragt Payne und berührt mich an der Schulter.

»Sie ist schon den ganzen Tag so«, murmelt Hazel. »Sind bestimmt die Nerven.«

Payne geht hinüber zu meiner Kommode, nimmt den Nexus und hält ihn mir hin. »Rede mit Ash«, sagt sie. »Er soll dich beruhigen. Wir können nicht riskieren, dass du uns jeden Moment zusammenbrichst.«

Meine Finger zittern, als ich nach dem Nexus greife und ihn mir aufsetze. Ich weiß selbst nicht, warum ich plötzlich so durch den Wind bin. Nervös war ich schon während der letzten Tage, seit Neera mir gesagt hat, dass der Empfang auch zur Bekanntgabe unserer Verlobung dienen wird. Und dann die Tanz- und Benimmstunden, die mir fast mehr abgefordert haben als fünf Jahre hartes Training mit Jyde.

Die ganze Zeit über fühlte es sich jedoch unwirklich an. Ich dachte, dass alles nur ein Missverständnis wäre und jemand wie ich unmöglich einen Prinzen heiraten kann. Ich wäre mehr als zufrieden damit gewesen, wenn alles einfach so weitergegangen wäre wie bisher, doch ich verstehe auch, dass Neera es nicht gutheißen kann.

Aber als ich die Krone vor mir liegen sah ... Da wurde es plötzlich real. Und nun weiß ich, dass es kein Zurück mehr gibt.

Ich will auch nicht zurück; das ist es nicht, aber dennoch fühlt es sich an, als würde ich vor einer unüberwindbar hohen Mauer stehen. Bei jedem Versuch, über sie zu klettern, falle ich so tief, dass es mich jedes Mal mehr Kraft kostet, wieder aufzustehen. Ich will nicht fallen, will nicht versagen, doch ich finde keine Möglichkeit, die Mauer zu überwinden, die sich mir in den Weg gestellt hat.

Ein vorsichtiges Klopfen ertönt in meinem Kopf. Ich brauche Ashs Bild nicht, um zu wissen, dass er es ist.

»Scar«, murmelt er sanft, nachdem ich das Gespräch angenommen habe. *»Was kann ich tun, um dir deine Angst zu nehmen?«*

Meine wirren Gedanken hat er bereits die ganze Zeit über gehört, seit mir Payne den Nexus gereicht hat, deshalb weiß er genau, wie es um mich steht.

»Du kannst mir nicht helfen«, antworte ich. *»Ich weiß, dass es diese Mauer nur in meinem Kopf gibt, was bedeutet, dass ich allein damit fertigwerden muss.«*

»Ich hätte dir gerne mehr Zeit zugestanden, um dich an alles gewöhnen zu können. Ich ... kann Mutter bitten, die Ankündigung zu verschieben.«

Ich spüre, wie ich langsam ein kleines Lächeln zustande bringe. Allein das Angebot von ihm zu erhalten bedeutet mir unglaublich viel. Ob Neera dabei mitspielen würde, bezweifele ich zwar, aber Ash würde sie irgendwie überzeugen. Für mich.

»Alle geben sich so viel Mühe, um mit den Vorbereitungen rechtzeitig fertig zu werden«, sage ich. *»Da darf ich doch keinen Rückzieher machen.«*

»Aber es belastet dich. Ich will nicht, dass dich irgendwas belastet, was mit mir zu tun hat.«

»Ich weiß. Und dafür liebe ich dich. Ich schaffe das. Du musst mich später nur gut festhalten, damit ich nicht umkippe, in Ordnung?«

»Das kriege ich hin«, sagt er und ich höre förmlich ein Grinsen in seiner Stimme. *»Ich lasse dich einfach nicht mehr los.«*

»Damit kann ich leben.«

Ich lege die Hände flach auf den Tisch vor mir und atme tief durch. Das Zittern ist verschwunden, ebenso wie das flaue Gefühl im Magen. Die Nervosität ist zwar immer noch da, aber sie ist nicht mehr ganz so schlimm.

»Sieht aus, als hätte es funktioniert«, sagt Hazel neben mir und streckt mir ihre Hand hingegen. »Verabschiede dich und dann her mit deinem Nexus.« Auf meinen verwirrten Gesichtsausdruck hin fügt sie hinzu: »Ich werde nicht zulassen, dass irgendwas von dir und deinem Aussehen nach draußen dringt, bevor du durch diese Tür gehst. Das bedeutet, auch keine Gedankensprache.«

»Du hast sie gehört«, sage ich zu Ash.

»Hazels Zorn ziehe ich lieber nicht auf mich. Wir sehen uns nachher.«

»*Ja.*« Mein Blick huscht zu der Krone vor mir. »*Zweifelsohne wirst du mich daran erkennen können, dass ich die da trage.*«

»*Und sie wird dir hervorragend stehen.*«

Hazel breitet auffordernd die Handfläche aus, sodass ich den Nexus abnehme und ihr reiche. Nachdem sie ihn außerhalb meiner Reichweite gelegt hat, wendet sie sich wieder zu mir und sagt: »Dann wollen wir mal.«

KAPITEL 7

Es dauert Stunden. Unermüdlich huscht Hazel um mich herum, bürstet mir das Haar, bis es glänzt, steckt es zum Teil hoch und drapiert es kunstvoll um die Krone herum. Mit jeder Minute spüre ich das Gewicht des Schmuckstücks mehr, doch ich halte den Kopf tapfer hoch, auch um nicht Hazels Zorn zu spüren zu bekommen. Sie macht mir Angst, wenn sie so in ihrem Element ist wie jetzt gerade. Sie nimmt nichts und niemanden um sich herum wahr, sondern konzentriert sich nur auf ihre Aufgabe. Hin und wieder spitzt ihre Zunge zwischen den Zähnen hervor, wenn sie eine neue Klammer in mein Haar schiebt.

Payne verrichtet Handlangerdienste; sie reicht Hazel die Nadeln oder Spangen, nach denen sie verlangt. Ansonsten verhält sie sich ruhig, als fürchte auch sie sich davor, Hazel im Weg zu stehen.

Nach den ersten Stunden schläft mir der Po vom ständigen Sitzen ein und ich rutsche unruhig auf dem Stuhl umher, wodurch ich mir einen Anranzer von Hazel einfange. Danach bewege ich keinen Muskel mehr. Ich hätte nie für möglich gehalten, dass die aufgedrehte, aber herzensgute Hazel über ein solches Repertoire an Schimpfwörtern verfügt.

Als Hazel so gut wie fertig ist, verschwindet Payne aus unserem Zimmer. Wehmütig sehe ich ihr im Spiegel nach und wünsche mir, ich könnte mir ebenfalls ein wenig die Füße vertreten. Das steife Sitzen verstärkt die Unruhe.

»Sie kommt gleich zurück«, sagt Hazel, die meinem Blick gefolgt ist. »Sie holt nur dein Kleid. Bis es hier ist, muss ich mit dem Rest fertig sein, also halt still!«

Nun wendet sie sich meinem Gesicht zu, schmiert mir allerhand Cremes auf die Haut und anschließend etwas Rouge auf die Wangen. Die Augen betont sie mit einem schwarzen Stift; auf die Lippen trägt sie einen dezenten Rotton auf. Sie nickt zufrieden, nachdem sie mich von allen Seiten betrachtet hat.

Kurz darauf kommt Payne zurück. Über ihrem Arm hängen eingepackt mehrere Kleidungsstücke. Ich verrenke mir fast den Hals beim Versuch, mein Kleid endlich sehen zu können.

»O nein, nichts da!«, ruft Hazel sofort. »Du wirst dich so wenig wie möglich bewegen. Nicht auszudenken, wenn sich eine Nadel löst!«

»Aber ... wie soll ich mich dann anziehen?«, frage ich.

Sie wedelt mit der Hand. »Das machen selbstverständlich wir.«

»Was?«, quietsche ich. Ich hätte kein Problem damit, mir von ihnen bei den Schnürungen helfen zu lassen, aber komplett anziehen? Ich bin doch kein kleines Kind!

Hazel geht jedoch erst gar nicht auf meinen Einwand ein. »Steh jetzt langsam auf«, weist sie mich an.

Ich füge mich meinem Schicksal und komme auf die Beine. Nach dem langen Sitzen kribbeln die Füße und ich trete von einem auf den anderen, um das Gefühl zu vertreiben. Hazel öffnet die Schnürung vorn an meinem Hemd und zieht es mir unendlich vorsichtig über den Kopf. Dann macht sie sich an der Hose zu schaffen.

»Ich kann das wirklich allein«, knurre ich, wobei ich die Arme vor der Brust verschränke.

»Lass sie machen«, sagt Payne.

Behutsam breitet sie die mitgebrachten Kleidersäcke auf meinem Bett aus und trägt den kleineren der beiden zu uns herüber. Darin befindet sich ein dunkles Unterkleid mit verstärkter Korsage und einem Rockteil aus mehreren Lagen Stoff. Ich muss von oben hineinsteigen.

Während Hazel die Korsage am Rücken so fest schnürt, dass ich Angst habe, sie könnte mir ein paar Rippen brechen, zupft Payne am Rock herum, bis er sich gleichmäßig um meine Beine bauscht. Er ist nicht so übermäßig groß, dass er mich beim Bewegen behindern könnte, aber genug, um edel zu wirken. Der feine Stoff fühlt sich angenehm auf der Haut an, kühl und glatt und kostbar. Und dies ist nur das Unterkleid. Das richtige Kleid befindet sich noch immer verpackt in einem blickdichten Kleidersack auf meinem Bett.

»Habt ihr es schon gesehen?«, frage ich.

»Ja«, trällert Hazel. »Nachdem wir bei unserem Leben schwören mussten, nichts zu verraten, hat Ash es uns gezeigt und nach unserer Meinung gefragt.«

»Und?«

Meine Handflächen sind feucht. Bevor ich hier im Schloss ankam, hatte ich nichts für Kleider oder Schmuck übrig. Das hat sich nicht geändert, auch wenn ich nicht verleugnen kann, dass es mir gefällt, schöne Kleider anzuziehen. Hin und wieder zumindest. Ansonsten bin ich zufrieden damit, meine Lederrüstung oder andere bequeme Sachen zu tragen, die einfach besser zu mir passen. Aber dies ist nicht irgendein Kleid! Und ich habe keinen Zweifel daran, dass Ash sich etwas Besonderes ausgedacht hat.

»Augen zu!«, befiehlt Hazel, die endlich mit der Korsage fertig geworden ist. »Du darfst es erst sehen, wenn du es trägst.«

»Jetzt übertreibt ihr aber«, murre ich.

»Mach, was sie sagt«, murmelt Payne. »Wir haben heute noch mehr vor. Es geht bedeutend schneller, wenn du nicht alles, was wir sagen, infrage stellst.«

»Das kann doch nicht euer Ernst sein ...«

»Wir warten, Scarlet«, säuselt Hazel.

Ich knirsche mit den Zähnen und schließe die Augen. Etwas raschelt links von mir – gefolgt von Hazels verzücktem Aufschrei.

»Arme nach oben«, kommandiert sie und wieder gehorche ich.

Kühler Stoff gleitet an meinem Körper hinunter. Es wird gezupft und geschnürt und gerichtet. Zuletzt wird mir noch etwas um die Schultern gelegt und ich spüre Hazels flinke kleine Hände, die einen Verschluss auf Höhe meines Schlüsselbeins schließen.

»Noch besser, als ich es mir vorgestellt habe«, sagt Payne.

»Genauso muss für mich die Braut des schwarzen Prinzen aussehen«, stimmt Hazel zu. »Du darfst die Augen jetzt übrigens aufmachen.«

Mein Herz klopft bis zum Hals, als ich die Lider einen Spaltbreit öffne. Hazel und Payne stehen vor mir und halten einen hohen Spiegel zwischen sich, der normalerweise am anderen Ende des Zimmers steht. Ich schnappe nach Luft, als ich mein Spiegelbild sehe. Jedenfalls glaube ich, dass ich das bin, denn die Frau im Spiegel ahmt meine Bewegungen perfekt nach. Aber sie hat keinerlei Ähnlichkeit mit dem Mädchen, das in den Wäldern aufgewachsen ist.

»Heilige Göttin«, wispere ich, während ich die Finger über das Kleid gleiten lasse.

Es ist schwarz wie die Nacht, jedoch durchwirkt mit glänzenden Silberstickereien. Die aufwendig gearbeitete Korsage ist zudem besetzt mit glitzernden Steinen, die denen in der Krone ähneln, nur etwas kleiner. Der Rock hingegen ist ausladend, aber schlicht. Am Saum winden sich ebenfalls silberne Stickereien nach oben. Der Ausschnitt ist gewohnt tief – etwas anderes hätte ich auch nicht erwartet, wenn Ash ein Kleid für mich in Auftrag gibt – und ebenfalls mit glitzernden Steinen besetzt, die bis hinab zum Rockübergang angeordnet sind und mich an winzige Sternschnuppen erinnern. Am spitz zulaufenden Ausschnitt befinden sich zwei Steine, die wie voneinander abgewandte Halbmonde geformt sind. Ein weiterer Halbmond-Stein sitzt direkt auf Höhe des Schlüsselbeins. Dort dient er als Schließe für die weite Schleppe, die über Schultern und Rücken verläuft und erst gut einen Meter hinter mir endet. Sie ist ebenfalls schwarz, aber aus einem feinen, halb durchsichtigen Stoff und mit gewundenen Stickereien übersät. Das Kleid aus feinstem Satin und Tüll schmiegt sich oben perfekt an den Körper, bauscht sich ab der Hüfte auf und endet einen Hauch über dem Boden.

Es sieht aus, als würde ich den Nachthimmel samt Himmelsgestirnen auf mir tragen.

Mein Hals ist wie zugeschnürt und ich betrachte mich außerstande, mich je an diesem Kleid sattsehen zu können. Habe ich vorhin ernsthaft gedacht, dass ich keinen Wert auf schöne Kleider lege? Das war eindeutig ein Irrtum.

»Eine Kleinigkeit fehlt noch«, sagt Hazel, stellt mit Paynes Hilfe den Spiegel gegen die Wand und huscht zu meiner Kommode. Aus dem obersten Fach kramt sie die silberne Wolfsmaske, die ich an meinem ersten Abend hier im Schloss tragen musste. »Ich habe den Stoff über den Augen entfernt«, murmelt sie, während sie sich auf die Zehenspitzen stellt, um mir die Maske aufzusetzen.

»Wozu brauche ich die?«, frage ich, als ich meine Stimme wiedergefunden habe.

»Ash und Neera werden ihre ebenfalls tragen«, erklärt Payne. »Du wirst sie nur zu Beginn des Empfangs tragen müssen. Der Silberwolf ist seit jeher Daarths Wappentier und das Zeichen der königlichen Familie, zu der du ab heute auch offiziell gehörst.«

»Bleib einfach da stehen«, sagt Hazel, die schon wieder um mich herumwuselt. »Wehe, du setzt dich hin! Du darfst erst wieder sitzen, wenn wir dir dieses Schmuckstück am Ende des Abends ausgezogen haben.« Sie wühlt sich durch die Falten des Rockteils und steckt etwas in die dort verborgenen Taschen. »Auf der linken Seite ist dein Nexus. Auf der rechten dein Dolch. Nur für alle Fälle!«

Ein Lächeln steigt in mir auf, denn ich bin dankbar dafür, dass Ash auch an solche Kleinigkeiten gedacht hat, als er das Kleid bei dem Schneider in Auftrag gab. Mit einer Waffe in Reichweite fühle ich mich gleich viel besser, wenn ich nachher fremde Würdenträger begrüßen muss.

»Wir ziehen uns jetzt auch um«, sagt Payne.

»Sogar wir haben zur Feier des Tages neue Rüstungen bekommen!«

Freudig wirft Hazel ihre Sachen von sich und kleidet sich, ebenso wie Payne, in eine rein schwarze Lederrüstung. Sie sind weitaus schneller fertig als ich. Ihr braunes Haar windet Hazel zu einem einfachen, aber eleganten Knoten nach oben, während Payne ihr kurzes Haar offen und ohne Schmuck trägt. Beide sehen edel, doch gleichzeitig auch Furcht einflößend aus. Würde Hazel nicht pausenlos ihr unbekümmertes Grinsen zur Schau stellen, ginge ich jede Wette ein, dass niemand wagen würde, sie heute Abend anzusprechen.

Paynes Nexus piepst und ihr Blick geht für ein paar Sekunden ins Leere. Dann sagt sie: »Wir werden erwartet.«

Mit einem Schlag sind die Übelkeit und das Zittern wieder da.

»Wenn du dir aufs Kleid kotzt, drehe ich dir den Hals um«, warnt Hazel und schiebt mich Richtung Tür.

KAPITEL 8

Hazel und Payne laufen beide vor mir durch den Korridor. Sie strahlen über das ganze Gesicht und scherzen miteinander, während ich alle Hände voll damit zu tun habe, nicht über den Saum der Robe zu stolpern oder vollends in Panik auszubrechen. Ob sie es bemerken würden, wenn ich einfach die Richtung ändere und mich vor ihnen und dem, was vor mir liegt, verstecke?

Zeitgleich öffnen Hazel und Payne eine Doppeltür, die zu einem Nebengang des großen Saales führt. Sie bleiben an den seitlichen Flügeln stehen und verbeugen sich leicht vor mir. Verwirrt schaue ich von einer zur anderen und dann in den kurzen Gang hinein.

Ash und Caleb, die bereits dort warten, wenden sich zu uns um. Und die Panik, die mir bis eben noch die Kehle zugeschnürt hat, verschwindet auf einen Schlag. Allein Ashs Anblick reicht aus, um mich ruhiger werden zu lassen. Er hat ebenfalls seine Maske angelegt. Die restliche Kleidung ist auf meine abgestimmt: eine schwarze Hose und eine schwarze Tunika, die mit silbernen Stickereien und am Kragen mit Steinchen verziert ist. Allerdings trägt er keine Krone und auch nicht den silbernen Reif, den ich schon mehrere Male bei ihm gesehen habe. Dafür stehen seine Haare wild in alle Richtungen ab.

Wir starren einander an, unfähig den Blick auch nur für eine Sekunde abzuwenden. Ash öffnet den Mund, als wolle er etwas sagen, doch es kommt kein Ton heraus. Stattdessen lässt er ihn einfach offen stehen und betrachtet mich. Alles andere um uns herum verschwimmt; die Menschen ebenso wie das Stimmengewirr, das schon aus dem Saal zu uns in den Gang dringt.

Hatte ich wirklich vor diesem Moment Angst? Wie dumm ich doch war!

Caleb legt einen Zeigefinger unter Ashs Kiefer und schiebt ihn nach oben, um seinen Mund wieder zu schließen. Ich beiße mir auf die Unterlippe, um nicht laut loslachen zu müssen. Damit ist der Bann gebrochen und ich mache den ersten Schritt auf Ash zu.

»Gerade halten«, wispert Payne von ihrem Posten aus und ich straffe automatisch den Rücken. Anscheinend hat das Training bei ihr und Neera doch Früchte getragen.

Ich bleibe vor Ash stehen und schaue zu ihm auf. Auch bei seiner Maske wurde der Stoff um die Augenpartie entfernt, sodass ich endlich seine Augen wieder sehen kann. Da wir die letzten Tage nur nachts beieinander waren, musste ich bereits viel zu lange auf diesen wunderschönen Anblick verzichten. Ash greift nach meiner Hand und verschränkt die Finger mit meinen. Seine Handfläche ist so angenehm warm, dass die bloße Berührung einen wohligen Schauer meinen Arm hinaufschickt.

Hazel und Payne drängen an uns vorbei und verschwinden zusammen mit Caleb durch die Tür in den Saal.

»Ihr seid gleich dran«, flüstert Hazel, bevor sie die Tür hinter sich schließt. »Kein Stolpern, kein Stammeln und kein Kotzen, klar? Sonst tue ich so, als hätte ich dich noch nie zuvor gesehen!«

Ehe ich etwas erwidern kann, zieht sie die Tür zu. Seufzend schüttele ich den Kopf. Kurz darauf höre ich die Königin, die im Saal zu ihren Gästen spricht.

Ash streicht sanft mit dem Daumen über meinen Handrücken. »Bist du nervös?«

Ich drehe den Kopf ein Stück und schaue ihn an. »Bist du es?«

»Ja«, gibt er zu. Mein Magen scheint sich bei dieser Antwort zu einem Knoten zusammenzuziehen, als würde ich aus großer Höhe springen. »Nicht weil ich Angst habe. Die habe ich garantiert nicht. Ich weiß, dass ich keinen Fehler mache. Trotzdem bin ich nervös. Vielleicht ist das auch normal und es wäre seltsam, wenn wir es nicht wären.«

Unentwegt dringt Neeras Stimme zu uns in den Gang, obwohl wir kein einziges Wort von dem, was sie sagt, verstehen können. Mein Herz wummert viel zu schnell in der Brust.

»Glaubst du denn, dass du einen Fehler machst?«, fragt er.

»Ich glaube, dass ihr *alle* einen Fehler macht, indem ihr jemanden wie mich auf den Thron setzen wollt«, antworte ich.

Ash schmunzelt. »Ich habe zwar gesagt, dass du nach heute Abend nie wieder ein Kleid anziehen und eine Krone tragen musst, wenn du es nicht willst, aber das nehme ich zurück. Du siehst atemberaubend aus. Auf den Anblick würde ich ungern verzichten wollen.«

Ich stoße ihm den Ellenbogen in die Seite. »Schmeicheleien bringen dich jetzt auch nicht weiter.«

»Aber dich«, sagt er. »Du lächelst.«

Wenn diese blöde Zeremonie nicht wäre, könnte ich die glücklichste Frau der Welt sein. Wie auch nicht?

Die Türen vor uns öffnen sich und ich zucke zusammen. Hazel, Payne und Caleb stehen an den Seitenflügeln und weisen uns den Weg zu Neera, die auf dem Podest vor den beiden Thronen steht. Sie trägt ebenfalls die Wolfsmaske und ein schwarzes Kleid, das im Kerzenlicht silbern funkelt, und auf ihrem Kopf sitzt eine Krone, die jedoch viel zu groß für sie aussieht.

Ash verstärkt den Griff um meine Hand. Das Licht Hunderter Kerzen dringt zu uns vor und lässt die unzähligen Steinchen auf meinem Kleid schimmern, während es im Saal so mucksmäuschenstill ist, dass man eine Stecknadel fallen hören könnte. Alle Anwesenden wenden sich zu uns um.

»Lass mich bitte nicht los«, wispere ich.

»Niemals«, flüstert er zurück.

Mit sanftem Druck führt er meinen völlig verkrampften Arm unter seinem hindurch, bevor wir gemeinsam den Saal betreten.

***

Pausenlos schallen Neeras und Paynes Ermahnungen durch meinen Kopf. Ich bin so beschäftigt damit, einen Fuß vor den anderen zu setzen, ohne dabei zu stolpern, und mich gerade zu halten, dass ich kaum auf meine Umgebung achte. Nur meine Großmutter und Jyde, die beide in der Nähe des Podestes stehen, nehme ich bewusst wahr und nicke ihnen zu. Die Gesichter der fremden Menschen um mich herum verschwimmen nahezu gänzlich.

Alles, was ich spüre, ist Ashs Stärke neben mir; mein verlässlicher Fels, der mich davor bewahrt, in Panik zu verfallen.

Vor Neera bleiben wir stehen. Ich nehme einen tiefen Atemzug und nicke Ash dann kaum merklich zu. Er streicht mit dem Daumen über meinen Handrücken, bevor er mich loslässt und einen Schritt zur Seite macht. Ich setze einen Fuß hinter den anderen und sinke vor der amtierenden Königin in einen tiefen Knicks. Mein Herzschlag dröhnt in den Ohren, während ich den Marmorboden vor mir anstarre. Ich habe keine Ahnung, wie lange ich trotz zitternder Knie in dieser Pose verharren kann, aber ich werde weder mir noch Ash die Blöße geben und umkippen!

Es scheint eine halbe Ewigkeit zu vergehen, bis ich Neeras kühle Hand an dem Teil meiner Wange spüre, der nicht von der Maske verdeckt ist. Von dort lässt sie sie zum Kinn hinabgleiten und hebt meinen Kopf an. Ein warmes Lächeln umspielt ihre Lippen, als ich zu ihr aufschaue, und endlich erlaube ich mir wieder zu atmen. Ich stehe auf und mache Ash Platz, der mir schnell zulächelt, bevor er sich vor seiner Mutter auf die Knie sinken lässt.

»Du hättest dich wenigstens kämmen können«, murrt Neera auf halbem Weg so leise, dass nur Ash und ich sie verstehen können. Beide haben wir Mühe, nicht loszuprusten.

»Meiner Gefährtin gefällt es so besser«, gibt Ash flüsternd zurück.

Neera spricht ein paar zumindest für mich unverständliche Worte, denn mein Herzschlag dröhnt viel zu laut in den Ohren, bevor sie nach oben greift und ihre Krone abnimmt. Sie ist etwas größer, aber ähnlich gefertigt wie meine, ebenfalls mit einem schwarzen Edelstein in der Mitte. Nachdem sie die Krone auf Armlänge von sich gehalten hat, lässt sie sie langsam auf Ashs Kopf nieder. Ich wage nicht zu blinzeln. Mit sehr viel mehr Leichtigkeit als ich kommt Ash zurück auf die Füße, ergreift die Hand seiner Mutter und haucht einen Kuss darauf. Sie nickt und streicht ihm mit der anderen Hand kurz über die Wange, bevor sie mehrere Schritte zurück macht und sich zu Hazel, Payne und Caleb stellt, die ein Stück abseits warten.

Anschließend wendet sich Ash zu mir um. Ich ergreife die dargebotene Hand, erwidere das Lächeln, das er mir schenkt, und stelle mich neben ihn.

Applaus brandet im Saal auf und Glückwünsche werden laut. Ich höre sie, lächele, bis mir der Kiefer schmerzt, und nicke, wann immer jemand zu uns tritt, doch meine Hand hält weiterhin Ashs fest umklammert. Solange ich ihn berühre, weiß ich, dass all das kein Traum, sondern die Realität ist.

Nachdem wir die ersten Glückwünsche entgegengenommen haben, eröffnen wir den Tanz. Das ist der Teil, vor dem ich die zweitgrößte Angst hatte, doch es stellt sich heraus, dass sie gänzlich unbegründet war. Gemeinsam mit Ash fällt es mir leichter, den Rhythmus der Musik zu finden, und er passt sich meinen Schritten an, wenn ich mich falsch bewege. Selbst das kurze Stolpern, als ich auf den Kleidersaum trete, lässt er so aussehen, als sei es Teil unseres Tanzes.

»Du machst das großartig«, raunt er, während wir uns bereits zurück zu den anderen bewegen. »Wir haben es gleich geschafft. Danach folgen nur noch die Begrüßungen der Herrscher und eine erste Besprechung, bei der du aber nicht anwesend sein musst, wenn du nicht willst.«

Ich schüttele den Kopf. »Das Schlimmste habe ich gleich hinter mir«, sage ich. »Da werde ich auch noch eine Besprechung aushalten.«

Ash lächelt mich an, so aufrichtig und ehrlich, dass mir ganz warm ums Herz wird. »Ich liebe dich«, murmelt er.

»Und ich liebe dich«, erwidere ich, bevor die Musik verklingt und ich vor ihm in einen leichten Knicks sinke.

Ich hake mich bei ihm unter und lasse mich von ihm zurück zu den anderen führen. Hazel kann sich gerade noch bremsen, mir nicht jubelnd um den Hals zu fallen.

Von Payne erhalte ich immerhin ein anerkennendes Nicken. »Wie es aussieht, war unser Training nicht ganz umsonst«, sagt sie.

»Du warst eine furchtbare Lehrerin«, entgegne ich, schmunzele dabei aber. »Wenn Ash nicht so getan hätte, als wären meine Patzer gewollt und Teil des Tanzes, hätte ich blöd dagestanden. Sie haben außerdem ein völlig anderes Stück gespielt; dazu haben wir nie geprobt.«

Payne verschränkt die Arme. »Man kann nicht alles proben. Manchmal muss man im Leben improvisieren.«

»Aber doch nicht bei einer so wichtigen Zeremonie!«, halte ich dagegen.

Sie öffnet den Mund, um etwas zu erwidern, schließt ihn jedoch wieder und schaut zu jemandem hinter mir. Als ich mich umdrehe, applaudiert ein Mann, den ich noch nie zuvor gesehen habe. Hazel gibt neben mir einen Laut von sich, den ich nicht deuten kann.

»Sei mir gegrüßt, Migorn«, sagt Neera. Ihre Stimme klingt eisig. »Wie schön, dass du es diesmal einrichten konntest.«

Mit einem süffisanten Grinsen, das mir die Nackenhaare zu Berge stehen lässt, verbeugt sich Migorn vor Neera. »Um nichts in der Welt hätte ich dieses Schauspiel verpassen wollen.«

Sie tauschen noch ein paar als Nettigkeiten getarnte Angriffe aus, doch ich höre nur mit einem halben Ohr hin. Irgendwie kommt mir dieser Migorn bekannt vor. Er ist groß, eher schmal gebaut, und vielleicht fünf Jahre älter als Ash. Schwer zu sagen, denn seine schulterlangen Haare sind grau. Genau wie bei … Ich schaue zu meiner Linken und bemerke Paynes angespannte Haltung. Es gibt durchaus Ähnlichkeiten zwischen den beiden, auch abseits der ungewöhnlichen Haarfarbe in so jungen Jahren. Die gleiche Größe, eine ähnliche Statur sowie Gesichtsform.

»Und wen haben wir hier?«, fragt Migorn und wendet seine Aufmerksamkeit mir zu.

»Das ist meine zukünftige Schwiegertochter Scarlet«, antwortet Neera. »Scarlet, vor dir steht Migorn, der König von Moorth.«

Ich knickse vor ihm, doch er beachtet mich schon gar nicht mehr. Stattdessen hat er den Blick auf Hazel und Payne geheftet.

»Soso«, murmelt er. »Wie ich sehe, lebt ihr beiden immer noch. Und wie es scheint, habt ihr euch ganz fein gemacht. Schön, dich wiederzusehen, Meryl.«

»Mein Name ist Payne«, presst sie hervor.

»Ach, stimmt ja«, sagt Migorn. »Und du, Alia? Hast du dir auch einen neuen Namen geben lassen und so getan, als wäre nie etwas vorgefallen?«

Sämtliche Muskeln in meinem Körper spannen sich an. Hier stimmt etwas nicht … Hazel hat die Augen weit aufgerissen und starrt Migorn an, als wären ihm zwei Extraköpfe gewachsen. Wenn ich es nicht besser wüsste, würde ich behaupten, dass Hazel sogar zittert. Auch Paynes Haltung wirkt angespannt und ihr Gesicht ist aschfahl.

Als er sich genug an der Panik der beiden Frauen ergötzt hat, dreht Migorn sich zu Ash um. »Und der schwarze Prinz erfreut sich auch noch bester Gesundheit.« Sein Blick huscht zu Ash, der neben seiner Mutter steht. Als Migorn wieder mich ansieht, läuft mir ein eiskalter Schauer über den Rücken. In den blauen Augen funkeln Hass und Neid. »Du scheinst in der Wahl deiner Freunde kein glückliches Händchen zu haben, Scarlet, das muss ich schon sagen.«

»Ich wüsste nicht, was dich das angeht«, erwidere ich so ruhig wie möglich. Da er mich duzt, habe ich keine Skrupel, es ebenso zu tun.

Ash macht einen Schritt auf mich zu, doch ich halte ihn mit einer Handbewegung davon ab, näher zu kommen. Ich will nicht, dass er sich einmischt. Neera und Payne haben mehrmals betont, dass nichts vorfallen darf, was Ash zum Eingreifen zwingt.

Migorn schaut wieder Hazel und Payne an. »Eine diebische Hure und eine Verräterin wären die letzten beiden, die ich in mein Gefolge aufnehmen würde.« Er sieht zu Neera. »Wobei dieses Königreich sowieso vor die Hunde geht. Oder sollte ich eher ›vor die Wölfe‹ sagen? Ich habe keine Ahnung, wie sich eine gefallene Gefährtin so lange an der Macht halten konnte. Vielmehr hätte ich darauf gewettet, dass du innerhalb weniger Tage von anderen Ferals vom Thron gestoßen und zerfleischt wirst. Und nun noch ein Alpha ... Das arme Daarth.« Migorn schüttelt mit einem Seufzen den Kopf. »In was bist du da nur hineingeraten, Scarlet?«

Ich knirsche mit den Zähnen, presse dabei die Lippen zu einem schmalen Strich zusammen.

»Lass mich doch wenigstens sehen, wie die Braut des schwarzen Prinzen aussieht, bevor sie gefressen wird. Lass mich sehen, *wer* du bist, kleine Scarlet.«

Ohne auf meine Antwort zu warten, greift er nach meiner Maske. Stocksteif stehe ich da. Ash gibt ein Grollen von sich, doch mit einer Handbewegung hinter meinem Rücken hindere ich ihn erneut daran einzugreifen. Beinahe vorsichtig nimmt Migorn mir die Maske ab. Als er sie so weit hat sinken lassen, dass er für einen Moment meine Hände nicht sehen kann, lasse ich die rechte in die verborgene Tasche in meinem Kleid gleiten und ziehe den Dolch hervor. Ich zögere nicht, als ich ihm die Klinge gegen den Schritt drücke. Migorn schnappt nach Luft, bewegt sich aber keinen Zentimeter. *Schlauer Kerl.* Damit keiner der Umstehenden die Waffe sehen kann, wage ich nicht, sie weiter oben anzusetzen, obwohl ich es vorziehen würde, den kalten Stahl gegen seinen Hals zu pressen.

»Du willst wissen, wer ich bin?«, frage ich mit liebenswerter Stimme. »Ich bin diejenige, die dir – ohne einen weiteren Gedanken daran zu verschwenden – ihren Dolch in deine meistgeschätzten Teile rammen wird, solltest du noch einmal meinen Verlobten, seine Mutter oder einen meiner engsten Vertrauten verspotten.« Ich erhöhe den Druck, bis Migorn ein Wimmern von sich gibt. »Haben wir uns verstanden?«

Seine Augen sind so weit aufgerissen, dass ich befürchte, sie könnten jeden Moment aus den Höhlen fallen, doch Migorn ringt sich zu einem Nicken durch. Hinter mir höre ich Ash und Caleb leise lachen.

Ein breites Lächeln zupft schon an meinen Mundwinkeln, als ich Migorn meine Maske abnehme, bevor er sie vor Schreck noch fallen lässt. »Fein«, schnurre ich gedehnt und ziehe den Dolch zurück. Ich drehe ihn so gegen meinen Unterarm, dass keiner derjenigen, die hinter Migorn stehen, ihn zu sehen bekommen, und lasse ihn wieder in der Tasche verschwinden. »Ich bin sicher, dass wir uns später noch mal über den Weg laufen, König Migorn.« Mit süßlicher Stimme füge ich hinzu: »Und ich freue mich darauf.«

Er bringt keinen Ton heraus, sondern stolpert nur davon.

Als ich Ash hinter mir spüre, knurre ich: »Was für ein Widerling! Wenn er es noch einmal wagen sollte, auch nur in Hazels oder Paynes Richtung zu schauen, werde ich mich nicht mehr zurückhalten können.«

Niemand bedroht meine Vertrauten oder mich ungestraft. Hazel schien regelrecht Panik vor Migorn zu haben und auch Payne war kurz davor, die Flucht zu ergreifen. Was hat der Kerl an sich, dass er die beiden dermaßen verunsichert? Was sagte er zu ihnen? Diebische Hure und Verräterin … Ich blecke die Zähne. Allein dafür hätte ich ihn verletzen und ihm nicht nur ein bisschen Angst einjagen sollen. Aber als er sich dann noch gegen Neera und Ash richtete, konnte ich die Wut nicht mehr zügeln. So etwas in meiner Gegenwart zu sagen ... Der Kerl hat wirklich Nerven!

Allerdings ist Migorn der König einer anderen Stadt und nur aus einem Grund hier: weil wir ihn brauchen. Hoffentlich hat mein kleiner Ausraster nicht dafür gesorgt, dass er uns nun sämtliche Hilfe versagen wird ...

Ash lässt die Hand unter meine Schleppe gleiten und streicht mit den Fingerknöcheln an meiner Wirbelsäule entlang. Augenblicklich entspanne ich mich etwas und schließe für einen Moment die Augen.

Er lehnt sich nach vorn und wispert: »Ich bin stolz auf dich.«

»Er ist ein anderer Herrscher«, flüstere ich zurück. »Vielleicht hätte ich doch etwas besonnener vorgehen sollen. Wir brauchen seine Unterstützung.«

Der Druck seiner Finger verstärkt sich leicht an meinem Rücken und ich muss mir auf die Unterlippe beißen, um ein Stöhnen zu unterdrücken.

»Du hast genau richtig reagiert«, raunt Ash so dicht an meinem Ohr, wie es seine Maske zulässt. »Du bist meine Gefährtin und für das Wohl unseres Reiches und aller Bewohner verantwortlich, wenn ich es nicht sein kann. Und gerade eben hast du bewiesen, dass du dazu durchaus fähig bist. Migorn kann ruhig erfahren, mit wem er sich anlegt, wenn er gegen Hazel oder Payne wettert. Oder gegen einen anderen, der unter unserem Schutz steht.«

Ashs Worte nehmen mir die Sorge, die kurz in mir aufflammte. Er hat recht: Es ist meine Pflicht, diejenigen, die mir anvertraut sind, zu schützen. Dennoch gibt mir Migorns Verhalten Rätsel auf.

»Was ist zwischen den dreien vorgefallen?«, frage ich.

»Ich weiß es nicht«, sagt Ash. »Sobald Hazel und Payne hier ankamen, baten sie darum, in unsere Dienste aufgenommen zu werden und neue Namen zu bekommen, damit sie mit ihrer Vergangenheit abschließen konnten. Ich habe nie gefragt, und da sie ihre Aufgaben immer zu unserer Zufriedenheit erledigt haben, interessierte es mich auch nicht, was sie vorher gemacht haben.«

Hazel hat mir offenbar nur einen Bruchteil dessen erzählt, was damals in Moorth vorgefallen ist. Vor allem Paynes Rolle ist mir noch nicht klar. Aber nach dem, wie sie auf Migorn reagiert haben, will ich die beiden auch nicht auf ihre Vergangenheit ansprechen. Ash hat recht: Es ist gleichgültig, was damals passiert ist. Als sie nach Daarth kamen, gab Ash ihnen neue Namen und eine neue Aufgabe – und nur das, was sie hier geleistet haben, zählt. Dennoch würde es mich interessieren, wie Migorn es geschafft hat, allein durch ein paar gemeine Spitzen die beiden Kriegerinnen in eine Schreckstarre zu versetzen.

»Es fiel mir schwer, eben nicht einzugreifen«, murmelt Ash. »Über die Beleidigungen konnte ich hinweghören. Da mussten meine Mutter und ich schon ganz anderes wegstecken. Migorn ist ein Schwätzer; ich nehme nichts von dem ernst, was seinen Mund verlässt. Und solange er keinen von uns bedrohte, wollte ich mich zurückhalten. Doch als er nach deiner Maske griff ... Ich wollte ihn nur aufhalten; Tenebrae hingegen wollte ihn an Ort und Stelle aufschlitzen! Das wäre unschön geworden.«

»Tenebrae hat wirklich keinen Sinn für Feingefühl«, sage ich schmunzelnd. »Aber manchmal mag ich das an ihm.«

Ash gibt ein leises Grollen von sich, das meine Sinne vibrieren lässt. »Schön, dass wenigstens du das zu schätzen weißt.« Anschließend hebt er den Kopf und lässt den Blick über die wartenden Anwesenden schweifen, ehe er die Lippen zu einem Grinsen verzieht. »Ich habe da noch etwas, um deine Laune zu verbessern.«

»So?«, frage ich. »Was denn?«

Als ich mich umdrehe, sehe ich, was er meint. Ash gibt ein leises Lachen von sich, bevor er sich zurückzieht. Angespannt starre ich auf die drei Personen, die vorgetreten sind, um uns ihre Aufwartung zu machen. Ich weiß nicht, wer von uns vieren geschockter aussieht.

»Du?«, zischt Prinzessin Luisa, als sie mich ohne Maske erkennt. »Aber du bist doch nur ein Waldmädchen! Wie kannst du ...? Wie kann er ...?«

»Mir ist so, als hätten wir uns schon einmal gesehen«, murmelt der alte König Cespar und mustert mich mit gerunzelter Stirn.

Ich recke das Kinn und begegne Luisas starrem Blick mit kühler Ablehnung. Bis heute weiß ich nicht, was sie eigentlich gegen mich hat, schließlich habe ich nie einen Versuch unternommen, ihr Tristan wegzunehmen. Vor allem nicht nach dem Vorfall bei der Hütte ...

Apropos Tristan. Während Luisas Blick nun wütend, wenn nicht gar hasserfüllt wirkt, scheint Tristan selbst unter Schock zu stehen. Und nachdem er kurz die Nase gehoben und unauffällig in der Luft geschnüffelt hat, weiß ich auch warum. Er riecht die Veränderung an mir. Schnell wird ihm klar, was ich bin, und der Feral in ihm zwingt ihn dazu, auf mich zu reagieren.

Ich kann ein Schmunzeln nicht verbergen, als ich seinem stummen Kampf zusehe. Mit gebleckten Zähnen wehrt Tristan sich gegen den Drang, dem Verlangen seines Ferals nachzugeben, und macht stolpernd einen Schritt zurück. Doch so leicht lasse ich ihn nicht davonkommen. Er wollte mich zwingen seine Gefährtin zu werden – und mittlerweile weiß ich, was ich dazu hätte tun müssen. Allein der Gedanke daran lässt meinen Magen rebellieren. Zwar habe ich versucht wieder mit ihm auszukommen, um der alten Zeiten willen, aber das bedeutet nicht, dass ich ihn nicht leiden lassen kann! Ein kleines bisschen zumindest.

Ein unterdrücktes Lachen entblößt kurz meine Zähne und ich lege einen Teil jener Macht in den Blick, mit dem ich ihn bedenke. Ein Zittern rauscht durch seinen Körper, bevor er den Kopf senkt und auf die Knie sackt. Erneut höre ich dank meiner geschärften Sinne Ashs und Calebs Lachen hinter mir, doch diesmal meine ich auch das helle Kichern der Königin zu vernehmen.

»Steh auf, verdammt noch mal!«, zischt Luisa Tristan zu.

»I ... ich kann nicht«, antwortet er gepresst, schafft es aber, den Kopf zu heben und mich anzusehen. Die Augen sind vor Anstrengung, sich zusammenzureißen, zu Schlitzen verengt und auf der Stirn stehen Schweißperlen.

»Warum kniest du plötzlich vor ihr?« Luisa hat sichtlich Mühe, leise zu sprechen. Aber eine Szene machen will sie auch nicht.

Ich lehne den Kopf zur Seite und streiche mir einige Haarsträhnen mit Genuss über die Schulter. Jemandem, der nicht weiß, wonach er suchen muss, würde die helle Narbe direkt unter der Halsschlagader nicht auffallen, aber Tristan sieht sie, da bin ich mir sicher. Ein erneuter Anflug von Schock huscht über sein Gesicht, als er sie über dem Verschluss meines Schleiers hervorragen sieht. Mit einem weiteren Aufwallen meiner Macht zwinge ich ihn dazu, den Kopf wieder zu senken.

»Ich freue mich, dass ihr kommen konntet«, sage ich liebenswürdig zu den dreien. Cespar nickt, Luisa knurrt und Tristan starrt den Boden vor sich an. »Nachdem nun alles geklärt ist, wünsche ich euch einen angenehmen Aufenthalt in Daarth.«

Ich lasse die Macht aus meinem Blick verschwinden. Tristan atmet keuchend aus und kommt wieder auf die Füße. Allerdings vermeidet er es, mich direkt anzuschauen, und lässt sich von Luisa mitzerren. Ich sehe ihnen nach, bis sie in die Menge eingetaucht sind.

Anschließend gehe ich hinüber zu den anderen.

»Beeindruckende Vorstellung, Prinzessin«, lobt mich Caleb.

Ash neben ihm nimmt seine Maske ab und verschränkt die Arme. »Ich hab dir doch gesagt, dass es amüsant wird, wenn die beiden aufeinandertreffen. Hab ich zu viel versprochen?«

Caleb schüttelt den Kopf. »Nein, hast du nicht. Nur zu schade, dass die kleine Giftschlange, die neben Tristan stand, kein Feral ist, sonst hättest du sie auch ein wenig ärgern können.«

»Ich habe Luisa genug geärgert, indem ich Tristan vor mir knien ließ«, entgegne ich. »Daran wird sie eine Weile zu knabbern haben.«

»Von Caleb und Ash hätte ich es erwartet«, sagt Neera seufzend neben mir und schüttelt den Kopf, »aber nicht von dir, Scarlet. Mach nicht den Fehler und unterschätze die Frauen! Sie können sich schnell als die größere Gefahr herausstellen, wenn du sie zu sehr reizt.«

»Seit ich Scarlet, Hazel und Payne kenne, würde ich nicht mal mehr im Traum auf die Idee kommen, eine Frau nur nach ihrem Äußeren zu beurteilen«, sagt Ash grinsend. »Und das kann ich auch nur allen anderen Männern raten.«

Neera nimmt ihre Maske ebenfalls ab und zieht eine Augenbraue nach oben, als würde sie sich darüber ärgern, nicht ebenfalls Teil von Ashs Aufzählung zu sein. Bevor die beiden wieder damit anfangen können, sich gegenseitig anzumurren, gehe ich zu Hazel und Payne, die sich noch immer etwas abseits halten.

»Alles in Ordnung bei euch?«, frage ich leise, nachdem ich zu ihnen getreten bin.

Hazel schlingt die Arme um meinen Hals und presst ihr Gesicht gegen meine Schulter. Etwas unbeholfen streichele ich ihr über den Rücken, während sie schluchzt. Mit der anderen Hand ergreife ich Paynes und drücke sie. Auch die hochgewachsene Kriegerin sieht alles andere als ›in Ordnung‹ aus.

»Danke, dass du dich für uns eingesetzt hast«, flüstert Payne.

Hazel hebt kurz den Kopf, schnieft und nickt. Ihr hübsches herzförmiges Gesicht ist rot und verquollen und die Tränen haben auf ihren Wangen schwarze Schlieren der Schminke hinterlassen. Mit dem Daumen rubbele ich sie so gut wie möglich weg.

»Das ist doch selbstverständlich«, murmele ich. »Ihr seid meine Freundinnen. Manchmal will ich euch zwar den Hals umdrehen, aber nichtsdestoweniger würde ich immer für euch einstehen. Ich frage mich nur, warum ihr so erschrocken darüber wart, Migorn zu sehen. Ihr wusstet doch, dass er als Herrscher eingeladen wird, und eigentlich hätte er schon nach Leerth kommen sollen.«

Payne schüttelt den Kopf. »Normalerweise verlässt Migorn seine Stadt nie. Auch nach Leerth hätte er wahrscheinlich nur eine Vertretung geschickt. Meistens übernimmt das einer seiner Minister.«

»Bisher war Migorn nie hier in Daarth«, erzählt Hazel weiter. »Wir waren sicher vor ihm. Bestimmt haben ihm seine Minister berichtet, dass wir da sind, aber er ließ uns in Ruhe. Warum er diesmal persönlich gekommen ist, weiß ich nicht, aber … es macht mich nervös, mit ihm in einem Raum zu sein.«

»Beachtet ihn nicht und geht ihm am besten aus dem Weg«, sage ich. »Er wird nur so lange bleiben, bis die Besprechungen abgeschlossen sind. Hoffen wir, dass es bald sein wird.«

Ich wende mich zum Saal um und beobachte die Menschen. Einige tanzen, die meisten stehen aber in kleinen Grüppchen zusammen und unterhalten sich. Migorn sehe ich nicht unter ihnen.

»Bleibt in Calebs und Neeras Nähe«, rate ich Hazel und Payne. »Sie werden wissen, was zu tun ist, sollte Migorn sich euch gegenüber ungebührlich verhalten. Wahrscheinlich wissen sie es sogar sehr viel besser als ich.«

»Vielleicht sollten wir für den Rest des Abends in unserem Zimmer bleiben«, murmelt Hazel. »Das heißt natürlich nur, wenn du uns nicht mehr brauchst.«

Ich muss lachen und drücke ihr meine Maske in die Hand. »Außer dass ich vor Langeweile einschlafe, wird mir nicht viel passieren. Falls doch, weiß ich, wie ich mich verteidigen kann.«

Die beiden nicken dankbar und verschwinden unauffällig durch einen der Seiteneingänge. Ich hole meinen Nexus aus der Tasche und setze ihn auf, während ich zurück zu Ash, Neera und Caleb gehe.

»Hazel und Payne haben sich für heute zurückgezogen«, sage ich und stelle mich neben Ash. Er legt mir einen Arm um die Taille und zieht mich näher. »Gibt es einen Weg, wie wir die Besprechungen beschleunigen können, damit bestimmte Ehrengäste schneller als geplant wieder aus Daarth verschwinden?«

»Von mir aus können wir sofort mit dem ersten Gespräch anfangen«, sagt Ash. »Solange wir nicht wissen, ob die anderen Städte überhaupt gewillt sind, uns zu unterstützen, können wir uns auch keine Strategie zurechtlegen.«

»Wenn sie ablehnen, haben wir ein Problem«, wirft Caleb ein.

»Sie können nicht ablehnen, ohne Gefahr zu laufen, dass sie die nächsten Ziele sind«, sagt Neera. »Zumindest König Cespar schätze ich so ein, dass er einen Blick für das große Ganze hat.«

»Dann sollten wir hoffen, dass es noch sehr lange dauert, bis Luisa seinen Platz einnimmt«, murmele ich.

»Wenigstens bis unsere Verhandlungen abgeschlossen und die Streuner jenseits der Grenze besiegt sind«, pflichtet Caleb bei. »Was dann aus Leerth wird, ist mir herzlich egal. Die hocken da oben auf ihrem Berg und interessieren sich nicht für andere.«

»Noch erfreut sich Cespar bester Gesundheit«, sage ich. »Was wir von Migorn nicht mehr behaupten können, wenn er Hazel oder Payne noch einmal schief ansieht.«

»Dummerweise ist gerade Migorn unser wichtigster Verbündeter«, meint

Neera und seufzt. »Er hat fast doppelt so viele Soldaten wie wir und verfügt über einen schier unerschöpflichen Vorrat an Nahrungsmitteln, die wir dringend benötigen.«

»Warum hat Migorn mehr Verpflegung als wir?«, frage ich.

»Ich habe dir doch von den Bunkern erzählt«, sagt Ash und ich nicke. »Unterhalb von Moorth gab es in alten Schächten so was Ähnliches, nur waren es keine Bunker für die nicht infizierten Menschen. Unter Moorth haben die Wissenschaftler der alten Zivilisation Tiere und Pflanzen eingefroren und in die Bunker gebracht, damit auch sie den Vernichtungsschlag gegen die verseuchten Ferals überleben konnten. Andernfalls hätten wir heute weder Pferde noch Schweine, wahrscheinlich nicht mal Bäume oder Gras. Durch die Waffen, die sie auf die Welt losließen, um ihren Schaden wiedergutzumachen, wurde alles Leben vernichtet – Mensch, Tier und Pflanze. Nur dank der Wissenschaftler, die mindestens zwei Exemplare jedes Tieres und jeder Pflanze eingefroren haben, leben wir heute nicht in einer kargen Einöde.«

»Und unter Moorth gibt es noch viel mehr«, sagt Neera. »Ich will gar nicht wissen, welche Schätze Migorn und seine Vorfahren für sich behalten haben, als sie zufällig auf die alten Bunker unter ihrer Stadt stießen. Jedenfalls verfügt Moorth dank der Überbleibsel der alten Zivilisation über einen nahezu unbegrenzten Vorrat an Lebensmitteln.«

»Aber warum will Migorn diesen Vorrat nicht teilen?«, frage ich.

»Migorn ist der Meinung, dass alles, was sich auf seinem Land befindet, auch ihm gehört«, antwortet Neera. Anschließend wirft sie ihrem Sohn einen eisigen Blick zu. »Ich kenne da noch jemanden, der seine Errungenschaften nicht gerne teilt.«

»Die Nexus-Technologie gehört uns, ebenso wie die Formel für das Serum«, sagt Ash und bedenkt seine Mutter mit einem mindestens genauso eisigen Blick.

Ich schaue von einem zum anderen. »Welches Serum?«

»Das, was die monatliche Verwandlung eines Alphas für eine gewisse Zeit aufschieben kann«, sagt Caleb. »Und mit dem sich ein gewisser Jemand wochenlang zugedröhnt hat.«

»Wir … haben ein Heilmittel gegen die Verwandlung?« So langsam verstehe ich gar nichts mehr.

»Nein«, sagt Ash. »Es gibt kein Heilmittel. Das Serum verschiebt die Verwandlung nur um einige Zeit oder kann eine plötzlich auftretende Wandlung unterdrücken. Mehr aber auch nicht. Und es ist nicht frei von Nebenwirkungen: Übelkeit, Muskelkrämpfe, Ohnmacht, Schweißausbrüche, Orientierungslosigkeit. Das volle Programm, sozusagen.«

»Und … das hast du freiwillig genommen?«

Ash zuckt mit den Schultern. »Wenn mir keine andere Wahl blieb, ja. Ich würde gerne sagen, dass man sich mit der Zeit an die Nebenwirkungen gewöhnt, aber das ist leider nicht der Fall.«

»Ich kann bestätigen, dass es kein sehr schöner Anblick ist, wenn er sich zitternd und sabbernd auf dem Boden krümmt«, brummt Caleb.

Seufzend verdreht Ash die Augen. »Vielen Dank auch. Lasst uns lieber darüber reden, wie wir Migorn auf unsere Seite ziehen können. Ich bin ja dafür, dass Scar ihm im Zweifelsfall noch mal damit droht, ihm seine wichtigsten Teile abzuschneiden.«

»Ich glaube kaum, dass uns das weiterhelfen wird«, sagt Neera. »Wir sollten zuerst eine Besprechung abhalten, um zu sehen, in welchen Punkten wir mit den anderen Herrschern übereinstimmen und wo es noch Handlungsbedarf gibt.«

Reden … Eine Disziplin, die ich nie gemeistert habe. Und diesmal habe ich keinen Schimmer, worum es überhaupt geht. Ich wäre bei der Besprechung keine Hilfe und wüsste nicht, was ich dazu beitragen kann. Bisher bin ich stolz auf mich, wie gut ich den Abend überstanden habe – wenn ich die Bedrohung von Migorn und mein kleines Zusammentreffen mit Tristan mal außer Acht lasse –, sodass ich mich gerne zurückziehen würde. Jede Minute länger in der Öffentlichkeit kann für mich nur schlecht laufen. Außerdem will ich wissen, ob es Hazel und Payne besser geht.

Ein vorsichtiges Klopfen im Kopf kündigt ein Gedankengespräch mit Ash an. Ich hebe die Hand und drücke mit dem Zeigefinger auf meinen Nexus.

»Du musst nicht mitkommen, wenn du nicht willst«, sagt er, schaut dabei aber

seine Mutter an. *»Ich kann verstehen, dass du müde bist. Wahrscheinlich wird es todlangweilig.«*

Ich werfe ihm einen unauffälligen Seitenblick zu. *»Ja, wahrscheinlich. Aber du möchtest, dass ich mitkomme, oder?«*

»Ich habe es dir schon einmal gesagt: Ich werde dich zu nichts zwingen, was du nicht willst. Daran halte ich mich. Jedoch ...« Seine Hand streicht an meiner Seite entlang. *»... fühle ich mich immer besser, wenn ich weiß, dass du hinter mir stehst.«*

Ich schmiege mich an ihn und lehne den Kopf gegen seine Schulter. *»Dann komme ich mit. Erwarte aber keine geistreichen Kommentare von mir. Gut möglich, dass ich einschlafe.«*

»Das macht nichts«, erwidert er. *»Ich wecke dich, wenn es vorbei ist.«*

»Dann werde ich mal die beiden Herrscher suchen«, sagt Neera. »Wir treffen uns in fünf Minuten im Besprechungsraum neben dem Saal.«

»Ich wünschte, sie hätte ›fünfzehn Minuten‹ gesagt«, murmelt Ash in meinem Kopf.

Ich schaue fragend zu ihm auf, doch er schüttelt nur grinsend den Kopf.

»Lasst uns solange alles vorbereiten«, meint Caleb und wir folgen ihm aus dem Saal.

KAPITEL 9

Tatsächlich braucht Neera nur drei Minuten, bevor sie mit Cespar, Luisa, Tristan und Migorn im Schlepptau ebenfalls in den Besprechungsraum gerauscht kommt. In der kurzen Zeit haben wir es gerade mal geschafft, die benötigten Stühle und ein Getränk für jeden Teilnehmer zurechtzustellen. An eine Ausarbeitung unserer Strategie war nicht zu denken.

Da ich nicht direkt an den Verhandlungen teilnehmen will, stelle ich meinen Stuhl in eine Ecke des Raumes, damit die anderen genügend Platz haben und sich um den Tisch in der Mitte setzen können. Ash und Neera sitzen an der Stirnseite, ich habe mich schräg hinter ihnen niedergelassen. Caleb lehnt mit verschränkten Armen am Türrahmen. Unsere Gäste aus Leerth haben die Längsseite des Tisches in Beschlag genommen; Migorn sitzt ihnen allein gegenüber.

»Ich bin dafür, dass alle nach Waffen durchsucht werden sollten«, murrt er und wirft mir einen giftigen Blick zu.

»Als ob jemand von uns Waffen bei sich tragen würde!«, schnaubt Luisa.

»Ich trage welche bei mir«, sage ich ungerührt und lasse dabei Migorn nicht aus den Augen. »Und ich weiß durchaus, sie zu gebrauchen.«

»Nimm deine Frau an die Leine, Ash«, knurrt der König von Moorth.

»Ich bezweifele sehr stark, dass ich das könnte – selbst wenn ich es wollte«, antwortet Ash und hat dabei sichtlich Mühe, ein Lachen zu unterdrücken. »Scarlet reagiert ein wenig empfindlich, wenn Vertraute in ihrer Gegenwart bedroht werden.«

»Scarlet reagiert allgemein sehr feindselig«, wirft Luisa ein. »Eben hat sie Tristan dazu gezwungen, vor ihr im Staub zu kriechen.«

»Ich stand drei Meter von ihm entfernt«, grolle ich. »Wie soll ich ihn denn dazu gezwungen haben?«

»Was weiß ich denn?«, schnappt sie.

»Können wir uns alle bitte beruhigen und darauf konzentrieren, weswegen wir hier sind?«, fragt Neera.

Luisa lehnt sich schnaubend zurück. »Was soll diese Besprechung überhaupt bringen? Wenn ihr jetzt schon dahergelaufene Waldmädchen in eure Reihen aufnehmt, wüsste ich nicht, was wir noch dazu beitragen können, um Daarth vor dem Untergang zu retten.«

Ich bin drauf und dran, von meinem Platz aufzuspringen und diese Ziege über den Tisch zu zerren, doch Ash hält mich mit einem Kopfschütteln zurück.

Anschließend wendet er sich an Luisa. »Theoretisch gesehen steht dieses ›Waldmädchen‹ im Rang über dir, also wähle deine nächsten Worte mit Bedacht, Prinzessin.«

»Theoretisch gesehen«, zischt sie, »ist sie nichts weiter als deine Verlobte. Sie ist noch keine Königin, nicht mal eine Prinzessin oder die Tochter eines Stammesanführers.«

Sofort versteife ich mich bei ihren Worten. Auch Tristan scheint zu merken, dass sich seine Verlobte auf sehr dünnem Eis bewegt, indem sie meinen verstorbenen Vater und meine Stellung im Dorf anspricht.

»Lass gut sein, Luisa«, murmelt er. »Deswegen sind wir nicht hier.«

»Ach, schlägst du dich schon wieder auf ihre Seite?«

Tristan schüttelt den Kopf. »Tue ich doch gar nicht! Von mir aus kannst du ihm«, er zeigt mit ausgestrecktem Arm auf Ash, »das Herz herausreißen, aber das bringt uns gerade nicht weiter.«

Lässig lehnt sich Ash zurück gegen die Stuhllehne. »Was habe ich nur getan, um deinen Zorn zu verdienen?«

Ich bin mir nicht sicher, ob es Ashs herablassender Tonfall oder die Gleichgültigkeit ist, die er zur Schau stellt, die Tristan aufspringen lässt. Es könnte auch das Grinsen sein, das selbst mich das eine oder andere Mal an den Rand des Wahnsinns getrieben hat.

Beide Hände auf die Tischplatte gestemmt knurrt er: »Das weißt du ganz genau.«

»Setz dich hin, Tristan«, befehle ich. Sein Oberkörper bebt einen Moment, als er versucht sich meiner Macht zu widersetzen. »Setz. Dich. Hin«, wiederhole ich, schärfer diesmal, und er gehorcht sofort und zieht anschließend den Kopf zwischen die Schultern.

Migorn schlürft sein Getränk, das vor ihm steht, und gluckst anschließend vor Lachen: »Wie es scheint, wird diese Besprechung doch noch interessanter, als ich angenommen habe.«

Neera lässt beide Fäuste auf den Tisch donnern. »Schluss damit! Alle! Ich will von keinem von euch auch nur noch ein Wort hören, das nichts mit der Stärkung unserer Grenzen zu tun hat. Ist das klar?«

König Cespar, der bisher keinen Ton von sich gegeben hat, nickt Neera dankbar zu. »In Leerth bekommen wir nur selten einen Feral zu Gesicht. Die letzte Sichtung fand zur Zeit unseres Empfangs vor einigen Wochen statt.«

Wie von selbst schauen Ash und ich zu Tristan, der sein Bestes versucht, um sich nichts anmerken zu lassen.

»Nach dem hinterhältigen Angriff auf den Verlobten meiner Tochter haben wir alles unternommen, um den Feral zu finden, der das getan hat«, fährt Cespar fort.

Ash verzieht den Mund und murmelt etwas Unverständliches. Wahrscheinlich regt er sich darüber auf, dass sein Angriff alles andere als hinterhältig war. Da der schwarze Feral-Übeltäter putzmunter hier in Daarth lebt und nun am Tisch sitzt, ist es kein Wunder, dass Cespars Männer nichts finden konnten.

»Wir sind erleichtert darüber, dass euer zukünftiger Schwiegersohn nicht ernsthaft verletzt wurde«, sagt Neera. Ich kenne sie nun schon eine Weile und höre die als Höflichkeit getarnte Lüge aus ihrer Stimme heraus. »Wobei es auch in euren Gefilden gefährlich ist, sich nach Einbruch der Nacht ohne Schutz draußen zu bewegen.«

Cespar nickt. »Das stimmt wohl. Was hattest du eigentlich dort draußen zu suchen, Tristan?«

»Ich …« Sein Blick huscht zu Ash, dann zu mir, bevor er eingehend das Glas vor ihm betrachtet. »Ich brauchte frische Luft.«

»Ich bin sicher, er wird aus seinem Fehler gelernt haben«, sagt Neera. »Und zukünftig anders handeln.«

Ein verkniffener Ausdruck erscheint um Tristans Gesicht, während er einige Sekunden lang Neeras Blick standhält. Ich sehe ihm an, dass er drauf und dran ist, etwas zu erwidern, doch dann verzieht er den Mund, nickt und starrt den Tisch vor sich an.

»Zurück zu dem eigentlichen Grund, weshalb wir hier sind«, fährt Neera fort. »Ich weiß, dass Leerth kaum von streunenden Ferals heimgesucht wird. Nur wenige der Streuner wagen sich so weit in die Berge, um euch gefährlich zu werden. Doch wenn Daarths Grenzen fallen, wird es nur eine Frage der Zeit sein, bis sie auch zu euch vordringen werden. Wir müssen die Bedrohung jetzt aufhalten, ehe sie sich noch stärker vermehren können.«

Luisa schnaubt. »Wenn ihr eure Frauen wie gefordert schützen würdet, gäbe es das Problem gar nicht erst.«

»Wir schützen unsere Frauen«, widerspricht Neera. »Selbst die Mädchen aus den äußeren Dörfern werden in die Stadt gebracht.«

»So?«

Luisas verschlagenes Grinsen weckt in mir den Wunsch, ihr hübsches Gesicht Bekanntschaft mit der Tischplatte machen zu lassen.

»Mir fällt spontan ein Mädchen ein, für das diese Regeln nicht zu gelten scheinen. Auch in den äußeren Dörfern gibt es Frauen, die dort leben und nicht in die bewachte Stadt gebracht werden.«

»Ich zwinge keine Frau dazu, ihren Mann oder ihre Familie zu verlassen«, stellt Neera klar. »Für die Mädchen gibt es nur wenige Ausnahmen, aber Frauen, die bereits sesshaft geworden sind und eine Familie haben, werde ich nicht aus ihrem Umfeld herausreißen.«

Luisa zuckt mit den Schultern. »Damit seid ihr alle im Grunde dafür verantwortlich, dass sich die Streuner immer weiter vermehren können. Wenn man ihnen die Frauen nehmen würde, würde sich das Problem früher oder später von selbst erledigen.«

»Dem muss ich zustimmen«, sagt Migorn. »Durch euer aller Nachlässigkeit, Neera, gießt ihr immer weiter Öl ins Feuer. Wenn ihr unsere Unterstützung wollt, ist dies die erste Bedingung, die ich stelle: Alle Frauen, egal welchen Alters, müssen sofort in die Stadt gebracht werden.«

»So viele neue Bewohner würden wir hier gar nicht unterbringen können«, wirft Ash ein.

»Das ist nicht mein Problem«, entgegnet Migorn. »Wäre das nicht ein wundervoller erster Erlass als neuer König?«

»O ja, das würde mir eine Menge Sympathiepunkte einbringen«, murrt Ash.

Damit hat er recht. Selbst ich hätte mich mit Händen und Füßen gewehrt und denjenigen verdammt, der sich diesen Blödsinn ausgedacht hätte. Und meine Stellung im Dorf war alles andere als gefestigt. Wie ginge es dann erst Frauen, die ihr Leben lang ihre ganze Familie um sich herumhaben und sie von heute auf morgen verlassen müssen? Gerade die älteren Frauen würden sich in der Stadt und mit den geänderten Lebensumständen überhaupt nicht zurechtfinden.

»Wir werden darüber nachdenken«, sagt Neera. »Du hast von Bedingungen gesprochen, Migorn. Was schwebt dir noch vor?«

Der König von Moorth lehnt sich nach vorn. »Mir ist zu Ohren gekommen, dass es hier in Daarth ein gewisses Serum geben soll, das sogar einen Alpha daran hindern kann, sich verwandeln zu müssen. Ich will die Formel.«

Ash verschränkt die Arme. »Vergiss es! Du bekommst die Formel auf keinen Fall.«

»Tja, wie überaus schade«, murmelt Migorn, während er Anstalten macht aufzustehen. »Dann muss ich unsere Verhandlungen wohl als gescheitert ansehen.«

Ich lasse die Hand in die Tasche gleiten und ziehe den Dolch hervor. Wie zufällig spiele ich mit ihm. Die anderen denken wahrscheinlich, dass ich mich langweile und er mir zum Zeitvertreib dient, doch Migorn wird merklich blass um die Nase und lässt sich sofort wieder auf seinen Platz sinken.

»Ich bin sicher, dass wir einen Weg finden, um alle zufriedenzustellen«, sagt Neera.

Die folgende halbe Stunde vergeht damit, dass immer abstrusere Forderungen der anderen Herrscher laut werden. Eine Verschiebung der Grenzen zugunsten Leerths, Abwerben aller Unberührbaren nach Moorth oder die Offenlegung der Forschungsergebnisse von Daarth sind nur einige davon.

Irgendwann verliere ich den Überblick darüber, wer von ihnen was will, und beschränke mich darauf, die Anwesenden zu beobachten. Hin und wieder wirft mir Migorn einen Blick zu, den ich nicht deuten kann. Nachdem ich wieder den Dolch in der Hand bewege, schaut er jedoch schnell woandershin und beteiligt sich erneut an den Gesprächen.

Luisa verhält sich weiterhin wie eine Giftschlange und schießt gegen jeden Vorschlag, den Neera oder Ash unterbreiten. Sie geht mir auf die Nerven und ich habe nicht wenig Lust, sie mit Gewalt aus dem Raum zu zerren. Auch Caleb, der die ganze Zeit über stumm an der Tür steht, beobachtet die Prinzessin aus Leerth mit einem finsteren Blick und verdreht die Augen, wann immer sie den Mund aufmacht.

Mit jeder verstreichenden Minute werde ich müder und müder und schaffe es nicht mehr, dem Gespräch zu folgen. Ich habe von Anfang an sowieso nur die Hälfte verstanden, aber jetzt würde ich gar keinen Zusammenhang mehr herstellen können. Um nicht noch wütender zu werden, tue ich so, als würden Luisa und Tristan nicht existieren und konzentriere mich stattdessen auf Ash.

Ich betrachte seine Hände, die abwechselnd zu Fäusten geballt sind oder sich so fest um die Armlehne seines Stuhles krallen, dass ich Angst habe, er könnte sie jederzeit zersplittern. Dabei weiß ich, dass seine Hände sehr sanft sein können, wenn ich das will. Zumindest erinnere ich mich daran ... Es fühlt sich an, als sei es eine Ewigkeit her, seitdem er mich das letzte Mal berührt hat, dabei sind seit unserem Training erst wenige Tage vergangen. Ich sehe es deutlich vor mir und meine, seine Hände wie beim letzten Mal auf meinem Körper spüren zu können. Wir waren beide so aufgeputscht, dass keinem von uns der Sinn nach *sanft* stand. Und ich habe es mehr als genossen, als er mich gegen die Wand gedrückt hat und ...

Ash rutscht auf dem Stuhl umher und schlägt die Beine übereinander. Dann dreht er sich halb zu mir um, während er nach dem Nexus greift und ihn abnimmt. Sein Blick ist dunkel, doch das übermütige Funkeln tanzt in den wunderschönen Augen. Ich beiße mir auf die Unterlippe, erwidere jedoch sein Grinsen mit einem Schulterzucken. Mit einem angedeuteten Kopfschütteln wendet er sich wieder den anderen zu.

Nun schaffe ich es erst recht nicht mehr, meine Gedanken unter Kontrolle zu halten. Jetzt hört er sie nicht mehr und es gibt keinen Grund, mich zurückzuhalten. Das, was in meinem Kopf vor sich geht, ist sowieso tausendmal spannender als das Gerede der Anwesenden. Ist diese sinnlose Besprechung nicht bald vorüber?

Ich will wieder wissen, wie er schmeckt, wie sich seine Lippen auf meinen anfühlen und wie schnell es ihm gelingt, mich meinen Namen vergessen zu lassen. Ich schließe die Augen und stelle mir vor, dass er mit seinen geschickten Fingern die Verschlüsse meines Kleides öffnet und unendlich sanft jede Narbe an meinem Rücken küsst, die er freilegt. Wenn das Kleid endlich zu Boden gefallen ist, wird er die Hände nach vorn zu meinen Brüsten gleiten und sie anschließend Stück für Stück nach unten wandern lassen, während ich mich nach hinten gegen ihn lehne und das Gefühl seines muskulösen harten Körpers an meinem genieße.

Und dann ...

Ich öffne die Augen und nehme als Erstes Tristan wahr, der sich mir zugewandt hat. In dem Moment, in dem sich seine Nasenflügel aufblähen und ein seltsamer Glanz in seinen Augen schimmert, springt Ash auf, packt Tristan am Kragen und zieht ihn halb über den Tisch.

»Denk nicht mal dran!«, knurrt er.

Neera springt ebenfalls von ihrem Platz auf. »Prinzessin Luisa, meine Herren. Ich denke, es ist nun an der Zeit, dass ich euch den Weg zu euren Gemächern zeige. Sicherlich seid ihr müde von der langen Reise.«

Widerstrebend löst Ash die Finger von Tristans Tunika, sodass dieser wieder zurück auf den Boden sinkt. Neera wirft erst ihrem Sohn, dann mir einen eisigen Blick zu, der mir beinahe das Blut in den Adern gefrieren lässt, bevor sie die zeternde Luisa und die anderen Männer mit schmeichelnden Worten nach draußen scheucht. Caleb hält ihnen die Tür auf, bevor er mich angrinst und ebenfalls aus dem Raum verschwindet.

Nur Ash und ich bleiben zurück. Er hat beide Hände auf die Tischplatte gestemmt, hält den Kopf gesenkt und die Augen geschlossen, als koste es ihn sämtliche Selbstbeherrschung, um nicht aus der Haut zu fahren. Oder sich zu verwandeln.

»Entschuldige«, murmele ich.

Seufzend lässt er sich zurück auf seinen Stuhl sinken. »Weißt du, wie kurz ich eben davorstand, Tristan in winzig kleine Stücke zu zerlegen? Ich verstehe, dass dir etwas an ihm liegt, weil ihr zusammen aufgewachsen seid, aber durch solche Aktionen machst du es mir nicht gerade leicht, mit ihm auszukommen.«

Ich weiche seinem Blick für einen Moment aus. »Ich wollte nicht, dass etwas passiert. Mir war nur langweilig und ich ...«

»Und da dachtest du, du teilst erst mal jedem Feral im Umkreis von hundert Metern durch deinen Geruch mit, dass ich es schon nach einer Woche nicht mehr schaffe, meine Gefährtin zufriedenzustellen?«

Ich beiße mir auf die Unterlippe, um nicht zu lachen. Auch Ash hat Mühe, seine ernste Fassade aufrechtzuerhalten.

»Nun, eigentlich«, murmele ich, während ich mich erhebe und zu ihm hinüberschlendere, »hast du es die letzten Tage tatsächlich versäumt, mich zufriedenzustellen.«

Ein schelmisches Grinsen zupft an seinen Lippen, als ich mich vor ihm auf den Tisch setze und die Beine links und rechts von ihm auf die verwaisten Stühle stelle. Langsam lässt er die Hände meine Beine hinaufgleiten und schiebt dadurch mein Kleid höher. Sein Grinsen wird breiter, als er sieht, dass ich meine gewöhnlichen Stiefel trage. Flink huschen seine Finger darüber, und als ich sie endlich knapp unter dem Knie und auf der bloßen Haut spüre, zucke ich zusammen.

Ash steht auf, um mir den voluminösen Rock bis zur Hüfte hochschieben zu können, und beugt sich über mich. »Ich dachte, dass ich mein Versäumnis mit diesem wunderschönen Kleid und einer kostbaren Krone wiedergutgemacht hätte.«

Kurz hält er inne, als er bemerkt, dass ich nichts darunter trage. Beinahe wäre ich über seinen Gesichtsausdruck in schallendes Gelächter ausgebrochen.

Er blinzelt mehrmals schnell hintereinander, während sein Mund ein Stück offen steht. Mein Herz stolpert in der Brust, als er mir wieder ins Gesicht schaut. Etwas hat sich in seinem Blick verändert; das übermütige Funkeln musste einem dunklen Hunger weichen, der mir wohlige Schauer durch den Körper jagt. Ohne mich aus den Augen zu lassen, streicht er mit den Fingern an der Außenseite meiner Oberschenkel entlang.

Nachdem ich mich wieder gefangen und daran erinnert habe, was er zuvor zu mir gesagt hat, hebe ich eine Augenbraue an. »Kleider und Schmuck? Du solltest mich mittlerweile besser kennen, Ash. Ich hätte vielleicht über das Versäumnis, von dem du gesprochen hast, hinwegsehen können, wenn du mich mit Waffen bestochen hättest. Aber diese hätten noch eindrucksvoller sein müssen als meine Halbmond-Klingen. Ein schier aussichtsloses Unterfangen.«

Ash lässt die Hände zur empfindlichen Innenseite meiner Oberschenkel wandern, wo er mit den Fingern die sensible Haut liebkost. Bei jeder Berührung zucken meine Muskeln und meine Hüften beginnen sich wie von allein zu bewegen.

»Was habe ich mir mit dir nur für eine schamlose und gierige Gefährtin eingehandelt?«, murmelt er grinsend.

Mein Blut kocht und meine Atmung geht flach und abgehackt. Stets hoffe ich, dass er seine Hände ein kleines Stück höher bewegen möge, dorthin, wo ich ihn dringend brauche, aber diesen Gefallen tut er mir nicht. Er bemerkt mein Sehnen und genießt es sichtlich, mich zu quälen.

»Deshalb«, sage ich ein wenig atemlos, »bleibt dir wohl nichts anderes übrig, als mit deinem Körper dafür zu sorgen, dein Versäumnis wiedergutzumachen, mein Prinz.«

Sein Grinsen hat mittlerweile diabolische Züge angenommen. Er lehnt sich so weit vor, dass sein Mund auf Höhe meines Ohres ist. »Nun, eigentlich …«, wiederholt er meine Worte von vorhin und schiebt im selben Augenblick zwei Finger in mich hinein. Stöhnend lasse ich den Kopf in den Nacken sinken, während sich sämtliche Empfindungen meines Körpers auf diese eine Stelle in meinem Schoß zu konzentrieren scheinen. Ash knabbert kurz an meinem Ohr, bevor er raunt: »... ist die korrekte Anrede für mich seit ein paar Stunden ›mein König‹. Aber ich höre den Titel so gerne aus deinem wundervollen Mund, dass ich keinen Wert darauf lege, welchen von beiden du verwendest.«

Seine Stimme, das tiefe Raunen so nah an meinem Ohr, seine Finger, die mich verwöhnen: Das allein genügt, um mich den Verstand verlieren zu lassen. Es kümmert mich nicht, dass wir uns in einem Besprechungsraum befinden und jederzeit jemand durch diese Tür dort platzen könnte. Meine inneren Muskeln ziehen sich um seine Finger zusammen, wollen sie an Ort und Stelle halten, doch gleichzeitig will ich so viel mehr. Ich *brauche* so viel mehr ...

»Ich sollte mich wohl tatsächlich bemühen, mein Versäumnis der letzten Tage wiedergutzumachen«, murmelt er.

Als er die Finger wieder aus mir herauszieht, keuche ich frustriert auf. Doch bevor ich protestieren kann, lässt sich Ash vor mir auf die Knie sinken, schenkt mir ein schiefes Grinsen und presst den Mund auf meinen Schoß.

In dem Augenblick, als er mit der Zunge über meinen empfindlichsten Punkt streicht, explodiert die Welt um mich herum in tausend Sternenfeuer.

KAPITEL 10

Am nächsten Morgen retten mir Hazel und Payne erneut den Hintern, weil sie sehr viel weitsichtiger sind als ich und mir frische Kleidung vorbeibringen. Ash macht sich nicht die Mühe aufzustehen und kommentiert unser Flüstern und das Sonnenlicht, das durch die Tür dringt, mit einem müden Knurren.

»Hat sich Migorn am Abend noch mal danebenbenommen?«, fragt Hazel leise, während sie ihr Bestes gibt, um meine Haare zu entwirren. Ich habe gestern nicht mehr daran gedacht, die Klammern und Spangen zu entfernen, weshalb mein Kopf heute Morgen eher einem Vogelnest ähnelt. »Die Besprechung war so plötzlich vorbei.«

»Eigentlich ... war ich der Grund für die Unterbrechung«, gestehe ich.

»Wen hast du diesmal bedroht?«, fragt Payne. »Luisa? Migorn? Oder doch Tristan?«

»Ash hat Tristan bedroht, damit hatte ich nichts zu tun. Ich habe ihn nur dazu gezwungen, sich wieder hinzusetzen. Und Migorn ... habe ich auch irgendwie dazu gebracht, dass er wenigstens so tut, als würde er sich an den Verhandlungen beteiligen. Wisst ihr vielleicht, warum er unbedingt die Formel für das Serum haben will?«

»Er hofft, dadurch ein Gegenmittel herstellen zu können«, kommt es gedämpft aus Richtung Bett.

Wir drei drehen uns um. Ash hat den Kopf leicht angehoben, sieht jedoch alles andere als wach aus. Es muss lange nach Mitternacht gewesen sein, als wir es endlich in sein Zimmer geschafft haben. Ein wenig bin ich stolz auf uns, dass diesmal keine Kleidungsstücke dran glauben mussten. Auch wenn ich ihn gestern damit aufgezogen habe, bin ich überwältigt von dem Verlobungskleid und wäre sehr traurig, wenn es jetzt in Fetzen den Fußboden zieren würde.

»Ein Gegenmittel?«, wiederhole ich.

Ash nickt, setzt sich dann auf und fährt sich durchs Haar. Er blinzelt mehrmals hintereinander, ehe er sagt: »Wenn ihr euch schon ungeladen Zugang zu meinem Zimmer verschafft, dann macht das nächste Mal wenigstens die Tür zu ... Diese Helligkeit brennt in den Augen ... Und seid um der Göttin willen um diese Uhrzeit leiser ... Außerdem könntet ihr auch ein Frühstück mitbringen. Als Wiedergutmachung, sozusagen.«

»Da ist aber heute jemand empfindlich«, murmelt Payne. »Ich wusste gar nicht, dass er ein genauso großer Morgenmuffel ist wie du.« Etwas lauter sagt sie: »Es ist übrigens schon Mittag.«

»Warum glaubt Migorn, ein Gegenmittel herstellen zu können?«, frage ich, um wieder zum Thema zurückzukommen.

»In Moorth gibt es sehr fähige Wissenschaftler«, sagt Hazel. Sie klingt bedrückt, ganz anders als sonst. »Sie finden für fast alles eine Lösung.«

»Aber nicht gegen die Ferals«, sagt Ash. »Sie sind kein Virus, keine Krankheit. Vielleicht war das früher so, als die ersten Ferals in der alten Zivilisation geschaffen wurden, aber mittlerweile ist es in unsere Körper übergegangen. Die meisten werden als Ferals geboren; nur ein Bruchteil wird zu einem Feral gemacht. Du kannst nichts heilen, was ein Teil von dir ist.«

»Die meisten Ferals sind auch unauffällig«, sagt Payne. »Es sind die Streuner, die uns Sorgen machen. Nach Migorns Ansicht bräuchte man ihnen allesamt nur ein Gegenmittel einzuflößen und sie würden zu normalen Menschen werden.«

Ash schüttelt den Kopf. »Selbst wenn das gelänge, würden sie uns noch Ärger machen. Und den Truppen fällt es leichter, streunende Ferals zu töten als Menschen. Aber wie gesagt: Ein Heilmittel ist Schwachsinn. Ich will nicht wissen, was Migorns Wissenschaftler mit der Formel anstellen, wenn sie ihnen einmal in die Hände gefallen ist ... Vielleicht würden sie es tatsächlich schaffen, etwas Nützliches zu entwickeln, doch die Chance, dass sie es benutzen, um sich selbst einen Vorteil zu sichern, ist viel größer.«

Was Ash sagt, hat durchaus Hand und Fuß. Im Grunde ist es nichts anderes als das, was zur Zeit der alten Zivilisation geschehen ist: Die damaligen

Wissenschaftler forschten lange und schreckten nicht einmal vor Menschenversuchen zurück, bis sie Ferals erschaffen konnten. Danach geriet die Formel jedoch in falsche Hände, wurde verändert und gestreckt, was schließlich dazu führte, dass die Menschheit sich beinahe selbst auslöschte. Wer garantiert uns, dass es bei Migorns Wissenschaftlern nicht der Fall sein wird? Es müsste nur ein einziger unter ihnen sein, der einen Fehler macht oder die Formel weitergibt, und schon würde sich alles wiederholen.

Ich verstehe, dass Ash das Wissen, das in den Gängen unter Daarth begraben liegt, so gut schützt, und ich verstehe auch, dass er nicht an eine Heilung der Ferals glaubt. Ich tue es ebenfalls nicht. Tenebrae ist keine Krankheit; er ist ein Teil von Ash. Ein manchmal nerviger Teil zwar, aber immer noch ein Teil. Ich möchte – nein, will – mir nicht vorstellen, dass er einfach so verschwinden könnte.

»Was wollen wir Migorn stattdessen anbieten?«, frage ich. »Er wird sich nicht ohne eine Gegenleistung darauf einlassen, uns zu helfen.«

»Nein, das wird er nicht«, murmelt Ash. »Deshalb müssen wir herausfinden, was er will – abgesehen von der Formel.« Sein Blick huscht zu Hazel und Payne und er runzelt die Stirn. »Seid ihr bald fertig? Ich würde mich auch gerne anziehen.«

»Die nächste Besprechung soll in zwei Stunden beginnen«, sagt Payne. »Neera hat uns aufgetragen, dafür zu sorgen, dass ihr beide dort erscheint. Und dass ihr … Wie hat sie es genannt?«

»Dass ihr diesmal alles andere bereits erledigt habt«, kommt ihr Hazel zu Hilfe und zeigt endlich den Anflug eines Lächelns.

Auch ich kann nicht anders, obwohl mir Neeras Forderung die Schamesröte ins Gesicht treibt.

»Ihr seid nicht mehr die Leibwächter meiner Mutter«, sagt Ash. »Das wisst ihr, oder?«

Payne zuckt mit den Schultern. »Sie braucht unseren Schutz dringender als du oder Scarlet.«

Ich stehe auf und werfe Ash sein Hemd zu, das ich kurz übergezogen hatte, als ich an die Tür ging. Anschließend greife ich nach meinen Klingen. »Ich schaue noch kurz bei Großmutter vorbei und treffe dich dann im Besprechungsraum.«

Er sieht etwas verwirrt aus, nickt jedoch, bevor ich aus seinem Gemach husche.

***

Hazel und Payne habe ich schon auf dem Korridor abgewimmelt und bin allein in unser Zimmer gehuscht. Nachdem ich die Tür verriegelt habe, krame ich den Lotriumsaft aus dem hintersten Winkel meiner Kommode hervor und nehme einen kräftigen Schluck.

Igitt! Egal, wie oft ich das Zeug trinke, es schmeckt nach wie vor ekelig. Ich schüttele die Flasche. Viel ist nicht mehr da ... Und ich muss es täglich trinken, um eine Schwangerschaft zu verhindern. Ich werde Großmutter bitten müssen, mir so schnell wie möglich Nachschub herzustellen. Die Zusammensetzung dieses Gebräus hat sie mir nie verraten. Verbotenes Wissen ... Gefährliches Wissen.

Aber nachdem ich weiß, was Neera tun musste ... welche Wahl sie zu treffen hatte ... Ich könnte mich nie gegen Ash entscheiden. Ausgeschlossen! Seit Neera mir davon erzählt hat, ist so viel geschehen ... Alles ging derart schnell, dass ich bisher kaum Gelegenheit hatte, in Ruhe über alles nachzudenken. In mir ist eine neue Kraft erwacht, weswegen ich meinen Körper erst wieder kennenlernen musste; ich habe neue Positionen inne und ständig das Gefühl, nichts und niemandem gerecht zu werden.

Abgesehen davon fühle ich mich nicht bereit für Kinder. Dieser Part hat mich immer am wenigsten gestört, als es noch hieß, dass ich Großmutters Nachfolge antreten solle. Ich bin zwischen Männern aufgewachsen und habe keinen Sinn für Kinder, Tand oder anderes Zeug, das Mädchen oder Frauen normalerweise interessiert. Ich habe schon genug mit mir selbst zu tun – und damit, meinen Platz im Leben zu finden. Deshalb könnte ich mich nicht noch um ein kleines Wesen kümmern. Weil ich aber auch nicht darauf verzichten will, mit Ash zu schlafen, bleibt mir nur der Lotriumsaft übrig. Zum Glück hat das Zeug keine Nebenwirkungen, bis auf den widerwärtigen Geschmack. Es darf nur nie jemand herausfinden, dass ich es regelmäßig einnehme. Bisher habe ich auch noch nicht mit Ash darüber gesprochen. Irgendwie finde ich nie den passenden Zeitpunkt dafür. Ich kann auch nicht einschätzen, ob er es gutheißen würde.

Ich verstaue die Flasche wieder ganz hinten in meiner Kommode, gut getarnt zwischen allerlei anderen Tiegeln und Fläschchen, die weit weniger gefährlichen Inhalt haben. Nur ich weiß, was sich darin befindet, da keine von ihnen beschriftet ist. Die meisten Tränke und Salben helfen gegen Alltagsbeschwerden oder oberflächliche Verletzungen. Niemand würde auf die Idee kommen, dass ich darunter einen verbotenen Trank verstecke.

Da ich jedoch dringend Nachschub benötige, will ich Großmutter in ihrem Arbeitsraum nahe dem Trainingsplatz aufsuchen.

***

Großmutter zieht eine Augenbraue nach oben, als ich bei ihr eintreffe, und rührt dann weiter in ihrem Kessel, der in der Mitte des Raumes steht und mich an unsere Hütte im Dorf erinnert. Die meisten Überbleibsel der letzten Unberührbaren wurden weggeräumt und die Regale sehen sauberer und aufgeräumter aus als bei meinem letzten Besuch.

»Nach gestern Abend hätte ich dich in deiner Lederrüstung kaum erkannt«, sagt Großmutter. »Das Kleid stand dir besser.«

»Es ist aber auch furchtbar unpraktisch«, entgegne ich.

Sie lächelt. »Ich bin mächtig stolz auf dich. Dein Vater und deine Mutter wären es auch.«

Etwas verlegen bohre ich die Stiefelspitze in den Boden. »Damit hätte wohl niemand gerechnet, was? Dass ich mal eine Krone trage und in einem Saal mit einem Prinzen tanze.«

»Du warst schon immer anders, Scarlet. Und genau dies macht dich so unberechenbar. Das meine ich übrigens positiv. Berechenbare Frauen sind langweilig und führen ein ebenso langweiliges Leben. Als Ehefrau eines Wächters oder einfachen Mannes wärst du früher oder später vor die Hunde gegangen oder wahnsinnig geworden. Nicht viele Männer können mit einer unberechenbaren Frau wie dir umgehen.« Sie wischt sich die Hände an der

Schürze ab. »Tristan hätte es nicht gekonnt. Er kommt nicht mal mit dieser Ziege von Prinzessin zurecht.«

»Früher wäre er vielleicht mit mir zurechtgekommen«, sage ich. »Damals, bevor mein Lebensinhalt aus dem Wunsch nach Vergeltung bestand.«

Großmutter schüttelt den Kopf. »Er hätte dich so behandelt, wie fast alle Männer ihre Frauen behandeln. Er hätte dich eingesperrt. Nicht in einen Käfig, aber in ein Leben, das du niemals hättest führen wollen. Und daran wärst du zerbrochen.«

Ich runzele die Stirn, während ich über ihre Worte nachdenke. »Aber mein jetziges Leben hätte ich auch niemals führen wollen. Als Kind habe ich davon geträumt, dass der Prinz aus den alten Geschichten kommt und mich mit in sein Schloss nimmt, doch ich bin schon lange kein Kind mehr. Wer sagt mir, dass ich jetzt nicht ebenfalls zerbreche?«

»Das wird nicht passieren«, sagt Großmutter. »Jetzt hast du eine Aufgabe, an der du wachsen kannst und durch die du dich entwickeln musst. Ich kann dir nicht sagen, ob du eine ebenso angesehene Königin werden wirst, wie Neera eine war, aber ich bin mir sicher, dass du dein Bestes geben wirst.«

Ich verziehe den Mund. »Ich habe nicht den Anspruch, besser zu sein als Neera. Ich bin schon damit zufrieden, neben Ash nicht auszusehen wie das Mädchen aus dem Wald. Obwohl sie ihn den schwarzen Prinzen nennen, leuchtet er heller als alle anderen Menschen im Raum. Jeder wendet sich wie von selbst ihm zu. Jeder hängt an seinen Lippen, wenn er redet. Jede verdammte Frau würde ihre eigene Großmutter dafür eintauschen, um von ihm bemerkt zu werden. Nichts für ungut.«

Zu meiner Überraschung grinst Großmutter. »Schon gut. Ich weiß ja, dass es dir nicht so ging. Du wärst froh darüber gewesen, wenn er dich nicht mit so viel Aufmerksamkeit überschüttet hätte.«

»Damals ja«, gebe ich zu. »Heute sieht das anders aus. Und genau deswegen bin ich hier. Ich brauche Nachschub.«

Das Grinsen verschwindet aus Großmutters Gesicht. »Bist du dir sicher? Ich habe dir den Trank mitgegeben, als noch niemand wusste, wie es zwischen euch ausgehen mag. Willst du ihn jetzt immer noch nehmen?«

Ich mache einen Schritt auf sie zu und spreche in gedämpftem Ton. »Du weißt doch bestimmt, was Neera tun musste, nachdem Ash geboren wurde, oder?«

Großmutter nickt. »Natürlich. Ich war dabei.«

Ich zucke zusammen. Das ist mir neu. Aber je länger ich darüber nachdenke, desto logischer ist es. Großmutter hat schon mehrmals gesagt, dass sie Ash auf die Welt geholt hat. Somit ist es nur wahrscheinlich, dass sie auch einige Stunden danach noch im Schloss war.

»Warum hast du sie nicht aufgehalten?«, frage ich.

»Ich habe versucht Zayne aufzuhalten«, antwortet sie leise. »Aber es blieb bei einem Versuch. Auch mit über fünfundzwanzig Jahren weniger auf dem Buckel war ich einem jungen Mann nicht gewachsen. Ich stellte mich ihm in den Weg, versuchte mit ihm zu reden, aber keines meiner Worte drang zu ihm durch. Seine Augen waren ... anders. Ich hatte das Gefühl, dass er mich gar nicht wahrnahm.«

Ich nicke. Was Großmutter schildert, ist mir bekannt. Auch bei Ash bekam ich schon ein paarmal mit, wie anders er ist, sobald Tenebrae sich einen Weg nach außen bahnt.

»Er stieß mich beiseite«, erzählt sie weiter, »und ich knallte mit dem Kopf gegen den Kaminsims. Was dann geschah, konnte ich nur verschwommen wahrnehmen. Neera quälte sich aus dem Bett – es war eine schwere Geburt und sie hatte viel Blut verloren – und versuchte ebenfalls mit ihrem Mann zu reden, doch auch sie drang nicht zu ihm durch. Als er das Baby packte und aus der Wiege neben dem Bett zerrte, musste sie reagieren. Sie hatte keine Zeit, darüber nachzudenken oder ihre Möglichkeiten abzuwägen, und ich bezweifele, dass sie Zayne tödlich verletzen wollte. Auf dem Nachttisch lag noch das Messer, mit dem ich die Nabelschnur durchtrennt hatte. Sie griff danach und wollte Zayne am Arm verletzen, damit er das Kind losließ und wieder zur Vernunft kam.«

Ich wage kaum zu atmen, während Großmutter von dem Tag erzählt, als Ash seinen Vater verlor. Ich hänge an ihren Lippen, obwohl ich mir gleichzeitig wünsche, sie würde den Mund halten. Allein die Vorstellung davon verursacht mir eine Gänsehaut.

»Er ließ das Kind nicht los.« Ihre Stimme bricht beinahe. »Und ich konnte nichts weiter tun, als dabei zuzusehen. Zayne umklammerte den Hals des Babys und drückte zu. Ich war benommen, doch selbst ich sah, dass Ash bereits blau anlief. Er hatte aufgehört zu schreien. Neera bekam Panik und zielte mit dem nächsten Hieb auf Zaynes Brust. Die Wunden am Arm verheilten bereits dank seiner Feral-Gabe, also blieb ihr nichts anderes übrig, als die Stellen zu attackieren, die er nicht so schnell heilen konnte. Zayne wehrte sich, es kam zu einer Rangelei und ... dann steckte das Messer seitlich in seinem Hals.«

Ich keuche auf und presse schnell beide Hände vor den Mund, bevor ein weiterer Laut herauskommen kann.

»Neera packte das Kind, ehe es zu Boden fallen konnte, und sah dann ihre blutverschmierten Hände. Ich glaube, dass sie erst in dem Moment realisierte, was eben geschehen war. Wie erstarrt stand sie da, voller Blut und mit wirrem Haar, während sie abwechselnd auf das röchelnde Kind in ihren Händen und den toten Mann auf dem Boden starrte.«

Ein Schluchzen bahnt sich einen Weg aus meiner Kehle.

»Zayne wäre ein liebevoller Vater gewesen«, murmelt Großmutter. Ihr Blick wirkt seltsam entrückt. »Während der ganzen Schwangerschaft las er Neera jeden Wunsch von den Augen ab, zimmerte die Wiege mit eigenen Händen und redete von nichts anderem mehr als dem Kind, das sie bald bekommen würden.«

»Was ... was ist dann geschehen?«, frage ich.

»Als ich wieder auf die Füße kam, drückte mir Neera das Baby in die Hand. Um seinen Hals waren rote Würgemale zu sehen, doch der kleine Junge atmete und schien ansonsten nicht verletzt zu sein. Für Zayne konnte ich jedoch nichts mehr tun. Neera ... Sie verlor für einen Moment den Verstand. Sie kreischte und schrie und weinte, während sie neben ihm zu Boden sank, und als das Baby ebenfalls anfing zu weinen, befahl sie mir, das Kind sofort wegzubringen. Ihr Blick ... So etwas habe ich noch nie gesehen. So viel Hass ... Ich habe niemals eine Mutter gesehen, die ihr Kind so hasserfüllt anschauen konnte. Enttäuschung musste ich schon oft sehen, wenn das Baby wieder ein Mädchen war, aber Neeras Blick …« Großmutter schüttelt den Kopf und ein Schauer rinnt ihr über den Körper. »Sie war völlig von Sinnen, also drückte ich das Kind an mich und floh aus dem Zimmer. Ich verriegelte die Tür von außen, steckte den Schlüssel ein und brachte Ash hinunter zu den Bediensteten. Dort fand ich schnell eine Amme für ihn und erzählte den Mägden, dass Neera noch zu schwach sei, um sich selbst um ihr Baby kümmern zu können.«

»Und das haben sie dir geglaubt?«

Großmutter zuckt mit den Schultern. »Es ist nicht ungewöhnlich, dass eine Frau nach einer schweren Geburt eine Weile braucht, um wieder zu Kräften zu kommen. Nachdem ich Ash versorgt wusste, ging ich zurück zu Neera und half ihr die schlimmsten Spuren zu beseitigen. Sie sprach kein Wort, erkundigte sich nicht mit einer Silbe nach ihrem Kind, sondern konzentrierte sich nur auf den toten Mann vor sich. Die tödliche Wunde an Zaynes Hals hatte sich noch größtenteils verschlossen, bevor er verblutet war. Deshalb fiel es … uns leicht, die wahre Todesursache zu verschleiern. Offiziell starb er bei einem Reitunfall.«

»Wie lange dauerte es, bis Neera sich davon erholt hat?«

Großmutter schaut mich einen Moment an, ehe sie sagt: »Sie hat sich nie davon erholt. Und ich bezweifele, dass sie das jemals wird. Sie hat gelernt, damit zu leben und ihren Schmerz in sich einzuschließen, aber sie wird nie über den Verlust hinwegkommen. Es dauerte Tage, bis sie mir erlaubte, sie zu ihrem Kind zu bringen, und Wochen, bis sie es selbst stillte. Monate, bis sie in die Wiege schauen und Ashs Lächeln zögerlich erwidern konnte. Jahre, bis sie in Ashs Augen blicken konnte, ohne sofort Zayne vor sich zu sehen.«

Ich schlucke krampfhaft. »Und da fragst du ernsthaft, warum ich den verdammten Saft nehmen will? Ich weiß, dass es nicht so sein muss, aber wenn ich … Wenn unser Kind ebenfalls ein Junge und Alpha wäre …« Ich balle die Hände zu Fäusten. »An Neeras Stelle hätte ich nicht damit leben können.«

Großmutter schweigt einen Moment. Ein Zug von Traurigkeit huscht über ihr Gesicht. »Ich stelle dir mehr Lotriumsaft her. Aber freunde dich mit dem

Gedanken an, dass du früher oder später darüber nachdenken musst, ein Kind zu bekommen. Du wirst eine Königin sein und bist für den Fortbestand der königlichen Linie verantwortlich.«

Ich weiß, dass sie recht hat. Irgendwann werde ich mich damit auseinandersetzen müssen, doch jetzt ist es viel zu früh. Nachdem ich nun weiß, was genau in der Nacht geschah, als Ashs Vater starb, ist allein der Gedanke an eine Schwangerschaft schon abschreckend.

Ich verschränke die Arme vor der Brust. »Wer weiß? Vielleicht bin ich ja unfruchtbar und das Thema hat sich von vornherein erledigt.«

Großmutter schenkt mir ein nachsichtiges Lächeln, bevor sie sich wieder ihrem Kessel zuwendet. »Mach dir keine falschen Hoffnungen. Ferals erkennen am Geruch, ob eine Frau fruchtbar ist oder nicht. Unfruchtbare Frauen sind für sie geruchlos.«

Mist. Ich reibe mir mit der Hand über die Stirn. Damit wäre dieser Hoffnungsfunke auch zerstört. Zum Glück habe ich vorhin meinen Nexus in Ashs Zimmer zurückgelassen und er bekommt nicht mit, worüber wir hier reden.

»Bis wann hast du den Saft fertig?«, frage ich.

»Mir fehlen ein paar Zutaten«, sagt Großmutter. »Das meiste dürfte ich noch in unserer Hütte im Dorf haben. Jyde und ich sind so überstürzt aufgebrochen, dass ich viele meiner Utensilien zurücklassen musste. Ich wollte sowieso hin und alles holen, was ich brauche.«

»Du kannst auch jemanden schicken, der es für dich holt.«

Großmutter ist schließlich auch nicht mehr die Jüngste. Allein würde sie es gar nicht schaffen, alles auf einmal herzubringen.

»Nein, das mache ich lieber selbst. Ich will nicht, dass ein Unwissender in meinen Vorräten herumwühlt. Aber ich könnte jemanden mitnehmen.«

»Ich kann dir Hazel und Payne zur Seite stellen«, schlage ich vor.

Die beiden sind kräftig und verschwiegen. Außerdem sollten sie sowieso besser aus dem Schloss verschwinden, solange Migorn noch hier ist. Hazels Schwermut hat mir heute Morgen gar nicht gefallen und war untypisch für sie. Vielleicht kommt sie so auf andere Gedanken, wenn sie nicht hinter jeder Säule Migorn vermutet.

Großmutter nickt. »Schick sie zu mir, sobald du sie entbehren kannst. Ich bespreche dann alles Weitere mit ihnen.«

»Ich muss jetzt los und an einer furchtbar langweiligen Besprechung teilnehmen«, sage ich. »Aber ich sage vorher Hazel und Payne Bescheid, damit sie sich heute noch bei dir melden.«

»Je eher ich alle Ingredienzien habe, desto schneller bekommst du Nachschub.«

»Ich weiß. Ich kümmere mich darum.«

Ich gehe zu ihr, drücke sie kurz und verschwinde dann aus ihrer Kammer.

KAPITEL 11

Dummerweise laufe ich auf dem Hof Tristan und Migorn über den Weg. Letzterer würdigt mich keines Blickes – wahrscheinlich erkennt er mich ohne feine Gewänder und Krone gar nicht –, aber Tristan entdeckt mich sofort und kommt schnurstracks auf mich zu. Ich beiße die Zähne zusammen und ringe den Drang nieder, schneller zu laufen. Nicht, weil ich vor ihm fliehen will, sondern weil ich einfach keine Lust habe, mit ihm zu reden. Worüber auch? Von den guten alten Zeiten haben wir oft genug gesprochen, ohne dass es etwas gebracht hätte.

Langsam bekomme ich das Gefühl, dass es eine einfache Freundschaft zwischen uns nicht geben kann und vielleicht auch nicht geben sollte. Im Sinne aller Beteiligten.

»Diesmal allein unterwegs?«, fragt Tristan statt einer Begrüßung. »Ich hätte darauf gewettet, dass du nur noch in Begleitung anzutreffen bist.«

Er kommt mir näher, als mir lieb ist, und ich bringe ihn mit einem Blick dazu, stehen zu bleiben. Ein Muskel zuckt unter seinem rechten Auge, als er für einen Moment versucht sich meiner Macht zu widersetzen.

»Räudige Köter wie dich kann ich mir auch ohne Hilfe vom Hals halten«, grolle ich.

Es ist erstaunlich, wie er es mit einem Satz schafft, mich in Rage zu versetzen. Ich weiß nicht, woran es liegt, dass ich auf alles, was er von sich gibt, sofort anspringe und das Gefühl habe, mich verteidigen zu müssen. Früher wäre mir nie im Traum eingefallen, so mit ihm zu reden, und auch jetzt gibt es keinen wirklichen Grund dafür. Er war unfreundlich, ja, aber das sind andere zu mir auch.

Migorn mustert mich mit schief gelegtem Kopf. »Scarlet?«, fragt er. »Dich hätte ich nicht erkannt, wenn du im Gang an mir vorbeigelaufen wärst.«

Er verzieht den Mund und ich sehe ihm deutlich an, dass er meinen Aufzug missbilligt. Ich hätte heute wirklich im Bett bleiben sollen ... Nein, das darf ich nicht denken. Ich straffe den Rücken und begegne Migorns mich unverhohlen anstarrendem Blick mit kühler Abneigung. Jemandem wie ihm werde ich nicht erlauben, mich kleinzureden.

»Ich bin gerade auf dem Weg zu unserer Besprechung«, sage ich so beherrscht wie möglich. »Habt ihr beiden euch verlaufen?«

»Eigentlich hat er dich gesucht«, sagt Migorn und deutet mit einem Kopfnicken auf Tristan.

Ich folge seinem Blick. »Warum?«, frage ich meinen einstigen Kindheitsfreund. »Wir hätten uns in weniger als einer Stunde sowieso gesehen.«

»Ich ...« Tristan betrachtet eingehend seine Schuhspitzen, obwohl ich nicht mehr auf ihn einwirke. »Ich wollte mit dir reden. Allein. Mich entschuldigen.«

Ich reibe mir über die Stirn. »Deine Entschuldigungen kommen immer ein bisschen spät, Tristan.«

»Ich weiß«, murmelt er. »Ich war ... Am Abend des Empfangs war ich so überrascht dich zu sehen, obwohl ich es eigentlich besser hätte wissen müssen. Trotzdem war es ein Schock. Irgendwie. Und seitdem hatten wir noch keine Gelegenheit, miteinander zu reden. Du warst von einem Tag auf den anderen aus dem Dorf verschwunden. Auch da wollte ich mich schon entschuldigen, auch für Luisas Verhalten dir gegenüber.«

»Das Verhalten deiner Verlobten ist mir egal«, erwidere ich. »Wenn sie sich mit mir anlegt, wird sie schon sehen, was sie davon hat.«

Tristan runzelt die Stirn. »Was hat dich nur so brutal und rücksichtslos werden lassen? Steckt in dir überhaupt noch etwas von dem aufgeweckten Mädchen, das ich kannte?«

Seine Frage und sein Unverständnis lassen meinen Geduldsfaden reißen. Im ersten Augenblick bin ich wie erstarrt, doch dann bahnen sich der angestaute Hass und die Wut der letzten Jahre ihren Weg nach draußen. Verzweiflung und Bitterkeit mischen sich hinzu. Gefühle, die ich sorgsam weggesperrt und durch übermäßiges Training verdrängt hatte.

»Nein«, knurre ich. Meine Fingernägel schneiden sich in meine Handflächen, so stark balle ich die Hände zu Fäusten. »Das Mädchen von damals starb am selben Tag wie du. Und danach starb es noch einmal, als dein Vater den Befehl gab, es auspeitschen zu lassen. Und die darauffolgenden Tage, Wochen und Monate starb es wieder und wieder, weil es jede Nacht deine Schreie in ihren Albträumen hörte.«

Ich mache einen Schritt auf Tristan zu. Seine Augen sind weit aufgerissen; das Unverständnis ist völlig aus seinem Blick verschwunden.

»Du hättest das Mädchen retten können«, sage ich. Selbst in meinen Ohren klingt meine Stimme kalt und schneidend wie Eis. »Du hättest zurückkommen oder ein anderes Lebenszeichen von dir geben können. Aber das hast du nicht getan. Du hast billigend in Kauf genommen, dass das Mädchen leidet und stirbt. Wieder und wieder. Und jetzt beschwerst du dich darüber, dass ich nichts mehr von diesem Mädchen in mir trage?« Ich schüttele den Kopf. »Es ist deine Schuld, dass ich heute so bin, wie ich bin. Wenn dir nicht gefällt, was du siehst, dann lass mich in Ruhe! Ich habe gelernt, ohne dich zu leben, und ich komme sehr gut zurecht. Ich brauche weder deine angebotene Freundschaft noch deine Entschuldigungen. Das, was uns früher verbunden hat, gibt es nicht mehr. Und seit deinem Hinterhalt bei der Hütte bin ich mir sicher, dass es nie wieder etwas zwischen uns geben kann, nicht einmal Freundschaft.«

Er senkt den Kopf. »Es tut mir ...«

»Wage es nicht, dich jetzt zu entschuldigen!«, zische ich.

»Ich habe damals einen Fehler gemacht, als ich den einfachen Weg gewählt habe«, murmelt Tristan. »Das weiß ich jetzt.«

Schnaubend wende ich ihm den Rücken zu. »Ich habe meine Entscheidungen getroffen und du hast deine gefällt. Nur weil du jetzt nicht mehr mit deiner Entscheidung zurechtkommst, gibt dir das noch lange nicht das Recht, dich in mein Leben einzumischen.«

»Interessant«, murmelt Migorn neben mir. »Ihr beide kennt euch?«

»Das geht dich nichts an«, knurre ich.

Migorn streckt die Hand nach mir aus und schiebt meinen Kragen ein Stück zur Seite. Mein Stolz hält mich davon ab, vor ihm zurückzuweichen. Ein Lächeln zeichnet sich auf seinen Lippen ab.

»Nimm die Hand von mir oder du verlierst sie«, sage ich. »Das ist meine erste und letzte Warnung.«

Er kommt meiner Aufforderung nach. »Da ist aber jemand empfindlich«, schnurrt er. »Gehe ich recht in der Annahme, dass du bereits die Gefährtin eines Alphas bist? Ich fand es gestern schon beeindruckend, als du Tristan dazu gebracht hast, sich wieder hinzusetzen. Und auch jetzt hast du es mit einem einzigen Blick geschafft, ihn auf Abstand zu halten, obwohl er vorhin noch getönt hat, dass du ihm diesmal zuhören und ihn verstehen wirst.«

»Worauf willst du hinaus?«

»Ich interessiere mich für die Macht, die Ferals, vor allem Alphas, innehaben. Ich habe davon gehört, dass sie sie teilweise an ihre Gefährtinnen weitergeben können, aber bisher habe ich noch nie eine *lebende* Gefährtin getroffen.«

Es gefällt mir nicht, wie er das Wort »lebende« betont. Das Leuchten in seinem Blick, als wäre ich ein neues, spannendes Projekt, lässt mir die Nackenhaare zu Berge stehen.

»Wenn ich herausfinden könnte, was genau diese Macht ist und wie sie vererbt oder weitergegeben wird, wäre das ein bahnbrechender Durchbruch für unsere Forschungen«, fährt Migorn fort. »Vielleicht könnte es uns gelingen, diese Macht auch abseits der Alphas und ihrer Gefährtinnen zu nutzen. Im Kampf gegen die Streuner wäre sie von großem Wert. Schließlich bist du ein Mensch, also muss es einen Weg geben, diese Macht auch auf andere Menschen zu übertragen. Nur ...« Sein Lächeln wird breiter. »... bei uns in Moorth gibt es keinen Alpha und somit auch keine Gefährtin.«

Tristan stellt sich vor mich und ich lasse ihn gewähren. »Was meinst du damit, dass es bei euch keinen Alpha gibt? Ohne einen Alpha müssten eure Ferals führerlos sein und eher den Streunern gleichen.«

»Nun, glücklicherweise kann ich behaupten, dass unsere Feral-Population gegen null geht«, sagt Migorn.

Ich runzele die Stirn. Wie kann das sein? Seit ich Ashs Gefährtin bin, habe ich ein Gefühl dafür bekommen, wie viele Ferals tatsächlich unter uns leben. Einige von ihnen sind sogar Personen, die ich mein ganzes Leben kenne und von denen ich es nie gedacht hätte. Aber sie leben friedlich neben den normalen Menschen her, fallen nur selten auf und gehen einem gewöhnlichen Alltag nach. Wie kann Migorn sich also sicher sein, dass es bei ihm keine Ferals gibt?

»Es gibt überall Ferals«, sagt Tristan. »Auch bei euch in Moorth.«

Migorn ignoriert ihn. An mich gewandt sagt er: »Ich hätte Neera bitten können, uns für ein paar … Forschungen zur Verfügung zu stehen, aber ihr Alpha starb, als ich noch nicht mal wusste, wie man›Forschung‹ überhaupt schreibt. Doch wie der Zufall es will, gibt es hier in Daarth einen neuen Alpha und mit ihm eine neue Gefährtin, eine Frau, die über gewisse Fähigkeiten eines Ferals verfügt, ohne selbst einer zu sein. Du verstehst sicher, warum das meine Neugier weckt?«

Ich mache einen Schritt zurück, lasse ihn dabei aber nicht aus den Augen. »Nein, tue ich nicht.«

»Du brauchst dich vor nichts zu fürchten«, sagt Migorn. Sein Blick huscht zu Tristan. »Und was ist mit dir? Bist du ein geborener Feral?«

Tristan verzieht den Mund. »Für einen gewöhnlichen Menschen bist du ziemlich besessen von den Ferals und allem, was damit zusammenhängt. Wie kommt's?«

»Ich versuche nur, das Leben der Menschen angenehmer zu gestalten«, antwortet Migorn. »Wenn meine Forschungen einen kleinen Teil dazu beitragen, bin ich zufrieden.«

»Den Blödsinn haben die Menschen der alten Zivilisation bestimmt auch gedacht, bevor sie sich fast selbst ausgelöscht hätten«, grolle ich.

Migorn übergeht meinen Kommentar und wendet sich stattdessen Tristan zu. »Wenn du ein gemachter Feral bist, habe ich auch großes Interesse an dir, mein Lieber.«

»Dein Interesse kannst du dir sonst wohin stecken!«, zischt Tristan und ich bin ein klein wenig stolz auf ihn. »Ich will den Grund, warum es bei euch angeblich keine Ferals mehr gibt, lieber nicht wissen. Haben sie alle in euren Laboren ihr Ende gefunden oder sind sie lieber geflohen, anstatt als eure Versuchskaninchen zu enden?«

Versuche an Ferals? Sofort kommen mir die Tische und Käfige in den Sinn, die sich in den Gängen unter unseren Füßen befinden. Ich sehe Tenebrae vor mir, der in einen viel zu kleinen Käfig gesperrt wurde. Hat Migorn seinen Wissenschaftlern befohlen, andere Ferals auf den kalten Labortischen zu fesseln? Hat er es vielleicht sogar selbst getan? Was haben seine Wissenschaftler mit ihnen gemacht? Mussten sie leiden? Wahrscheinlich, denn sonst würde Migorn sich nicht damit brüsten, dass es bei ihm keine Feral-Population gibt.

Er hat Ferals gequält, um sie zu erforschen ...

Meine Macht pulsiert durch mich hindurch, schneller und immer schneller. Ich spüre sie bis in die Fingerspitzen, kribbelnd und gleißend und anders als zuvor. Bisher habe ich nur einen Bruchteil von ihr benutzt, das wird mir jetzt klar. Sie dient zu mehr, als Tristan zu ärgern oder mich schneller bewegen oder stärker zuschlagen zu können.

Von einem Moment auf den anderen verschwindet mein menschliches Bewusstsein aus dem Körper und macht etwas anderem, etwas Ursprünglicherem Platz.

Wie durch einen Schleier nehme ich wahr, dass Tristan sich an meine linke Seite stellt und Jyde wie aus dem Nichts an meiner Rechten auftaucht, sein Schwert in der Hand, den Oberkörper kampfbereit nach vorn gebeugt. Andere Wachen und Bedienstete, die unserer Unterhaltung bisher keine Beachtung geschenkt haben, halten in ihrer Tätigkeit inne und bilden einen Ring um uns herum. Alle Blicke sind auf Migorn gerichtet und ein Grollen geht durch die Menge.

Panisch macht der König von Moorth einen Schritt zurück, prallt jedoch sofort gegen einen Soldaten, der ihn an der Schulter packt und wieder nach vorn stößt. Migorn stolpert und fällt zu Boden. Eine Stimme, die ich noch nie zuvor gehört habe, brüllt in meinem Kopf, dass ich ihm hier und jetzt die Kehle herausreißen soll. Er hat nichts Besseres verdient ...

Jyde und Tristan neben mir stoßen ein Knurren aus und beugen sich nach vorn, jederzeit bereit auf meinen Befehl hin zuzuschlagen.

Als ich den Mund öffne, um ebenfalls in das Knurren und Grollen um mich herum einzufallen, schlingt sich von hinten ein Arm um mich und zieht mich zurück. Ich werde herumgewirbelt, verliere für eine Sekunde das Gleichgewicht und schaffe es gerade noch, mich festzuhalten. Zwei warme Hände legen sich um mein Gesicht und der Duft von Wald und Regen steigt mir in die Nase. Augenblicklich verstummt die fremde Stimme im Kopf – und das Grollen, das in meiner Kehle aufgestiegen ist, wird zu einem Seufzen.

»Scar!«, ruft eine mir vertraute Stimme. »Du musst dich beruhigen!«

Mein Blick huscht unstet umher, nimmt nur verschwommene Konturen wahr, die in meinem Kopf keinen Sinn ergeben. Doch das Pulsieren ebbt langsam ab, ebenso wie die Macht, die bis eben noch durch meinen Körper peitschte. Auf einmal fühle ich mich, als wäre jedes Fünkchen Energie aus mir verschwunden, und die Knie sacken unter mir weg. Doch ich schlage nicht auf dem Boden auf, sondern werde aufgefangen.

»Scar«, murmelt die Stimme erneut, »kannst du mich hören?«

Ich blinzele mehrmals hintereinander, bis ich die verschwommene Kontur vor mir als Ash erkennen kann. Was macht er hier? Ich öffne den Mund, um ihn zu fragen, aber kein Ton kommt heraus. Es ist, als hätte ich vergessen, wie man spricht. Ich versuche es nicht erneut.

Ash schiebt einen Arm unter meine Kniekehlen, legt mir den anderen stützend an den Rücken und hebt mich hoch.

»Festhalten«, flüstert er mir zu.

Die Muskeln in meinen Armen zittern protestierend, als ich sie anhebe, um sie um Ashs Hals zu legen.

Dann wendet sich Ash an die gut zwanzig Männer, die etwas verloren mitten auf dem Burghof herumstehen und uns beobachten. »Zurück auf eure Posten«, befiehlt er den Männern und alle, bis auf Tristan und Jyde, leisten seinem Befehl Folge. Letzteren deutet er mit einem Kopfnicken an, mit ihm zu kommen, während Migorn allein im Burghof zurückbleibt.

Ash presst mich an seine Brust. Ich weiß nicht, wohin er mich trägt, aber mir ist alles recht, solange ich nicht mehr von allen so merkwürdig angestarrt werde. Jyde und Tristan halten mit ihm Schritt und bleiben an unserer Seite. Mir entgeht nicht, dass Jyde noch immer sein Schwert umklammert hält und in regelmäßigen Abständen einen Blick über seine Schulter wirft.

»Warum bist du ständig zugegen, wenn etwas passiert?«, grollt Ash in Tristans Richtung.

»Diesmal war es nicht meine Schuld!«, verteidigt er sich. »Sie ist wegen Migorn so ausgerastet.«

»Ich stand kurz davor, einem fremden König den Kopf abzuschlagen«, murmelt Jyde vor sich hin. »Das war ... eine Erfahrung, die ich so schnell nicht wiederholen will. Hatte ich wenigstens einen guten Grund dazu?«

»Ich war selbst kurz davor, ihm den Hals umzudrehen«, sagt Tristan. »Er hat vor uns damit geprahlt, dass es bei ihm in Moorth keinerlei Ferals mehr gäbe. Aber noch schlimmer war, dass er Scarlet erforschen wollte.«

»Erforschen?!« Ashs Brust an meiner Wange vibriert unter seinem Knurren.

»Er faselte davon, welch ein Jammer es doch wäre, dass es bei ihm keinen Alpha und keine Gefährtin gäbe«, fährt Tristan fort. »Aber für den Ausgang des Krieges wäre es von unschätzbarem Wert herauszufinden, ob sich die Macht einer Gefährtin auch auf andere Menschen übertragen ließe und all so ein Quatsch. Er wollte sogar mich erforschen. Der Kerl ist eindeutig nicht ganz richtig im Kopf.«

»Wenn das stimmt, tut es mir fast leid, dass ich sie aufgehalten habe«, grollt Ash.

»Mag sein, aber im Nachhinein hätte sie sich schlimme Vorwürfe gemacht«, sagt Jyde.

Ashs Griff verstärkt sich um mich. »Ich weiß.«

»Was machen wir jetzt?«, fragt Jyde. »Hoffen, dass sich die Wogen von allein glätten, oder wirst du mit den Ferals reden?«

Ash stößt ein lang gezogenes Schnauben aus. »Wir brauchen Migorns Unterstützung«, sagt er dann. »So zuwider mir der Kerl auch ist, aber wir sind auf seine Hilfe angewiesen. Danach kann er von mir aus tot umfallen. Bis dahin müssen wir uns seine Gunst sichern. Deshalb werde ich mich darum kümmern, dass sich die Ferals im Schloss ruhig verhalten, solange er hier ist, und sie so tun, als wäre nichts geschehen.«

»Apropos Hilfe«, sagt Tristan. »Wir müssen zur Besprechung – und sofern sie es schafft, würde ich dazu raten, dass auch Scarlet daran teilnimmt.

Wenn wir alle fernbleiben, kann ich mir gut vorstellen, dass Migorn Cespar davon überzeugt, einer Zusammenarbeit nicht zuzustimmen.«

»Sie kann nicht mal allein stehen«, herrscht Ash ihn an. »Wie soll sie da …?«

Ich hebe die Hand und lege sie auf Ashs Brust, direkt über sein Herz. »Tristan hat recht. Ich werde jetzt nicht kneifen und mich zurückziehen. Lass mich runter.«

Ash beißt so stark die Zähne zusammen, dass seine Kiefermuskeln hervortreten. Nach einer Weile wendet er sich Jyde und Tristan zu. »Gebt uns einen Moment. Wir kommen gleich nach.«

Jyde nickt, packt Tristan, der gerade protestieren will, an der Schulter und schleift ihn hinter sich her. Erst nachdem sie an der nächsten Ecke verschwunden sind, lässt Ash mich vorsichtig herunter. Ich schwanke und er greift sofort nach meinem Oberarm, um mir zusätzlichen Halt zu geben.

Bevor er etwas sagen kann, hebe ich die Hand. »Ich muss teilnehmen«, sage ich und schaue ihm dabei fest in die Augen. »Wenn es Migorn gelingt, auch Cespar auf seine Seite zu ziehen, haben wir von vornherein verloren.«

Ash löst seine Hand von meinem Arm und lässt sie hinauf zu meinem Gesicht gleiten. Sanft legt er seine Handfläche an meine Wange. »Wie kann ich mit einem Mann verhandeln, der dir schaden wollte? Wenn ich gewusst hätte … Ich habe deine Macht gespürt und deinen Ruf nach Hilfe gehört und bin so schnell gekommen, wie ich konnte. Dann sah ich euch auf dem Burghof stehen … Ich dachte, du hättest deine Kraft nicht unter Kontrolle, aber du hattest einen Grund …«

»Ich kann auf mich aufpassen«, sage ich, während ich meine Hand auf seine lege. »Aber ich bin dir dankbar dafür, dass du mich aufgehalten hast. Ich hätte es mir niemals verziehen, wenn ich andere gegen ihren Willen dazu benutzt hätte, meinen Gegner zu töten. Das mache ich selbst, auch wenn es sich bei diesem um einen Menschen handelt. Migorn wäre schließlich nicht der Erste, der durch meine Hand stirbt.«

Ash zieht mich in seine Arme und presst mich so fest an die Brust, dass ich kaum noch Luft holen kann. »Es tut mir leid«, wispert er in mein Ohr. »Es tut mir so leid.«

Langsam hebe ich die Hände und streichele ihm über den Rücken. Sein Körper erschauert unter der Berührung.

»Ich wollte nie, dass du das durchmachen musst«, murmelt er. »Du solltest weder Menschen noch Ferals töten oder dich gegen sie verteidigen müssen. Ich habe das Gefühl, dass dein Leben mit jedem Tag furchtbarer wird, seitdem ich dich ins Schloss geholt habe.«

Ich halte inne, schaffe es aber nicht, mich aus seinem Griff zu befreien, um ihm ins Gesicht sehen zu können. »Was?«, zische ich.

»Ich wusste, dass du noch nicht so weit bist ... Und du wusstest es ebenfalls. Ich hätte nicht ...«

Ich schnappe nach Luft. Mein Herz fühlt sich an, als würde es jeden Moment zerquetscht werden, und die Augen beginnen zu brennen.

»Willst du ... damit sagen, dass es ein Fehler war?«, presse ich hervor. »Das mit uns.«

Jedes Wort fällt mir schwerer als das vorherige, doch noch schlimmer ist die darauffolgende Stille. Mit jeder verstreichenden Sekunde wird es unmöglicher, die Tränen zurückzuhalten. Ein Fehler ... Er hält es für einen Fehler. Etwas in mir zerbricht und die Leere, die ich endlich wegsperren konnte, nachdem ich hier ankam, breitet sich wieder im Körper aus. Es ist dieselbe dunkle Leere, in die ich mich damals nach Tristans Tod geflüchtet habe. Ich dachte, ich hätte sie für immer besiegt, doch offenbar war auch das ein Fehler.

Ash entlässt mich aus seinem Klammergriff und legt stattdessen seine Hände um mein Gesicht. Ich versuche mich ihm zu entziehen, damit er die Tränen nicht sieht, die in meinen Augen schwimmen, doch er hält mich fest; unerbittlich, aber gleichzeitig sanft. Seine Miene ist unergründlich. Noch immer rechne ich damit, dass er zugeben wird, einen Fehler begangen zu haben.

»Du dummes Ding«, flüstert er. »Es tut mir leid, aber nicht, weil ich fürchte, einen Fehler begangen zu haben, sondern weil ich das Gefühl habe, dass du dich in meiner Welt nicht zurechtfindest. Ständig siehst du dich mit Situationen konfrontiert, die dich zu Entscheidungen zwingen, die du am liebsten niemals treffen würdest. Ich weiß, dass du stark bist und auf dich selbst aufpassen kannst, aber es zerreißt mich innerlich, wenn ich dabei zusehen muss, wie du krampfhaft versuchst, jemand zu sein, der du nicht bist.«

Mit dem Daumen wischt er die Tränen weg, die mir aus den Augenwinkeln kullern.

Als ich meiner Stimme wieder halbwegs traue, sage ich: »Du kannst mich nicht vor allem beschützen. Ich komme mit meinem Leben zurecht, denn … ich habe dich. Und ich habe eine Aufgabe.«

»Ich *will* dich aber vor allem beschützen«, sagt er und lehnt die Stirn an meine. »Denn ich würde es nicht ertragen, dich zu verlieren.« Erneut geht ein Schauer durch seinen Körper und er atmet zittrig aus. »Wenn dir irgendwer schaden würde … Ganz egal, wer es ist … Es gäbe keinen Ort auf dieser Welt, an dem er sich vor mir verstecken könnte. Ich würde alles tun, jeden Weg gehen – völlig gleich, was es für mich bedeuten würde, solange du … Wenn ich nur daran denke, dass du aus meinem Leben verschwinden könntest …«

Im ersten Moment bin ich wie vor den Kopf gestoßen, denn ich hätte nicht für möglich gehalten, dass es ihm so nahegeht. Zwar habe ich angenommen, dass er meine Ängste und Sorgen versteht, aber ich dachte nicht, dass er ebenfalls von welchen geplagt wird, die meinen sehr ähnlich sind.

Nun ist es an mir, seine Tränen wegzuwischen und ihn festzuhalten. Ich habe ihn noch nie so verletzlich gesehen und sein Anblick bricht mir beinahe das Herz. Kein einziger Laut kommt ihm dabei über die Lippen, nur sein Körper bebt unter einem stummen Schluchzen.

Vor einiger Zeit waren wir in einer vergleichbaren Situation, nur mit vertauschten Rollen. Ich war am Ende und sah nur noch den Ausweg, vor Ash zu fliehen. Seine und vor allem meine Gefühle jagten mir so große Angst ein, dass ich weder aus noch ein wusste. Doch diese Zeiten sind vorbei, deshalb weiß ich genau, was ich zu ihm sagen muss.

Als keine neuen Tränen mehr nachkommen, lasse ich die Hände durch sein rabenschwarzes Haar gleiten und drehe seinen Kopf so zu mir, dass er mich anschauen und mir zuhören muss.

»Ich stehe hier, direkt vor dir«, sage ich, ohne meinen Blick von seinem zu lösen.

Ein schwaches Lächeln zupft an seinen Mundwinkeln, als er bemerkt, worauf ich hinauswill. »Ich sehe dich«, wiederholt er leise meine Worte von damals.

»Ich gehe nirgendwohin«, fahre ich fort. »Ich gehöre dir.« Mit den Fingerspitzen fahre ich ihm an der Wange entlang hinab zu seinem Kiefer, dann zu seinem Hals und über das Schlüsselbein, bis meine Hand auf seiner Brust, direkt über dem Herzen ruht. »Und du gehörst mir. Jeder, der es wagt, sich zwischen uns zu stellen – egal ob Mensch oder Feral –, wird unsere geballte Macht zu spüren bekommen. Es gibt nichts, wovor wir uns fürchten müssen, solange wir zusammenhalten.«

Eine Hand an meinen unteren Rücken gelegt zieht er mich an sich und presst die Lippen auf meine. Sein Kuss ist hungrig und verzweifelt und besitzergreifend. Ich wünschte, er würde nie aufhören, mich so zu küssen.

»Ich liebe dich«, wispert er an meinem Mund, bevor er ihn erneut erobert.

Unfähig etwas zu erwidern, klammere ich mich an ihn, ziehe ihn noch näher, bis kein Lufthauch mehr zwischen uns passen könnte, und genieße seine Wärme und Stärke. Das allein reicht aus, um mich weitermachen zu lassen. Und wir müssen weitermachen, das weiß ich. Aber nicht sofort. Für ein paar Minuten will ich nichts wissen von anderen Königen, Besprechungen und einem Krieg, den wir nur gemeinsam gewinnen können.

KAPITEL 12

Wir sind die Letzten, die zur Besprechung erscheinen. Neera mustert uns nur mit zusammengezogenen Augenbrauen, sagt jedoch nichts. Ich bin mir sicher, dass sie unsere geröteten Augen wahrnimmt, für die die anderen keinen Sinn haben.

»Sieh an«, sinniert Luisa und lehnt sich zurück, »das Waldmädchen hat es auch endlich geschafft, sich hier einzufinden. Heute sieht sie sogar aus wie eine Wilde aus dem Wald, denn sie trägt keine Krone, die darüber hinwegtäuschen könnte, dass sie nichts weiter ist als eine gewöhnliche ...«

Schneller, als ich reagieren kann, schießt Ashs Hand nach vorn, greift über den Tisch und packt Luisas Arm. Die Prinzessin verstummt sofort und starrt ihn aus panisch aufgerissenen Augen an. Niemand sagt ein Wort und ich habe die Vermutung, dass alle Anwesenden die Luft anhalten – ich selbst eingeschlossen.

»Du hast Glück, Luisa«, knurrt Ash. »Ich schlage keine Frauen. Auch keine, die förmlich darum betteln. Sollte ich aber noch ein gehässiges Wort aus deinem Mund hören, das sich gegen meine Verlobte richtet, finde ich andere Mittel und Wege, dich dafür büßen zu lassen. Haben wir uns verstanden?«

Luisas Blick huscht zu mir. Es kostet mich Mühe, mich nicht unter dem Hass zu winden, der mir von ihr entgegenschlägt. Diese Frau hat etwas an sich, was mich zurückschrecken lässt. Wäre Ash nicht eingeschritten, hätte ich so getan, als ob ich ihren Spott nicht gehört hätte. Einer direkten Konfrontation mit Luisa wäre ich aus dem Weg gegangen. Kurz verengen sich ihre Augen zu Schlitzen, als sie bemerkt, dass ich den Blick nicht senke, dann wendet sie sich wieder Ash zu.

»Ich habe dich verstanden«, sagt sie mit einer Stimme so hart, dass sie Glas damit hätte schneiden können.

Es vergeht eine Weile, bis Ash ihren Arm loslässt und sich auf seinen Platz niederlässt.

»Wie es aussieht«, murmelt Migorn, »sollten wir heute alle aufpassen, was wir sagen. Sonst hetzen Ash und seine bald Angetraute ihre Meute auf uns.«

Ash verschränkt die Arme und lehnt sich gegen seine Stuhllehne. »Wusstest du, dass ich eine Liste habe?«, fragt er an Migorn gerichtet. »Eine Liste mit Namen von Personen, bei denen ich nur darauf warte, dass sie einen Fehler machen und mir einen Grund geben, sie leiden zu lassen.« Er wendet sich Tristan zu, der sich die ganze Zeit über ruhig verhalten hat. »Dein Vater steht ganz oben auf dieser Liste, gefolgt von dem Kerl, der damals die Peitsche geführt hat.« Tristans Augen weiten sich, doch er sagt kein Wort dazu. Anschließend dreht sich Ash wieder zu Migorn um. »Und nach dem, was du heute zu meiner Verlobten gesagt hast, bist du auf Platz drei dieser Liste nach oben gewandert. Ja, ich wäre an deiner Stelle sehr vorsichtig mit meinen Äußerungen, denn meine Nerven sind gerade ein klein wenig überstrapaziert. Können wir dann endlich zum Thema kommen oder möchte sich sonst noch jemand mitteilen?«

Ich höre ein unterdrücktes Lachen aus Richtung der Tür, doch Caleb presst schnell eine Hand gegen den Mund, um jeden weiteren Laut im Keim zu ersticken. Ich würde auch gerne lachen, aber Migorns Aussagen stecken mir noch in den Knochen. Möglichst unauffällig schleiche ich zu meinem Stuhl, der seit gestern Abend noch etwas abseitssteht, und sehe dabei zu, wie Neera versucht die Wogen zu glätten. Doch an eine ernst gemeinte Verhandlung ist nach dem, was zwischen Ash, Luisa und Migorn vorging, nicht mehr zu denken. Cespar bezieht Stellung für seine Tochter und blockt alles ab, was von Neera oder Ash kommt, und Migorn ist zu sehr damit beschäftigt, Tristan und mich zu mustern. Wir beide sind die einzigen – neben Caleb –, die während der Besprechung kein Wort sagen.

Nach Stunden, in denen nicht die kleinste Einigung erzielt wurde, stützt Neera seufzend den Kopf in die Hände.

»So geht das nicht weiter«, murmelt sie. »Es muss doch irgendwelche Forderungen geben, die wir erfüllen können und trotzdem rechtfertigen, dass wir mit eurer Unterstützung rechnen können.«

»Meine Angebote waren mehr als großzügig«, wirft Cespar ein.

»Ihr habt fast die Hälfte unseres Gebietes als Ausgleich für einen Bruchteil deiner Soldaten gefordert!«, knurrt Neera. »Wo ist das bitte großzügig?«

»Ihr wollt etwas von uns«, gibt Cespar zu bedenken. »Also müsst ihr auch bereit sein, etwas dafür zu geben.«

Ash schüttelt den Kopf und beißt so fest die Zähne zusammen, dass ich seine Kiefermuskeln arbeiten sehe. Er nimmt sich zurück, damit die Situation nicht noch weiter eskaliert, aber es fällt ihm sichtlich schwer, den Mund zu halten und auf seinem Stuhl sitzen zu bleiben.

»Ich hätte da einen Vorschlag zu machen«, sagt Migorn in die entstandene Stille hinein. Jeder im Raum schaut zu ihm, doch sein Blick ruht auf mir, was mich dazu veranlasst, unruhig auf meinem Platz hin und her zu rutschen. »Ich stelle euch so viele Soldaten und Verpflegung von mir zur Verfügung, wie ihr benötigt, und« – sein Blick huscht zu Cespar – »ich übernehme auch die Verpflegung der Soldaten aus Leerth.«

»Und was verlangst du als Gegenleistung?«, fragt Neera.

Migorns Blick liegt auf Tristan. »Ich will ihn.« Dann schaut er zu mir. »Und sie. Ich will, dass die beiden für ein paar Tage nach Moorth kommen.«

»Vergiss es!«, grollt Ash.

»Was willst du von Tristan?«, fragt Luisa.

Migorn macht eine abwertende Handbewegung. »Dies und das. Nichts, was dir den Schlaf rauben müsste, Prinzessin.«

Ich tausche einen Blick mit Tristan. Auch nach fünf Jahren brauchen wir keine Worte, um zu sehen, was im jeweils anderen vorgeht. Er wirkt zwar alles andere als glücklich, aber er denkt das Gleiche wie ich. Migorns Angebot ist großzügig und mehr, als wir zu hoffen gewagt haben. Soldaten und ein fast unerschöpflicher Vorrat an Verpflegung für unsere alten Streitkräfte und die neuen. Im Austausch verlangt er nichts weiter als Tristan und mich. Zu Forschungszwecken. Die Vorstellung, auf einen dieser Metalltische geschnallt zu werden, lässt mein Blut zu Eis gefrieren, aber verglichen mit dem, was wir dadurch gewinnen könnten, wäre es ein kleines, nahezu unbedeutendes Opfer.

»Scar, nein«, sagt Ash eindringlich.

Ich schlucke angestrengt und wage nicht, Ash direkt anzuschauen.

»Ihr müsst euch nicht sofort entscheiden«, wirft Migorn ein. »Gebt mir bis morgen Mittag Bescheid. Danach reise ich spätestens ab. Ob mit oder ohne euch, das liegt allein in eurer Hand.«

Er erhebt sich und geht zur Tür. Caleb versperrt ihm den Weg, doch macht nach einigen Sekunden, in denen sie sich beinahe niedergestarrt haben, einen Schritt zur Seite. Auch Cespar steht auf, Luisa folgt ihm.

»Ich schließe mich Migorns Meinung an«, sagt der König von Leerth, bevor er den Raum verlässt. »Dies ist das beste Angebot, das ihr bekommen könnt. Wir reisen ebenfalls morgen ab. Unsere Soldaten stellen wir nur, wenn sie die von Migorn versprochene Verpflegung bekommen.«

Als die Tür hinter ihm zuschlägt, fühle ich mich, als würde ich keine Luft mehr bekommen. Er verlangt eine Entscheidung bis morgen Mittag. Das sind weniger als vierundzwanzig Stunden. Seufzend fahre ich mir mit beiden Händen übers Gesicht.

»Wehe, du ziehst das überhaupt erst in Erwägung!«, grollt Ash.

»Worum geht es hier eigentlich?«, fragt Neera. »Was will Migorn von Scarlet und Tristan?«

»Er hat uns als seine neuen Forschungsobjekte auserkoren«, antwortet Tristan und seufzt ebenfalls. »Ich wünschte, Jyde hätte ihm vorhin tatsächlich sein Schwert in den Leib gerammt.«

»Was?« Neeras Stimme nimmt einen Hauch von Panik an. »Jyde hat einen anderen Herrscher bedroht?«

Ich werfe Tristan einen warnenden Blick zu und er schließt schnell wieder den Mund. »Es gab vorhin einen kleinen Zusammenstoß zwischen Migorn und mir, bei dem ich ... ein wenig die Kontrolle verloren habe.«

»Es ist nichts passiert«, beruhigt Ash seine Mutter.

»Und es war nicht Jydes Schuld, sondern meine«, füge ich hinzu.

»Ich bin verwundert darüber, dass Migorn dennoch zu einer Verhandlung bereit ist, nachdem ihr drei ihm anscheinend nach dem Leben trachtet«, grummelt Neera. »Und wenn wir ehrlich sind, ist sein Angebot das beste, was wir bekommen können.«

»Wir werden es dennoch nicht annehmen«, sagt Ash sofort.

Ich übergehe seinen Kommentar. »Können wir ohne Migorns Truppen und Unterstützung etwas gegen die Streuner ausrichten?«, frage ich.

»Auf Dauer? Nein«, antwortet Neera. »Im Grunde rechne ich jeden Tag damit, dass der letzte Rest unserer Verteidigung fällt und die Streuner nach und nach unsere äußeren Gebiete verlassen, um ins Landinnere zu dringen. Ihre Angriffe sind in der vergangenen Zeit vehementer geworden, ohne dass wir wissen, woran es liegen könnte. Und wir halten diesen Angriffen nicht mehr stand.«

»Gäbe es wenigstens genügend Soldaten, um die Stadt zu schützen, wenn die umliegenden Dörfer fallen?«, fragt Tristan.

Neera seufzt. »Wenn ich die Hoffnung hätte, diese Bedrohung ohne Hilfe besiegen zu können, würde ich mich nicht auf Verhandlungen mit Migorn und Cespar einlassen. Vielleicht könnte es uns gelingen, die Stadt zu halten, aber ich würde nicht darauf wetten wollen. In den letzten Jahren haben wir immer mehr Soldaten in die Garde entsandt, um unsere Grenzen zu sichern. Was glaubst du, warum Jyde alle Hände voll damit zu tun hat, aus Grünschnäbeln Nachwuchssoldaten zu machen?«

»Sobald die Verteidigung fällt, werden wir also überrannt«, murmelt Tristan.

»Wir?« Ash gibt ein Schnauben von sich. »Jetzt tu nicht so, als würde dich das interessieren! Du bist keiner von uns. Morgen verschwindest du wieder nach Leerth und bist sicher auf deinem Berg.«

»Ich habe hier Familie und Freunde, falls dir das entgangen sein sollte«, entgegnet Tristan. »Auch wenn ein Teil davon auf deiner sogenannten Liste steht – und ich bin sicher, dass auch mein Name darauf ist –, solltest du trotzdem wenigstens versuchen die Bewohner der Dörfer zu retten.«

»Wenn du einen Vorschlag hast, wie uns das gelingen soll, bin ich ganz Ohr«, murrt Ash.

Die beiden stehen kurz davor, sich gegenseitig die Köpfe einzuschlagen ... Wir sind alle angespannt, aber seitdem Ash von Migorns Forderung gehört hat, ist die Anspannung bei ihm noch schlimmer geworden. Ich kann es ihm nicht verdenken.

»Was wird geschehen, wenn die Streuner es bis zur Stadt schaffen?«, frage ich.

»Willst du die Wahrheit?«, meint Caleb und tritt zum Tisch.

Seine Miene ist seltsam ernst und besorgt und am liebsten würde ich meine Frage zurückziehen. Dennoch nicke ich. Langsam zwar, aber ich tue es.

»Untersteh dich!«, knurrt Ash, doch Caleb ignoriert ihn.

»Vereinfacht gesagt haben die Streuner zwei Ziele: Sie brauchen die Menschenfrauen und wollen so viele wie möglich in ihre Gewalt bekommen. Sobald sie die Stadt erreichen, wo sich der Großteil unserer Frauen befindet, können wir kaum noch etwas tun, um sie zu schützen, da uns die dazu benötigten Streitkräfte fehlen. Vor allem die äußeren Distrikte und Gebiete vor den Stadtmauern würden innerhalb von Stunden überrannt und eingenommen werde, ohne dass wir es verhindern können.«

Mein Mund fühlt sich wie ausgetrocknet an. Ich kann förmlich vor mir sehen, wie die äußeren Gebiete fallen. Es gibt keinen Schutz, keine hohen Mauern und kaum noch Soldaten. Sie würden ebenso schnell fallen wie die Dörfer. Viele der dort lebenden Männer sind zwar Wächter, aber kaum einer von ihnen hat tatsächlich je gegen einen Feral gekämpft und überlebt. Ihnen fehlt genauso die Erfahrung wie den Rekruten, die Jyde trainiert.

»Und das zweite Ziel, das die Streuner haben?«, frage ich.

Calebs Lippen sind zu einem schmalen Strich zusammenpresst, sein Blick ist gesenkt.

»Sei still!«, zischt Ash – und in dem Moment bin ich mir sicher, dass ich erneut zu einer Entscheidung gezwungen werde, die ich am liebsten nicht treffen würde.

Caleb schüttelt den Kopf, schnell und abgehackt. »Sie muss es wissen«, sagt er zu Ash, bevor er sich an mich wendet. »Die Streuner werden den amtierenden Alpha herausfordern. Und ihn töten.«

Ich vergesse zu atmen. Unentwegt huscht mein Blick zwischen Ash, Neera und Caleb hin und her, doch nur Letzterer wagt es, mich überhaupt anzusehen.

»W … was meinst du mit ›töten‹?«, frage ich. Meine Stimme bricht beim letzten Wort.

»Den Streunern geht es nicht um einen fairen Zweikampf, wie ein anderer

Feral ihn suchen würde, der im Rang aufsteigen will«, sagt Caleb. »Einzeln wird keiner der Streuner gegen einen Alpha bestehen können. Als Meute aber schon. Sie werden ihn nicht auf ehrenvollem Wege herausfordern, sondern über ihn herfallen und ihre zahlenmäßige Überlegenheit nutzen.«

»Aber warum?«

»Die Streuner ähneln sehr den mutierten Ferals der alten Zivilisation«, sagt Neera leise. »In ihrem Verhalten gibt es nichts Menschliches mehr. Ihr einziges Bestreben liegt darin, sich zu vermehren und alle auszulöschen, die nicht so leben oder denken wie sie. Angepasste Ferals und vor allem die Alphas, die für Macht und Ordnung stehen, sind ihnen ein Dorn im Auge. Der einfachste Weg, die Ferals einer bestimmten Region zu schwächen, ist, ihren Alpha zu töten. Ohne ihn gibt es kein Bindeglied unter den Ferals. Keinen, der allgemeingültige Befehle erteilt. Keinen, der sich darum kümmert, dass alles in geregelten Bahnen verläuft. In den letzten knapp fünfundzwanzig Jahren habe ich den Platz meines Mannes eingenommen und den Ferals unseres Gebietes Sicherheit und Führung gegeben. Aber ich bin kein Alpha. Also war ich nie ihr vorrangiges Ziel.«

Sie spricht es nicht aus, aber ich weiß, was sie sagen will. Jetzt ist sie nicht mehr die amtierende Herrscherin. Ash ist zwar von Geburt an ein Alpha, aber erst dadurch, dass seine Mutter den Platz für ihn geräumt und er mich zu seiner Gefährtin ernannt hat, wurde er zum Anführer der hiesigen Ferals. Und das bedeutet, dass er jetzt auch das Ziel der Streuner ist.

»Ihr wusstet das«, presse ich hervor.

»Ash wurde sein Leben lang darauf vorbereitet«, sagt Caleb. »Sobald er laufen konnte, wurde er trainiert. Gegen einen normalen Feral würde er niemals verlieren. Er verliert auch nicht gegen dich, wenn er es nicht mit Absicht macht. Das muss schon was heißen!«

»Sie würden ihn auch attackieren, wenn er nicht meinen Platz eingenommen hätte«, sagt Neera. »Er ist und bleibt ein Alpha und damit ein Feind für sie. Wir hatten bis jetzt die Hoffnung, auf die beiden anderen Reiche zählen zu können. Mit ihrer Unterstützung könnte es uns gelingen, die Streuner zu vernichten oder sie zumindest so sehr zu schwächen, dass sie es nicht wagen, die Grenze zu überschreiten. Solange sie dortbleiben, wo sie jetzt sind, und nicht in unser Gebiet einfallen und unsere Frauen stehlen, können sie von mir aus machen, was sie wollen. Wenn sie unbedingt so leben möchten, stehe ich ihnen nicht im Weg, aber ich erlaube es nicht, dass sie unsere Grenzen überschreiten und unsere Bewohner angreifen, egal ob Mensch oder Feral.«

»Aber ohne Leerth und Moorth werden wir nichts ausrichten können«, sagt Caleb. »Ich habe mir mit Jyde die neuen Rekruten angesehen. Es wird Monate dauern, bis sie halb so gut sind wie die Männer, die jetzt noch die Stellung an der Grenze halten und dabei ihr Leben lassen. Bis dahin ... könnte es zu spät sein.«

Zu spät ... Das darf ich nicht zulassen! Ein Angriff der Streuner würde unzählige Opfer fordern und nicht zuletzt wäre Ashs Leben in Gefahr. Ich bin mir sicher, dass er es mit jedem Feral aufnehmen könnte, aber auch er würde nicht gegen eine Übermacht bestehen. Wenn sie ihn nicht einzeln oder nacheinander, sondern alle auf einmal angreifen oder ihn dann attackieren, wenn er nicht damit rechnet, wird auch er verlieren, ganz egal, wie stark er ist. Mit Mühe schlucke ich die aufsteigende Galle hinunter. Sie würden Ash töten und mich wahrscheinlich ebenfalls. Alle anderen, die ich kenne, würden ebenfalls sterben in einem Kampf, der nicht stattfinden müsste!

Es liegt an mir, diesen zu verhindern, bevor er begonnen hat. An mir und Tristan.

Ich werfe meinem Kindheitsfreund einen Blick zu. Er schließt für einen Moment resigniert die Augen, nickt dann aber kaum merklich. Eine knappe Geste, die nur mir auffallt. Mehr muss ich nicht wissen. Migorn war deutlich: Er will uns beide, nicht nur einen von uns. Tristan, weil er ein gemachter Feral ist, und mich, weil ich die Gefährtin eines Alphas bin.

Ich darf nicht daran denken, was er mit uns anstellen wird, sobald wir einen Fuß in seine Stadt und in die Labore gesetzt haben, aber um Ash zu retten, um alle vor dem sicheren Tod zu bewahren, würde ich jedes Risiko eingehen, ganz gleich, was es mir abverlangt. Ich überschreite jede Grenze, gehe jeden Weg und jedes Risiko ein, solange Ash lebt.

Selbst wenn ich mein eigenes Leben dafür eintauschen muss.

Ich warte auf die Angst, die sich in meinem Inneren zusammenbrauen müsste, doch sie kommt nicht. Stattdessen fühle ich mich ruhig, beinahe ausgeglichen. Es ist der einzig logische Entschluss. Und ich bereue ihn nicht.

Ich stehe auf und gebe Tristan mit einem Kopfnicken zu verstehen mir zu folgen. Als Ash begreift, was ich im Begriff bin zu tun, springt er ebenfalls von seinem Platz auf. Caleb reagiert zum Glück schnell und packt ihn von hinten, bevor er mich erreichen kann. So zügig wie möglich, ohne zu rennen, steuere ich auf die Tür zu.

Ich muss zu Migorn. Sofort. Ich muss ihm sagen, dass wir seinen Forderungen zustimmen. Ich muss gehen, auf der Stelle, bevor ich noch einmal in Ashs Gesicht schauen und meine Entscheidung überdenken könnte. Denn ich weiß nicht, ob ich ihn je wiedersehen werde. Aber er wird leben. Ebenso wie alle anderen leben werden. Durch unser Opfer werden wir Tausende retten können.

»Scar, nein! Bitte!«, schreit Ash hinter mir.

Seine Stimme klingt so verzweifelt, dass ich kurz davor bin, die Füße in den Boden zu rammen und keinen einzigen Schritt mehr zu machen. Ich beiße die Zähne zusammen, ignoriere den Schmerz in der Brust und greife nach der Türklinke.

»Ich gebe ihm alles, was er will!«, fährt Ash fort. »Er kann die blöde Formel haben. Er kann alles haben, was sich in den Gängen unter Daarth befindet. Aber bitte ... bitte ...«

Meine Hand, die über der Klinke schwebt, zittert ebenso sehr wie meine Unterlippe. Krampfhaft versuche ich das Schluchzen zu unterdrücken und zwinge meinen Körper dazu, sich weiterzubewegen. Migorn wird sich nicht mehr mit der Formel für das Serum zufriedengeben. Nicht, wenn er mehr verlangen kann, und ihm ist bewusst, dass er das kann. Er kennt unser Dilemma und wird versuchen das Beste für sich dabei herauszuschlagen.

Aber wenn er morgen geht ... Wenn er und Cespar abreisen, gibt es keine Möglichkeit mehr für uns, auf ihre Hilfe hoffen zu können. Ihre Gebiete sind nicht direkt bedroht, für sie besteht kein Handlungsbedarf. Für uns aber schon!

Ich packe Tristan am Arm, reiße mit der anderen Hand die Tür auf und verlasse fluchtartig den Besprechungsraum. Ashs Schreie, sein Flehen und

Fluchen begleiten mich noch lange den Korridor hinab. Jedes einzelne Wort hallt in meinen Ohren nach. Ich muss schnell handeln, bevor es ihm gelingt, sich von Caleb loszureißen. Zu zögern kann ich mir nicht erlauben.

»Pack deine Sachen«, sage ich zu Tristan. »Wir treffen uns in fünfzehn Minuten auf dem Burghof.«

»Willst du das wirklich durchziehen?«, fragt er, wobei er mich mit zusammengezogenen Augenbrauen mustert. »Wir haben nicht den Hauch einer Ahnung davon, was uns erwartet.«

»Ich weiß«, murmele ich. »Aber wir können dadurch alle retten. Deinen Vater, die Bewohner der Dörfer und der Stadt.«

»Und Ash«, fügt er mit einem Schnauben hinzu. »Du brauchst gar nicht versuchen mir einzureden, dass du das für meinen Vater oder Cedric oder einen der anderen Dorfbewohner machst.«

»Mag sein«, sage ich. »Meine Motive sollten jedoch einerlei sein. Wir retten sie dadurch.«

»Mir wäre es herzlich egal, wenn die Streuner Ash zerfleischen«, sagt Tristan. Am liebsten hätte ich ihm dafür die Nase gebrochen. »Ich mache da nur mit, um meinen Vater zu schützen. Und um auf dich ein Auge haben zu können. Mir ist es nämlich nicht gleichgültig, ob du dabei draufgehst.«

Ich wende den Blick ab. »Fünfzehn Minuten«, wiederhole ich, drehe mich um und renne in Richtung meines Zimmers.

***

Zu meinem Glück sind Hazel und Payne gerade da. Verdutzt schauen sie mich an, als ich durch das Zimmer husche, meinen Rucksack schnappe und eilig die wenigen wichtigen Habseligkeiten einpacke.

»Hab ich was verpasst?«, fragt Hazel. »Verreisen wir?«

»Nein«, sage ich knapp. »Nur ich.«

Ich schnalle mir meine Klingen auf den Rücken und befestige mehrere Dolche am Oberarm und im Stiefelschaft. Als ich meinen Vorrat an Tränken durchwühle, fällt mir wieder das Gespräch mit meiner Großmutter ein.

»Ihr müsstet mir einen Gefallen tun«, sage ich zu den beiden.

»Nur wenn du uns verrätst, wohin du willst«, entgegnet Payne.

Ich greife nach dem fast leeren Fläschchen Lotriumsaft und stelle es auf meine Kommode. Dann wende ich mich zu den beiden um. »Tristan und ich werden Migorn nach Moorth begleiten. Noch heute.«

Hazel blinzelt mehrmals hintereinander. »Entschuldige, ich glaube, ich habe was mit den Ohren. Ich habe verstanden, dass du ›Tristan‹ und ›Moorth‹ gesagt hast.«

»Komischerweise habe ich das auch so verstanden«, murmelt Payne und verschränkt dabei die Arme vor der Brust. »Was ist hier los?«

Mit knappen Worten erzähle ich ihnen von Migorns Forderung und meinem Entschluss, ihr nachzukommen. Sie sagen kein Wort, auch nicht, nachdem ich meinen Bericht beendet habe. Sie starren mich nur an, als hätte ich jetzt komplett den Verstand verloren.

»Was sagt Ash dazu?«, fragt Payne nach einer Weile.

Ich verziehe den Mund. »Seine Meinung dazu steht hier nicht zur Diskussion.«

»Lass mich raten: Er ist davon nicht begeistert und teilt deinen Hang zur Selbstzerstörung nicht«, murmelt Hazel.

»Er wird einsehen, dass das der einzig richtige Weg ist«, beharre ich. »Ich leide weder unter Todessehnsucht noch fällt es mir leicht, ihn hier zurückzulassen, aber ich werde gehen. Ob mit oder ohne sein Einverständnis.«

Payne stößt geräuschvoll den Atem aus. »Also reisen wir nach Moorth.«

»Nein, ihr werdet hierbleiben«, sage ich sofort. »Ihr werdet meine Großmutter und Neera beschützen, wenn Migorns Verstärkung nicht rechtzeitig eintreffen sollte.«

»Spinnst du?«, zischt Hazel. »Glaubst du ernsthaft, dass wir dich allein nach Moorth in die Labore dieses Verrückten gehen lassen?«

»Ja«, antworte ich ungerührt. »Das glaube ich. Zur Not werde ich es euch befehlen.«

Ich habe kurz darüber nachgedacht, Hazel und Payne zu bitten, mich zu begleiten. Doch die beiden wären in Moorth, einer Stadt, deren bloßer Klang bei ihnen Entsetzen auslöst, eher eine Last denn eine Hilfe gewesen. Hier brauche ich sie viel dringender. An ihrer statt werde ich Jyde bitten, mit uns zu reisen, sofern er das Training der neuen Rekruten einem anderen erfahrenen Soldaten überlassen kann. Caleb brauche ich ebenfalls hier, damit er darauf aufpasst, dass Ash mir nicht doch folgt.

»Meine Großmutter hat eine Aufgabe für euch«, sage ich, um vom Thema abzulenken. »Erinnert ihr euch noch an das Dorf, an dem wir auf der Reise nach Leerth vorbeikamen? In unserer Hütte hat sie noch einen großen Vorrat an Kräutern und Tinkturen, die sie auf die Schnelle nicht mitnehmen konnte. Ich möchte, dass ihr dabei helft, diese Vorräte nach Leerth zu schaffen, damit Großmutter sie nutzen kann, sollte es zu einem Kampf kommen.«

»Wir helfen deiner Großmutter sehr gerne«, sagt Payne, »aber uns wäre es lieber, wenn du uns erlauben würdest, dich zu begleiten. Du weißt nicht, worauf du dich einlässt! Migorn wird sich nicht damit zufriedengeben, euch beiden ein bisschen Blut abzuzapfen. Er wird Versuche an euch durchführen und ...«

»Ich weiß«, unterbreche ich sie knurrend. »Mir ist das alles bewusst und ich wäre dir dankbar, wenn du nicht weiter ins Detail gehen würdest. Im Moment gelingt es mir ganz gut, die Panik unter Kontrolle zu behalten, deshalb versuche ich, nicht weiter darüber nachzudenken, was in Moorth mit uns geschehen wird. Aber ich muss dorthin gehen.«

Hazel schielt an mir vorbei und schaut auf das Fläschchen hinter mir. »Und was ist das? Willst du das mitnehmen?«

Ich greife nach dem Lotriumsaft, entkorke die Flasche und halte sie ihr unter die Nase. Mit schockgeweiteten Augen weicht sie ein Stück zurück.

»Das ... das ist ...«, stammelt sie.

Ich nicke. Meine Vermutung war also richtig. Damals wurde ihr Lotriumsaft zur Abtreibung des Kindes gegeben, das sie als Jugendliche in sich trug. Ich bin mir sicher, dass sie den Geruch und den Geschmack des Gebräus niemals vergessen wird.

»Nimmst du das etwa?«, fragt sie. Ihre Stirn ist sorgenvoll gefurcht.

Wieder nicke ich. »Und Großmutter muss mehr für mich herstellen, sobald ich zurückkomme.«

»Aber ... wieso?«

»Will ich wissen, wozu diese Flüssigkeit gut ist?«, fragt Payne.

»Wenn ich weg bin, lasst euch von Neera erzählen, wie Ashs Vater starb«, sage ich. »Dann reden wir über den Inhalt der Flasche.« Ich greife nach dem gepackten Rucksack. »Moorth liegt südlich von uns, aber wir kommen trotzdem nah an unserem Dorf vorbei. Ich kann euch zeigen, wo unsere Hütte ist, damit ihr die Vorräte für Großmutter holen könnt. Bei euch mache ich mir keine Sorgen, dass ihr euch an den ruppigen Männern stört, die ebenfalls im Dorf leben.«

Aus dem oberen Kommodenschubfach fische ich noch schnell den Ersatz-Nexus heraus, den mir Caleb besorgt hat. Den werde ich auf jeden Fall mitnehmen. Der andere Nexus liegt noch in Ashs Gemach, wo ich ihn heute Morgen zurückgelassen habe. Es wäre besser, ihn hierzulassen. Ich will nicht riskieren, dass Ash etwas von dem erfährt, was in Moorth mit mir geschieht. Hoffentlich gelingt es Caleb, ihn irgendwo einzusperren, bis wir verschwunden sind.

Anschließend greife ich nach meinem roten Umhang mit dem Feral-Fell, der über dem Stuhl neben dem Bett hängt, und lege ihn mir um die Schultern.

Ich kann nur hoffen, dass Ash vernünftig genug ist, um mir nicht zu folgen. Er muss einsehen, dass es unsere beste Chance ist. Aber könnte *ich* es? Ich stoße den Atem aus. Nein, wahrscheinlich würde ich ihm folgen, sobald ich die Möglichkeit dazu bekäme, um ihn aufzuhalten. Deshalb muss ich so viel Strecke wie möglich zwischen uns bringen, bevor er Caleb entkommen kann. Und dies bedeutet, dass wir am besten schon vor einer Stunde hätten aufbrechen sollen.

»Zieht euch an, wir reiten gleich los«, sage ich zu Hazel und Payne. »Ich muss noch Jyde finden.«

»Ihn willst du wohl mitnehmen?«, fragt Payne.

Ich nicke. »Euch brauche ich hier, Caleb ebenso. Ihr kennt das Schloss und wisst, wie man es am besten verteidigen kann.«

Hazel zieht die Nase kraus, als sie an mir vorbeiläuft. »Wenn du in zwei Wochen nicht unversehrt zurück bist, werde ich dich persönlich aus Moorth zerren. Hast du das verstanden? Und ich bin sicher, dass sich dazu auch ein gewisser schwarzer Feral mit mir verbünden würde.«

Ich mache einen Schritt auf sie zu, packe sie an der Schulter und ziehe sie fest an mich. Hazel drückt ihr Gesicht gegen meine Schulter. Payne kommt ebenfalls zu uns und schließt uns beide in die Arme.

Hier, umgeben von meinen Freundinnen, erlaube ich mir einen kurzen Moment der Schwäche. Ein Zittern rinnt durch meinen Körper, als ich an das denke, was vor mir liegt. Ich hadere nicht, aber ich bin auch nicht völlig angstfrei. Ich gebe nur nach außen vor, es zu sein.

»Wir kümmern uns um deine Großmutter«, murmelt Payne.

»Und um Ash und Neera«, fügt Hazel hinzu. »Wir werden nicht zulassen, dass einem von ihnen etwas geschieht, egal welche Übermacht uns gegenübersteht.«

»Ich weiß«, wispere ich. Selbst bei diesen zwei kleinen Worten versagt meine Stimme beinahe.

Für einen letzten Augenblick klammere ich mich an meine beiden Freundinnen, spüre ihre Wärme und Stärke und nehme so viel wie möglich davon in mir auf, um in den kommenden einsamen Stunden davon zehren zu können.

Nachdem ich einmal tief ein- und ausgeatmet habe, löse ich mich von Hazel und Payne. »In drei Minuten unten im Burghof«, sage ich zu ihnen, bevor ich aus dem Zimmer haste, um Jyde zu suchen.

***

Ich finde Jyde zusammen mit Tristan, der bereits reisefertig ist, am Trainingsring. Als er mich kommen sieht, hebt mein Lehrmeister eine Hand.

»Ich habe es schon gehört«, sagt er statt einer Begrüßung.

»Frag mich jetzt bitte nicht, ob ich das wirklich machen will«, murmele ich. »Das haben schon genug andere gefragt.«

»Nein«, sagt Jyde. Sein rechter Mundwinkel wandert kaum merklich nach oben. »Eigentlich wollte ich fragen, ob ich dich begleiten soll.«

Erleichtert stoße ich den Atem aus. »Du glaubst gar nicht, wie sehr ich mich darüber freuen würde.«

»Sehr gut«, sagt Jyde, »dann habe ich nicht umsonst gepackt.« Er deutet auf ein kleines Bündel hinter sich. Daneben lehnt sein Schwert.

Kurz darauf finden sich auch Hazel und Payne ein. Hazel hat ihren Bogen und einen Köcher umgelegt, Payne führt zwei Pferde am Zügel, die sie an den Zaun bindet. Dann huschen die beiden zur Unterkunft meiner Großmutter, um in Erfahrung zu bringen, was sie mitbringen sollen.

»Ich habe mit Migorn gesprochen«, sagt Tristan. »Er war mehr als begeistert über unseren Sinneswandel und trifft uns morgen vor Tagesanbruch an der Weggabelung in der Nähe unseres Dorfes.«

Ich nicke. Die Sonne beginnt bereits unterzugehen. Wir werden vor Einbruch der Nacht im Dorf ankommen, wenn wir gleich losreiten, und anschließend die Nacht dort verbringen. Hazel und Payne werde ich mit den Vorräten zurückschicken, sobald sie sie aufgeladen haben. Mir ist wohler dabei, wenn sie Caleb bei Ashs Beaufsichtigung unterstützen. Im Dorf würden die beiden fremden Frauen auf Dauer nur für zusätzlichen Wirbel sorgen. Außerdem möchte ich nicht, dass sie noch einmal auf Migorn treffen.

»Ich hole unsere Pferde«, bietet Jyde an und geht davon.

Ich bleibe allein mit Tristan zurück. »Was hast du Luisa erzählt?«, frage ich nach einem Moment des Schweigens.

»Nicht die Wahrheit«, antwortet er. »Nur, dass ich gehe.«

Ich wende mich zu ihm um und mustere ihn von der Seite. »Und das hat sie einfach so hingenommen?«

Kurz huscht sein Blick zu mir, bevor er wieder ins Nichts starrt. »Luisa und ich führen keine Beziehung wie Ash und du. Uns ist es im Grunde egal, was der andere macht oder wohin er geht. Ich bin sogar jedes Mal froh darüber, wenn sie verschwindet und mich in Ruhe lässt. Sie wollte nicht einmal wissen, wohin es mich diesmal verschlägt – oder mit wem.«

»Aber ihr seid doch verlobt«, sage ich.

»Eine Verlobung hat nicht immer etwas mit Liebe zu tun«, antwortet Tristan. »In Luisas Augen bin ich nichts weiter als ein Ersatz für den Mann, den sie eigentlich haben will. Ein Gegenstand, den sie hin und wieder benutzen kann, wenn es ihr gefällt.«

Ich runzele die Stirn und beuge mich ein Stück vor, um ihm ins Gesicht schauen zu können. »Warum bleibst du dann bei ihr, wenn du sie nicht liebst?«

Er dreht den Kopf von mir weg und murmelt etwas Undeutliches, was ich nicht verstehen kann. Lauter fragt er dann: »Hast du dich von Ash verabschiedet?«

Allein bei der Erwähnung seines Namens zieht sich mein Herz schmerzvoll zusammen. Ich schüttele den Kopf.

»Solltest du das nicht machen, bevor wir aufbrechen?«

»Nein«, wispere ich. »Denn dann könnte ich nicht mehr gehen.«

Ash hat es schon immer geschafft, mich mit einem Wort, einem Blick, einer Berührung alles andere vergessen zu lassen. So ein Blick aus seinen wunderschönen Augen genügte mir, um sämtliche Zweifel über Bord zu werfen. Ein neckisches Grinsen von ihm war genug, um mich stolpern zu lassen. Wenn ich jetzt sein Flehen und die Verzweiflung in der Stimme hören würde ... Gut möglich, dass mir dann die Opfer, die die Streuner fordern werden, egal wären. Ich würde bleiben, bei ihm, und sei es nur für ein paar Tage, bevor der Krieg über uns hereinbricht. Wenn er bei mir ist, gibt es nur noch uns beide; die Welt um uns herum verblasst.

Diese Entscheidung zu fällen schaffe ich nur, wenn ich einen abrupten Schnitt mache. Ich lasse meinen Nexus zurück, damit ich erst gar nicht in Versuchung komme, ihn doch zu nutzen – und sei es nur ganz kurz. Ich verabschiede mich nicht von Ash, denn ich weiß, dass es mir dann nicht möglich wäre zu gehen.

Jyde kommt mit unseren Pferden zurück. Ich begrüße meine Stute, indem ich sie am Kopf zwischen den Ohren kraule. Auch Hazel und Payne treffen wieder ein, beide mit je einem großen Korb bewaffnet.

Niemand von uns fünfen sagt ein Wort, als wir aufsitzen und unsere Habseligkeiten befestigen. Alle Blicke ruhen auf mir. Schon nach wenigen Sekunden zittern meine Hände, weil ich sie viel zu fest um die Zügel verkrampfe. Alles in mir schreit danach, nicht zu gehen. Mich umzudrehen und Ash zu suchen, um den sich Caleb kümmert und der gegen seinen Willen irgendwo hinter mir im Schloss dazu gezwungen ist, darauf warten zu müssen, dass ich zu ihm zurückkomme. Ich will ihn noch einmal in die Arme schließen und die Hände durch seine rabenschwarzen Haare gleiten lassen. Will noch einmal in seine farblich unterschiedlichen Augen schauen und das Funkeln darin tanzen sehen. Nur noch einmal seinen Duft nach Wald und Regen aufsaugen und mich davon beruhigen lassen.

Ich ramme meiner Stute die Fersen so stark in die Flanken, dass sie steigt und in halsbrecherischem Tempo aus dem Burghof galoppiert.

Ich schaue nicht zurück.

KAPITEL 13

Auch auf dem Weg zum Dorf reden wir nur wenig. Hin und wieder versucht Hazel die angespannte Stimmung durch einen Witz aufzulockern, doch niemand von uns reagiert auf sie. Irgendwann gibt sie es auf und starrt ebenfalls stur geradeaus.

Ich weiß nicht, wie es den anderen geht, aber ich bin völlig damit beschäftigt, schwermütigen Gedanken nachzuhängen. Mir ist klar, dass ich das Richtige tue, doch mir wäre nicht im Traum eingefallen, dass es sich so schwer anfühlen könnte, das Richtige zu tun. Ich möchte umkehren, will nach einer anderen Möglichkeit suchen, doch tief in meinem Inneren weiß ich, dass es keine gibt. Jedenfalls nicht eine, die ohne viele Opfer auskommt. So sind Tristan und ich die Einzigen, die sich opfern ... müssen. Ein kleiner Preis verglichen mit dem, was wir dadurch erreichen können. Das ist der Gedanke, an den ich mich klammern werde.

Wir erreichen das Dorf noch im Schein der untergehenden Sonne. Tristan, Jyde und ich werden sofort erkannt und nach kurzem Zögern eingelassen. Für Hazel und Payne muss Tristan sich verbürgen. Wahrscheinlich kann ich froh sein, dass heute nicht Cedric und sein Vater Wachdienst haben, sonst hätte es eine noch größere Diskussion gegeben.

»Was für ein herzliches Willkommen«, murmelt Hazel.

»Beachte sie einfach nicht«, sage ich, während ich die beiden zu unserer alten Hütte am Rand des Dorfes führe.

Tristan stattet seinem Vater einen Besuch ab und Jyde zieht sich in die eigene Hütte zurück. Da Migorn sich mit uns noch vor Sonnenaufgang treffen will, sollte auch ich mich bald hinlegen, um wenigstens ein bisschen Schlaf zu bekommen. Jyde habe ich aufgetragen, mich rechtzeitig zu wecken;

Tristan wollte ich damit nicht betrauen. Es würde sich seltsam anfühlen, wenn er nach all dem, was in letzter Zeit zwischen uns vorgefallen ist, mein Zimmer betreten und mich noch schlafend vorfinden würde.

Wir binden unsere Pferde vor der Hütte fest. Anschließend führe ich Hazel und Payne hinein.

»Wisst ihr, was ihr mitbringen sollt?«, frage ich.

Hazel hält einen Zettel hoch. »Deine Großmutter hat uns alles aufgeschrieben. Falls noch Platz in den Körben sein sollte, nehmen wir so viel mit, wie wir tragen können.«

Payne schlendert durch die Hütte. »Hier bist du also aufgewachsen«, murmelt sie.

»Fühlt euch wie zu Hause«, sage ich. »Und nehmt so viel mit wie möglich. Alles, was hierbleibt, fällt sonst nur Boldur, unserem Clan-Führer, in die Hände.«

Ich helfe ihnen Großmutters Liste abzuarbeiten. Als ich aus Leerth geflohen bin und mich hier verkrochen habe, beschäftigte mich Großmutter stundenlang damit, ihre Vorräte zu ordnen oder nachzufüllen. Daher weiß ich bei fast allen Punkten auf der Liste, wo sich die entsprechenden Tiegel und Fläschchen befinden.

Nach nur einer Stunde ist alles gefunden und die Körbe sind gefüllt. Es ist dunkel geworden und es wird fast Mitternacht sein, bis Hazel und Payne wieder in Daarth ankommen. Allerdings möchte ich nicht, dass sie ebenfalls über Nacht hierbleiben. Einerseits wegen der anderen Dorfbewohner, andererseits wird Caleb jede Hilfe benötigen, die er kriegen kann, um Ash davon abzuhalten, mir zu folgen. Ich mache mir keine Sorgen, dass ihnen da draußen etwas zustoßen könnte. Die beiden wissen auf sich aufzupassen.

»Bist du sicher, dass wir dich nicht begleiten sollen?«, fragt Hazel zum gefühlt hundertsten Mal.

Ich ringe mich zu einem kleinen Lächeln durch. »Ja, bin ich. Ich brauche euch in Daarth. Habt ein Auge auf alle, bis ich wieder zurück bin. Bald.«

Keine von beiden sieht überzeugt aus, doch sie verabschieden sich mit einer Umarmung von mir, steigen dann auf ihre Pferde und reiten aus dem

Dorf. Von der Hütte aus sehe ich ihnen nach, bis sie das Palisadentor passiert haben.

Erst als ich die Tür hinter mir geschlossen habe, rutsche ich mit dem Rücken daran hinunter, bette den Kopf auf den angewinkelten Knien und beginne zu schluchzen. Ich glaube selbst nicht daran, dass ich bald wieder zurück nach Daarth komme. Hazel und Payne wussten genau, dass ich sie angelogen habe, doch sie haben nichts gesagt. Schon nach wenigen Stunden schaffe ich es nicht mehr, mich an den Gedanken zu klammern, dass ich durch mein Opfer unzählige andere retten kann. Die Angst, die ich in Daarth noch vermisst habe, sucht mich jetzt, da ich allein bin, mit voller Wucht heim. Ich zittere und schluchze und schäme mich gleichzeitig dafür. Ich wollte doch nicht weinen ... Mit einer wütenden Handbewegung wische ich mir die dummen Tränen von der Wange, aber sie werden kurz darauf durch neue ersetzt. Auch als ich beide Arme um mich schlinge, schaffe ich es nicht, das Zittern zu dämpfen. Zum Glück sieht mich niemand in diesem Zustand ...

Irgendwann gelingt es mir, wieder auf die Beine zu kommen, und ich schlurfe hinüber zum Kamin. Nachdem ich mir einen Stuhl herangezogen habe, starre ich in die knisternden Flammen. Die Wärme trocknet die letzten Tränen auf den Wangen.

Es dauert eine kleine Ewigkeit, bis ich mich beruhigt habe und die Angst ein wenig abgeklungen ist. Ganz wird sie nun nicht mehr verschwinden, aber sobald ich morgen vor Sonnenaufgang diese Tür wieder öffne, darf ich sie mir nicht anmerken lassen. Ich werde Migorn nicht die Genugtuung geben zu sehen, in welche Panik er mich versetzt hat. Und ich versuche mir nicht vorzustellen, was seine Wissenschaftler mit uns machen werden.

Nachdem ich eine Weile einfach nur dagesessen und in die Flammen gestarrt habe, lasse ich die Hand in die Tasche an meiner Seite gleiten und ziehe den Ersatz-Nexus hervor. Ash kann mich über diesen Nexus nicht kontaktieren, da nur Caleb und meine beiden Freundinnen als Gesprächspartner eingestellt sind. Ich versuche mir einzureden, dass das gut so ist. Allerdings bleibt es bei einem Versuch. Ich starre auf das kleine dreieckige Gerät in der Handfläche. Was würde ich jetzt alles dafür tun, Ashs Stimme hören zu können! Nur für einen klitzekleinen Moment. Nur ein Wort, das würde mir genügen. Ob er bereits schläft? Oder ob er genau wie ich irgendwo sitzt und mit sich und der Welt hadert? Aber nicht nur um ihn mache ich mir Sorgen. Caleb wird eine schwere Zeit damit haben, auf ihn aufzupassen. Ich kann nur hoffen, dass Neera ihn unterstützen wird. Vielleicht hört Ash auf seine Mutter. Ob Hazel und Payne bereits wieder in Daarth angekommen sind?

Mit dem Daumen fahre ich die Kanten des Nexus nach und setze ihn dann auf, um Hazel zu kontaktieren. Er fühlt sich anders an meiner Wange an als mein gewohnter Nexus, der wahrscheinlich noch immer auf dem kleinen Tisch neben Ashs großem Bett liegt. Ich tippe mit dem Zeigefinger dagegen, um ihn zu starten.

Noch bevor ich Hazel als Gesprächspartner anwählen kann, erscheint ein anderes Gesicht vor meinem inneren Auge. Der Nexus surrt aufgeregt und mein Magen zieht sich zusammen, als ich Calebs Gedankengespräch annehme.

»Warum, verdammt noch mal, erreiche ich dich nicht, Prinzessin?«, schallt es mir sofort entgegen. Er klingt aufgebracht und panisch und ich merke auf der Stelle, dass etwas nicht stimmt. *»Wir haben ein riesiges Problem«*, fügt er unnötigerweise hinzu.

Ich bin froh, dass ich nicht direkt sprechen muss, denn mein Mund ist mit einem Mal so ausgetrocknet, dass ich kein einziges Wort hervorbringen würde.

»Was ist passiert?«, frage ich.

»Ash …«

Mehr muss er nicht denken, nur der Name – das genügt, um mich ängstlich die Hände im Schoß kneten zu lassen.

»Als du gegangen bist, hat er sich verwandelt. Es ging so schnell und ich war nicht darauf vorbereitet, weil er bis dahin eigentlich den Eindruck gemacht hatte, dass er sich damit abgefunden hätte. Aber als er sah, wie du mit den anderen aus dem Burghof rittst, ist er völlig durchgedreht und von einem Augenblick auf den anderen brach sein Feral aus ihm hervor. Ich schaffte es nicht, ihn im Labor einzusperren.«

Ich schlucke krampfhaft. *»Wo ist er jetzt?«*

Noch bevor Caleb antworten kann, höre ich ein hohes Jaulen, das mir durch Mark und Bein geht. Augenblicklich springe ich auf. War das nur eine

Einbildung? Ich höre das Blut in den Ohren rauschen, so angestrengt lausche ich auf Geräusche außerhalb der Hütte.

Da! Wieder ein Jaulen, näher diesmal, und aufgeregte Stimmen der Dorfbewohner.

»Verdammter Mist!«, presse ich hervor, greife nach meinen Klingen und stürme aus der Hütte.

»*Haltet durch, wir sind fast da*«, höre ich Caleb noch in meinem Kopf sagen, bevor er die Verbindung unterbricht.

***

Als ich die Hüttentür aufreiße, rennen Dorfbewohner mit Fackeln an mir vorbei. Ich folge ihnen, obwohl meine Knie so sehr zittern, dass sie fast unter mir nachgeben. Einige Meter hinter unserer Hütte hat sich bereits eine Menschentraube gebildet; das ganze Dorf scheint mitten in der Nacht auf den Beinen zu sein. Mehrere Fackeln erhellen die Umgebung.

Unter Einsatz meiner Ellenbogen bahne ich mir einen Weg durch die Massen hindurch – und erstarre. Ich ziehe scharf die Luft ein und höre dann auf zu atmen. Die Worte der umstehenden Dorfbewohner verkommen zu einem monotonen Rauschen, das nur noch durch meinen wummernden Herzschlag übertönt wird. Das … darf nicht wahr sein!

Einige Meter vor mir liegt ein riesiger schwarzer Feral. Mehrere Männer haben seine Pfoten mit oberarmdicken Seilen gefesselt. Blut sickert aus zahllosen Wunden an seiner Seite und dem Hals. Aus dem Rücken ragen drei Pfeilschafte. Außer sich vor Angst und Wut und Schmerzen schnappt er nach den Männern, deren Seile ihn daran hindern aufzustehen, bekommt jedoch keinen von ihnen zu fassen. Seine Bewegungen wirken schwerfällig, was nicht nur an den Seilen liegen kann.

Ich erwache erst wieder aus der Starre, als einer der Dorfbewohner mit einem Schwert ausholt, um es dem Feral in den Hals zu rammen. Ohne nachzudenken, presche ich nach vorn, hebe meine Klingen und schlage dem verdutzten Mann das Schwert aus der Hand. Es wirbelt durch die Luft und landet einige Meter außerhalb seiner Reichweite.

Eine gespenstische Stille senkt sich über das Dorf, während jeder einzelne der Anwesenden mich anstarrt.

Ich nutze das Überraschungsmoment und kappe die Seile. Dann knie ich mich neben den Feral, der ein herzzerreißendes Fiepen ausstößt, als er mich sieht. Erneut treten mir Tränen in die Augen, während ich seinen Blick erwidere. Er muss solche Schmerzen haben ... Und Panik inmitten all dieser Wächter, die aus seinem Fell einen neuen Mantel machen wollen ...

Dennoch ist er hier. Dieser riesengroße Idiot! Er hätte verdammt noch mal in Daarth bleiben sollen!

Erleichterung glimmt in seinen farblich unterschiedlichen Augen auf, als ich für einen kurzen Moment die Hand über seine Schnauze gleiten lasse.

»In was hast du dich da nur wieder reingeritten?«, murmele ich, während er mit der Zunge über die Unterseite meines Handgelenks leckt.

»Was ist hier los?«, poltert Boldur, der nun in vorderster Reihe steht.

Ich erhebe mich, umgreife meine Waffen fester und stelle mich vor Tenebrae. Er versucht hinter mir auf die Füße zu kommen, doch die Pfoten rutschen im aufgeweichten Boden unter ihm weg und er fällt wieder zurück auf die Seite. Dabei gibt er ein unterdrücktes Jaulen von sich, das mich fast dazu veranlasst, mich zu ihm umzudrehen. Ist er noch schwerer verletzt, als es auf den ersten Blick den Anschein hat? Wenn er nicht einmal aufstehen kann ... Doch die wahre Gefahr steht direkt vor uns. Um Tenebraes Verletzungen kann ich mich kümmern, wenn ich ihn hier rausgeschafft habe – wie auch immer mir das gelingen soll.

Aber eines ist klar: Wenn es sein muss, werde ich jeden einzelnen der Dorfbewohner aufschlitzen, sollten sie es noch einmal wagen, ihm auch nur ein Haar zu krümmen!

»Jeder, der ihm schaden will, muss erst an mir vorbei«, sage ich laut genug, dass alle mich hören können.

Ein Raunen geht durch die Menge und fast augenblicklich schlagen mir Hass und Abneigung entgegen. Das ist nichts Neues, aber ich muss aufpassen, dass ich mich davon nicht ablenken lasse. Die meisten der Dorfbewohner werden es nicht wagen, mich allein anzugreifen, denn sie wissen, wer mich trainiert hat und wozu ich fähig bin. Mit meinen neuen Kräften als Gefährtin kann mir keiner von ihnen ernsthaft gefährlich werden, doch sie könnten mich überrumpeln und sich Tenebrae schnappen, während ich mich auf sie konzentriere.

»Beschützt du gerade wirklich einen Feral?«, fragt Boldur in gefährlich ruhigem Tonfall.

»Sieht ganz so aus«, erwidere ich ebenso ruhig.

»Du ziehst die Waffen gegen deinesgleichen, um einen Feral zu retten?«, hakt der Stammesführer erneut nach. »Hast du jetzt völlig den Verstand verloren?«

Ich halte eine meiner Klingen vor mich und gehe in Verteidigungsposition. »Jedem, der ihn anrührt, schlitze ich die Kehle auf. Ganz gleich, wer es ist. Niemand wird ihm weiter schaden, nur über meine Leiche.«

Ein Mann löst sich aus der Menge und ich bin drauf und dran, meinen Worten Taten folgen zu lassen. Doch dann erkenne ich ihn: Es ist Jyde. Mit dem Schwert in der Hand stellt er sich neben mich.

»Was soll das werden?«, herrscht Boldur ihn an.

Doch Jyde starrt ihn einfach nur nieder, ohne etwas zu erwidern. Mit meinem Lehrmeister an der Seite fühle ich mich gleich etwas ruhiger. Allerdings werden wir auch zusammen keine Chance haben, wenn die Dörfler beschließen, dass sich ihre Geduld mit uns dem Ende zuneigt. Wir sind gefährliche Schwertkämpfer, aber wir werden nicht gegen alle von ihnen bestehen können, vor allem nicht, wenn sie auf die Idee kommen, uns auf einmal anzugreifen und ihre Überzahl zu ihrem Vorteil zu nutzen. Seltsamerweise macht mir der Gedanke keine Angst.

Ich sterbe lieber beim Versuch, Tenebrae zu beschützen, als zuzulassen, dass ihm noch ein Einziger von ihnen Schmerzen zufügt.

Neben Boldur taucht nun auch Tristan auf. Seine Augen sind weit aufgerissen, als er den Feral hinter mir erkennt, und er stößt einen Fluch aus.

»Ich fasse es nicht, dass du diese Missgeburt beschützt«, grollt Boldur. »Dabei stellst du dich gegen die Menschen, mit denen du aufgewachsen bist. Was ist das für ein Gefühl, das eigene Volk zu verraten?«

Ich sorge für einen sicheren Stand auf den Beinen. »Ein verdammt gutes, wenn du die Alternative darstellst«, gebe ich zurück und lasse den Blick über die Anwesenden gleiten. Einige weichen ihm sofort aus und senken die Köpfe. Es sind nicht viele, aber doch mehr, als ich befürchtet habe.

»Ich weiß nicht, was bei dir falsch gelaufen ist, dass du jetzt auf der Seite dieser Bestien stehst«, fährt Boldur fort. »Wolltest du sie nicht noch vor ein paar Monaten auslöschen? Ich werde nicht tolerieren, dass ein solch gefährliches Monster entkommt. Als Wächter würde ich lieber sterben, als so etwas zu dulden! Ihr seid Feral-Sympathisanten! Jyde und du, ihr seid eine Schande für das Dorf!«

Mein Blick huscht zu Tristan, der schmerzlich das Gesicht verzogen hat. Die Worte seines Vaters müssen ihn hart getroffen haben. Er senkt den Kopf und stößt den Atem aus. Nach kurzem Zögern tritt er ebenfalls vor und stellt sich an meine andere Seite.

»Ich weiß, dass ich das irgendwann bereuen werde«, murmelt er mir zu.

Dann fällt er vornüber und sein Körper beginnt sich zu verändern. Ich höre seine Knochen brechen, die Kleidung reißt auf, als Muskeln sich verschieben und wachsen. Die Haut muss sandfarbenem Fell weichen, während sein Gesicht länger wird und die Nase sich zu einer Schnauze verformt.

Tristans Feral-Form ist völlig anders als Ashs. Während Tenebrae durch seine handähnlichen Pfoten und die Gabe, auch aufrecht gehen zu können, noch entfernt menschliche Züge hat, gleicht Tristan einem wilden Wolf. Seine veränderte Gestalt reicht mir nur bis zur Hüfte, dennoch wirkt er dank des gesträubten Nackenfells und der spitzen gefletschten Zähne gefährlich. Knurrend legt er die Ohren an und senkt angriffslustig den Kopf.

Aus Boldurs Gesicht ist jegliche Farbe gewichen, nachdem er die Verwandlung seines Sohnes mit angesehen hat. Sein Mund öffnet und schließt sich, ohne dass ein Ton herauskommt, und er macht stolpernd einen Schritt nach hinten, nimmt dabei aber nicht eine Sekunde lang den Blick von Tristans veränderter Gestalt. Wäre es nicht Boldur, könnte er mir fast leidtun.

»Wie es aussieht«, sage ich, »ist auch dein eigener Sohn eine Schande für das Dorf, wenn er sich in einen Feral verwandeln kann. Und soll ich dir noch etwas verraten?« Sein hasserfüllter Blick huscht zu mir und ich lächele ihn so breit ich kann an. »Das ist noch nicht alles.«

Ich empfinde kein Mitleid für den Mann, der mich – ohne mit der Wimper zu zucken – auspeitschen ließ. Zudem wollte er Tenebrae töten lassen. Schier unermesslicher Zorn schießt durch mich hindurch, während ich mich an den Abend der Zeremonie erinnere, als mein altes Leben endete, und ich nun Tenebraes abgehackte Atmung hinter mir höre. Kurz schließe ich die Augen und sammele jedes Fünkchen von meiner Macht als Gefährtin, das mir durch den Körper pulsiert.

Als ich die Augen wieder öffne, blecke ich die Zähne und sperre den Großteil meines menschlichen Bewusstseins tief in mir ein. Kein Mitleid. Kein Zögern.

Er will die Monster sehen? Das kann er haben!

Und ich bin eines von ihnen.

Zeitgleich fixiere ich die anderen Ferals, die unerkannt im Dorf leben. Diesmal ist es mir egal, ob ich ihnen meinen Willen aufzwinge; es ist ihre Pflicht, ihrem Alpha zu helfen. Sie wehren sich für die Dauer einiger weniger Sekunden gegen meinen Befehl, doch dann treten sie ebenfalls vor und stellen sich vor Tenebrae.

»Nun stehen meine Chancen doch gar nicht mehr so schlecht«, schnurre ich gedehnt.

»Du ... du bist eine von *denen*«, zischt Boldur. »Feral-Schlampe!«

Tenebrae stößt ein Knurren aus und versucht erneut aufzustehen, doch ich lache nur.

»Ja, das bin ich wohl«, sage ich. »Und weißt du was? Das bin ich tausendmal lieber, als ein Mitglied deines Dorfes sein zu müssen!«

»Bringt sie um!«, befiehlt Boldur seinen Männern.

»Aber ...«, murmelt einer von ihnen. »Da stehen unsere Leute ... und auch dein Sohn ist da. Sollten wir nicht ...?«

»Umbringen, hab ich gesagt!«, kreischt Boldur erneut. »Jeden Einzelnen von ihnen! Sie sind Monster, seht ihr das nicht? Sie sind nicht mehr die Männer, die ihr kanntet. Sie sind unsere Feinde!«

Tristan zuckt zusammen, geht dann aber sofort wieder in Angriffsstellung.

»Ich kümmere mich darum, wenn ihr alle zu feige seid«, sagt Cedric und bahnt sich einen Weg durch die Menge, bis er vor mir steht. »Mit der kleinen Schlampe habe ich sowieso noch eine Rechnung offen.«

Ich verziehe den Mund. War ja klar, dass es der pummelige Cedric sein muss, der denkt, auch nur den Hauch einer Chance gegen mich zu haben.

»Niemand mischt sich ein«, befehle ich an die Ferals um mich herum gewandt. Zu Cedric sage ich: »Denk ja nicht, dass ich Nachsicht mit dir haben werde. Wenn du deine Waffe gegen mich erhebst, endet das damit, dass einer von uns beiden stirbt. Und glaub mir, das werde nicht ich sein.«

»Du … würdest einen anderen Menschen töten?«, fragt Cedric, der plötzlich nicht mehr ganz von der Idee überzeugt zu sein scheint.

Ich lache ihn aus. »Du wärst nicht der erste Widerling, der durch eine von mir geführte Klinge den Tod findet.«

Ich spüre Jydes und Tristans Blicke auf mir, doch ich traue mich nicht, einem von ihnen in die Augen zu sehen. Dass ich einen Menschen getötet habe, um mich und Tenebrae zu retten, wussten sie bis eben nicht. Es ist keine Tat, an die ich mich gern zurückerinnere, und ich vermeide es, darüber zu sprechen. Nur Ash und Caleb wissen davon. Allerdings verfehlt meine Aussage ihre Wirkung nicht: Cedrics Stand wankt, als er bemerkt, dass es mir durchaus ernst ist.

Es kostet mich eine einzige Drehung, um Cedrics Kurzschwert aus seiner Hand zu schlagen. Anschließend setze ich ihm die Klinge an den Hals und starre mit versteinerter Miene auf ihn hinab. Tränen schwimmen in den panisch aufgerissenen Augen und ich verziehe angewidert den Mund. Was für ein elender Feigling! Ich würde der gesamten Welt einen Gefallen tun, wenn ich Cedric hier und jetzt töte. Aber von ihm geht noch die geringste Gefahr aus. Sein Vater ist ein viel gefährlicherer Gegner, als Cedric es jemals sein könnte.

»Du hast den Mund schon immer zu voll genommen«, raune ich ihm zu, bevor ich den Griff meiner Klinge gegen seine Schläfe donnere. Wie ein gefällter Baum geht er zu Boden. Cedric ist es nicht wert, dass ich mich wieder damit gräme, einen Menschen umgebracht zu haben. »Möchte sich sonst noch jemand beweisen?«, frage ich an die Menge gerichtet.

Boldur entreißt einem der Umstehenden die Waffe und stürmt mit einem Schrei auf mich zu. Noch bevor ich mich gegen den Angriff verteidigen kann, sirrt ein Pfeil nur wenige Zentimeter an meinem Kopf vorbei, bohrt sich in Boldurs Schulter und wirft ihn einige Meter zurück. Er brüllt vor Schmerzen auf und lässt dabei das Schwert zu Boden fallen.

Ich wirbele herum und schaue zu einem der Wachtürme entlang des Palisadenzaunes. Ein Lächeln stiehlt sich auf meine Lippen, als ich Hazel erkenne, die bereits einen neuen Pfeil angelegt hat.

»Dem nächsten, der Scarlet bedroht, schieße ich direkt ins Auge!«, warnt sie mit lauter Stimme.

Im selben Moment klettern Payne und Caleb über den Zaun und stellen sich vor mich. Beide ballen die Hände zu Fäusten und lassen die Knöchel knacken. Ich glaube, ich war noch nie so froh, die drei zu sehen. Mit ihnen, Jyde und Tristan an meiner Seite kann ich gar nicht verlieren. Jedem von ihnen könnte ich mein Leben anvertrauen. Sogar Tristan. Er hätte bei seinem Vater stehen bleiben und keinen Finger rühren können. Aber er kam zu mir und ließ jeden wissen, was er war.

Ashs Leben würde ich zwar nicht unbedingt in Tristans Hände legen, aber darüber mache ich mir jetzt keine Gedanken.

Die Dorfbewohner sind immer noch in der Überzahl, doch mittlerweile hat sich das Machtgefüge verschoben. Anfangs stand ich ihnen allein gegenüber. Nun habe ich Jyde und Tristan neben mir; beides Männer, die sie kennen und schätzen – oder es zumindest taten, bevor die beiden sich auf meine Seite geschlagen haben. Mit Hazel, Payne und Caleb habe ich drei trainierte Kämpfer dazugewonnen, die keiner der Dörfler einschätzen kann. Noch dazu habe ich fünf weitere Clan-Mitglieder ausfindig gemacht, in denen ein Feral schlummert. Zu elft bilden wir einen schützenden Ring um Tenebrae und irgendwie muss es uns gelingen, ihn hier wegzuschaffen.

Die ganze Zeit über lausche ich mit einem Ohr auf seine Atmung, die flach und keuchend geht. Ich darf gar nicht daran denken, welche inneren Verletzungen er vielleicht hat und wie groß das Ausmaß seiner Wunden ist, welches ich noch nicht im Schein der wenigen Fackeln erkennen kann. Das muss warten. Zuerst müssen wir ihn aus der Gefahrenzone schaffen. Ich weiß zwar, dass die Wunden sehr schnell verheilen, aber ich bin mir nicht sicher, ob das auch für innere Verletzungen gilt.

Ich mache einen Schritt nach vorn und senke die Waffen. »Wir wollen keinen Streit, Boldur«, sage ich versöhnlich, handele mir damit aber nur ein abschätziges Lachen des Clan-Führers ein, der noch immer seine Schulter umklammert hält. »Lass uns gehen und niemand muss mehr verletzt werden.«

Trotz des Pfeils in der Schulter und ohne eine Waffe in der Hand stürmt Boldur wieder voran. Das Gesicht ist vor Hass zu einer Fratze verzogen, als er eine Hand nach mir ausstreckt, um mich zu packen. Hinter mir höre ich das Geräusch von Hazels gespannter Bogensehne, doch es ist Tristan, der nach vorn springt und Boldur zu Fall bringt. Beide Vorderpfoten auf dessen Brustkorb gestemmt, drückt er seinen Vater zu Boden. Die Schnauze mit den gebleckten Zähnen schwebt nur wenige Zentimeter über Boldurs Gesicht.

Keiner der restlichen Anwesenden rührt einen Muskel. Es ist so still, dass ich die Atmung der Männer in der vordersten Reihe hören kann.

Ich nutze die Ablenkung und wende mich an Caleb, Payne und Jyde. »Wir müssen Tenebrae hier rausbringen. Ich bezweifele, dass er selbst laufen kann. Sie haben ihn ziemlich übel zugerichtet. Schafft ihr es zu dritt, ihn zu tragen?«

»Zu dritt müsste es gehen«, murmelt Caleb. »Allein wäre es unmöglich.«

Ich nicke. »Die anderen Ferals, Tristan und ich decken euren Rückzug. Hazel soll auf jeden schießen, der es wagt, euch zu folgen.«

Payne drückt auf ihren Nexus und gibt meine Befehle an die zierliche Bogenschützin im Wachturm weiter. »Wo treffen wir uns?«, fragt sie dann.

»Schafft ihn einfach so weit weg, wie ihr könnt«, sage ich. »Wir finden euch dann schon, sobald wir von hier verschwinden können.«

Ich knie mich neben Tenebrae, packe seine Schnauze und zwinge ihn mich anzusehen. »Du wirst dich von Caleb und den anderen wegbringen lassen«, sage ich streng. »Und du wirst dich nicht dagegen wehren. Ich komme zu euch, sobald ich kann. Hast du das verstanden?«

Seine Lefzen kräuseln sich und sein Blick huscht panisch umher. Ich rucke erneut an seiner Schnauze, damit er sich wieder auf mich konzentriert.

»Du wirst keinem von ihnen etwas antun und dich wie ein braver Feral verhalten, ist das klar?«

Noch immer flackert Angst in dem grünen und blauen Auge auf, doch er nickt knapp. Ich will mir gar nicht vorstellen, wie hilflos er sich im Moment fühlen muss. Er kann nicht aufstehen, um sich selbst und mich zu verteidigen, und muss dabei zusehen, wie wir von einer Übermacht bedroht werden. Natürlich hat er Angst … Aber gerade jetzt ist es wichtig, dass er seine Instinkte für eine Weile unterdrückt und sich hier wegschaffen lässt.

Ich winke Caleb heran, der sich ebenfalls neben ihn kniet. Als er die Hände unter ihn schieben will, bleckt Tenebrae die Zähne und Caleb zuckt zurück.

»Für den Blödsinn haben wir jetzt keine Zeit«, zische ich. »Wenn du dich nicht von ihnen wegtragen lässt, werde ich dich bewusstlos schlagen. Darauf habe ich keine Lust, aber glaub mir, ich werde es tun!«

Caleb versucht es erneut und diesmal lässt Tenebrae es über sich ergehen. Dennoch jault er auf, als er bewegt wird, und der Laut geht mir durch Mark und Bein. Jyde und Payne greifen ebenfalls zu und schaffen es zu dritt, den großen Feral-Körper aus dem Schlamm zu heben.

Mit einem Knurren befehle ich den anderen Ferals, dass sie sich ohne Waffen mitten in die Menge stürzen sollen, um so viel Verwirrung wie möglich zu stiften. Ich stelle mich jedem entgegen, der es wagt, Tenebrae und die anderen verfolgen zu wollen. Einige schlage ich nur bewusstlos; die kampferprobteren Männer bekommen meine Klingen zu spüren.

Tristan vergräbt die Zähne in so manchem Dorfbewohner und ich werde das Gefühl nicht los, dass er es ein bisschen genießt. Nach dem, was sein Vater vorhin gesagt hat, kann ich seine Wut nachempfinden. Pausenlos sirren Hazels Pfeile durch die Luft – und treffen ausnahmslos ihr Ziel. Sie verletzt niemanden tödlich, hindert aber durch einen Schuss ins Bein oder mitten in die Handfläche einige Dörfler daran, uns weiter zu bedrängen.

Und so überwältigen wir sie, einen nach dem anderen. Ein ganzes Dorf voller Männer und ausgebildeter Wächter, überrumpelt von drei Frauen, einem niederen Feral, zwei kampferfahrenen Männern und einer Handvoll anderer Ferals. Einen Moment lang lasse ich diese Erkenntnis in mein Bewusstsein sickern. Unmöglich, dass das Dorf auch nur einen Tag gegen eine Horde Streuner standgehalten hätte. Sie wären überrannt worden, noch schneller als von uns.

Als die Dorfbewohner vorhin merkten, dass auch ein paar der ihren auf unserer Seite standen, wankte ihr Kampfeswille bereits. Jetzt, nachdem sie am eigenen Leib erfahren, dass wir alles andere als wehrlos sind, erlöscht er zusehends. Nur Boldur bellt unentwegt Befehle und stachelt die anderen weiter an, mich zu attackieren oder Tenebrae und den übrigen zu folgen. Jeden Versuch ersticken wir im Keim. Ich sehe kaum noch die Gesichter derer, die sich mir in den Weg stellen, sondern schicke einen nach dem anderen zu Boden. Das jahrelange Training mit Jyde zahlt sich aus und ich reagiere nur noch, anstatt nachzudenken.

Tristan und ich lassen uns immer weiter zurückfallen, bis wir den Ausgang im Rücken haben. Über den Nexus befehle ich Hazel, sich ebenfalls zurückzuziehen und sich so lange im Wald zu verstecken, bis ich sie erneut kontaktiere und ihr unseren Treffpunkt melde. Als sie den Wachturm verlassen hat, huschen Tristan und ich ebenfalls hinaus in den nächtlichen Wald und schaffen es im Dunkeln schnell, die wenigen Verfolger abzuhängen, die uns nachsetzen. Wir kennen hier draußen jeden Baum, jede Höhle, jedes Versteck und würden uns auch blind zurechtfinden. Tristan hält sich nah an meiner Seite, springt behände über jedes Hindernis und bewegt sich fast lautlos über den Waldboden.

Wir wählen den Felsspalt, in dem wir vor Kurzem nach Silberblatt gesucht haben, als unser Versteck. Tristan zwängt sich zuerst hinein und ich folge ihm. Wir haben so wenig Platz, dass ich mich an sein warmes, aber nasses Fell lehnen muss, um von draußen nicht mehr zu sehen zu sein. Beide halten wir den Atem an, als wir ganz in der Nähe Zweige knacken hören. Erst nach einer ganzen Weile trauen wir uns wieder hervor und ich nehme Kontakt mit Caleb auf. Jyde hat sie zu der kleinen Lichtung etwas nördlich des äußeren Trainingsplatzes geführt; Tristan und ich machen uns sofort auf den Weg dorthin.

Ich wage nicht, mich per Nexus nach Tenebraes Zustand zu erkundigen.

Unterwegs wirft mir Tristan hin und wieder einen Blick zu, den ich nicht deuten kann. Als das Mondlicht durch die Zweige schimmert, erkenne ich, dass sein Fell über und über mit Blut besudelt ist. Einiges davon wird von seinem Vater stammen; der Rest von den anderen Dorfbewohnern, mit denen er aufgewachsen ist.

»Danke«, sage ich. »Für deine Hilfe.«

Er gibt ein Schnauben von sich und starrt geradeaus. Dennoch bin ich ihm dankbar. Er hätte mir nicht helfen müssen. Ich hätte ihn dazu zwingen können, so wie die anderen Ferals des Dorfes auch, aber er wechselte von sich aus auf unsere Seite. Ich weiß, dass er es nicht tat, um Tenebrae zu beschützen. Er tat es meinetwegen. Um mich zu schützen. Vielleicht steckt in ihm doch noch ein Fünkchen des Tristan, der in einer ähnlichen Nacht vor meinen Augen getötet wurde.

***

Als wir auf der Lichtung eintreffen, hebt Tenebrae sofort den Kopf, schnüffelt und sieht mich an. Freude und Erleichterung blitzen in seinem Blick auf, als er sieht, dass ich unverletzt bin. Schnell überzeuge ich mich davon, dass die anderen alle versammelt und wohlauf sind, bevor ich mit langen Schritten auf ihn zueile.

»Du sturer nutzloser Feral!«, zische ich, als ich neben ihm auf die Knie sinke. »Du solltest doch in Daarth bleiben. Das hast du jetzt davon.«

Er gibt ein Grummeln von sich, bevor er den Kopf gegen meine Beine drückt. Ich schwanke zwischen dem Drang, ihn erwürgen zu wollen und ihn hinter den spitzen Ohren zu kraulen. Doch bevor ich mir darüber klar werden kann, muss ich mir seine Verletzungen ansehen. Mein Blick huscht über seinen Körper. Jemand hat die Pfeile aus seinem Rücken gezogen. Die Wunden dort sind zwar noch offen, bluten aber nicht stark und werden sich dank der körpereigenen schnellen Heilung bald schließen. Ebenso wie die Schnittverletzungen an den Flanken und Beinen. Die Striemen, die die Seile hinterlassen haben, bringen mich auch nicht um den Schlaf. Viel besorgniserregender finde ich den Umstand, dass er nicht aufsteht und sich – bis auf den Kopf – nicht bewegt.

Vorsichtig lasse ich die Hände an ihm entlanggleiten. Als ich auf den rechten Rippenbogen drücke, jault er auf. Vorsichtig taste ich erneut über die Stelle.

»Drei gebrochene Rippen«, murmele ich. »Wie hast du das denn angestellt?«

Er gibt ein Fiepen von sich und streckt eine Pfote nach mir aus. Die kleine Bewegung reicht aus, um ihn erneut aufjaulen zu lassen. Anscheinend sind noch mehr Knochen gebrochen oder zumindest angeknackst. Prellungen kann ich wegen seines dichten Fells nicht sehen.

»Er ist aus dem dritten Stock gesprungen!«, sagt Caleb, der gemeinsam mit den anderen in sicherer Entfernung steht.

»Was?«, frage ich.

»Als er gesehen hat, dass du davongeritten bist, hat er sich verwandelt und ist aus dem dritten Stock gesprungen. Der Aufprall sah ziemlich übel aus, aber er ist sofort wieder aufgestanden und losgerannt. Um nicht durch die halbe Stadt zu müssen, ist er über die östliche Mauer geklettert. Auch von der ist er anschließend gesprungen. Bevor ich ihn einholen konnte, war er schon auf und davon.« Caleb zuckt mit den Schultern. »Aber ich wusste ja, wohin er will. Ich hatte nur gehofft, dass er nicht so blöd ist und auf direktem Wege ins Dorf platzt.«

»Als Mensch hätte er durch die losen Palisadenlatten direkt hinter Scarlets Hütte gepasst«, wirft Jyde ein. »Dort hat er sich ständig durchgeschlichen. Entweder wusste er das als Feral nicht mehr oder ihm war klar, dass er sowieso nicht hindurchgepasst hätte.«

Ich reibe mir mit der Hand über die Stirn. »Was meinst du damit?«

Jyde gibt ein Schnauben von sich. »Was glaubst du wohl, wie die ganzen Päckchen zu dir gelangt sind?«

»Die … hat jemand für mich abgegeben …«, murmele ich.

»Ash hat sie selbst gebracht«, sagt Jyde. »Und jedes Mal lag er mir damit in den Ohren, ob er es dir persönlich überbringen sollte oder nicht. Schlussendlich war er immer zu feige und hat alles deiner Großmutter in die Hand gedrückt, wenn du gerade nicht da warst oder geschlafen hast.«

»Er … war da? Im Dorf?«

»Er war nicht nur im Dorf, um die ersten drei Pakete und später dann das mit der Maske für dich abzugeben«, meint Caleb. »Während der ganzen fünf Jahre war er regelmäßig dort. Irgendwann gingen mir die Notlügen aus, wenn mal wieder jemand nach ihm suchte, während er sich davongeschlichen hatte.«

Fassungslos starre ich ihn an. »Aber warum habe ich ihn nie gesehen?«

Ich dachte während all der Zeit, dass er mich vergessen und keinen weiteren Gedanken an mich verschwendet hätte, nachdem er meinem Leben eine neue Richtung gegeben hatte. Und nun höre ich, dass er mindestens viermal selbst im Dorf war, ohne dass ich ihn bemerkt habe!

»Er wollte nicht, dass du ihn siehst«, sagt Jyde. »Niemandem aus dem Dorf ist aufgefallen, dass der Prinz regelmäßig bei uns aus und ein ging. Nur deine Großmutter und ich wussten davon. Manchmal hat er dich während unseres Trainings beobachtet und dann anschließend mit mir besprochen, was du noch lernen musst. Meistens saß er jedoch bei euch zu Hause und ging deiner Großmutter auf die Nerven.«

»Das kann er am besten«, grummelt Caleb. »Anderen auf die Nerven gehen.«

Ich mag es nicht glauben. Er war da! Oft. Ich dachte, dass er mich vergessen hätte. Wie konnte ich so falschliegen? Ich war ihm dankbar für die kostbaren Geschenke, die er mir gemacht hat, aber danach, als er sich nicht mehr meldete, fühlte ich mich fallen gelassen. Und nun höre ich, dass es ganz anders war … Er war sogar bei uns zu Hause …

»Was hat er bei uns gemacht, wenn er da war?«, frage ich.

Caleb tippt sich gegen seinen Nexus. »Er konnte dich hören.«

»Nachdem ich dir erlaubt hatte, den Nexus auch beim Training zu tragen, hast du das Ding kaum noch abgenommen«, sagt Jyde. »Manchmal saß Ash die ganze Nacht in eurer Hütte am Tisch und lauschte deinen Träumen. Ihm kam zugute, dass du noch nie eine Frühaufsteherin warst, sodass es stets ausreichte, wenn deine Großmutter ihn nach Tagesanbruch rauswarf.«

Mein Hals ist wie zugeschnürt, als ich zu Tenebrae schaue. Er weicht meinem

Blick aus. Ash war da. Er hat mich während der fünf Jahre nicht vergessen. Aber warum hat er sich mir nie gezeigt? Warum hat er mich im Glauben gelassen, dass ich ihm egal wäre?

Tristan gibt hinter mir ein Wimmern von sich. Als ich mich zu ihm umdrehe, deutet er mit der Schnauze in den Himmel. Mist! Der Mond ist bereits verschwunden und das Dunkelblau des Nachthimmels weicht einem stets heller werdenden Lila. Wir müssen zu unserem Treffpunkt mit Migorn, so schnell wie möglich.

Aber ... was mache ich mit Tenebrae? Er sollte besser zurück nach Daarth, das steht außer Frage, doch ich bezweifele, dass er freiwillig dorthin gehen wird, selbst wenn er nicht verletzt wäre. Caleb kann ihn nicht allein tragen; auch mit Hazels und Paynes Unterstützung werden sie nicht weit kommen. Mein Blick huscht zu Jyde. Und er nickt. Ich wollte ihn mitnehmen, wollte meinen Lehrmeister bei mir haben für den Fall, dass die Sache unschön wird, aber jetzt ist es wichtiger, dass Tenebrae so schnell wie möglich zurück nach Daarth gebracht wird.

Ich schaue auf den Feral, der den Kopf auf meinen Schoß gebettet und selig die Augen geschlossen hat. Er wird nicht freiwillig gehen. Nicht, wenn er weiß, dass ich ihm diesmal nicht folgen werde. Da ich aber nicht absehen kann, wie schlimm seine inneren Verletzungen tatsächlich sind, möchte ich nicht das Risiko eingehen und ihm noch weitere Schmerzen zufügen, indem ich ihn bewusstlos schlage. Mir muss etwas anderes einfallen. Zum Glück kenne ich mich hier aus.

Ich hebe seinen Kopf an und stehe auf. Als er sieht, dass ich mich von der Lichtung entferne, fiept er mir hinterher.

»Ich bin gleich wieder da«, beruhige ich ihn, bevor ich zwischen zwei Baumstämmen verschwinde. Schon nach wenigen Metern habe ich gefunden, wonach ich gesucht habe. Mein Herz wird schwer, als ich in die Hocke gehe und die Hand ausstrecke.

KAPITEL 14

Zurück auf der Lichtung gehe ich schnurstracks zu Tenebrae, der mich mit einem freudigen Schwanzwedeln begrüßt. Ich zwinge mich zu einem beruhigenden Lächeln und knie mich direkt vor ihn. Mit beiden Händen kraule ich seine Ohren und lasse die Finger durch das weiche Fell gleiten. Das zufriedene Funkeln in seinen Augen brenne ich mir ins Gedächtnis.

Anschließend hebe ich seine Schnauze an und presse den Mund auf seinen. Er zuckt zurück, verwirrt und überrascht, denn ich habe ihn noch nie in seiner Feral-Gestalt geküsst. Es fühlt sich seltsam, aber gleichzeitig auch vertraut an. Nach wenigen Augenblicken spüre ich seine Zunge an meinen Lippen und öffne den Mund.

So schnell wie möglich flöße ich ihm das zu Brei zerkaute Nachtkraut ein, das ich die ganze Zeit über im Mund hatte, rücke ein Stück von ihm ab und schlinge den Arm um seine Schnauze; ich muss ihn daran zu hindern, den Brei wieder auszuspucken.

»Runter damit!«, zische ich ihm zu, während ich Mühe habe, mich gegen sein Aufbäumen zu behaupten.

Trotz der Verletzungen wehrt er sich nach Kräften gegen meine Umklammerung und den widerlichen Geschmack auf der Zunge, doch ich lasse nicht locker. Erst als ich ihn mehrmals schlucken höre, löse ich den Arm von seiner Schnauze und weiche zurück.

Schock spiegelt sich in seiner Miene und den weit aufgerissenen Augen wieder, doch schon nach kurzer Zeit verschleiert sich sein Blick. Die Dosis, die ich ihm verpasst habe, hätte ausgereicht, um das halbe Dorf ins Reich der Träume zu schicken. Dennoch zerreißt mir sein Anblick schier das Herz.

»Es tut mir leid«, flüstere ich, bevor sein Kopf zur Seite sackt und er die Augen schließt.

Ich balle die Hände zu Fäusten, um mich davon abzuhalten, ihn erneut zu kraulen. Er wird mich für das, was ich eben getan habe, verachten, da bin ich mir sicher. Er wird toben, wenn er wieder zu sich kommt. Und vielleicht wird er mich sogar dafür hassen. Aber es ist der einzige Weg, um ihn zu retten. Wenn der Preis sein Leben ist, nehme ich den Hass gerne in Kauf.

Ich wende mich zu Caleb und den anderen um. »Er wird nicht ewig weggetreten sein«, sage ich mit rauer Stimme. »Ihr müsst euch beeilen. Sperrt ihn zur Not im Labor in einen der Käfige, bis er sich zurückverwandelt hat.«

Sie alle starren mich an, als sähen sie mich zum ersten Mal und als wüssten sie nicht, ob ich Freund oder Feind wäre. Ich will nicht, dass sie mich so ansehen ... Das, was ich eben getan und gesagt habe, widert mich selbst an, aber anders kann ich Tenebrae nicht davon abzuhalten, mir zu folgen.

Hazel macht einen Schritt auf mich zu und streckt zögerlich die Hand nach mir aus. »Scarlet«, murmelt sie.

Ich weiche ihrem Griff aus. »Denkt ihr etwa, dass mir das Spaß macht?«, knurre ich. »Denkt ihr, es freut mich, ihn so zu sehen? Übersät mit Wunden und kaum in der Lage, den Kopf zu heben. Ich will nicht, dass er in einen Käfig gesperrt werden muss, der so klein ist, dass er sich nicht einmal hinlegen kann, aber ... Wenn das der einzige Weg ist, um sein verdammtes Leben zu retten, dann werde ich ihn bis zum Ende gehen. Alles andere ist mir gleichgültig.«

Payne seufzt. »Wir verstehen dich. Keiner von uns will, dass ihm etwas zustößt. Na ja«, ihr Blick huscht zu Tristan, »bis auf ihn vielleicht.« Dann sieht sie wieder mich an und fährt fort: »Ich kenne euch beide. Ich weiß, wie ihr sonst miteinander umgeht. Ich verstehe auch, warum du dich nach außen hin so eiskalt gibst. Trotzdem war es für mich schockierend, das eben mit ansehen zu müssen.«

»Darüber können wir reden, sobald Scarlet und Tristan zurückkommen«, sagt Jyde. »Zuerst müssen wir uns darum kümmern, dass wir Ash ungesehen zurück ins Schloss schaffen.«

»Tenebrae«, murmele ich und weiche dabei Jydes Blick aus. »Sein Feral heißt Tenebrae.«

Hazel verzieht mitleidig den Mund, bevor sie mir die Arme um die Mitte schlingt und ihr Gesicht an meine Schulter drückt. Ich streichele ihr über den Rücken.

»Ich werde euch begleiten«, nuschelt sie.

»Nein, du wirst mit den anderen zurückgehen«, sage ich sofort.

Doch Hazel schüttelt den Kopf. »Jyde muss dabei helfen, Tenebrae zu tragen. Ich bin keine Unterstützung, denn ich bin nicht so stark wie Payne oder Caleb. Aber ich kann mit dir mitgehen und auf dich aufpassen. Ich kenne mich in Moorth aus. Wenn wir fliehen müssen … Ich werde mich nützlich machen, das verspreche ich.«

»Hazel«, murmele ich. »Es hat seinen Grund, warum ich weder dich noch Payne gebeten habe, mitzukommen. Migorn wird …«

»Ich werde mich nicht mehr von ihm einschüchtern lassen«, fällt sie mir ins Wort. »Außerdem muss doch einer ein Auge darauf haben, dass der da«, sie deutet mit einer Kinnbewegung auf Tristan, der mittlerweile unruhig auf der Stelle tänzelt, »dir nicht zu nahekommt.«

Tristan gibt ein Schnauben von sich.

»Du kannst sagen, was du willst – ich werde dich auf jeden Fall begleiten, wenn Jyde nicht mitkommen kann.«

Ich schaue hinauf in den Himmel, der sich immer heller färbt. Wir haben keine Zeit, um das auszudiskutieren.

»Na schön«, sage ich schließlich. »Aber du hältst dich im Hintergrund. Ich habe keine Lust, Migorn ständig daran erinnern zu müssen, dass er sich dir gegenüber zu benehmen hat.«

Hazels Lächeln reicht von einem Ohr zum anderen. »Ich glaube, du hast während des Empfangs deinen Standpunkt mehr als deutlich gemacht.«

Jyde tritt zu uns und hält mir sein Bündel hin. »Nimm meine Kleidung mit und gib sie Tristan, sobald er sich zurückverwandelt. Außerdem findet er darin einen Dolch, mit dem er sich – falls nötig – verteidigen kann.«

Ich nehme das Bündel und nicke ihm dankend zu. Dann husche ich zu

Payne und Caleb, falle jedem von ihnen um den Hals, bevor ich mich ein letztes Mal neben Tenebrae knie und sanft über seine Schnauze streichele.

»Falls er noch schlafen sollte, wenn ihr in Daarth ankommt, bittet meine Großmutter, dass sie sich die Verletzungen ansieht.«

»Natürlich«, sagt Payne.

»Pass auf dich auf, Prinzessin«, meint Caleb. »Und komm gesund zu uns zurück.«

Ich nicke schwach und stemme mich zurück auf die Füße. Wenigstens muss ich mir um Tenebrae und Ash keine Sorgen machen. Caleb, Payne und Jyde werden auf ihn achtgeben. Jetzt muss ich mich darauf konzentrieren, Hazel, Tristan und mich irgendwie heil aus der Nummer herauszubringen.

Tristan wartet bereits am Rand der Lichtung auf uns und läuft nervös hin und her. Bis wir den Treffpunkt mit Migorn erreichen, brauchen wir gut eine Stunde. Wir dürfen nicht trödeln. Jeder Schritt, den ich von Tenebrae weg mache, fällt mir schwerer als der vorherige. Ich will auf der Stelle umdrehen, mich an seine Flanke schmiegen und das Gesicht in seinem schwarzen Fell vergraben.

Er hätte mir nicht folgen dürfen ... So macht er es mir nur noch schwerer, ihn zurückzulassen. Aber ich muss gehen. Für ihn. Für eine Zukunft, die wir vielleicht zusammen haben können. Für die anderen, die unter unserem Schutz stehen. Mein Leben ist ein kleiner Preis dafür.

Gemeinsam mit Hazel und Tristan verschwinde ich im Wald, ohne mich noch einmal umzudrehen.

KAPITEL 15

Als wir den Treffpunkt erreichen, verschwindet Tristan mit Jydes Bündel im Dickicht, um sich zurückzuverwandeln. Hazel und ich bleiben auf dem Weg stehen. Von Migorn und seinem Gefolge ist weit und breit nichts zu sehen. Die Sonne ist zwar noch nicht aufgegangen, dennoch bin ich nervös. Ich werde immer rastlos, wenn ich nichts weiter tun kann, als zu warten, denn ich komme mir dabei unnütz vor. In ein paar Stunden werde ich Caleb kontaktieren und mich nach Tenebrae erkundigen. Jetzt sind sie mit Sicherheit noch unterwegs und ich würde nur stören, wenn ich eine Gedankenverbindung zu ihm aufbauen würde. Hoffentlich ist Tenebrae noch bewusstlos, sonst hätten es die drei nur unnötig schwer.

»Warum ist er eigentlich dabei?«, fragt Hazel, während sie auf die Stelle starrt, an der Tristan verschwunden ist.

»Weil Migorn es gefordert hat«, antworte ich.

Sie gibt ein Schnauben von sich. »Das sieht ihm ähnlich. Er hat schon immer mit Vorliebe seltene Objekte gesammelt.«

Ich werfe ihr einen Seitenblick zu. »Und was will er dann mit Tristan?«

Ich bin sicher, dass es genügend andere gemachte Ferals gibt, die Migorn und seine Wissenschaftler erforschen könnten. Warum pickt er sich ausgerechnet Tristan, den Verlobten der Thronfolgerin eines anderen Reiches, heraus?

»Überleg doch mal«, sagt Hazel. »Gemachte Ferals sind eine Rarität. Wir Frauen können von vornherein kein Feral werden. Geborene weibliche Ferals gibt es nur überaus selten. Sie sind eine Anomalie, wenn du so willst. Nur wenn sie sich einen Mann als Gefährten aussuchen, wird dieser zu einem gemachten Feral. Und wie das abläuft, solltest du mittlerweile wissen.«

Ich starre sie einen Moment mit offenem Mund an. »Du meinst, Tristan hat mit einem weiblichen Feral …?«

Hazel nickt. »Anders geht es nicht. Nur ein einfacher Biss führt keine Verwandlung herbei. Dazu braucht es noch eine andere Vereinigung.«

Bisher habe ich mir keine Gedanken darüber gemacht, wie genau Tristans Verwandlung ablief. Ich erinnere mich an den weiblichen Feral, der ihn gepackt und weggezerrt hat, als wir gemeinsam fliehen wollten. Ob sie derselbe Feral war, der ihn auch verwandelt hat? Aber wie konnte sie ihn dazu bringen, mit ihr zu …? Ich schüttele mich bei dem Gedanken. Tristan war zu dem Zeitpunkt bereits lebensbedrohlich verletzt.

»Bist du dir sicher, dass es keinen anderen Weg gibt?«, frage ich.

»Todsicher«, antwortet Hazel. »Was ist los? Traust du deinem kleinen Jugendfreund nicht zu, dass er mit einer anderen Frau vögeln könnte?«

Sofort schießt mir das Blut in die Wangen. Ich werde mich nie an ihre derbe Sprache gewöhnen können. »Das ist es nicht«, nuschele ich. »Ich bin sicher, dass er auch mit Luisa … Und das alles geht mich sowieso nichts an. Mir ging es nur um die Frage, wie aus ihm ein Feral geworden ist.«

»Meine Damen«, sagt Tristan, der mit verschränkten Armen nur wenige Meter von uns entfernt steht, und Hazel und ich zucken zusammen. »Ich wäre euch beiden sehr verbunden, wenn ihr aufhören könntet, eure Nasen in meine Angelegenheiten zu stecken.«

Ich schaffe es nicht, dem wütenden Blick aus seinen violetten Augen standzuhalten. Denn er hat recht: Es geht uns einen feuchten Dreck an, mit wem er was macht.

Hazel scheint jedoch diese Ansicht nicht zu teilen. Völlig unbeeindruckt schlendert sie zu ihm hinüber und pikst ihm mit dem Zeigefinger gegen die Brust.

»Wir drei«, sagt sie, »werden es jetzt für eine ganze Weile auf engstem Raum miteinander aushalten müssen. Wäre es da nicht ein guter Anfang, wenn wir keine Geheimnisse voreinander hätten?«

Tristan verzieht den Mund, während er die zierliche Kriegerin mustert, die ihm nicht einmal bis zum Kinn reicht. Dann huscht sein Blick wieder zu mir und ich kann in ihm den unausgesprochenen Vorwurf lesen. *Warum tust du mir das an?* Tja, Hazel war als Begleitung auch nicht meine erste Wahl, aber manchmal kommt es eben anders, als man denkt.

»Während wir hier auf Migorn warten, können wir uns auch die Zeit vertreiben«, sagt Hazel, als sie sich von Tristan abwendet. »Lasst uns ein Spiel spielen!«

»Bring deine Freundin unter Kontrolle, sonst mache ich das«, stellt Tristan knurrend in Aussicht.

»Dieses Unterfangen habe ich schon lange aufgegeben«, murmele ich. »Ein Spiel ist allemal besser, als uns die ganze Zeit über nur dumm anzustarren.«

Tristan verdreht die Augen und sagt: »Macht doch, was ihr wollt. Ich bin raus.«

»Wie schade«, säuselt Hazel. »Bei dem Spiel, das ich vorschlagen würde, darf nämlich jeder von uns einem anderen eine Frage stellen, die er wahrheitsgemäß beantworten muss. Ich bin mir sicher, dass es das ein oder andere gibt, was du gerne von Scarlet wissen würdest, oder?«

»Hazel«, zische ich.

Auf wessen Seite steht sie eigentlich?!

Der Blick, mit dem Tristan mich bedenkt, ist durchdringend, aber unergründlich. Er hält meinen gefangen und ich habe Mühe, gleichmäßig zu atmen. Für die Dauer eines Herzschlags fühle ich mich wieder wie mein sechzehnjähriges Ich, das nichts weiter wollte, als mit Tristan zusammen zu sein.

»Sehr schön«, sagt Hazel und klatscht in die Hände. »Ich fange an. Wie bist du zu einem Feral geworden?«

Mit einem genervten Schnauben dreht Tristan den Kopf weg und der Bann ist gebrochen. »Das geht dich einen Scheißdreck an.«

Hazel zieht einen Flunsch. »Migorn wird dich früher oder später das Gleiche fragen. Und er findet garantiert einen Weg, um dir eine Antwort zu entlocken, ohne dabei so nett zu sein wie ich. Wäre es nicht besser, wenn du es Scarlet freiwillig erzählen würdest?«

»Von ›freiwillig‹ kann bei deinem blöden Spiel ja wohl keine Rede sein«, grollt er.

Lässig wirft Hazel eine Strähne ihres braunen Haares über die Schulter. »Ich warte auf meine Antwort.«

Ich sehe die Muskeln an Tristans Kiefer arbeiten, während er erfolglos versucht die kleine Kriegerin niederzustarren. Dann stößt er geräuschvoll den Atem aus und dreht uns den Rücken zu.

»Ich habe keine Ahnung, wie sie auf mich aufmerksam geworden ist«, beginnt er zu erzählen und ich halte die Luft an, um kein einziges Wort zu verpassen. »Sie muss mich schon eine ganze Weile beobachtet haben, sonst hätte sie nicht wissen können, dass ich in dieser Nacht mit Scarlet fliehen wollte. Gemeinsam mit einem anderen Feral lauerte sie uns auf. Sie ... packte mich am Hals und an der Schulter, um mich tiefer in den Wald zu zerren. Dabei verletzte sie mich so sehr, dass ich um ein Haar verblutet wäre.«

Tristans Schreie ... Sie haben mich noch jahrelang in meinen Träumen verfolgt. Er muss furchtbar gelitten haben und ich hätte nie für möglich gehalten, dass er diese Begegnung mit einem Feral überlebt haben könnte. Aber dem Feral ging es nie darum, Tristan zu töten. Auch darauf wäre ich nicht gekommen.

»Wie ich letztendlich in die Hütte in der Nähe von Leerth kam, weiß ich nicht. Ich weiß auch nicht, wie viel Zeit seit ihrem Angriff und meinem Aufwachen vergangen war. Aber irgendwann kam ich zu mir. Ich hatte hohes Fieber und spürte die Schmerzen kaum, was wahrscheinlich ein Segen war. Vielleicht hat sie mir auch irgendwas verabreicht, um mich ruhigzustellen, keine Ahnung. Ich bemerkte nicht einmal, dass ich mich nicht zu Hause in meinem Dorf befand. Und dann sah ich sie.«

Als Tristan sich zu mir umdreht und mich anschaut, schnappe ich nach Luft. In seinem Blick liegt so viel Schmerz, dass es mir schier das Herz zerreißt.

»Sie sah aus wie du«, flüstert er so leise, dass ich ihn kaum verstehen kann. »Vielleicht lag es auch nur an meinem Fieberwahn, aber im ersten Moment hielt ich sie für dich. Ich war so glücklich darüber, dass du bei mir warst und wir ab sofort eine gemeinsame Zukunft hätten. Ich ...« Er wendet den Blick ab und ich bin erleichtert darüber. »Ich habe mich nicht dagegen gewehrt, als sie sich zu mir legte und ...«

Ich möchte mir die Ohren zuhalten, doch Tristan erspart mir die Einzelheiten.

»Erst als sie mich währenddessen in den Hals biss, wusste ich, dass etwas nicht stimmte«, fährt er fort. »Aber ich war zu schwach und zu weggetreten, um tatsächlich zu begreifen, was vor sich ging. Tage später, als mein Fieber abgeklungen war und sie erneut zu mir kam, bemerkte ich, dass sie nicht *du* war. Eure Größe und Haarfarbe waren ähnlich, doch mehr Gemeinsamkeiten gab es nicht. Ich habe sie für dich gehalten, als ich verletzt und von Fieber heimgesucht dalag, aber nachdem ich wieder halbwegs bei Sinnen war, wusste ich ...« Er bricht ab und fährt sich mit beiden Händen übers Gesicht. »Ich wusste, dass ich einen riesigen Fehler begangen hatte.«

Sosehr ich mich auch dagegen wehre, empfinde ich Mitleid mit ihm, doch ich halte den Mund. Mein Mitleid ist wahrscheinlich gerade das Letzte, was er hören will, und ich kann es ihm nicht verdenken.

Tristan schiebt den Kragen seines Hemds ein Stück zur Seite. Sein Hals, die Halsbeuge und der Ansatz der Schulter sind übersät mit silbernem Narbengewebe. Hazel zieht bei diesem Anblick scharf die Luft ein und ich muss mich beherrschen, es ihr nicht gleichzutun. Dass er Narben zurückbehalten haben muss, war mir klar, aber die Schulter und der Ansatz des Halses sehen aus, als wären ganze Hautfetzen herausgerissen worden.

»Um mich wurde sich danach nicht so gut gekümmert wie um dich«, murmelt Tristan mir zu, bevor er sein Hemd wieder richtet. »Deine Narbe ist kaum zu sehen. Sie fällt niemandem auf, der nicht weiß, woher sie stammt.«

Ich fahre mit den Fingern über die Seite meines Halses und lege dann schützend die Hand über die Stelle knapp unter der Schlagader.

»Und was ist danach geschehen?«, fragt Hazel.

Tristan verzieht den Mund und wendet den Blick wieder ab. »Ich habe sie getötet«, sagt er monoton. »In der Hütte lag eine Axt, vermutlich um Feuerholz zu schlagen. Als ich begriff, dass sie nicht du war und was sie mir angetan hat, konnte ich nicht mehr klar denken. Ich hörte ihr erst gar nicht zu, als sie versuchte, es mir zu erklären, sondern hatte von einem Moment auf den anderen die Axt in der Hand. Das Nächste, woran ich mich erinnern kann, ist, dass ich von oben bis unten blutbesudelt durch die Straßen von Leerth irrte.«

Hazel verschränkt die Arme. »Wie bist du an Luisa geraten?«

Der Blick, mit dem Tristan sie bedenkt, lässt mich erschauern. »Du hast deine Frage schon gestellt. Du wolltest wissen, wie ich zu einem Feral geworden bin, und ich habe dir geantwortet.«

Hazel zieht einen Flunsch, gibt sich jedoch mit der eisigen Antwort zufrieden. »Dann bist du jetzt dran.«

Tristans Blick wandert zurück zu mir und verweilt dort so lange, dass ich den Drang niederkämpfen muss, ihm auszuweichen oder mich darunter zu winden. Mir ist klar, dass er seine Frage an mich richten wird, doch ich wünschte, er würde es nicht tun.

Als er den Mund öffnet, sind seine Worte so leise, dass ich sie fast nicht höre. »Hatte ich je eine Chance? Hätte ich je gegen einen echten Prinzen bestehen können?«

Ich bete zur Göttin, dass Migorn auftauchen und mich davor bewahren möge, ihm eine ehrliche Antwort zu geben, aber meine Gebete werden nicht erhört. Ich räuspere mich. Die Antwort ist denkbar einfach, doch dazu muss ich mich an eine Zeit erinnern, die ich am liebsten vergessen würde. Ich muss an einen Tristan denken, der sich völlig von dem, der jetzt vor mir steht, unterscheidet. Ein Tristan, dem mein ganzes Herz gehört hat, bevor es zu Eis wurde. Ein Tristan, der schon immer mein Prinz war.

Und ich muss mich an Ash erinnern. Ihn nicht bei mir zu haben und nicht zu wissen, wie es ihm geht, lässt mich schier wahnsinnig werden und ich war froh darüber, dass bis eben meine Gedanken beschäftigt waren. Das Wissen, dass er nicht hier ist und ich auf unbestimmte Zeit weder seine Stärke noch seine Nähe spüren werde, raubt mir fast die Luft zum Atmen. Neera meinte, dass es unmöglich sein wird, mich von ihm fernzuhalten, wenn ich erst seine Gefährtin geworden bin, doch ich muss es irgendwie schaffen ...

»Ich warte auf eine Antwort«, sagt Tristan leise. Er klingt resigniert und ich schiebe die Gedanken an Ash für einen Moment beiseite.

»Das Traurige ist«, sage ich und halte dabei seinem Blick stand, »dass es eine Zeit gab, in der du gegen jeden hättest bestehen können. Gegen einen Prinzen, gegen einen König. Gegen alles und jeden. Ich sah nur dich und nahm keinen anderen wahr. Auch Ash nicht, obwohl du objektiv gesehen unter ihm standest. Ich wollte nichts weiter als eine gemeinsame Zukunft mit dir und kümmerte mich einen Dreck um den echten Prinzen, der ständig ungebeten meine Nähe suchte. Doch diese Zeit ist lange vorbei und wird auch nie wieder zurückkommen.«

Tristan schluckt krampfhaft und reibt sich dann mit einer Hand über die Brust, nachdem er den Blick abgewandt hat. »Wie es aussieht, habe ich es ziemlich versaut, nicht wahr?«

»Ja«, murmele ich. »Sieht wohl so aus.«

Hazel pfeift durch die Zähne. »Ihr zwei seid wirklich keine aufbauende Gesellschaft. Ich gehe jede Wette ein, dass ich in weniger als einer Woche Depressionen erleide, wenn ich weiter mit euch abhängen muss. Es wäre also toll, wenn wir bis dahin wieder zurück nach Daarth reisen könnten.«

»Wir werden uns bemühen«, sage ich ausweichend.

Migorn wird uns nie und nimmer so schnell wieder ziehen lassen. Und wir können nicht gehen, bis er seinen Teil der Abmachung erfüllt hat. Wie lange wird es dauern, sein ganzes Heer zu uns nach Daarth zu schicken und die Verpflegung des Heeres von Leerth sicherzustellen? Ich bezweifele, dass das alles innerhalb einer Woche zu schaffen ist. Doch bis dahin müssen wir uns ruhig verhalten und ihm das geben, was er will.

»Da wir gerade sowieso dabei sind, unsere Launen zu verschlechtern, können wir auch gleich damit weitermachen.« Ich wende mich Hazel zu. »Was ist zwischen dir und Migorn passiert, dass du dich so vor ihm fürchtest?«

Hazel zuckt erschrocken zusammen und weicht anschließend meinem Blick aus. »Warum stellst du nicht lieber Blondie eine weitere Frage?«

»Tristan hat fürs Erste genug gelitten«, antworte ich. »Jetzt bist du dran.«

»Mich interessiert die Antwort ebenfalls«, sagt Tristan und ein kleines Lächeln stiehlt sich dabei auf seine Lippen. »Migorn war wirklich schlecht auf dich zu sprechen. Ich brauchte eine Weile, um zu kapieren, dass er ständig von dir und Payne sprach. Er nannte euch anders.«

»Ihr Name ist Alia«, sagt Migorn, der plötzlich hinter uns aufgetaucht ist, ohne dass meine geschärften Sinne ihn wahrgenommen haben.

Ich wirbele herum und positioniere mich vor Hazel, doch der König von

Moorth verzieht nur abschätzig den Mund. Einige Meter hinter ihm stehen zwei Wachen, die jedoch keinen Grund zu sehen scheinen, um einzugreifen.

»Ich wollte sie zu meiner Mätresse machen, doch stattdessen hat sie mich bestohlen und mir anschließend einen Pfeil in die Brust gejagt. Sie wollte mich umbringen.«

Ich schnaube. »Das bezweifele ich. Wenn sie dich hätte umbringen wollen, hätte sie dir direkt ins Auge geschossen.«

Migorn geht nicht darauf ein. »Was macht sie überhaupt hier? Ich habe nur nach euch beiden verlangt. Mit ihr kann ich nichts anfangen. Schick sie zurück nach Daarth! Oder ich werde Mittel und Wege finden, sie zurückzuschicken. Einige dieser Wege könnten beinhalten, dass sie in Einzelteilen wieder in eurer Hauptstadt ankommt.«

»Nein«, sagt Hazel, macht einen Schritt zur Seite und greift nach Tristans Hand.

Verdutzt mustert er die kleine Leibwächterin und ich sehe Tristan an, dass er kurz davor ist, ihr die Hand sofort wieder zu entziehen. Doch irgendwas lässt ihn zögern.

»Ich werde ihn nicht verlassen.«

Ich gebe mein Bestes, mir nichts anmerken zu lassen, aber auch ich würde sehr gern wissen, was hier gerade los ist. Was hat Hazel nur vor?

Migorn runzelt die Stirn, während er Hazels und Tristans verschränkte Hände betrachtet. »Du bist der Verlobte von Luisa. Was hast du mit Alia zu schaffen?«

»Ich …«, setzt Tristan an.

Er verstummt jedoch jäh, als Hazel sich auf die Zehenspitzen stellt und ihn küsst. Mir fällt beinahe die Kinnlade bis zur Brust hinunter. Sekunden vergehen, in denen Migorn und ich die beiden nur anstarren. Tristan ist so schockiert, dass er es nicht schafft, sich von Hazel zu lösen oder sie von sich zu schieben. Und das ist Hazels Glück. Nachdem sie zurück auf die Füße gesunken ist und sich zu Migorn umgewandt hat, umklammert sie Tristans Arm und schmiegt ihren zierlichen Körper an ihn.

»Ich bin seine heimliche Geliebte«, sagt Hazel. Wie schafft sie es nur, dass ihre Stimme bei dieser Lüge nicht zittert? »Da ich alles über ihn als Feral weiß, bin ich dir ebenfalls von Nutzen.«

»Hat er dich gebissen?«, fragt Migorn.

Hazel legt eine Hand an ihre Halsseite, wie ich es vorhin gemacht habe, und nickt.

»Zeig mir die Narbe!«, verlangt der König.

Doch Hazel weicht sofort vor ihm zurück und versteckt sich hinter Tristans Rücken. »Nicht hier«, murmelt sie. »Du wirst … sie noch früh genug sehen. Sie sitzt etwas tiefer und ich müsste mich ausziehen, um … Du verstehst, warum ich das nicht hier inmitten der Wildnis machen will?«

Migorn zögert einen Moment, doch dann nickt er zu meinem Erstaunen. »Na schön, du darfst mitkommen. Solltest du dich aber doch als wertlos herausstellen, habe ich schon eine passende Verwendung für dich.«

Ich knurre ihn an, was auch Tristan dazu veranlasst, sich zu versteifen. »Vorsicht, Migorn«, sage ich gefährlich ruhig. »Wir sind freiwillig hier. Ich werde es jedoch nicht zulassen, dass du einen von uns wissentlich bedrohst.«

Der König wendet sich mir zu und lächelt mich an. »Ich bin schon gespannt zu sehen, wozu du fähig bist, wenn dein Alpha nicht da ist. Laut meinen Unterlagen werden die Gefährtinnen nach einer Weile aggressiv und teilweise auch wahnsinnig, wenn sie zu lange von ihrem Alpha getrennt sind. Wie lange es wohl bei dir dauern wird?«

Ich blecke die Zähne und balle die Hände zu Fäusten, um sie daran zu hindern, nach meinen Waffen zu greifen, damit ich Migorn hier und jetzt aufschlitzen kann. Ich muss ruhig bleiben. Wir brauchen seine Truppe und die Verpflegung, die er in Aussicht gestellt hat. Ich darf mich nicht von ihm provozieren lassen. Nicht jetzt, nicht bevor wir überhaupt in Moorth sind.

»Ich sehe schon, wir vier werden eine Menge Spaß zusammen haben«, sagt Migorn, als er sich umwendet und zurück zu seinem Tross geht, der bei der Weggabelung wartet.

Erst als er außer Hörweite ist, wirbele ich zu Hazel um. »Bist du jetzt völlig übergeschnappt?«, zische ich. »Was sollte das?«

Doch Hazel ignoriert mich. Stattdessen nestelt sie an den Schnürungen ihres Kragens und öffnet sie so weit, dass sie ihre Rüstung über die Schulter streifen kann. Anschließend wendet sie sich zu Tristan um und lehnt den Kopf zur Seite. Es würde mich nicht wundern, wenn Tristans Augen jeden Moment aus ihren Höhlen fallen würden.

»Du musst mich beißen«, sagt sie überflüssigerweise. »Migorn wird nach der Narbe suchen, sobald wir in Moorth sind.«

Tristan wirft mir einen Hilfe suchenden Blick zu. Ich zögere einen Moment, doch dann nicke ich.

Nach dem, was Hazel vor ein paar Minuten gesagt und getan hat, wird Migorn eine Narbe erwarten. Falls er keine findet, wird er Hazel das Leben schwer machen. Und vielleicht bin ich dann schon nicht mehr in der Lage, ihr zu helfen. Hazels einzige Möglichkeit, sich frei in Moorth bewegen zu können, ist, Migorn im Glauben zu lassen, dass sie zu Tristan gehört. Es könnte dabei helfen, sie vor Migorns Nachstellungen zu bewahren, und wenn sie sich nicht mehr vor dem König von Moorth fürchten muss, ist Hazel auch wieder eine Hilfe.

»Das kann nicht euer Ernst sein«, presst Tristan hervor. »Ich kann sie doch nicht …«

»Jetzt mach schon!«, grolle ich. »Wir haben keine Zeit mehr. Wenn Migorn zurückkommt und sieht, dass Hazel gelogen hat … Dann wäre es gut möglich, dass er sie nicht nur zurückschickt, sondern auch beschließt, dass unser Abkommen nichtig ist. Wir dürfen ihm keinen Grund geben, an uns zu zweifeln.«

Hazel packt Tristan am Hemd und zerrt ihn zu sich, während sie ihm immer noch den Hals darbietet.

»Mach einfach«, sagt sie. »Es hat nichts zu bedeuten.«

»Für dich vielleicht nicht«, murmelt Tristan.

Er ringt noch einen Moment mit sich, dann huscht sein Blick zu mir und er streckt die Hand aus.

»Ich könnte ein bisschen Hilfe gebrauchen«, bittet er.

Ich stelle keine Fragen, lege die Hand in seine und stelle mich neben ihn. Wir haben keine Zeit zu verlieren!

»Wehe, du erzählst Ash davon!«, warnt er mich, bevor er an meinem Handgelenk schnuppert.

Fast sofort verändern sich seine Augen. Anders als bei Ash, der auch als Tenebrae seine natürliche Augenfarbe behält, werden Tristans Iriden gelb, bevor die Pupillen sich zu Schlitzen wandeln.

Ich hätte nicht gedacht, dass er noch immer so auf mich reagiert ... Wenn Ash – oder noch schlimmer: Tenebrae! – das wüsste, würde er Tristan nicht mehr in meine Nähe lassen. Tenebrae würde ihn vermutlich umbringen wollen. Schnell stelle ich mich hinter Hazel, um Tristans Aufmerksamkeit wieder auf sie zu lenken.

Tristan verliert nicht die Kontrolle, wie es bei Ash der Fall ist, wenn er sich verwandelt. Seine Bewegungen sind geschmeidig, aber menschlich, und sein Blick ruht die ganze Zeit über auf mir, auch als er den Mund hinab zu Hazels Hals senkt. Er sieht mich an, blinzelt nicht einmal, als wolle er die Verbindung zwischen uns nicht verlieren. Und ich habe Mühe, gleichmäßig zu atmen. Sein Blick ist so durchdringend, dass meine Sinne verrücktspielen. Beinahe meine ich, ein ähnliches Kribbeln im Bauch zu spüren wie früher, wenn er mich ansah.

»Ein Stück tiefer«, sagt Hazel. »Die Narbe muss von meinem Kragen verdeckt werden.«

Tristan kommt ihrer Aufforderung nach. Anstatt seine Zähne direkt in die Haut unter ihrer Halsschlagader zu versenken, wählt er die Stelle, an der ihr Hals zur Schulter übergeht. Hazel zieht scharf die Luft ein, als die spitzen Zähne ihr Fleisch durchdringen, doch sie hält still. Ich hingegen bin noch immer damit beschäftigt, den Blick nicht zu senken. Selbst als Tristan mit der Zunge über den Biss leckt, schaut er mich dabei an, als stelle er sich vor, dass ich diejenige wäre, die er gerade gebissen hat. Mein Herzschlag beschleunigt sich dabei, ohne dass ich etwas dagegen tun kann.

Dann blinzelt er mehrmals schnell hintereinander, wodurch seine Augen wieder normal werden, und wendet sich ab. Ohne ein Wort schnürt Hazel ihre Rüstung wieder zu, richtet ihr Haar und bedenkt Tristan und mich dann mit einem Blick, den ich nicht deuten kann. Und auch nicht deuten will.

»Wir sollten gehen«, sagt Tristan und bückt sich nach unserem Gepäck. Seine Stimme klingt seltsam rau. »Migorn wartet bereits auf uns.«

Er stapft zur Weggabelung; Hazel und ich sehen ihm einen Moment nach.

»Das war … intensiv«, murmelt sie. »Ich wusste ja, dass etwas zwischen euch vorgeht, deshalb bin ich mitgekommen, aber das ganze Ausmaß mit eigenen Augen zu sehen und am eigenen Leib zu spüren, ist noch mal eine ganz andere Erfahrung.«

»Darüber, dass er – und auch der Feral in ihm – noch immer auf mich reagiert, wird kein Wort verloren«, schärfe ich ihr ein. »Wenn Migorn das erfährt, wird er es gegen uns nutzen. Solange wir in Moorth sind, sind wir drei Verbündete und halten zusammen, komme was wolle. Nur gemeinsam haben wir eine Chance, heil aus der Sache herauszukommen.«

Hazel nickt. »Du solltest dennoch in seiner Gegenwart vorsichtig sein. Ungeachtet dessen, was du vorhin zu ihm gesagt hast, wird er nicht aufgeben. Er liebt dich trotz allem.«

»Ich weiß«, murmele ich. »Aber ich werde meine Meinung nicht ändern. Es gab eine Zeit, in der ich ihn mehr als alles andere auf der Welt geliebt habe und bereit war, jedes Risiko einzugehen, um mit ihm zusammen sein zu können. Aber jetzt gehört mein Herz einem anderen, und seit ich Ash kenne, weiß ich, dass es mit Tristan nie hätte so sein können wie mit ihm. Tristan hätte mich eingesperrt und mir keinen Raum gegeben, damit ich ich selbst hätte sein dürfen.«

»Ich erinnere mich an deinen Kampf in Leerth mit deren angeblichem Champion«, sagt Hazel. »Als ich die beiden beobachtete, wie sie darauf reagierten, wurden mir ihre Unterschiede erst richtig bewusst. Während Ash auf dich wettete und dir vertraute, versuchte Tristan dich zurückzuhalten.«

»Das hätte er auch getan, wenn er gewusst hätte, wozu ich fähig bin«, sage ich. »Er meint es nicht böse, zumindest glaube ich das, aber an seiner Seite wäre ich früher oder später verkümmert. Und du solltest auch aufpassen, dass du ihn nicht zu nah an dich heranlässt.«

»Ich lasse keinen Mann zu nah an mich heran«, antwortet Hazel. »Niemals wieder.«

»Ich habe gesehen, dass du gezittert hast, als du ihn geküsst hast«, sage ich und stupse sie mit dem Ellenbogen an, während wir zu Migorns Tross gehen.

»Und danach hast du wieder gezittert, als er den Mund auf deinen Hals gelegt hat.«

»Er hat mich gebissen«, brummt Hazel. »Das hat wehgetan. Deshalb habe ich gezittert.«

»Und welche Ausrede hast du für den Kuss?«

»Keine. Du bildest dir etwas ein.«

Ich verzichte darauf, sie weiter zu bedrängen, denn ich weiß sehr wohl, was ich gesehen habe. Um Hazel mache ich mir aber eigentlich keine Sorgen. Nach dem, was ich über ihre Vergangenheit weiß, beherrscht sie das Spiel mit den Männern nahezu perfekt. Der Einzige, der möglicherweise mit einem gebrochenen Herzen zurückbleiben wird, ist Tristan. Wobei ich daran auch nicht wirklich glaube, jedenfalls nicht nach den Blicken zu urteilen, die er mir vorhin zugeworfen hat. Dennoch werde ich ein Auge auf die beiden haben.

***

Nachdem wir beim Gefolge angekommen sind, weist Migorn zwei seiner Wachen sofort an, uns unsere Waffen abzunehmen. Bevor sie ihre dreckigen Hände nach meinen Halbmond-Klingen ausstrecken können, nehme ich sie lieber selbst ab.

»Sollte meinen Waffen etwas geschehen, wirst du den Ausgang des Krieges nicht mehr erleben«, warne ich Migorn.

Er zieht eine Augenbraue nach oben. »Diese seltsamen Klingen sind dir mehr wert als ein Menschenleben?«

»Mehr als *dein* Leben auf jeden Fall«, knurre ich, nachdem ich die Klingen auf einen der Wagen gelegt habe. Hazel verstaut ihren Bogen und Köcher daneben.

»Ich sehe schon, wir werden uns alle prächtig amüsieren«, sagt Migorn, bevor er seinen Leuten ein Zeichen gibt. Daraufhin werden zwei Pferde zu uns geführt. »Ich bin davon ausgegangen, dass nur ihr beide uns begleitet. Alia kann bei ihrem neuen Liebhaber mitreiten.«

Tristan verzieht über seinen unfreiwilligen Titel das Gesicht, doch Hazel sitzt bereits im Sattel, bevor er protestieren kann. Seufzend setzt er sich hinter sie und greift nach den Zügeln. Migorn beobachtet die beiden, was auch Hazel nicht entgeht. Mit einem seligen Grinsen schmiegt sie sich mit dem Rücken an Tristans Brust. Ich bin mir nicht sicher, ob Tristan noch atmet, so stocksteif sitzt er da.

»Bringen wir die Sache hinter uns«, sage ich, während ich mich ebenfalls in den Sattel schwinge.

»Mit Vergnügen, Mylady«, entgegnet Migorn mit einem Lächeln, das mir eine Gänsehaut beschert. Dann verschwindet er in einer der Kutschen.

Ich wechsele einen Blick mit Tristan und Hazel, bevor ich meinem Pferd die Fersen in die Flanken drücke. Der gesamte Tross, der aus etwa zwanzig Männern, einer geschlossenen und zwei offenen Kutschen und uns dreien besteht, setzt sich in Bewegung, als die Sonne den Horizont erklimmt.

KAPITEL 16

Ich habe keinen Überblick darüber, wie viel Strecke wir schon hinter uns haben. Nur langsam ändert sich unsere Umgebung: Die Wälder werden lichter, die Hügel ebener. Mittlerweile habe ich das Gefühl, bis über den Horizont hinaus sehen zu können.

Das Wissen, dass ich einen riesigen Fehler begehe, hat sich wie ein Geschwür in mir festgesetzt, und mit jedem Schritt, den ich mich weiter von Daarth entferne, wird es mir bewusster. Ich will nicht hier in der Fremde sein, so endlos weit weg von ihm. Nach außen hin halte ich das Kinn oben und starre jeden nieder, der es wagt, in meine Richtung zu schauen, aber innerlich ... schreit jede Faser meines Seins danach, dass ich auf der Stelle umdrehen soll.

Als wir die Grenze nach Moorth überschreiten, sacke ich keuchend im Sattel nach vorn und presse eine Hand gegen meine Brust. Ich weiß nicht, dass hier die Grenze ist, aber spüre es ... Eine bleierne Schwäche breitet sich im Körper aus. Wo vorher meine Macht als Gefährtin durch die Adern pulsierte, ist jetzt ... kaum noch etwas. Ich suche verzweifelt danach, finde jedoch nur einen schwachen Abklatsch dessen, an was ich mich gewöhnt habe.

»Willkommen in Moorth«, sagt Migorn, als er für einen Moment den Kopf aus dem Kutschenfenster steckt und mich beobachtet. »Hier hat dein Alpha keinen Einfluss, aber wie ich sehe, hast du das bereits bemerkt.« Er gibt vor Lachen ein Glucksen von sich. »Hierher kann er dir nicht folgen, denn sobald er die Grenze seines Territoriums überschreitet, wird auch er geschwächt sein und zu einer leichten Beute für allerlei Streuner werden.«

»Er wird nicht kommen«, sage ich und starre dabei stur geradeaus.

»Da wäre ich an deiner Stelle nicht so sicher«, sinniert er. »Ich bezweifele, dass er mit deinem Weggehen einverstanden war.«

»Das muss deine Sorge nicht sein. Tristan ist hier und ich bin es ebenfalls. Wir halten uns an unseren Teil der Abmachung.«

»Und ich freue mich darauf, euch all eure Geheimnisse entlocken zu können.«

Ich schlucke hart und unterdrücke ein Schaudern. Ich darf ihm nicht zeigen, wie sehr ich mich fürchte. Dadurch würde es nur noch schlimmer werden. Ich wünschte, mir würde es gelingen, meine menschlichen Empfindungen auf Dauer wegsperren zu können, damit ich nichts mehr fühlen muss. Weder Angst noch Verlust noch Sehnsucht oder Zweifel. In einem besonders schwachen Moment wünsche ich mir sogar, dass es Ash nicht gelungen wäre, die Mauer aus Eis, die mich umgab, zum Schmelzen gebracht zu haben. Als leere Hülle, getrieben von Zorn und Rache, fiele es mir leichter, das, was vor mir liegt, zu überstehen. Doch so hoffe ich, dass ich es irgendwie schaffe, um zu Ash zurückkehren zu können. Ich klammere mich an den Funken Hoffnung, der zwischen der dunklen Angst nur noch schwach glimmt. Würde er erlöschen, vielleicht würde ich dann wieder in die Leere eingehüllt werden, die jegliches Empfinden von mir abschirmt.

Die erste Rast machen wir, als die Sonne bereits untergeht. Tristan, Hazel und ich halten uns am Rande des Trosses, immer in Sichtweite der Wachen, aber weit genug weg von ihnen, dass sie uns nicht hören können. Da wir keinem der Mitreisenden trauen, zieht Hazel los, um Wild zu jagen. Niemand protestiert, als sie das Lager verlässt. Sie scheint der entbehrbare Teil unserer Gruppe zu sein.

Obwohl ich nah am prasselnden Lagerfeuer sitze und den Umhang eng um mich geschlungen habe, friere ich bis auf die Knochen. Dabei ist es in den Ebenen von Moorth bei Weitem nicht so kalt wie in den Bergen von Leerth. Dennoch schaffe ich es nicht, mich zu wärmen.

Hin und wieder wirft mir Tristan einen fragenden Blick zu, doch ich schüttele den Kopf, wann immer er den Mund öffnet, um etwas zu sagen. Seit er Hazel gebissen hat, haben wir nicht mehr miteinander gesprochen. Es macht mir nichts aus, dass er es getan hat; es ist vielmehr die Art, wie er mich währenddessen angesehen hat, was der Grund dafür ist, weshalb ich nicht genau weiß, wie ich mit ihm umgehen soll. Ich wusste stets, dass er noch Gefühle für mich hat, die über bloße Freundschaft hinausgehen, aber seit dem Vorfall an der Hütte ist es ihm gelungen, sie weitestgehend zu unterdrücken und sie mir nicht direkt auf die Nase zu binden.

Als Hazel mit einem Kaninchen und zwei Eichhörnchen zurückkommt, ziehe ich mich ein paar Meter zurück, bis mich der Schein des Feuers kaum noch erreicht. Seine Wärme habe ich sowieso nicht gespürt.

»Lass sie«, murmelt Hazel und hält Tristan damit auf.

Ich bin in Sichtweite des Lagers, bis das Stimmengewirr der anderen kaum noch zu vernehmen ist. Am Himmel über mir leuchtet ein Halbmond und automatisch lasse ich die Finger über das Handgelenk fahren. Keine Tätowierung ziert meine Haut, trotzdem war der Mond nahezu von Beginn an etwas, was Ash und mich verband. Nicht zuletzt durch meine Halbmond-Klingen.

Als ich nun den Blick in den Nachthimmel richte, breitet sich ein Schmerz in meiner Brust aus, der mir fast die Luft zum Atmen nimmt.

Es fühlt sich an, als wäre ein Teil von mir mit Gewalt herausgerissen worden, während die Wunde nun offen klafft und mich mit jedem dumpfen Herzschlag daran erinnert, was ich verloren habe. Und es gibt nichts, was ich dagegen tun kann. Keine Heilung, keine Linderung. Ich schlinge beide Arme um mich und sacke auf die Knie.

»Ash …«, wimmere ich und beiße mir auf die Lippen, doch es ist zu spät. Tränen schwimmen bereits in den Augen und bahnen sich einen Weg über die Wangen.

Ich weiß, dass es ein Fehler ist, aber ich greife in meine Tasche und fische den Ersatz-Nexus heraus. Ich muss wissen, wie es ihm geht. Bevor ich meine Meinung ändern kann, setze ich ihn auf und stelle eine Verbindung zu Caleb her.

»Prinzessin …«, murmelt er in meinem Kopf, was mich nur dazu veranlasst, noch hemmungsloser zu schluchzen.

»Entschuldige«, sage ich im Stillen. *»Ich bin ein ziemliches Wrack …«*

»Da bist du nicht allein«, entgegnet er und zeigt mir das, was er gerade vor sich sieht.

Mein Herz zieht sich zusammen und die klaffende Wunde in mir wird noch ein Stück tiefer. Ich sehe Tenebrae in einem der Käfige im Labor, doch anstatt zu toben und sich gegen seine Gefangenschaft zu wehren, sitzt er teilnahmslos da, den Kopf gegen die Gitterstäbe gelehnt, und starrt ins Nichts. Die Augen sind leer und glanzlos, die Ohren seitlich abgeknickt.

»Bitte …«, hauche ich. Caleb versteht und lässt das Bild sofort verschwinden.

Ich könnte es leichter ertragen, Tenebrae wütend und aufgebracht zu sehen. Solange er sich gegen die Gefangenschaft wehren würde, gäbe es noch Hoffnung. Doch diese Apathie … Diese Leere … Er hat aufgegeben. Das ist es, was mich schlimmer trifft, als ich es je für möglich gehalten hätte.

»Seine Wunden sind versorgt und bereits verheilt, zumindest die äußeren«, sagt Caleb. *»Seine Knochen werden noch ein oder zwei Tage brauchen, bis sie wieder völlig zusammengewachsen sind. Allerdings … verweigert er jegliche Nahrung und sogar Wasser. Als Feral wird es zwar eine ganze Weile dauern, bis ihm dieser Zustand wirklich gefährlich werden kann, aber … Ich mache mir Sorgen. So habe ich ihn noch nie gesehen.«*

»Wir … Du musst irgendwas dagegen unternehmen«, sage ich. *»Was hat er sonst gemacht, wenn er deprimiert war?«*

Caleb schnaubt. *»Er ist nicht deprimiert; er hat jeglichen Lebenswillen verloren. Aber gut, wenn er früher einen schlechten Tag hatte, konnte ich sicher sein, dass er sich nachts zu dir ins Dorf schleichen und erst in den frühen Morgenstunden wieder im Schloss auftauchen würde.«*

Ich stoße frustriert den Atem aus. *»Das bringt uns nicht weiter.«*

»Ach, was du nicht sagst!«, brummt er. *»Ich stehe hier und weiß nicht, was ich tun soll. Ich kann nicht mit ihm reden, ihm das alles irgendwie begreiflich machen. Ich weiß ja selbst nicht mal, ob du überhaupt zurückkommst. Ob dieser Verrückte dich gehen lässt … Du hättest dich niemals darauf einlassen dürfen!«*

»Hätte ich dabei zusehen sollen, wie Ash von einer Meute Streuner getötet wird?«, halte ich dagegen. *»Du warst es doch, der mir gesagt hat, dass er als Alpha ihr erstes Ziel sein wird.«*

»Das ist richtig. Aber ich hätte nicht damit gerechnet, dass du es tatsächlich durchziehen würdest. Wir reden hier schließlich nicht über einen kleinen Ausflug in dein

Dorf. Du bist in einem anderen Gebiet, einem fremden Reich, in das er dir nicht folgen kann, ohne dass dein Opfer umsonst war. Und das weiß Ash ... Tenebrae ... wie auch immer. Er weiß, dass du außerhalb seiner Reichweite bist, aber er versteht nicht wieso.«

»Funktioniert dein Nexus bei ihm?«, frage ich. *»Vielleicht könnte ich ihn beruhigen.«*

»Keine Ahnung. Normalerweise würde er mich nie so nah an sich heranlassen, dass ich ihm meinen Nexus aufs Ohr setzen könnte, aber in seiner momentanen Verfassung ... Ich könnte es versuchen, aber ich weiß nicht, ob die Nexus-Technologie im Feral-Zustand funktioniert. Wahrscheinlich wird er dir auch nicht antworten können, aber gut möglich, dass deine Stimme dabei hilft, ihm etwas Hoffnung und Lebenswillen zurückzugeben.«

Calebs Gedanken verschwinden aus meinem Kopf und es vergehen mehrere Sekunden, bis ich etwas anderes spüre.

»Tenebrae ...«, denke ich. *»Ich hoffe, du kannst mich hören. Mir geht es ... Nein, mir geht es nicht gut, aber es ist in Ordnung. Ich weiß, dass es dir auch nicht gut geht. Caleb hat mich sehen lassen, in welchem Zustand du bist. Du musst etwas essen und trinken, hörst du? Mir zuliebe.«*

Eine ganze Weile herrscht Stille und ich befürchte schon, dass der Nexus nicht bei ihm funktioniert. Gut möglich, dass er nicht auf eine andere Lebensform ausgelegt ist oder nicht nah genug an seinem Ohr sitzt, dass er mich hören kann. Gerade als ich seufzend nach meinem Nexus greifen will, um ihn abzunehmen, vernehme ich ein vertrautes, lang gezogenes Fiepen im Kopf. Erleichtert schließe ich die Augen und ich spüre, wie sich ein kleines Lächeln auf meine Lippen stiehlt. Ob er mich verstanden hat, weiß ich nicht, aber er kann mich zumindest hören. Er ist da, am anderen Ende des Nexus, und dadurch haben wir wenigstens eine kleine Verbindung zueinander. Die klaffende Wunde schmerzt etwas weniger als noch vor ein paar Minuten.

»Sei ein braver Feral und hör auf Caleb und meine Großmutter, ja? Sie hat dir sicherlich gesagt, dass du viel essen musst, um wieder zu Kräften zu kommen. Du musst tun, was sie sagt, denn wenn du leidest, leiden auch die Menschen um dich herum, denen du etwas bedeutest. Deine Mutter, Caleb, Payne, ebenso wie Jyde und Großmutter – sie alle machen sich Sorgen um dich. Ich tue es auch. Es schmerzt mich,

dich in einem Käfig zu sehen, doch noch schlimmer für mich ist dein leerer Blick ... Deine farblich unterschiedlichen Augen und das Funkeln darin, das war es, was mir damals an dir zuerst aufgefallen ist und mich am meisten fasziniert hat. Es hat sich bis heute nicht geändert. Ich werde nie müde werden, in deine Augen zu schauen. Aber jetzt ... Jetzt tut es mir weh, die Leere und Teilnahmslosigkeit darin zu sehen. Ich vermisse das Funkeln, das Leuchten.«

Die Worte sprudeln aus mir hervor, ohne dass ich weiter über sie nachdenke. Wahrscheinlich wird er sowieso nicht alle meine Gedanken verstehen, aber das macht nichts. Wenn ich nervös oder niedergeschlagen war, hat Ash es auch durch seine bloße Anwesenheit oder seine Stimme in meinem Kopf geschafft, mich wieder aufzubauen. Ich hoffe, dass ich jetzt das Gleiche bei Tenebrae bewirken kann.

»Mir fällt es nicht leicht, hier zu sein. Ich wäre viel lieber zu Hause, bei dir. Aber ich weiß, dass ich das Richtige tue. Ich könnte mir nie verzeihen, wenn ich nicht jede Möglichkeit ergriffen hätte, um dich und die anderen vor Schaden zu beschützen.«

Er grollt in meinen Gedanken und zaubert mir dadurch ein Lächeln aufs Gesicht.

»Ich weiß, es ist deine Aufgabe, mich zu beschützen. Aber diesmal ... muss ich das übernehmen. Ich schaffe das. Ich bin stark genug, um es durchzustehen, weil es einen Ort gibt, an den ich zurückkehren will, und Menschen, die ich wiedersehen will. Nach außen hin werde ich das Monster sein, das Migorn für seine Forschungen haben will, aber innerlich klammere mich an die Hoffnung, dass ich dich und die anderen bald wiedersehen darf. Ich will ...« Ich schließe die Augen und presse beide Hände fest gegen die Brust. *»Ich will nicht, dass du mich rettest. Ich will, dass du mir dabei zusiehst, wie ich uns alle rette. Und ich will, dass du stolz auf mich sein kannst.«*

Mühsam komme ich auf die Füße und wische mir die Tränen von den Wangen. Ich höre Tenebraes Winseln.

»Ich weiß ...«, murmele ich. *»Ich liebe dich auch. Egal wie weit ich von dir entfernt bin, daran wird sich nichts ändern. Ich warte sehnsüchtig auf den Tag, an dem wir endlich wieder zusammen sein können. Bis dahin ist es an dir, gemeinsam mit deiner Mutter Daarth und seine Bewohner zu schützen. Ich tue von hier aus alles, was ich kann.«*

Hinter mir höre ich Schritte im Gras.

»*Ich muss Schluss machen*«, schicke ich noch durch den Nexus. »*Bis später. Ich bin sicher, dass ich dich nachher in meinen Träumen sehe.*«

Ich warte nicht auf seine Antwort, sondern nehme schnell den Nexus ab und lasse ihn zurück in die Tasche gleiten, bevor ich mich zu der Wache umdrehe, die sich mir nähert. Inständig hoffend, dass sie meine roten verquollenen Augen nicht sieht, straffe ich den Rücken und setze eine teilnahmslose Miene auf.

»Migorn fragt sich, wo du abgeblieben bist«, sagt die Wache.

»Ich habe mir nur etwas die Füße vertreten und den Nachthimmel betrachtet«, entgegne ich. »Aber ich war gerade wieder auf dem Rückweg.«

Ohne ein weiteres Wort gehe ich an ihm vorbei und geselle mich wieder zu Hazel und Tristan. Beide mustern mich mit hochgezogenen Brauen und einem mitleidigen Blick, als sie meine Augen sehen. Schnell winke ich ab, bevor sie auf die Idee kommen, etwas dazu zu sagen.

Ich lasse mich von Hazel beschwatzen und knabbere ohne wirklichen Appetit an einem Kaninchenbein herum. Zwar weiß ich, dass ich etwas essen muss, vor allem, wenn wir morgen wieder den Großteil des Tages im Sattel verbringen, aber ich muss mich dazu zwingen, zu schlucken. Das entgeht meinen beiden Begleitern nicht, aber sie halten den Mund. Auch als ich mich zurückziehe und mich gegen einen Baumstamm lehne, protestieren sie nicht.

Nach einer Weile kommt Hazel herüber, setzt sich neben mich und lehnt den Kopf gegen meine Schulter. Ich breite den roten Umhang um uns beide aus und genieße ihre Wärme und Nähe. Sie ist kein Vergleich zu Ash, aber immerhin ist da jemand, der bei mir ist und auf den ich mich verlassen kann. Schon nach wenigen Minuten geht ihre Atmung gleichmäßig und ruhig. Für mich war es auch ein anstrengender Tag und meine Augen werden schwerer.

»Hast du mit Ash gesprochen?«, fragt Tristan, als er sich an meiner anderen Seite niederlässt. Im Gegensatz zu Hazel berührt er mich jedoch nicht, dennoch kann ich in der Kühle der Nacht seine Körperwärme spüren.

Ich schüttele den Kopf. »Ich habe mit Caleb und anschließend mit Tenebrae geredet.«

»Mit seinem Feral-Ich?«, fragt er ungläubig. »Muss ja ein sehr einseitiges Gespräch gewesen sein.«

Ich knirsche mit den Zähnen. »Wir haben alle einen langen Tag hinter uns. Wenn du also nicht willst, dass ich dir irgendwohin trete, wo du es ganz sicher nicht genießen würdest, dann spar dir deine Sticheleien für morgen auf. Heute habe ich dafür nicht mehr die Nerven.«

Eine Weile schweigt er und ich habe schon die Hoffnung, dass er für den Rest der Nacht den Mund hält, doch dann sagt er: »Du hast geweint. Ist … etwas passiert?«

»Nein«, murmele ich. »Es geht allen so weit gut. Ich fühle mich nur nicht vollständig, wenn er nicht bei mir ist.«

Tristan stößt geräuschvoll den Atem aus und lehnt den Kopf nach hinten gegen den Stamm, bevor er den Sternenhimmel durch die lichten Zweige hindurch betrachtet.

»Ob das irgendwann aufhört?«, flüstert er.

»Was denn?«

»Die Schmerzen, die ich empfinde, wenn du von ihm sprichst.«

Ich presse für einen Moment die Lippen zu einem schmalen Strich zusammen, bevor ich sage: »Du hast eine hübsche Verlobte, die darauf wartet, dass du zurück …«

»Luisa schert sich einen Dreck darum, ob ich zurückkomme oder nicht«, unterbricht er mich barsch, drosselt jedoch sofort die Lautstärke, als Hazel sich an meiner Schulter regt. »Weißt du eigentlich, warum sie dich nicht leiden kann?«

Ich drehe den Kopf zur Seite und schaue ihn an. Er hat den Blick stur geradeaus gerichtet, doch ich sehe deutlich den verkniffenen Ausdruck um die Mundwinkel. Warum Luisa keine Gelegenheit auslässt, um mich zu piesacken, habe ich mich schon länger gefragt. Schließlich habe ich ihr nie etwas getan und auch keinen Grund gegeben anzunehmen, dass ich ihr Tristan wegnehmen würde. Spätestens nach meiner Verlobung mit Ash sollte sie doch wissen, wie es um meine Gefühle bestellt ist.

»Sie ist in Ash verliebt«, sagt Tristan.

Ich schnappe nach Luft. »Was?«

»Vor einigen Jahren, noch bevor er dich getroffen hat, haben Neera und Cespar eine Verlobung zwischen den beiden beschlossen. Es ging nie von Luisa und Ash aus, aber nachdem Luisa ihn das erste Mal sah ...« Tristan verzieht den Mund. »Was hat der Kerl, verdammt noch mal, an sich, dass ihm alle Frauen zu Füßen liegen?«

Ich übergehe die letzte Bemerkung. »Aber diese Verlobung ... Die wurde doch aufgelöst.«

»Ja«, sagt Tristan. »Soweit ich weiß, war das vor gut fünf Jahren.« Er wirft mir einen Blick zu. »Als das ... mit uns geschah.«

Neera muss die Verlobung aufgelöst haben, nachdem Ash mich beansprucht hat. Damals wusste ich zwar noch nicht, was es bedeutete, aber Neera wusste es. Und sie traf Vorkehrungen. Ihr und Ash war klar, dass es nicht einfach nur so dahergesagt war. Sie weiß aus Erfahrung, wie ein Alpha tickt – und dass ein Anspruch nichts ist, was leichtfertig ausgesprochen wird.

»Luisa hat es nicht gut aufgenommen«, fährt Tristan fort. »Sie war wirklich in ihn verliebt, zumindest für ihre Verhältnisse, und ich war nichts weiter als ein schlechter Ersatz für sie. Als vor ein paar Wochen bekannt wurde, dass Neera und Ash zum Empfang nach Leerth kommen würden, sprach sie die ganze Zeit über von nichts anderem und beachtete mich nicht mehr. Ich war froh darüber und hoffte, dass dieser Ash sich doch noch von ihrem hübschen Äußeren würde blenden lassen. Denn dann wäre ich frei und könnte gehen, wohin auch immer. Hauptsache, weg von ihr und weg aus Leerth. Aber dann ...« Er zögert einen Moment, als müsse er nach den richtigen Worten suchen. »Plötzlich standest du vor mir. Lebendig und erwachsen und schöner, als ich dich in Erinnerung hatte.«

»Tristan ...«, wispere ich.

»Nein, lass mich das sagen«, murmelt er. »Ich muss es aussprechen, wenigstens ein Mal. Ich weiß, dass du nichts mehr für mich empfindest. Ich sehe es dir an, sehe es in deinem Blick, wenn du mich anschaust. Das ist kein Vergleich zu der Art, wie du ihn ansiehst. Dennoch habe ich gehofft ...«

Er greift nach einem Stein neben sich und schleudert ihn in die Nacht hinaus.

»Als Luisa gehört hat, dass Ash dich ›mein Mädchen‹ nannte, damals nach dem Kampf gegen Angur im Burghof, da wusste sie, dass sie sich nicht auf die rothaarige Kleine konzentrieren musste, die die ganze Zeit über an Ashs Arm hing. Sie musste *dich* aus dem Weg räumen, um an Ash gelangen zu können. Deshalb verspottet und bedroht sie dich, wann immer es möglich ist. In ihrer Welt ist das oft ausreichend, um einen Gegner einzuschüchtern.« Er gibt ein freudloses Lachen von sich. »Aber bei dir beißt sie damit auf Granit. Dich interessiert ihr Spott und ihre Häme nicht. Für dich ist ein Gegner nur ein Gegner, wenn er dich mit einer Waffe bedroht.«

»Solange sie kein Schwert führen kann, komme ich gut damit aus, sie einfach zu ignorieren«, sage ich.

»Ich habe mich zu lange in ihrer Welt bewegt. Das wurde mir spätestens am Abend des Empfangs klar, als ich mit dir gesprochen und anschließend mit Ash aneinandergeraten bin. Die ganze Zeit über habe ich versucht ihn durch Blicke oder Worte einzuschüchtern. Früher, als wir noch im Dorf gelebt haben, wäre mir das nie in den Sinn gekommen, aber Luisas schlechter Einfluss scheint während meiner Jahre in Leerth auf mich abgefärbt zu haben.«

Ich erinnere mich an den Abend. Ash trug meinen Nexus und ich seinen, wodurch ich zum ersten Mal erfuhr, was wirklich in ihm vorging. Ich muss zugeben, dass ich davon zu abgelenkt war, um mich auf Luisa oder Tristan konzentrieren zu können. Wenn ich ehrlich bin, war jeder im Saal unwichtig. Bis auf Ash.

Tristan lehnt den Kopf nach hinten gegen den Stamm. »Luisa und ich sind schon ein seltsames Paar. Sie liebt Ash. Ich liebe dich. Beide können wir nie denjenigen haben, nach dem es uns verlangt. Aber ich wünschte …« Er schließt die Augen. »Die ganze Zeit über sehe ich dir dabei zu, was du bereit bist, für Ash zu tun. Du würdest ohne Zögern dein Leben hergeben, um ihn zu retten. Ich wünschte, es gäbe da draußen eine Frau, die bereit wäre, auch für mich so weit zu gehen. Die genug für mich empfände, um ihre eigenen Ängste zu besiegen. Die sich vor mich stellt und mich verteidigt, wenn ich es selbst nicht kann. Auch wenn diese Frau nicht du bist.«

Ich greife nach seiner Hand und verschränke die Finger mit seinen. Zögerlich schaut er erst auf unsere Hände und begegnet dann meinem Blick.

»Du bist mein Freund«, sage ich, während ich seine Hand drücke. »Und du kannst dir nicht vorstellen, wie dankbar ich dir dafür bin, dass du hier bei mir bist. Du hättest nie Migorns Forderungen zustimmen müssen. Niemand hat dich gezwungen. Dennoch bist du hier. Ich weiß, dass du es größtenteils mir zuliebe machst, und dafür stehe ich ewig in deiner Schuld. Ich liebe dich …« Für einen Moment schlage ich den Blick nieder und lächele. »… zwar nicht so, wie du es gerne hättest, aber trotzdem hast du einen besonderen Platz in meinem Herzen. Ich werde dich ebenso beschützen wie Hazel. Wir drei kommen unversehrt zurück nach Hause und danach kannst du die Frau suchen, die das Gleiche für dich empfindet wie du für sie.«

Mit dem Daumen streichele ich über seinen Handrücken.

»Die Vergangenheit hat mich gelehrt, dass irgendwann alles gut wird«, sage ich. »Selbst wenn es sich für eine lange Zeit so anfühlt, als hätte alles keinen Sinn mehr, wird sich das eines Tages wieder ändern. Meistens dann, wenn wir es am wenigsten erwarten.«

Sein Lächeln ist so zögerlich und traurig, dass sich mein Herz für einen Moment zusammenzieht. Tristan rutscht näher und lehnt sich zu mir. »Danke«, wispert er, bevor er mir einen sanften Kuss auf die Wange haucht.

Ich lächele ebenfalls und schmiege den Kopf an seine Schulter, während ich seine Hand weiter festhalte.

ASH

KAPITEL 17

Viel zu früh zieht sich Tenebrae zurück. Ich erwache in einem Käfig, doch das ist nicht das Schlimmste. In Reichweite liegen ein Stapel Kleidung und obenauf mein Nexus, mit dem ich Caleb rufen kann, damit er die Schlösser öffnet. Man sollte meinen, dass man sich im Laufe der Jahre an den kalten Stahl der Gitterstäbe an blanker Haut gewöhnt, doch das ist nicht der Fall.

Und diesmal kommen die Schmerzen dazu.

Normalerweise verheilen meine Verletzungen dank der Feral-Gene sehr schnell und effektiv. Noch rascher geht es, wenn ich mich tatsächlich in der Feral-Form befinde. Die Knochenbrüche, die Tenebrae sich während seines Ausflugs in das Wächterdorf zugezogen hat, sind jedoch noch nicht vollständig verheilt, und selbst das Atmen bereitet mir Probleme. Es ist ungewöhnlich, dass sich Tenebrae so zeitig zurückzieht, solange noch ein Schaden vorliegt. Aber wenn ich es könnte, würde ich es ihm gleichtun. Ich will nicht aufstehen, will nicht nach draußen gehen und so tun müssen, als wäre alles in bester Ordnung.

Nichts ist in Ordnung.

Ich wollte Scarlet aufhalten, aber jetzt ist sie in einem anderen Gebiet. Wenn ich ihr folge, bringt uns das alle in Gefahr. Weder sie noch ich können in Moorth auf unsere vollständigen Kräfte zurückgreifen. Selbst damals in Leerth konnte ich mich auch nur verwandeln, weil sie in Gefahr war. Ohne Scarlets Hilfe wäre ich wahrscheinlich an den Verletzungen, die ich dank Tristan davongetragen habe, gestorben.

Ich greife nach dem Stapel Kleidung und ziehe mich langsam an, während ich mich dabei so wenig wie möglich bewege. Trotzdem entweicht mir mehrmals ein Keuchen.

Anschließend kontaktiere ich Caleb. Er braucht nur wenige Minuten, um zu mir ins Labor zu kommen.

»Geht es dir besser?«, fragt er, als er nach dem richtigen Schlüssel sucht.

»Sehe ich so aus?«, entgegne ich.

Caleb seufzt, hält aber zum Glück den Mund. Mit einer Hand stützt er mich, als ich die ersten Schritte aus dem Käfig mache.

»Gibt es etwas Neues?«, frage ich, nachdem ich seine Hand abgeschüttelt habe.

»Seit gestern Abend nicht. Erinnerst du dich daran, dass du mit Scarlet gesprochen hast?«

Ich nicke. Ich erinnere mich an jedes einzelne Wort von ihr. Und dummerweise verstehe ich, warum sie so gehandelt hat. Wären unsere Rollen vertauscht, würde ich vermutlich genau das Gleiche tun. Dies bedeutet aber nicht, dass es richtig ist. Wir hätten einen anderen Weg gefunden. So ein paar Streuner können mir nichts anhaben! Ich hätte ...

Ich balle die Hände zu Fäusten. Ich habe keine Ahnung, was ich tun soll. Hier herumzusitzen macht mich wahnsinnig. Aber wenn ich ihr folge ... Sobald Migorn bemerkt, dass ich in seinem Gebiet bin, wird er Scarlet gegen mich verwenden. Und vor nichts zurückschrecken. Ich darf ihm keinen Grund liefern, an ihr und ihren Absichten zu zweifeln. Und wir brauchen seine Hilfe, so ungern ich das auch zugeben muss. Mich allein könnte ich verteidigen, aber die ganze Stadt ...?

Tenebrae hat gehofft, Scar noch aufhalten zu können, bevor sie unser Gebiet verlässt, und dabei jegliche Vorsicht vernachlässigt. Als er in die Nähe des Wächterdorfes kam und Scarlets Angst roch, gab er jede Umsicht auf und preschte Hals über Kopf direkt ins Wächterdorf hinein. Was dann geschah, gehört nicht zu den Erinnerungen, in denen ich schwelgen will. Tenebrae war so unvorsichtig, dass es selbst für die unerfahrenen Wächter ein Leichtes war, ihn zu überwältigen. Nur dank der Hilfe Scars und der anderen kann ich heute noch hier sitzen.

Und dann betäubte sie ihn mit Nachtkraut ... Ich kann mir ein Schmunzeln nicht verkneifen, als ich daran zurückdenke, doch es verschwindet genauso schnell wieder, wie es auf meinem Gesicht erschienen ist.

Ziellos wandere ich durch die Burg, ohne zu wissen, was ich mit mir anfangen soll.

Die Unsicherheit macht mich fertig. Wann kommt Scar zurück? Wird sie es überhaupt? Was muss sie bei diesem Verrückten erdulden? Hat sie Angst?

Scar ist stark, aber auch ihre Stärke hat Grenzen, wie bei jedem anderen auch. Ich will mir gar nicht vorstellen, was mit ihr geschieht, sobald sie an dieser Grenze angelangt ist. Wird sie es erneut schaffen, aufzustehen, wie damals nach ihrer Bestrafung? Oder wird es sie diesmal vollständig zerstören?

Zu sehr in Gedanken versunken pralle ich beinahe gegen Payne.

»Entschuldige«, murmele ich, nachdem sie im letzten Moment einen Schritt zur Seite gemacht hat.

Sie winkt ab. »Nichts passiert. Kann ich etwas für dich tun? Du siehst aus, als könntest du ein wenig Ablenkung gebrauchen. Ich war gerade auf dem Weg in mein Zimmer, um mich umzuziehen und dann Jyde ein wenig beim Training der neuen Rekruten zu unterstützen. Er würde sich bestimmt freuen, wenn du ihm ebenfalls zur Hand gehen könntest.«

Ich schaue sie an, ohne sie wirklich wahrzunehmen.

»Scarlet hat es immer geholfen, wenn sie ein wenig trainieren konnte«, fährt sie fort, als ich mich nicht rege. »Das würde ihr helfen, den Kopf frei zu machen, sagte sie. Wenn ich sie gesucht habe, sah ich zuerst bei den Trainingsarealen nach.« Sie zuckt mit den Schultern. »Vielleicht hilft es dir auch, und sei es nur für ein paar Stunden. Je mehr Trainer wir haben, desto mehr können wir schaffen.«

Ich verspüre nicht die geringste Lust, mich mit Grünschnäbeln herumzuärgern. Vor einigen Tagen habe ich die neuen Rekruten gesehen. Bei den meisten konnten wir froh sein, dass sie ein Schwert an der richtigen Seite gepackt haben. Aber Payne hat recht: Wenn ich Jyde beim Training unterstütze, würde ich etwas Ablenkung bekommen und einen Beitrag leisten. Es ist allemal besser, als ziellos durch die Gänge zu schlurfen.

Also nicke ich und folge Payne zu ihrem Zimmer. Das Zimmer, das auch Scar für längere Zeit bewohnte ... Ich bilde mir ein, selbst hier draußen auf dem Flur noch ihren Geruch wahrnehmen zu können ... Das ist ein Grund, warum ich mein eigenes Zimmer bisher gemieden habe. Schnell atme ich durch den Mund ein und aus, doch das Stechen in der Brust bleibt.

Ich erkenne zu spät, dass Payne sich neben mir versteift und plötzlich stehen bleibt. Als ich mich zu ihr umdrehe, ist ihr Blick starr auf die Zimmertür gerichtet, die einen Spaltbreit offen steht.

»Ich weiß genau, dass ich sie geschlossen habe«, sagt sie leise, bevor sie die letzten zwei Schritte auf das Zimmer zu macht und die Tür schwungvoll aufstößt.

Ein unterdrückter Schrei dringt von innen zu mir hinaus und ich bin sofort hinter Payne.

»Was hast *du* hier verloren?«, knurrt die Leibwächterin.

Mehrere Fläschchen stoßen klimpernd zusammen, als sich Ruby ängstlich mit der Hüfte gegen die Kommode drängt. Es ist die mittlere von den dreien im Zimmer. Das ist Scars Kommode! Was um alles in der Welt hat Ruby an Scars Sachen zu suchen?

Rubys Blick huscht ängstlich umher und wird noch eine Spur panischer, als sie mich entdeckt. Sie lässt die Flasche, die sie bis eben umklammert hielt, fallen und versucht sich an Payne vorbeizudrücken, doch die Leibwächterin reagiert schnell. Noch bevor Ruby einen Schritt aus dem Zimmer setzen kann, hat Payne ihren Unterarm gepackt und so auf den Rücken verdreht, dass die Rothaarige vor Schmerzen aufschreit und auf die Knie sinkt. Anschließend zerrt sie Ruby zurück ins Zimmer und ich schließe die Tür, damit nicht die halbe Burg ihr Geschrei mitbekommt.

Was sie im Zimmer der Leibwächterinnen und noch dazu an Scarlets Sachen zu suchen hat, interessiert mich ebenfalls brennend.

Forschend lässt Payne die freie Hand an Ruby entlanggleiten und findet in ihren Taschen einige Tiegel und weitere Fläschchen. Ich bin nicht überrascht darüber, dass Scar einige davon in ihrem Zimmer hat. Ihre Großmutter ist eine Unberührbare und sie wäre um ein Haar selbst eine geworden. Bei den vielen kleineren Blessuren, die sie als Leibwächterin früher davongetragen hat, ist es nur logisch, dass sie hier einen kleinen Vorrat an Salben und Tinkturen aufbewahrt. Aber was hat Ruby damit zu schaffen? Und wie kommt sie überhaupt hierher? Sie wurde doch an einen reichen Kaufmann verheiratet, als Mutter auch endlich begriffen hatte, dass es keinen Zweck hatte, mir weiter irgendwelche Mädchen vorzusetzen.

»Raus mit der Sprache«, knurrt Payne. »Was hast du hier zu suchen und warum bestiehlst du uns?«

Ruby versucht vergeblich sich aus Paynes Klammergriff zu winden, doch mit jedem Ruck fügt sie sich nur selbst weitere Schmerzen zu. Ihr Jammern zehrt an meinen Nerven, um die es zurzeit sowieso nicht zum Besten steht.

»Lass mich los!«, zischt sie. »Du darfst mich nicht festhalten!«

»Herzchen«, knurrt Payne. »Du bist hier bei uns eingebrochen und wolltest uns bestehlen. Deinen Sonderstatus hast du schon vor Wochen verloren. Und jetzt hält mich nichts mehr davon ab, dir wehzutun, wenn du es verdient hast.«

Ruby wendet sich mir zu. Ihr Gesicht ist tränenüberströmt, doch ich empfinde nicht einen Hauch Mitleid mit ihr.

»Ich wollte nichts Böses«, schluchzt sie. »Aber ich brauchte Beweise.«

»Beweise wofür?«, frage ich.

Ihr unverschämtes Grinsen gleicht einem Hieb in die Magengrube. Mein Blick huscht zu Payne. Ein verkniffener Ausdruck hat sich um ihren Mund gebildet. Weiß sie etwa, von welchen Beweisen Ruby da faselt? Doch der Ausdruck verschwindet so schnell wieder, wie er erschienen ist.

Mit einem Ruck zwingt Payne Ruby auf die Füße und stößt sie vorwärts. Ich beeile mich ihr die Tür zu öffnen.

»Mal sehen, was Neera dazu meint, dass du unerlaubt hier herumstromerst und obendrein unsere Sachen stehlen wolltest«, droht Payne, während sie weiterhin Rubys Unterarm auf den Rücken gedreht festhält.

»Du machst mir keine Angst«, zischt Ruby. »Ich bin die Favoritin der Königin! Sie wird mir für das, was ich herausgefunden habe, danken!«

Noch bevor ich etwas sagen kann, piepst mein Nexus. Innerhalb des Bruchteils einer Sekunde zieht sich mein Magen zu einem Knoten zusammen, weil ich denke, dass es Scarlet sein könnte, doch dann erscheint Mutters Gesicht in meinem Kopf.

»Komm schnell in den Saal«, befiehlt sie, nachdem ich das Gedankengespräch angenommen habe. *»Wir haben ein Problem.«*

Ich zeige ihr Ruby, die sich immer noch verbissen gegen Paynes Behandlung wehrt.

»*Wir waren sowieso gerade auf dem Weg zu dir*«, sage ich.

Ich traue mich nicht, nachzufragen, von welchem Problem sie spricht. Seit Scar gegangen ist, ist mein ganzes verdammtes Leben ein einziges Problem – und mir steht nicht der Sinn danach, mich weiter mit Ruby beschäftigen zu müssen. Doch Mutter klang ernst; sie würde nicht nach mir schicken, wenn es nicht dringend wäre, denn sie weiß, dass ich sowohl körperlich als auch seelisch nicht auf der Höhe bin.

Also folge ich Ruby und Payne, obwohl jeder einzelne Schritt mehr Anstrengung kostet als der vorherige.

***

Im Saal befinden sich mehr Leute, als ich befürchtet habe, und das dumpfe Gefühl im Magen verstärkt sich. Hier stimmt etwas nicht … und eigentlich habe ich keine Lust, herauszufinden, was es ist. Am liebsten würde ich mich weiterhin in Selbstmitleid suhlen und darauf warten, endlich ein neues Lebenszeichen von Scar zu erhalten.

Mutter sitzt auf ihrem Thron, schräg hinter ihr steht Caleb. Auch seine Miene ist ernst, was nie ein gutes Zeichen ist. Vor dem Podest stehen Scars Großmutter Brianna und eine Frau, die ich schon mehrmals gesehen habe, aber die ich im ersten Moment nicht zuordnen kann. Wenn mich nicht alles täuscht, arbeitet sie hier im Schloss.

Payne stößt die jammernde Ruby vorwärts und verneigt sich dann vor meiner Mutter. Früher wäre sie auf die Knie gesunken.

Sobald sie aus dem Klammergriff entlassen wird, rennt Ruby zu der anderen Frau und presst sich wimmernd an sie.

»Kyla«, sagt meine Mutter und die Frau dreht sich zu ihr um. »Gibt es Beweise für deine Anschuldigungen gegen Brianna und Scarlet?«

Sofort zucke ich zusammen. Anschuldigungen gegen Scarlet? Was für Anschuldigungen?

»Ich … ich war gerade in ihrem Zimmer«, schluchzt Ruby abgehackt, »als die da« – sie zeigt mit dem ausgestreckten Finger auf Payne – »mich hierher gezerrt hat.«

»Du meinst, als ich dich erwischt habe, wie du uns bestehlen wolltest, nachdem du dir unerlaubt Zutritt zu unserem Zimmer verschafft hast«, knurrt Payne, bevor sie sich an meine Mutter wendet. »Ich habe sie auf frischer Tat ertappt. Sie hielt eine Flasche aus der Kommode in der Hand und hatte mehrere weitere Fläschchen in ihrem Kleid versteckt.«

Der eiskalte Blick meiner Mutter wandert zurück zu Ruby. »Diebstahl ist ein schweres Vergehen«, sagt sie.

Selbst aus mehreren Metern Entfernung sehe ich Ruby zittern. Geschieht ihr recht!

»A ... aber meine Königin ... «, stammelt sie, doch Mutter schneidet ihr das Wort mit einer knappen Handbewegung ab.

»Ich bin nicht mehr die Königin«, sagt sie kühl, »aber solange Scarlet nicht hier ist, wirst du dich vor mir und meinem Sohn verantworten. Also, habt ihr Beweise dafür, dass es sich beim Inhalt der letzten Flasche, die du mir gebracht hast, tatsächlich um Lotriumsaft handelt?«

Ich verstehe rein gar nichts. Von Heilkräutern und Tränken habe ich keine Ahnung, doch es muss sich um etwas Schwerwiegendes handeln, wenn deswegen solch ein Aufstand gemacht wird. Wegen eines einfachen Tranks würde meine Mutter Brianna keiner Befragung unterziehen. Mir fällt auf, wie blass Scarlets Großmutter geworden ist. Auch dass sie noch kein einziges Wort gesagt hat, wo sie doch sonst kein Blatt vor den Mund nimmt, ist auffällig.

Erneut kündigt mein Nexus ein Gedankengespräch mit Mutter an.

»Ich will nicht, dass du es nachher durch Zufall erfährst«, sagt sie ohne Umschweife. *»Ruby wirft Scarlet vor, dass sie Lotriumsaft nimmt und ihre Großmutter ihn für sie herstellt.«*

Ich zögere einen Moment mit meiner Frage. *»Wofür wird dieser Saft verwendet?«*

»Um eine Schwangerschaft zu verhindern oder eine bestehende zu beenden, sofern sie noch nicht allzu lange andauert«, antwortet sie sachlich.

Ich schließe für einen Moment die Augen und muss mich dazu zwingen, ruhig zu atmen. Doch nach außen hin darf ich mir nichts anmerken lassen.

Warum hat Scar mir nichts davon gesagt? Warum hat sie nicht mit mir darüber gesprochen?

Wir müssen alles daransetzen, dass sich keine Gerüchte verbreiten. Obwohl ich keine Ahnung von Tränken im Allgemeinen habe, ist mir klar, dass es sich bei diesem Lotriumsaft um etwas Verbotenes handeln muss.

»Ist es sicher, dass es sich um Lotriumsaft handelt?«, frage ich.

»Ja«, antwortet Mutter. *»Tränke und Salben waren zwar nie meine Spezialität, aber ich wusste genau, was in dieser Flasche war, die Ruby zu mir brachte.«*

Ich erklimme das Podest und setze mich auf meinen Thron, ohne Ruby dabei aus den Augen zu lassen. Ich darf keinen Fehler machen ... Wenn es Gerüchte gibt oder Ruby und Kyla tatsächlich beweisen können, dass Scar Lotriumsaft genommen hat, kann ich die Folgen nicht absehen. Diese Anschuldigungen könnten sowohl für sie als auch für ihre Großmutter böse enden.

»Wie bist du an die Flasche gekommen?«, frage ich betont ruhig.

Rubys Blick huscht für die Dauer eines Wimpernschlags zu Kyla. »Ich ... habe sie zufällig gefunden.«

Ich stoße ein Schnauben aus. »Ich bezweifele, dass irgendwer so dumm ist, eine Flasche mit solchem Inhalt einfach irgendwo gut sichtbar stehen zu lassen.«

Ruby schrumpft in sich zusammen.

»Scarlet bewahrt ihre Tränke und Tinkturen stets in ihrer Kommode auf«, sagt Payne. »In unserem Zimmer.«

»Du hast dir also Zugang zum Zimmer meiner Leibwächterinnen verschafft«, wirft meine Mutter mit schneidend kalter Stimme ein.

»Ich ...« Ruby schluckt hektisch. »Das ist doch unwichtig! Es handelt sich um Lotriumsaft!«

»Und wie kommst du darauf, dass es sich um Lotriumsaft handelt?«, frage ich und lehne mich ein Stück vor. »Kennst du diesen Trank so gut, dass du ihn sofort an der Farbe oder dem Geruch erkannt hast?«

Ich höre Mutter in meinem Kopf lachen. Diese Frage kann Ruby nicht beantworten, ohne sich selbst weiter zu belasten.

»Meine … Meine Schwester …«, sagt sie stockend und deutet auf Kyla. »Sie ist eine Unberührbare und konnte den Saft identifizieren.«

Langsam lasse ich den Blick zu Kyla gleiten. »Ist das so?«

Und endlich fällt mir wieder ein, woher ich die Frau kenne. Sie war hier im Schloss die Unberührbare, bevor Scars Großmutter kam. Aber sie war so unfähig, dass jeder lieber in die Stadt zu einer anderen Unberührbaren ging, um sich bei Bedarf behandeln zu lassen. Durch meine Heilgabe kam ich selbst nie in den »Genuss« ihrer Behandlung, doch ich habe nichts Gutes von ihr gehört. Deshalb musste sie zusätzlich noch in der Küche arbeiten, um ein Auskommen zu haben.

In der Küche, wo Scarlet den Vorrat an Winterlilien gefunden hat.

Kurz darauf war die Unberührbare des Schlosses verschwunden. Sie muss es bemerkt haben, dass wir ihr auf der Spur waren, und geflohen sein. Aber ich habe keine Beweise dafür … Doch im Moment ist es viel wichtiger, den Verdacht von Scarlet und Brianna abzuwenden. Darauf muss ich mich konzentrieren.

Kyla macht einen Schritt nach vorn. »Ruby kam zu mir und zeigte mir die Flasche. Ich wusste nicht, woher sie sie hatte, aber ich konnte den Inhalt einwandfrei identifizieren.«

Brianna, die bisher völlig ruhig war, gibt einen abfälligen Laut von sich. »Das bezweifele ich. So, wie du deine Utensilien gelagert und beschriftet hast, würde es mich stark wundern, wenn du Karotten von Kartoffeln unterscheiden, geschweige denn einen Trank allein am Geruch erkennen kannst.«

»Du hattest bei uns nicht den besten Ruf«, sagt auch meine Mutter. »Ich habe Brianna geholfen den Saustall, den du hinterlassen hast, aufzuräumen – und dabei sind mir viele falsch beschriftete Behälter in die Hände gefallen. Auch deine Aufzeichnungen waren zum Großteil fehlerhaft.«

Kyla starrt zu Boden und presst die Lippen zu einem schmalen Strich zusammen.

»Woraus wird Lotriumsaft hergestellt?«, frage ich in die entstandene Stille hinein.

»Aus der Lotriumfrucht, Silberdistel und Frühlingsglocken«, antwortet Kyla prompt.

Ich wende mich an Brianna. »Hättest du diese Zutaten da?«

Ein Lächeln zeichnet sich in ihren faltigen Mundwinkeln ab. »Nein. Nicht eine einzige davon.«

Ruby und Kyla schnappen überrascht nach Luft. Payne versteckt ein Grinsen hinter der vorgehaltenen Hand. Ich atme erleichtert aus.

»Caleb«, sagt meine Mutter, woraufhin er sogleich vortritt, »geh bitte in die Stadt und durchsuche Kylas Wohnstätte. Bring uns alle Zutaten, Kräuter und Tinkturen, die du dort findest. Nimm am besten ein paar Männer mit.«

»Was?«, keucht Kyla. »Aber ... warum?«

Ich lehne mich zurück und schlage die Beine übereinander. »Vor ein paar Tagen haben wir ein Gift in der Küche gefunden, mit dem mindestens zwei Anschläge verübt wurden. Ich bin gespannt, ob sich davon etwas in deiner Hütte befindet.«

»Jede Unberührbare hat Winterlilien in ihrem Besitz!«, begehrt sie sofort auf.

Meine Mutter lacht. »Ash hat mit keinem Wort erwähnt, dass es sich dabei um Winterlilien handelt.«

Payne prescht nach vorn, noch bevor Kyla und Ruby herumwirbeln können, und packt beide an den Armen.

»Ruby«, sagt Mutter und Payne schubst sie voran. Zitternd schaut sie zu Boden. »Du hast dir unerlaubt Zutritt zu Räumlichkeiten verschafft, die dich nichts angehen, und zusätzlich etwas gestohlen, was nicht dir gehört. Außerdem hast du zwei ehrbare Frauen beschuldigt, ohne Beweise zu haben.«

»Es ist die Wahrheit!«, begehrt sie auf. »Diese Scarlet wird Ash nur unglücklich machen. Sie ist nicht ...«

Ich kralle die Hände um die Lehne und ich bin drauf und dran, Ruby zum Schweigen zu bringen, doch Mutter hebt schnell die Rechte.

»Das hast du nicht zu entscheiden«, sagt sie streng. »Ich will dich nie wieder hier im Schloss sehen. Du darfst deine Schwester besuchen, zu deren Strafe ich gleich kommen werde, aber dir selbst ist es verboten, das Schloss zu betreten. Ich werde auch deinen Ehemann davon in Kenntnis setzen, dass er besonders auf dich achten soll.«

Jegliche Farbe weicht aus Rubys Gesicht und ihre Augen sind so weit aufgerissen, dass sie jederzeit aus den Höhlen fallen könnten.

»Kyla.« Wieder wartet Mutter darauf, dass Payne der Angesprochenen einen Stoß auf die Knie versetzt. »Sollte Caleb Winterlilien bei dir finden, wirst du angeklagt werden. Du hast versucht sowohl mich als auch Scarlet zu töten. Beinahe wäre dabei auch mein Sohn gestorben, denn er war kurz davor, den mit Winterlilien versetzten Saft zu trinken, der für Scarlet bestimmt war. Wachen! Bringt sie hinunter ins Verlies, bis ihr Prozess beginnt.«

Sie kreischt, als sie von den beiden Wachen gepackt und hinausgezerrt wird. Ruby sinkt schluchzend zu Boden, bevor sie ebenfalls hinausgebracht wird. Erst dann lehnt sich Mutter seufzend zurück.

»Das war knapp«, murmelt sie. Anschließend fällt ihr Blick auf Brianna. »Hast du wirklich keine der Zutaten da?«

Scarlets Großmutter schüttelt den Kopf. »Nicht eine. Payne und Hazel sollten sie aus dem Dorf holen, aber die Zutaten kamen wegen des Zwischenfalls im Wächterdorf nie hier an. Das war unser Glück.«

Glück ist noch weit untertrieben ... Was wäre geschehen, wenn der Trank einwandfrei hätte nachgewiesen werden können?

Ich bin nicht erschrocken darüber, dass Scarlet diesen Saft genommen hat. Nach dem, was meine Mutter ihr erzählte, kann ich ihre Beweggründe verstehen. Ich bin jedoch schockiert darüber, dass sie nicht mit mir gesprochen hat.

Vertraut sie mir so wenig?

Ich fahre mir mit beiden Händen durch die Haare. Warum ist Scar nicht hier? Es zermürbt mich, dass ich nicht weiß, wie es ihr geht. Sie nicht in meiner Nähe zu haben raubt mir noch den Verstand.

»Willst du darüber reden?«, fragt Mutter.

Statt einer Antwort schüttele ich nur den Kopf, unterbreche die Verbindung und verlasse den Saal, so schnell mich meine Füße tragen.

SCARLET

KAPITEL 18

Hazel erwacht am nächsten Morgen als Erste, noch lange bevor einer der anderen Reisenden sich regt. So leise wie möglich weckt sie uns. Selbst die Wachen schlafen tief und fest. Ich verziehe den Mund. Wenn wir es darauf anlegten, könnten wir jetzt ohne Probleme fliehen. Keiner würde es mitbekommen. Ebenso wenig wie sie einen Streuner-Angriff bemerken würden, bevor es zu spät wäre. Ohne unsere Waffen könnten auch weder Hazel noch ich etwas dagegen ausrichten.

Zum Glück gibt es hier keine Streuner und keine anderen Ferals, wenn ich Migorns Aussagen Glauben schenken darf. Wie die Ferals eines anderen Gebietes wohl auf mich reagieren würden? Ich hätte keine Kontrolle über sie, das ist mir klar, aber würden sie vor mir zurückweichen oder versuchen mich zu töten?

»Ich frage mich, warum wir ihr Reich nicht schon längst erobert haben«, brummt Tristan, der den schlafenden Wachen ebenfalls einen abschätzigen Blick zugeworfen hat.

»Moorth ist uneinnehmbar«, sagt Hazel hinter ihm. »Zumindest die Hauptstadt. Bei den umliegenden Dörfern könnten wir leichtes Spiel haben, aber die Stadt selbst würde jedem Angriff, sogar jeder Belagerung standhalten. Sie besitzen so viele Vorräte, dass es Jahrhunderte dauern würde, sie auszuhungern.«

»Und wenn man sie direkt angreifen würde?«, frage ich.

Hazel schüttelt den Kopf. »Das wäre auch aussichtslos. Die Mauern sind hoch und aus einem besonderen Material. Moorth hat sich der Forschung verschrieben. Für nahezu jedes Problem haben sie eine Lösung. Mich würde es nicht wundern, wenn sie auch über die Waffen der alten Zivilisation verfügten.«

»Du meinst diese Atombomben?« Ich erinnere mich daran, dass sowohl Ash als auch Caleb sie mir gegenüber einmal erwähnt haben.

»Die und andere Waffen, deren Zerstörungskraft ich lieber nicht aus nächster Nähe erleben will«, antwortet Hazel. »Payne wüsste dazu vielleicht mehr. Sie hat in den Waffenkammern von Moorth gearbeitet, als ich sie kennengelernt habe.«

»Was meinte Migorn eigentlich gestern damit, dass du seine Mätresse werden solltest?«, fragt Tristan an Hazel gerichtet.

Sie versteift sich und senkt den Blick. »Ich diente seiner Mutter mehrere Jahre als Zofe und im Laufe der Zeit warf er ein Auge auf mich. Es war jedoch ausgeschlossen, dass er einem einfachen Mädchen wie mir den Hof machen dürfte. Deshalb entschied er, dass ich zumindest seine Geliebte werden sollte. Natürlich, ohne mich vorher nach meiner Meinung zu fragen. Er stellte mir nach ... drängte sich mir auf, obwohl ich ihm mehrmals zu verstehen gab, dass ich nicht an ihm interessiert war. Nach dem, was mir widerfahren war, wollte ich mich niemals wieder einem Mann hingeben.«

»Aber er hat nicht lockergelassen«, sage ich.

Hazel nickt. »Er ... er sagte, dass er mich zur Not mit Gewalt nehmen würde, wenn ich mich weiterhin zieren würde. Ich sah keinen anderen Ausweg, als gemeinsam mit Payne aus Moorth zu fliehen. Leider bemerkte Migorn unseren Fluchtversuch und verfolgte uns. Kurz vor der Grenze hätte er uns beinahe eingeholt ... Doch dann schoss ich ihm einen Pfeil in die Brust. Meine Hände zitterten so sehr, dass ich sein Herz verfehlte.« Sie gibt ein Zischen von sich. »Oder sein Herz ist ein so kleines Ziel, dass es mir nicht möglich war, es zu treffen.«

Sie schließt einen Moment die Augen, bevor sie Tristan ansieht.

»Manche Männer wissen einfach nicht, was ›Nein‹ bedeutet.«

Tristans Augen verengen sich zu Schlitzen. »Ich hoffe, du spielst damit nicht auf mich an.«

»O doch, das tue ich.«

»Und wieso solltest du das tun?«

»Die Sache in Leerth bei der Hütte«, sagt Hazel prompt.

Ich reibe mir mit der Hand über die Stirn. »Leute, bitte ... Hört auf, die alten Geschichten wieder hochzuholen. Wir haben das geklärt.«

Hazel schnaubt und verschränkt die Arme. »Weißt du, wenn du das damals nicht gemacht hättest, hätte ich dich vielleicht gemocht. Vielleicht hätte ich dich sogar angefeuert. Aber nach der Aktion hast du bewiesen, dass du kein Stück besser als Migorn bist.«

Tristan beugt sich so weit hinunter, bis sein Gesicht auf Hazels Höhe ist, und bleckt die Zähne. »Wage es nicht, mich mit diesem Verrückten auf eine Stufe zu stellen.«

»Und wenn ich es doch tue?«, schnappt Hazel. »Verwandelst du dich dann in einen Feral und tust mir weh? Ich gehe jede Wette ein, dass ich auch ohne Pfeil und Bogen gegen deine andere Gestalt bestehen könnte. Verglichen mit Ash, ist deine Feral-Form verdammt mickrig.«

Eine Sehne tritt an Tristans Hals hervor.

»Lass mich raten«, sinniert Hazel. »Mit ihm willst du auch nicht verglichen werden. Was ich übrigens sogar verstehen kann. Bestimmt ist nicht nur seine Feral-Form größer und eindrucksvoller als deine, sondern auch sein ...«

»Schluss jetzt!«, donnere ich dazwischen, wodurch ich die schlafenden Wachen hochschrecke, aber das ist mir gerade herzlich egal. Viel wichtiger ist es, Tristan davon abzuhalten, Hazel hier und jetzt zu erwürgen. »Ich habe es euch schon gestern gesagt: Wir überstehen diese Reise nur, wenn wir zusammenhalten. Ich dulde es nicht, dass ihr euch gegenseitig Gemeinheiten an den Kopf werft. Wenn wir zurück in Daarth sind, könnt ihr euch von mir aus bis an euer Ende das Leben zur Hölle machen, aber bis dahin sind wir ein Team. Und solange wir ein Team sind, sehen wir über Fehler aus der Vergangenheit hinweg. Ist das klar?«

Es dauert eine Weile, bis sie unter meinem Blick einknicken und anschließend eine Zustimmung murmeln. Tristan stapft hinüber zu dem Baum, wo wir geschlafen haben, und holt unser Gepäck. Währenddessen kommt auch Leben in Migorns Gefolge. In Windeseile wird das Nachtlager abgebrochen.

»Heute werden wir Moorth erreichen«, sagt Hazel.

Ich nicke. »Je eher wir da sind, desto eher können wir wieder von dort verschwinden.«

Hazel erwidert nichts darauf, doch ich sehe ihr an, dass sie meinen Optimismus nicht teilt. Von uns dreien kennt sie Migorn am besten und sie hat mich von Anfang an davor gewarnt, mit ihm mitzugehen. Ich bereue nicht, es getan zu haben. Ich klammere mich weiterhin an den Funken Hoffnung, obwohl mir ständig vor Augen geführt wird, dass unsere Reise nicht gut enden wird. Ich wünschte nur, ich hätte Hazel nicht mit hineingezogen ... Tristan wüsste ich auch lieber in Leerth oder unserem Dorf, weit weg in Sicherheit, doch er muss hier sein.

Das Piepsen von Hazels Nexus reißt mich aus den Gedanken. Ihr Blick ist starr nach vorn gerichtet. Ich lasse sie einen Moment allein und gehe zu Tristan, der bereits unser weniges Gepäck an den Sätteln der Pferde verstaut.

»Wie hältst du es mit der Kleinen nur aus?«, fragt er kopfschüttelnd. »Wenn du nicht dazwischengegangen wärst, hätte ich ihr spätestens nach der nächsten Beleidigung die Kehle herausgerissen.«

»Hazel gehört zu meinen engsten Freundinnen, aber es fällt ihr schwer, zu einem Mann Vertrauen aufzubauen«, sage ich. »Gib ihr einfach etwas Zeit.«

»Ich hätte sie nicht beißen sollen«, murmelt Tristan. »Dann hätte Migorn sie zurückgeschickt. Nun habe ich sie am Hals und muss auch noch so tun, als würde mir etwas an ihr liegen.« Kurz bleckt er die Zähne. »Sie ist Welten von meinen Wunschvorstellungen entfernt.«

Ein Satz, den Jyde vor einigen Tagen zu mir gesagt hat, kommt mir in den Sinn. »Wir bekommen nur selten das, was wir wollen. Wir bekommen das, was wir brauchen.«

»Woher hast du denn den Blödsinn?«, grummelt er, während er sich an den Sattelgurten zu schaffen macht. »Ich hoffe, nicht von Ash, denn auf seine Lebensweisheiten kann ich wirklich verzichten.«

»Nein«, entgegne ich. »Jyde sagte es zu mir, als ich kurz davor war, die Verlobung mit Ash abzusagen.«

Tristans Blick huscht zu mir zurück. »Du ... wolltest die Verlobung absagen?«

Ich nicke. »Ich habe darüber nachgedacht. Nicht wegen Ash oder fehlender Gefühle, sondern weil ich das ganze Drumherum nicht wollte. Gestern sagtest du etwas von Luisas Welt, in der du dich zu lange bewegen musstest. Ich weiß, was du meinst. Durch meine Arbeit als Leibwächterin habe ich einen kleinen Einblick in diese Welt erhaschen können und sie war nichts, was ich mir für mich vorstellen könnte. Ich hatte Angst davor, irgendwann genauso skrupellos zu werden wie die anderen Adeligen. Aber …« Ich spüre, wie sich ein kleines Lächeln auf meine Lippen stiehlt. »Irgendwann wurde mir klar, dass ich dieses Risiko eingehen musste, wenn ich ihn haben wollte. Ich musste tanzen lernen. Ich musste lernen mich richtig zu bewegen und möglichst geräuschlos aus einer Tasse zu trinken.«

»Und das alles nur wegen eines Kerls?«

»All das nur wegen eines Prinzen«, verbessere ich ihn.

Tristan verdreht die Augen. »Entschuldige, wie konnte mir dieses Detail nur entfallen!«

Ich versetze ihm einen leichten Stoß mit der Schulter. »Ich gehe mal nachsehen, wo Hazel bleibt. Migorn wird bestimmt bald weiterreisen wollen.«

»Von mir aus kann sie hierbleiben«, brummt Tristan.

Ich ignoriere ihn. Doch bevor ich mich abwenden kann, kommt sie bereits auf uns zugerannt.

»Ich habe gute und schlechte Nachrichten«, sagt sie, noch bevor sie uns erreicht. »Welche davon willst du zuerst hören?«

»Die guten«, antworte ich.

»Ich hätte mir zuerst die schlechten angehört«, murmelt Tristan.

Wir entfernen uns ein Stück vom hektischen Treiben um uns herum, bis wir unter uns sind.

»Die guten zuerst«, sagt Hazel. »Erinnerst du dich an die beiden Giftanschläge?«

»Natürlich«, sage ich. »Nach dem zweiten haben wir den Vorrat an Winterlilien in der Küche gefunden.«

Hazel nickt. »Caleb hat endlich herausgefunden, wer für beide Anschläge verantwortlich ist. Er hatte schon länger eine Vermutung, die sich aber nun bestätigt hat.«

»Und?«, frage ich, als sie nicht weiterspricht. »Wer ist es?«

»Kyla. Sie arbeitete sowohl in der Küche als auch als Unberührbare der Burg und kam so einfacher an die Winterlilien heran.«

»Aber Caleb hat das gesamte Küchenpersonal nach dem zweiten Anschlag ausgetauscht«, gebe ich zu bedenken. »Und die Unberührbare war plötzlich verschwunden, als Großmutter in der Stadt ankam.«

»Richtig, Kyla ist geflohen, als sich die Schlinge um ihren Hals enger zusammenzog und du ihren Vorrat in der Küche aufspüren konntest, aber sie ist wieder aufgetaucht. Und noch ein Detail kam ans Licht.« Erneut macht sie eine dramatische Pause. »Kyla ist Rubys große Schwester. Sie hat die Giftanschläge verübt, damit Ruby, die lange Zeit als Favoritin galt, Königin werden konnte. Dadurch hätte sich auch Kylas Position drastisch verbessert.«

Ich erinnere mich an ein Gespräch mit Caleb, der bereits eine ähnliche Vermutung geäußert hat.

»Warum ist diese Kyla wieder aufgetaucht?«, fragt Tristan. »Sie konnte sich retten, bevor ihr jemand endgültig auf die Schliche kam. Warum sollte sie jetzt zurückkommen? Das ist unlogisch.«

»Das bringt mich zur schlechten Nachricht.« Als ihr Blick wieder zu mir schweift, bildet sich ein eisiger Klumpen in meinem Magen. »Ruby war in unserem Zimmer. Warum, weiß ich noch nicht. Payne hat sie erwischt, wie sie in unseren Kommoden herumgeschnüffelt hat. Sie hat deine Vorräte gefunden. Auch den Lotriumsaft. Und dank der Hilfe ihrer Schwester, die sie dafür extra aus ihrem Versteck geholt hat, konnte sie den Inhalt identifizieren.«

Ich ziehe scharf die Luft ein. Ich bin stets davon ausgegangen, dass es niemanden gäbe, der in der Lage wäre, den Inhalt meiner Fläschchen und Tiegel bestimmen zu können. Ihre Vielzahl hat mich in Sicherheit gewiegt, doch ich habe vergessen, den Lotriumsaft zurück zu den anderen Flaschen zu stellen, bevor ich Hals über Kopf aufbrach.

»Will ich wissen, was es mit diesem Lotriumsaft auf sich hat?«, fragt Tristan.

Ich schüttele schnell den Kopf und hoffe, dass er es dabei belässt.

»Was jetzt? Wie schlimm ist es?«, frage ich an Hazel gerichtet.

»Caleb und Neera haben Kyla einsperren lassen. Sie hat keine Beweise dafür, dass es sich bei dem Inhalt tatsächlich um Lotriumsaft handelt. Sie hat deine Großmutter beschuldigt, ihn hergestellt zu haben, aber Brianna hat es geschafft, die Anschuldigungen zurückzuweisen. Zum Glück ist in der Nacht, als wir die Zutaten aus dem Dorf holen sollten, Ash ausgebüxt, sodass Payne und ich unsere Körbe einfach fallen ließen und zurückrannten, um euch zu helfen. Nach allem, was danach geschah, liegen sie noch immer irgendwo mitten im Wald auf halber Strecke zwischen Daarth und deinem Dorf. Selbst wenn sie jemand findet, kann er es keinem von uns zur Last legen.«

Ich atme erleichtert auf. Hätte Großmutter alle Zutaten für einen Lotriumsaft in ihrer Kammer gehabt, hätte es wahrscheinlich nicht einmal Neera geschafft, sie vor einer Bestrafung, wenn nicht gar dem Tod, zu bewahren. Alles nur meinetwegen … Weil ich sie dazu gedrängt habe, mir Nachschub herzustellen. Durch meine Angst habe ich andere in Gefahr gebracht. Ich hätte es mir nie verziehen, wenn deswegen einer meiner Vertrauten hätte leiden müssen.

»Und warum ist das die schlechte Nachricht, wenn doch alles unter Kontrolle zu sein scheint?«, fragt Tristan. »Der Giftanschläger ist eingesperrt, damit sind alle Bewohner des Schlosses außer Gefahr. Diesen Saft, wofür auch immer er gut ist, kann niemand Brianna oder Scarlet nachweisen, weil die Zutaten glücklicherweise durch einen dummen Zufall nie Daarth erreicht haben.«

Hazel greift nach ihrem Nexus, nimmt ihn ab und hält ihn mir hin. Kurz setzt mein Herz für einen Schlag aus.

»Ash weiß es«, sagt sie leise. »Er wurde heute Morgen wieder normal und hat mit deiner Großmutter gesprochen, als die Gerüchte laut wurden. Er weiß, dass du den Saft genommen hast – und er … Ich weiß, dass du ihn mit deinem Nexus nicht kontaktieren kannst, aber du solltest dringend mit ihm reden und die Sache klären. Caleb meinte, dass es ihm nicht gut geht. Nicht nur deswegen.«

Meine Finger zittern, als ich nach Hazels Nexus greife.

»Wir brechen auf!«, ruft Migorn uns zu.

»Kontaktiere ihn unterwegs«, sagt Hazel. »Gib mir meinen Nexus später wieder.«

Ich zögere noch, dann nicke ich und gehe mit den beiden zurück zu unseren Pferden. Kurz darauf gibt Migorn das Zeichen zum Aufbruch und der ganze Tross setzt sich in Bewegung.

***

Ich habe mich weit zurückfallen lassen, bevor ich tief Luft hole und den fremden Nexus starte. Anschließend wähle ich Ash als Gesprächspartner aus. Sein Bild, das kurz in meinem Kopf aufblitzt, reicht aus, um ein Kribbeln im Bauch auszulösen.

»Hazel, ich habe jetzt keine Zeit«, höre ich ihn in meinen Gedanken, nachdem er beim dritten Versuch, die Verbindung angenommen hat.

»Ash …«

Eine Weile höre ich nur mein Blut in den Ohren rauschen und ich befürchte schon, dass er die Verbindung unterbrochen hat, bevor er meine Stimme gehört hat. Oder gerade deswegen …

»Scar …«, wispert er dann.

Ich nehme seine wirren Gedanken wahr, doch sie blitzen nur kurz auf, ohne dass ich sie zu fassen bekomme. Auch ich bin außerstande, meine Gefühle in Worte oder Gedanken zu packen. Ich wollte ihn nicht kontaktieren, bis ich Moorth hinter mir gelassen habe. Ich wollte nicht, dass er spürt, wie viel Angst ich tatsächlich habe. Er sollte sich nicht noch mehr Sorgen um mich machen müssen …

Und nun weiß er von dem Lotriumsaft. Ich hatte keine Zeit, mit ihm darüber zu reden, und er musste es von anderen erfahren; von Personen, die seiner Mutter und mir schaden wollten. Als ob er nicht schon genug andere Probleme im Moment hätte …

»Hazel … hat mir erzählt, was geschehen ist«, versuche ich, ein Gespräch in Gang zu bringen. *»Es tut mir leid, dass du es so erfahren musstest.«*

»Ich hätte es lieber von dir erfahren und die Möglichkeit gehabt, darüber reden zu können.«

»Ich wollte mit dir darüber sprechen, sobald ich zurück bin.«

Kurz brüllen seine Gedanken wie ein aufgebrachtes Tier in meinem Kopf und ich zucke unter der Intensität zusammen, bis es ihm gelingt, sie wieder zu bändigen.

»Und wann soll das sein?«, fragt er. *»Wann wirst du zurückkommen?«*

»Ich … Sobald wie möglich.«

»Wann, Scar?«

Ich knirsche mit den Zähnen. *»Ich weiß es nicht, in Ordnung?«*

Das Schnauben, das er daraufhin von sich gibt, klingt wütend und resigniert zugleich. Als ich kurz darauf ein Bild von ihm im Kopf sehe, schnappe ich nach Luft. Er sitzt in seinem Zimmer und starrt in den Spiegel. Müde erwidert sein Spiegelbild den Blick hinein. Vor einiger Zeit habe ich schon einmal die dunklen Schatten unter seinen Augen gesehen – damals, als ich ihn in der Hütte zurückließ. Doch diesmal sind die Schatten noch dunkler und seine Augen rot gerändert, als hätte er seit Tagen nicht geschlafen. Oder als hätte er geweint. Sein Blick ist glanzlos und leer.

Schnell presse ich eine Hand gegen den Mund, um ein Schluchzen zu unterdrücken. Ich will nicht, dass einer der Mitreisenden auf mich aufmerksam wird und mir womöglich noch den Nexus wegnimmt.

»Verzeih mir«, flüstere ich in Gedanken. *»Ich hätte es dir von Anfang an sagen sollen, aber nachdem wir miteinander ... Es ging alles so schnell. Wir haben uns kaum noch gesehen.«*

Das Bild von ihm verschwindet.

»Es ist mir gleichgültig, dass du diesen Trank genommen hast«, entgegnet er. *»Nun ja, gleichgültig vielleicht nicht, aber ich hätte mich gefreut, wenn du mir die Chance gegeben hättest, in Ruhe mit dir darüber zu reden und unsere Möglichkeiten abzuwägen. Deine Großmutter hat mir den Grund erzählt und meine Mutter und ich geben uns die größte Mühe, alle Gerüchte sofort im Keim zu ersticken. Das geht niemanden außer uns etwas an. Ich verstehe größtenteils, warum du so gehandelt hast. Das ist auch nicht der Grund, warum ich ...«*

Ich höre sein Seufzen im Kopf.

»Tenebrae hat gespürt, als du die Grenze unseres Gebietes überschritten hast. Und ich habe es ebenfalls gespürt. Seitdem ... fühle ich mich, als wäre ich nur noch der Schatten meiner selbst. Ich atme, laufe umher und funktioniere, aber innerlich bin ich leer.«

Ich öffne einen Teil meiner Gedanken für ihn und zeige ihm die klaffende Wunde, die mich in meinem Inneren quält.

»Ich weiß genau, wie du dich fühlst«, sage ich. *»Hazel und Tristan gegenüber*

gebe ich vor, Hoffnung zu haben. Migorn gegenüber bin ich kühl und abweisend. Aber in meinem Inneren schreie ich vor Schmerzen.« Ich nehme eine Hand von den Zügeln und presse sie auf die Stelle, unter der mein Herz abgehackt schlägt, bevor ich mich zu einem Lächeln zwinge. *»Wir waren noch nie gut darin, uns voneinander fernzuhalten.«*

»Nein, waren wir nicht. Umso schlimmer ist es, dass wir es wieder und wieder versuchen.«

»Ich musste gehen«, bringe ich hervor. *»Ich habe gestern Abend Tenebrae bereits erklärt warum.«*

»Ich erinnere mich. Das heißt aber nicht, dass ich es gutheißen muss. Er konnte dir nicht antworten, aber ich kann es. Wir hätten einen anderen Weg gefunden. Irgendwie.« Er bricht ab und schnaubt erneut. *»Außerdem hättest du Tenebrae nicht mit Nachtkraut betäuben müssen.«*

»Der Idiot ist schnurstracks in ein Wächterdorf gerannt«, halte ich dagegen. *»Kannst du dir vorstellen, was ich für eine Angst hatte? Ich musste sichergehen, dass die anderen Tenebrae ohne Gefahr zurück nach Daarth bringen konnten. Er war nicht gerade kooperativ.«*

Ich glaube, ein kleines Schmunzeln von ihm zu hören.

»Komm zurück zu mir, Scar«, wispert er. *»Ich brauche dich.«*

Über die Verbindung schicke ich ihm all die Gefühle, die abgesehen von den Schmerzen in mir lodern, allein weil ich gerade seine Stimme hören und mit ihm sprechen kann. Er erwidert die Geste und die Wärme und Liebe, die ich von ihm empfange, heilt die Wunde in meinem Inneren.

»Warte auf mich«, murmele ich. *»Ich bin bald wieder da.«*

»Wären unsere Rollen vertauscht, würde ich wahrscheinlich genauso handeln wie du, deshalb steht es mir nicht zu, dir weiter Vorhaltungen zu machen. Ich will nur, dass du auf dich aufpasst und bald zu mir zurückkommst – und dass du weißt, dass … Ich bin stolz auf dich«, sagt er. *»Wir beide sind stolz darauf, dich als Gefährtin zu haben.«*

Die Enge im Hals lässt mich kaum noch atmen. Um nicht in Tränen auszubrechen, verabschiede ich mich von Ash und nehme Hazels Nexus ab. Anschließend reite ich wieder auf meine beiden Begleiter zu.

»Konntet ihr es klären?«, fragt Hazel, als sie ihren Nexus entgegennimmt.

Ich nicke. »Alles in Ordnung. Ash kümmert sich darum, dass die Sache nicht öffentlich wird.«

Sie mustert mich einen Moment, ehe sie sagt: »Du siehst entspannter aus.«

Ich fühle mich auch besser. Die Angst ist zwar nicht völlig verschwunden, aber dank Ashs Worten fällt es mir leichter, diesen unbekannten Weg zu gehen. Er vertraut mir und ich werde dieses Vertrauen nicht missbrauchen. Ich werde meinen Teil der Abmachung erfüllen und von Migorn die Unterstützung fordern, die er uns zugesichert hat.

Ansonsten werde ich ihm zeigen, wie viel von dem Monster, das er erforschen will, tatsächlich in mir schlummert.

KAPITEL 19

Am Nachmittag erreichen wir Moorth. Bereits zuvor sind wir an einigen kleineren Dörfern vorbeigekommen, doch wir hielten den ganzen Tag nicht an. Ich bin müde und hungrig und seit Stunden spüre ich meinen Po nicht mehr.

Schon von Weitem höre ich das Rauschen des Meeres, das sich hinter der Stadt erstreckt, und sehe die hohen Mauern, die ganz Moorth umringen. Anders als in Daarth oder Leerth sind sie nicht aus Stein gefertigt, sondern … Ich habe dieses in der Sonne glänzende Material schon einmal gesehen. Unten in Ashs Labor. Ich glaube, dass die Türen, die sich allein öffneten, ebenso aussahen. Moorths Stadtmauern sind so hoch, dass ich den Kopf in den Nacken legen muss. An dem glatten Material könnte man unmöglich emporklettern.

Als wir uns nähern, gleitet wie von Zauberhand ein Tor vor uns auf, um uns einzulassen. Auch dieses Schauspiel kenne ich bereits aus dem Labor, aber ich hätte nie gedacht, dass man damit eine ganze Stadt ausstatten könnte …

Zwei Soldaten, die das Tor bewachen, stehen stramm und salutieren, als unser Tross an ihnen vorbeirollt. Die Straßen sind aus dem festen grauen Zeug, das meine Großmutter als Asphalt bezeichnet hat, als wir zum ersten Mal nach Daarth reisten. Innerhalb der Stadt ist der salzige Geruch des Meeres fast vollständig verschwunden. Stattdessen riecht es nach Rauch und … Ich halte die Nase noch etwas höher in die Luft und schnuppere. Rauch und Asche und Stahl. Weit und breit entdecke ich zwischen den hohen mehrstöckigen Gebäuden, die bis in den Himmel zu ragen scheinen, kein Grün. Kein Grashalm, kein Strauch, kein Baum. Nur unbelebt wirkende Häuser, Schilder und Straßen, die sich schnurgerade durch die ganze Stadt ziehen.

Jedes einzelne Härchen auf den Armen stellt sich auf, als sich das Tor wieder hinter uns schließt.

Wir halten an und Migorn steigt aus seiner Kutsche. Er nimmt einen tiefen Atemzug und seufzt dann zufrieden.

»Ah, endlich wieder zu Hause«, sagt er. »Willkommen in Moorth, meine Lieben. Lasst mich euch euer Quartier für die nächste Zeit zeigen.«

Ich gleite aus dem Sattel. »Was ist mit deinem Teil der Abmachung?«, frage ich. »Entsende deine Truppen und die versprochene Verpflegung!«

Seine Hand schießt nach vorn und packt mein Kinn. Gleichzeitig krallt sich Tristans Hand in Migorns Arm und Hazel drückt dem König einen Dolch gegen den Hals. Keine Ahnung, woher sie den hat.

Ich erwidere Migorns vor Panik flackernden Blick mit einem Lächeln. »Wir sind hier, wie du es gefordert hast. Aber gib dich nicht der Annahme hin, dass wir wehrlos wären. Erfülle deinen Part oder du wirst dir sehr schnell wünschen, diesen Handel niemals vorgeschlagen zu haben.«

Migorn lässt die Hand sinken und winkt einen seiner Bediensteten herbei. »Entsendet die Truppen«, befiehlt er knapp. Der Diener nickt und zieht sich wieder zurück.

Irgendwas an seinem Befehl gefällt mir nicht, aber ich kann nicht benennen, was es ist. Das ungute Gefühl, das sich seit dem Moment, da ich durch das Stadttor geschritten bin, in mir festgesetzt hat, verstärkt sich.

»Wir werden es erfahren, wenn du uns belügst«, sagt Hazel und drückt für einen Augenblick den Dolch fester gegen Migorns Haut, bevor sie ihn wieder in ihrem Ärmel verschwinden lässt.

»Bringt sie ins Labor«, trägt er zwei Soldaten auf. »Sie sind unsere *besonderen* Gäste.«

Die Soldaten grinsen und einer von ihnen zückt sein Schwert. Als er es auf Hazel richtet, mache ich einen Schritt auf ihn zu, entwinde es ihm innerhalb eines Wimpernschlags und donnere den Knauf gegen seine Nase. Ich höre ein Knacken, anschließend spritzt Blut. Der Mann sackt zu Boden und hält sich wimmernd mit beiden Händen die gebrochene Nase. Der andere Soldat weicht eilig vor mir zurück, als mein Blick auf ihn fällt.

»Zeig uns einfach den Weg«, knurre ich. »Solltest du oder ein anderer einem von uns zu nahe kommen oder uns in einer Weise bedrängen, die mir nicht gefällt, halte ich mich nicht mehr zurück. War das deutlich genug?«

Er nickt eilig und bedeutet uns, ihm zu folgen. Ich werfe Migorn einen letzten eisigen Blick zu, bevor ich mich von ihm abwende und dem Soldaten durch die grauen Gassen folge.

Hazel verschränkt die Arme, als sie zu mir aufgeschlossen hat. »Mit dem wäre ich auch allein fertiggeworden«, schmollt sie.

»Ich weiß. Aber nach Stunden im Sattel brauchte ich ein wenig Bewegung«, sage ich und strecke mich dabei.

»Ihr beide seid unverbesserlich«, murrt Tristan an meiner anderen Seite. »Müsst ihr gleich am ersten Tag hier Leute bedrohen?«

»Ich mache gern von Beginn an meinen Standpunkt klar«, sage ich. »Es ist leichter, wenn sie uns fürchten, als wenn sie denken, sie können mit uns umspringen, wie es ihnen gefällt.«

»Oder du hast seinen Stolz erst recht verletzt, weil du eine Frau bist.«

Hazel kichert. »Wenn irgendeiner den Fehler macht, Scarlet zu unterschätzen, wird er sein blaues Wunder erleben. Auch ohne ihre Klingen ist sie tödlich, wie sie eben eindrucksvoll bewiesen hat.«

»Trotzdem«, beharrt Tristan.

»Es ist mir egal, was du davon hältst, aber ich lasse mich nicht herumschubsen«, knurre ich. »Es reicht schon, dass Migorn mich als sein Forschungsobjekt betrachtet. Von fremden Männern werde ich dieses Verhalten nicht tolerieren. Auch nicht gegenüber einem von euch. Ihr steht unter meinem Schutz und ich werde euer Leben ebenso schützen wie mein eigenes.«

Hazel stupst mich mit dem Ellenbogen an. »Gesprochen wie eine wahre Gefährtin. Ash wäre stolz auf dich.«

Ich versuche zu lächeln. Er hat mir heute erst gesagt, dass er stolz auf mich ist, und das war die Bestätigung, die ich brauchte, um neuen Mut zu fassen.

Als wir durch die Gassen laufen, in denen sich auffallend wenig Menschen tummeln, bleibt mein Blick an einer jungen Frau hängen. Irgendwas an ihr kommt mir bekannt vor, aber ich kann nicht benennen, woher ich sie kenne.

Braunes strähniges Haar, eine unauffällige Gestalt, doch auch in ihren Augen sehe ich ein Erkennen aufblitzen, als sie meinen Blick erwidert. Sie neigt leicht den Kopf, als wolle sie mich etwas fragen, verschwindet dann aber in einer Nebengasse.

»Wer war das?«, fragt Hazel.

Ich wiege den Kopf hin und her. »Mir war so, als hätte ich sie schon mal gesehen. Aber mir will nicht einfallen, wann das war.«

Hazel tippt sich mit dem Zeigefinger gegen ihr Kinn. »Unwahrscheinlich, dass jemand aus dem Schloss hier ist. Und andere Leute kennst du kaum. Jemand aus deinem Dorf vielleicht? Aber da gab es ja außer dir und deiner Großmutter keine Frauen.«

»Wahrscheinlich habe ich es mir nur eingebildet«, sage ich.

Doch der Blick der Frau geht mir nicht aus dem Kopf. Erstaunen und Erkennen lagen in ihm. Sie schien überrascht darüber zu sein, mich hier zu sehen.

***

Nach gut einer halben Stunde haben wir ein riesiges Gebäude erreicht, dessen Fassade fast ausschließlich aus Glas besteht. Nur einzelne Metallstreben verbinden die Glasfronten miteinander. Menschen mit weißen Kitteln, die mich an die Wissenschaftler auf den Fotos erinnern, die Ash mir gezeigt hat, huschen hektisch im Inneren des Gebäudes umher.

Tristan lehnt sich zu mir und flüstert: »Du könntest die eine Wache spielend leicht ausschalten und mit Hazels Hilfe könnten wir von hier verschwinden. Migorn hat seine Truppen entsandt; wir haben das erreicht, weswegen wir hier sind.«

Ich schüttele den Kopf. »Die Truppen sind noch nicht unterwegs. Wir gehen erst, wenn wir aus Daarth die Rückmeldung haben, dass sie tatsächlich eingetroffen sind, und keine Sekunde früher.« Ich drehe den Kopf und begegne seinem Blick mit einer hochgezogenen Augenbraue. »Was ist los, Tristan? Hast du etwa Angst?«

»Du etwa nicht?«, kontert er.

Ich zucke mit den Schultern. »Doch, natürlich. Ich kann mir auch Schöneres vorstellen, als mich von wildfremden Menschen begaffen und betatschen zu lassen. Aber ich vergesse nicht, warum ich das hier mache.«

Er seufzt, lehnt sich zurück und bedrängt mich nicht mit weiteren Fragen. Ich weiß, aus welchem Grund Tristan hier ist. Nicht weil Migorn es gefordert hat. Wahrscheinlich noch nicht einmal wegen des Dorfes der Roten. Nein, sein Grund bin ich. Solange ich hier bin und das durchziehe, wird Tristan an meiner Seite stehen. Wenn wir zurück in Daarth sind, muss ich mir etwas einfallen lassen, um ihm dafür zu danken. Ich schenke ihm ein Lächeln, ehe ich dem Soldaten zu verstehen gebe, dass er uns hineinbringen soll.

Als die Tür vor uns aufgleitet, halten die Menschen inne und starren uns an. Ich straffe den Rücken und recke das Kinn vor, während ich mich bemühe, sämtliche Gefühle in mir einzuschließen und die Mauer aus Eis um mich herum zu errichten. Ich bin die Erste, die das Gebäude betritt; Hazel und Tristan folgen mir jedoch auf dem Fuße.

Einer der Wissenschaftler kommt auf mich zu, bleibt aber in sicherem Abstand stehen. Sein Haar ist bereits grau, seine Haltung gebückt. Er schiebt die Brille auf der Nase zurecht, während er uns mustert.

»Seid ihr die neuen Forschungsobjekte?«, fragt er.

Als ich die Zähne blecke, macht er einen Schritt zurück.

»Wir sind keine Objekte«, stelle ich klar. »Sollte einer von euch uns als solche behandeln, werde ich ihn dafür büßen lassen.«

»Bei euren ganzen Forschungen solltet ihr nicht vergessen, dass die zukünftige Königin von Daarth vor euch steht«, sagt Hazel, während sie den Wissenschaftler niederstarrt. »Eure hohen Mauern werden euch nicht schützen können, sollte ihr etwas zustoßen.«

Der Blick des Wissenschaftlers huscht wieder zu mir. »Dann bist du also die Gefährtin. Bitte folge mir, wir haben dich bereits erwartet. Deine Begleiter werden anderweitig gebraucht.«

Nun bin ich es, die einen Schritt zurück macht. Meine kühle Fassade bröckelt zusehends. Allein die Vorstellung, von Hazel und Tristan getrennt zu werden, gibt der Angst in mir genügend Nahrung, um mich fast die Flucht ergreifen zu lassen. Ich konnte den Weg bis hierher durchstehen, weil sie an meiner Seite waren, aber ohne sie … Allein und auf mich gestellt werde ich versagen.

»Kopf hoch«, wispert mir Hazel zu, während sie eine Hand auf meinen Arm legt und mir zunickt. »Wenn sie deine Angst sehen, werden sie den Respekt vor dir verlieren. Wir finden dich. Halte bis dahin durch.«

Ich schlucke angestrengt, setze dann aber wieder meine eisige Fassade auf und gehe zu dem Wissenschaftler hinüber. Aus dem Augenwinkel sehe ich, dass Hazel und Tristan in die entgegengesetzte Richtung gebracht werden.

»Was habt ihr mit ihnen vor?«, frage ich.

»Auch sie sind für unsere Forschungen wichtig«, antwortet der Wissenschaftler. »Aber sie sind ebenfalls unsere Garantie dafür, dass uns von dir keine Gefahr droht.«

Ich bin nicht überrascht darüber, dass sie Hazel und Tristan als Druckmittel gegen mich einsetzen werden. Das habe ich mir bereits gedacht, deshalb fällt es mir leicht, mir nach außen hin nichts anmerken zu lassen. Innerlich merke ich mir jedoch die Gesichter der Wissenschaftler, die meine Freunde weggebracht haben. Neben dem, der mich gerade durch das Gebäude führt, sind sie die Ersten, die fallen werden, wenn die Sache ein unschönes Ende nimmt.

Ich versuche mir den Weg zu merken, doch dieses Labor ist verwinkelter als das Schloss in Daarth. Nach fünf Abbiegungen und zwei Stockwerken habe ich keine Ahnung mehr, aus welcher Richtung wir kamen. Alles sieht gleich aus; überall Glas und weiße Böden. Es gibt nichts, woran ich mich orientieren könnte.

Vor einer Tür, die aussieht wie unzählige andere, bleibt der Wissenschaftler stehen und tippt eine Zahlenfolge ein, woraufhin die Tür sich zischend öffnet.

Innen erwarten uns bereits drei weibliche Wissenschaftler. Riesige Apparate, deren Sinn ich nur erahnen kann, reihen sich an den Wänden auf und geben in unregelmäßigen Abständen ein Piepsen von sich. Unnatürlich helles Licht strahlt von der Decke auf uns herab, brennt in meinen Augen. Und in der Mitte des Raumes … Ich schlucke geräuschvoll. In der Mitte steht ein glänzender Metalltisch.

»Du bist sicher erschöpft von deiner Reise«, sagt der Mann mit der Brille, der an der Tür wartet. »Und schmutzig bist du obendrein. Das könnte unsere Ergebnisse verfälschen. Deshalb werden diese Damen dir dabei helfen, dich zu säubern. Anschließend kannst du dich bis morgen früh ausruhen. Dann werden wir mit den Tests beginnen.«

Die Tür schließt sich, bevor ich etwas erwidern kann. Was wahrscheinlich auch besser ist.

Jede der Frauen trägt einen Mundschutz, sodass ich ihre Gesichter nicht vollständig sehen kann, aber die Augen wirken alles andere als freundlich. Sie betrachten mich von oben bis unten wie ein Insekt, das sie im nächsten Moment unter ihren Stiefeln zerquetschen wollen. Abneigung und auch Hass bin ich gewohnt, deshalb macht es mir nichts aus. Viel schlimmer ist das Wissen, dass ich allein bin. In den letzten Monaten habe ich mich so sehr an die Gegenwart von Hazel und Payne und später auch Caleb und Ash gewöhnt, dass es seltsam und Furcht einflößend ist, nun wieder auf mich gestellt zu sein.

»Zieh dich aus«, befiehlt eine der Frauen monoton.

Ich verschränke die Arme. »Vergiss es.«

Ich werde nicht zulassen, dass eine von denen meinen Rücken zu sehen bekommt. Gerne wasche ich mir den Schmutz von der Reise vom Körper, aber gewiss ohne Publikum.

Als hätte sie bereits mit dieser Antwort gerechnet, geht die Frau zu einem Gerät, das ich noch nie zuvor gesehen habe, und drückt darauf herum. Wenige Augenblicke später erscheint ein Abbild von Tristan auf diesem Gerät. Er befindet sich in einem Käfig und rüttelt an den Stäben. Ich kämpfe die aufkeimende Panik nieder, während ich ihn dabei beobachte.

»Möchtest du deine Antwort noch einmal überdenken?«, fragt die Frau. Ihre Hand schwebt über einem roten Knopf.

Ich erwidere ihren Blick, ohne mit der Wimper zu zucken.

»Wie du willst«, sagt sie und betätigt den Knopf.

Tristans Schrei hallt aus dem Gerät. Er lässt die Stäbe los und sinkt zu Boden, während sein Körper unkontrolliert zittert.

»Ich bin gespannt darauf herauszufinden, wie lange ein Feral einem Stromschlag von mehreren Hundert Volt standhält, bevor er bleibende Schäden davonträgt«, sinniert sie. Ihr Zeigefinger fährt erneut über den roten Knopf.

»Aufhören!«, schreie ich. »Ich … tue, was ihr wollt. Aber bitte hört auf, meine Freunde zu verletzen.«

Schon nach wenigen Minuten bin ich eingeknickt. Sie wussten von Anfang an, wie sie mich brechen können, und es hat funktioniert. Meine Vertrauten sind mein Schwachpunkt. Ich bin mir sicher, auch Migorn wusste es. Deshalb hat er darauf bestanden, dass Tristan uns begleitet, und auch nur kurz protestiert, als sich Hazel uns ebenfalls angeschlossen hat. Je mehr er gegen mich in der Hand hat, desto schneller werde ich kooperieren.

»Ausziehen«, wiederholt die Wissenschaftlerin.

Mein Blick huscht erneut zu Tristans Abbild, bevor ich die Augen schließe und mit zitternden Fingern die Verschlüsse der Rüstung öffne. Meine Atmung geht flach und abgehackt, dennoch habe ich das Gefühl, mich jeden Moment übergeben zu müssen. Ich wusste, dass es nicht einfach werden würde, aber ich hatte gehofft, dass Migorn mir zumindest meine Würde ließe. Das war ein Irrtum, den ich nicht vergessen werde. Und er wird es noch bereuen, mich so weit getrieben zu haben.

Ich mache mir nicht die Mühe, mich zu bedecken. Meine Arme hängen schlaff am Körper herab, während ich die Blicke der Wissenschaftlerinnen herausfordernd erwidere. Sie laufen mehrmals um mich herum und machen sich Notizen, doch keine von ihnen berührt mich. Vor meinem Rücken verweilen sie am längsten. Auch die Bissnarbe am Hals betrachten sie eingehend. Die ganze Prozedur dauert schätzungsweise eine halbe Stunde und ich habe schon die Befürchtung, dass sie mich so lange hier stehen lassen wollen, bis ich zusammenbreche.

»Bist du trächtig?«, fragt eine von ihnen nach einer schieren Ewigkeit.

Ich versteife mich bei den Worten. »Was?«, knurre ich.

»Sie will wissen, ob es möglich wäre, dass du ein Kind in dir trägst«, erklärt eine andere.

»Ich habe schon verstanden, was sie gemeint hat«, erwidere ich. »Ich wusste nur nicht, dass ich in ihren Augen eine Kuh oder Stute bin. Aber nein, ich bin nicht schwanger.«

Statt einer Antwort greift sie nach meinem Handgelenk und ruckt daran herum, bis ich den Arm ausstrecke. Anschließend jagt sie mir einen spitzen Gegenstand in die Armbeuge. Ich zucke vor Schreck zusammen, presse jedoch fest die Lippen aufeinander, damit kein Laut meinen Mund verlässt. Mittels des Gegenstandes zieht sie Blut aus mir heraus, das in ein Röhrchen fließt.

»Dann wollen wir doch mal sehen, ob wir in deinem Blut irgendeine Anomalie nachweisen können«, sagt die Wissenschaftlerin und steckt das Röhrchen in eine der Maschinen. »Bis wir die Ergebnisse haben, kann sie sich säubern.«

Eine weitere Tür öffnet sich vor mir. Im Raum dahinter befindet sich ein in den Boden eingelassenes Becken voll dampfendem Wasser. Da ich mich nicht bewege, versetzt mir eine der Frauen einen Stoß zwischen die Schulterblätter, der mich nach vorn taumeln lässt. Ich wirbele herum und packe sie an ihrem weißen Kittel, während ich sie anknurre und mit der freien Hand eine Faust bilde.

»Das würde ich an deiner Stelle unterlassen«, sagt die Wissenschaftlerin von vorhin.

Als ich den Kopf zu ihr drehe, sehe ich, dass sie mit dem Zeigefinger beinahe liebevoll über den roten Knopf streicht. Widerwillig löse ich den Griff von der Frau vor mir.

»So ist's brav«, sagt sie. »Denk dran: Wir sitzen hier am längeren Hebel.«

»Fürs Erste«, knurre ich. »Aber das kann sich schnell ändern.«

Ich wende mich ab und gehe erhobenen Hauptes in den Raum mit dem Becken. Erst als sich die Tür hinter mir schließt, sinkt meine Körperhaltung in sich zusammen und ich schaffe es nicht mehr, das Zittern länger zu unterdrücken. Mit der eigenen Erniedrigung kann ich umgehen. Bis zu einem gewissen

Grad kann ich das Verhalten der Wissenschaftlerinnen mir gegenüber ignorieren, aber sie haben Hazel und Tristan in ihrer Gewalt. Und zumindest bei Tristan schrecken sie nicht davor zurück, ihn zu foltern. Wenn ich nicht kooperiere ... Wenn ich sie angreifen würde ... Dann könnten die beiden getötet werden. Deshalb muss ich mich ruhig verhalten und auf den richtigen Moment warten. Mein Bewusstsein sträubt sich mit aller Macht dagegen, dass ich anderen gestatte, so mit mir umzuspringen, aber mir bleibt keine Wahl.

Mit der Hand teste die die Temperatur des Wassers und steige anschließend in das Becken.

Gerade als ich für einen Moment die Augen schließen will, gleitet eine Seitentür auf und eine Frau kommt herein. Sie trägt keinen weißen Kittel wie die Wissenschaftlerinnen, sondern eine einfache braune Hose und eine Tunika, doch auch ihr Gesicht ist größtenteils mit einem Mundschutz bedeckt. Eine der Wissenschaftlerinnen weist sie barsch an, dafür zu sorgen, dass ich mich ordentlich wasche, und mich anschließend in meine Zelle zu bringen. Die Frau knickst, woraufhin die Wissenschaftlerin verschwindet und die Tür wieder hinter sich schließt.

Ich presse den Rücken gegen den Beckenrand und spanne die Muskeln an, als die Frau mit langen Schritten direkt auf mich zueilt.

»Hab keine Angst«, sagt sie leise. »Ich werde dir nichts tun.«

Ich glaube ihr kein Wort. Seit ich in Moorth angekommen bin, ist mir niemand wohlgesonnen begegnet. Warum sollte das jetzt anders sein?

Sie kniet sich in ein paar Metern Abstand an den Beckenrand und zieht den Mundschutz herunter.

»Ich bin hier, um eine Schuld zu begleichen«, sagt sie.

Sekundenlang starre ich sie nur an. Sie ist die Frau, die mir bereits in den Straßen von Moorth kurz nach unserer Ankunft aufgefallen ist, doch noch immer komme ich nicht darauf, woher ich sie kenne.

»Du warst sehr gütig zu meiner Mutter und meinen Schwestern«, fährt sie fort. »Die Hilfe, die ich dir anbiete, ist verglichen damit nur eine kleine Geste.«

Und plötzlich fällt es mir wie Schuppen von den Augen. »Du ... du bist Prisca«, murmele ich.

Das Mädchen, das während meines ersten Besuches in der Stadt etwa in meinem Alter war, ist ebenfalls zur Frau geworden. Als ich vor einigen Wochen Gold während eines Wettkampfes gewonnen hatte, spendete ich es ihrer Mutter Lobrida und ihren Schwestern, die in Daarth wohnen. Prisca lebte zu der Zeit bereits nicht mehr dort, sondern war weggelaufen, um der Hochzeit mit irgendeinem Mann zu entgehen.

Ich mustere die junge Frau vor mir. Weite Kleidung umspielt ihre Gestalt, dennoch sieht sie wohlgenährt und gesund aus, ganz im Gegensatz zu ihrer Mutter und der kleinen Schwester. Ihre braunen Augen und Haare sind gewöhnlich, anders als bei Hazel, aber dennoch scheint es Prisca gut ergangen zu sein. Doch was macht sie hier in Moorth?

»Ich war erstaunt, als ich dich auf der Straße sah«, berichtet sie. »Seit dem Tag, an dem du mit deiner Großmutter zu uns kamst, bin ich dir nicht mehr begegnet, aber ich habe dich trotzdem wiedererkannt. Ich brauchte eine Weile, um herauszufinden, weswegen du in Moorth bist, und habe mich gleich ins Labor einschleusen lassen und den Dienst mit einer befreundeten Spionin getauscht, um mit dir zu reden. Du bist nicht freiwillig hier, hab ich recht?«

Ich verziehe den Mund. »Würde sich irgendwer freiwillig erforschen lassen?«

Ihr Blick huscht zu meinem Hals und sie lächelt. »Dann ist es also wahr. Du bist die Gefährtin eines Alphas. Stimmt es, dass es der Prinz von Daarth ist?«

Ich nicke.

»Wahnsinn! Dann bist du nicht nur die zukünftige Königin von Daarth, sondern auch die Anführerin der Ferals eines ganzen Gebietes«, staunt sie. »Hätte nicht gedacht, dass du dich mal so sehr machst! Als ich dich das letzte Mal gesehen habe, hattest du Mühe, nicht in unsere Hütte zu kotzen.«

Das ist nichts, woran ich mich gerne zurückerinnere. Meiner Großmutter bei Lobridas Geburt zu assistieren gehört zu den traumatischsten Erfahrungen der Zeit vor meinem Training.

»Was machst du als Gefährtin und zukünftige Königin hier?«, fragt Prisca und legt den Kopf schräg. Anschließend zieht sie mit dem Finger den Kragen ihrer Tunika nach unten und entblößt eine ähnliche Narbe an ihrer Halsseite. »Für uns Gefährtinnen ist es schier unmöglich, über eine längere Zeit von unseren Männern getrennt zu sein.«

Mit offenem Mund starre ich auf ihre Narbe, während ich die Worte still für mich wiederhole.

»Mein Mann ist kein Alpha«, sagt sie und richtet ihren Kragen wieder. »Aber er ist der ranghöchste Feral dieses Gebietes. König Migorn ließ den letzten Alpha töten. Seitdem hat mein Mann diesen Rang inne, bis ein neuer Alpha geboren wird.«

Ein Alpha wird geboren und nicht gemacht. Caleb hat mir das einst erklärt.

»Deine Mutter hat mir erzählt, dass du von zu Hause weggelaufen bist«, sage ich.

Prisca nickt. »Sie wollte mich an einen Trunkenbold verheiraten, der mich nicht besser behandelt hätte, als unser Vater sie. Da habe ich meine wenigen Sachen gepackt und bin aus Daarth geflohen. Dummerweise ging ich ein paar Streunern in die Hände, die mich … für Dinge benutzen wollten, die ich lieber nicht aussprechen will. Ich kam sozusagen vom Regen in die Traufe. Und dann wurde ich von einem Feral gerettet. Ich hatte solche Angst, schließlich dachte ich, dass alle Ferals fürchterliche Monster wären.« Sie zuckt mit den Schultern. »So kann man sich irren.«

»Und du bist bei ihm geblieben«, murmele ich.

»Er ist ein guter Mann und ich bin glücklich mit ihm. Er arbeitet hier in Moorth, doch eigentlich …« Sie beugt sich ein Stück zu mir vor und flüstert: »König Migorn ist zwar der Meinung, er hätte alle Ferals in Moorth ausgelöscht, doch das ist ein Irrtum. Sie leben unerkannt oder im Untergrund und warten nur auf eine Gelegenheit, den König zu stürzen. Wir haben viele Jahre unter Migorn gelitten. Er tat Ferals in seinen Laboren Unaussprechliches an, wenn sie ihm in die Hände fielen … Unser oberstes Ziel ist es, ihn zu stürzen. Und seit uns das Gerücht zu Ohren kam, dass es eine Überlebende der eigentlichen Königslinie von Moorth geben soll, suchen wir sie, damit sie anschließend Migorns Platz einnimmt.«

»Ihr … seid eine Widerstandstruppe?«, frage ich.

Prisca lehnt sich zurück. »So was in der Art. Wir tun alles, um dem König einen Schlag zu versetzen. Dazu zählt auch, dass ich dich hier rausholen werde, denn zurzeit bist du das Wichtigste, was Migorn besitzt.«

Ich runzele die Stirn. »Warum? Er will mich erforschen, ja, aber das macht mich nicht zu etwas Wichtigem.«

»Du weißt es nicht?«

Trotz des heißen Wassers um mich herum fühlt es sich so an, als würde mein Blut zu Eis gefrieren.

»Was weiß ich nicht?«, frage ich mit dünner Stimme.

»Migorn hat Truppen entsandt. Nach Daarth.«

»Natürlich«, sage ich. »Das war Teil unserer Abmachung. Mithilfe der Truppen soll es uns gelingen, die Streuner-Bedrohung zurückzudrängen.«

»Das hat er dir erzählt?«

Am liebsten möchte ich sie packen und schütteln, damit sie mir endlich sagt, was sie verdammt noch mal damit meint, doch mein Körper ist seltsam starr. Ich schaffe es nicht einmal, einen Finger zu rühren.

»Die Truppen dienen nicht dazu, die Streuner zurückzuschlagen oder Daarth zu unterstützen ...«, sagt Prisca, während ihr Blick meinen erbarmungslos gefangen hält.

»Sie sollen Daarth einnehmen, solange der Alpha geschwächt ist«, fällt es mir wie Schuppen von den Augen.

KAPITEL 20

Ich weiß nicht, ob ich noch atme. Ich würde es nicht einmal spüren, wenn die Welt um mich herum in diesem Moment auseinanderfallen würde.

Angreifen … Ihr Befehl lautet, Daarth anzugreifen, nicht zu unterstützen. Migorn will uns nicht helfen, sondern uns erobern.

Und solange ich in seiner Gewalt bin, wird Ash es nicht wagen, einen Gegenschlag zu planen.

Deshalb bin ich für Migorn so wichtig. Ich bin seine Absicherung.

Ich muss Ash warnen! Ich muss ihn sofort warnen! Aber sie haben meine Sachen und damit auch meinen Nexus. Ich sitze hier fest. Sie werden die Truppen in die Stadt lassen und von dort aus werden sie zuschlagen. Sie werden Daarth von innen heraus zerstören. Die umliegenden Dörfer stellen dann keine Bedrohung mehr dar, wenn er sich überhaupt die Mühe macht und sie angreift, anstatt sie den Streunern zum Fraß vorzuwerfen. Daarth wird sich nie und nimmer gegen eine Bedrohung an zwei Fronten verteidigen können …

Ich wende mich wieder Prisca zu. »Du sagtest, dass du mich hier rausbringen kannst.«

Sie nickt. »Unsere Truppe hat das Laborpersonal infiltriert. Wir kennen die geheimen Zu- und Ausgänge. Heute Nacht sollte es ein Leichtes sein, dich rauszuschmuggeln.«

»Meine Freunde …«, sage ich. »Ich bin mit zwei anderen hier angekommen. Sie müssen ebenfalls befreit werden.«

Prisca runzelt die Stirn. »Das könnte schwierig werden. Wir wissen nur, wo sich der Mann aufhält. Von der kleinen Frau, die mit dir hier ankam, haben wir seitdem nichts mehr gesehen.«

Verdammt, wohin könnten sie Hazel gebracht haben? Sie würde es als Einzige von uns schaffen, allein aus Moorth zu fliehen, denn sie kennt sich hier aus. Doch sie hat einen Nexus, mit dem ich Ash direkt erreichen kann. Wer weiß, ob ich an meinen Ersatz-Nexus herankomme …! Oder ob er überhaupt noch existiert und nicht bereits zerstört wurde.

Mein oberstes Ziel ist es, Ash zu warnen, damit sie sich auf einen Angriff einstellen können, bevor sie für Migorns Truppen Tür und Tor öffnen. Erst wenn das geschafft ist, denke ich darüber nach, wie ich mich selbst retten kann.

»Dann bring mich zu Tristan«, sage ich.

»Ich bereite für heute Nacht alles vor«, verspricht Prisca und erhebt sich.

Als sie sich zur Tür umwendet, halte ich sie zurück: »Du hast davon gesprochen, dass ihr Migorn stürzen wollt.«

»Das ist richtig. Willst du dich uns anschließen?«

»Was habt ihr mit der Stadt vor, wenn der König gefallen ist?«

Sie verschränkt die Arme. »Es gibt Gerüchte darüber, dass Migorn nicht aus der rechtmäßigen Königslinie stammt. Unsere Leute haben sich auch Zugang zu den Archiven verschafft und herausgefunden, dass seine Großmutter eine ältere Schwester hatte, die eigentlich regieren sollte. Doch sie entschied sich, den Thron ihrer Schwester zu überlassen und zog sich aus den adeligen Kreisen zurück. Aber sie soll einen Sohn gehabt haben und der wiederum eine Tochter.«

»Und diese Tochter … Habt ihr von ihr einen Namen?«

Prisca nickt. »Laut den Aufzeichnungen hieß sie Meryl, aber wir wissen nicht, was mit ihr geschehen ist.«

Meryl … Das war der Name, den Migorn zu Payne sagte, als er sie zu unserer Verlobungsfeier sah. Mir fiel damals die Ähnlichkeit zwischen den beiden auf. Könnte es wirklich sein, dass Payne die verschwundene Enkelin der früheren Königin ist? Payne kann ich mir fast noch weniger als Königin oder Herrscherin vorstellen als mich …

»Wie viele Kämpfer umfasst eure Truppe?«, frage ich.

»Wir sind einige«, sagt Prisca. »Migorn tötete den hiesigen Alpha vor gut zehn Jahren. Viele Ferals sind seitdem weitergezogen und haben sich in Daarth oder Leerth niedergelassen. Aber einige sind geblieben, weil dies ihre Heimat ist. Und sie sind entschlossen, sie sich zurückzuerobern. Migorns Versuche an Ferals sind selbst den normalen Menschen hier ein Dorn im Auge. Wenn es darauf ankommt, hätten wir auch ihre Unterstützung.«

Mir entgeht nicht, dass sie mir keine genauen Zahlen über ihre Truppenstärke nennt. Und sie redet auch nicht von Kämpfern. Im schlimmsten Fall muss ich davon ausgehen, dass die meisten von ihnen einfache Menschen und Ferals sind, die noch nie eine Waffe in der Hand gehalten haben. Niedere Ferals, wie die abgerissenen Gestalten, die Tristan bei sich hatte, wären uns ebenfalls in einem Kampf keine Hilfe.

Aber es ist die einzige Unterstützung, die ich bekommen kann. Und somit die Hoffnung, an die ich mich klammere.

»Eventuell weiß ich, wo sich diese Meryl aufhält«, sage ich. »Wenn ihr mir dabei helft, Daarth vor Migorns Truppen und den Streunern zu verteidigen, werde ich sie euch vorstellen.«

»Du weißt, wer sie ist?«

Ich wiege den Kopf hin und her. »Ich hab da eine Ahnung. Sie wird ebenfalls an unserer Seite kämpfen.«

Prisca ringt einen Moment mit sich. »Ich kann nicht für alle reden, aber ich werde tun, was ich kann, um sie zu überzeugen. Aber bedenke: Wir werden niemals vor Migorns Truppen in Daarth ankommen.«

»Ich muss Ash und die anderen warnen«, sage ich. »Sie dürfen die Truppen nicht einlassen und müssen sich gleich gegen sie verteidigen. Das verschafft uns die Zeit, die wir brauchen, um ebenfalls nach Daarth zu gelangen.«

»Wenn Migorns Truppen merken, dass etwas nicht nach Plan läuft, werden sie sofort dazu übergehen, die Stadt und umliegende Gebiete anzugreifen«, gibt Prisca zu bedenken. »Und es werden die Unschuldigen wie meine Mutter und meine Schwestern sein, die darunter zu leiden haben.«

»Deshalb müssen wir schnell handeln. Wie lange brauchen deine Leute, bis sie aufbrechen können, wenn sie sich dazu entscheiden, uns zu helfen?«

Prisca zögert mit einer Antwort. »Ich kann versuchen, bis heute Nacht, wenn ich dich und deine Freunde aus dem Labor hole, alles zu klären. Ich wage jedoch nicht abzusehen, wie viele sich uns tatsächlich anschließen werden. Die meisten von ihnen sind einfache Leute, die noch nie einen Fuß aus der Stadt gesetzt haben.«

Das habe ich befürchtet. Aber ich darf keine Zeit verlieren! Migorns Truppen werden schnell reisen. Wir haben nur etwas mehr als einen Tag benötigt, um nach Moorth zu gelangen, und wir haben die Nacht über gerastet. Falls seine Truppen durchmarschieren, könnten sie schon morgen vor Daarths Mauern stehen. Wenn wir erst heute Nacht oder gar morgen früh aufbrechen können, haben wir keine Chance, Boden gutzumachen.

»Vielleicht wäre es das Beste, wenn du mit ihnen redest«, sagt Prisca.

Ich schaue sie verdutzt an. »Warum ich? Ich kenne außer dir niemanden. Und sie gehören nicht zu den Ferals meines Gebietes. Ich kann ihnen nicht befehlen, mir zu gehorchen. Hier in Moorth verfüge ich über keinerlei Macht.«

Sie schmunzelt. »Muss aufregend sein, die Gefährtin eines Alphas zu sein. Aber ich meinte nicht, dass du sie zwingen sollst. Du sollst mit ihnen reden, ihnen klarmachen, was dir ihre Hilfe bedeuten würde. Wie gesagt, sie sind einfache Leute, aber gerade deshalb haben sie ein Herz. Sie sind keine kaltblütigen Soldaten, wie Migorn sie in seinen Truppen beschäftigt. Sie werden dir zuhören.«

Ich war noch nie gut darin, zu Menschen zu sprechen, und erst recht nicht zu wildfremden Menschen. Dass diesmal auch noch unzählige Leben davon abhängen, trägt nicht dazu bei, mich zu entspannen. Ich habe keinen Schimmer, was ich zu Priscas Widerstandstruppe sagen soll. Ich bin keine Anführerin, keine Person, zu der andere aufschauen. Ich schaffe es ja nicht mal, meine beiden Freunde vor Schaden zu bewahren ...

»Wann?«, frage ich leise.

»Sobald ich dich und deine Freunde hier rausgeholt habe«, antwortet Prisca. »Ich sorge dafür, dass die anderen an einem geheimen Treffpunkt warten.«

Sie bückt sich und reicht mir eines der Tücher.

»Du musst dich beeilen«, mahnt sie. »Wenn du zu lange brauchst, werden die Wissenschaftler misstrauisch werden. Gibt es etwas, was du benötigst, bevor wir aufbrechen?«

Ich klettere aus dem Becken, nehme das Handtuch entgegen und drehe ihr den Rücken zu. »Meine Rüstung und meine Klingen«, antworte ich. »Ohne sie werde ich Moorth nicht verlassen.«

Prisca zieht hinter mir scharf die Luft ein. »War das ein streunender Feral?«, fragt sie, nachdem sie meinen Rücken gesehen hat.

Ich gebe ein trauriges Lachen von mir. »Ich verstehe nicht, warum mich das jeder fragt. Nein, es war kein Feral. Es war dein Vater. Und ich werde das Gefühl nicht los, dass er es damals genossen hat, mich auszupeitschen.«

»Und nachdem er dir das angetan hat, lässt du ihn am Leben?«

Ich werfe ihr einen Blick über die Schulter zu. »Sein Name steht auf der Liste meines Alphas auf Platz zwei. Ich werde ihm schon Platz drei wegnehmen, deshalb überlasse ich deinen Vater ihm.«

»Wer ist Platz drei?«

Ich wickele das Tuch um mich. »Migorn.«

Er hat mich belogen, benutzt und erniedrigt. Wer weiß, was ich bis heute Nacht noch erdulden muss! Er hat angeordnet, dass Tristan gefoltert wird. Was mit Hazel geschehen ist, keine Ahnung. Er ist darauf aus, Ash zu töten – und alle anderen, die sich seinen Truppen in Daarth entgegenstellen werden. Dafür werde ich ihn leiden lassen ...

»Außerdem brauchen wir deinen Vater und deinen Bruder vielleicht noch«, sage ich. »Wir werden jeden Kämpfer benötigen, den wir bekommen können, selbst wenn er ein solcher Stümper ist wie Cedric.«

Prisca nickt. »Wahrscheinlich hast du recht. Ich werde nun alles in die Wege leiten. Halte dich heute Nacht bereit. Wir dürften nicht viel Zeit haben, bis wir entdeckt werden. Am besten bringe ich meine Leute schon vorher aus der Stadt, an den vereinbarten Ort, wo wir sie anschließend treffen.«

»Ich verlasse mich auf dich.«

Sie reicht mir die Hand und ich schlage ein.

»Migorn wird sich wundern, dass sein Königreich von zwei Gefährtinnen gestürzt wird«, sagt sie grinsend. »Wie gern würde ich sein Gesicht sehen!«

»Ich werde dir jedes kleine Detail beschreiben«, verspreche ich.

Sie zieht ihren Mundschutz wieder in Position und öffnet die Tür, indem sie eine Zahlenkombination eintippt. Kurz nachdem sie verschwunden ist, kommt eine der Wissenschaftlerinnen zu mir. Sie reicht mir eine weiße Hose und ein Hemd – ebenfalls weiß. Ich ziehe beides über.

»Ich bringe dich jetzt zu deiner Zelle«, verkündet sie. »Morgen früh beginnen wir mit den Tests.«

Ich nicke und folge ihr, ohne ein Wort zu sagen. Wenn Priscas Plan funktioniert, werde ich dann nicht mehr hier sein. Und die meisten Wissenschaftler werden nicht mehr am Leben sein. Sobald ich meine Klingen wieder in Händen halte, werde ich jede Zurückhaltung ablegen. Ich werde nicht zögern und jeden töten, der es wagt, sich uns in den Weg zu stellen. Um keinen jener »Wissenschaftler« wird es mir leidtun. Ihretwegen werde ich nicht in Zweifel verfallen.

Sie halten mich sowieso für ein Monster. Also kann ich mich auch wie eines verhalten.

***

Die Zelle, in die mich die Wissenschaftlerin bringt, ähnelt der, in der Tristan sich befunden hat. Gerade einmal zwei mal zwei Meter habe ich Platz. Kein Bett, keine Decke, nur kalter Beton als Boden und eisige Gitterstäbe, die ich lieber nicht berühren will.

Sie sichert die Zellentür mit einem zusätzlichen Vorhängeschloss. Ich knirsche mit den Zähnen. Die Wissenschaftler hier scheinen nichts dem Zufall zu überlassen. Sie fürchten mich; ich kann die Angst der Frau riechen. Sie sollten mich auch fürchten, doch solange sie meine Freunde in ihrer Gewalt haben, sind mir die Hände gebunden. Und das wissen sie ganz genau. Hoffentlich gelangt Prisca an die Schlüssel für dieses Vorhängeschloss, um mich so schnell wie möglich hier herauszuholen.

Die Zelle ist in ein grelles Licht getaucht, dessen Flackern mich schon nach wenigen Minuten wahnsinnig macht. Ich habe es immer schon gehasst, zum Nichtstun verdammt zu sein, aber nun hier in der Zelle zu sitzen und auf den Einbruch der Nacht zu warten, ist die schlimmste Erfahrung, die ich je machen musste. Das Wissen, dass Migorns Truppen mit jeder verstreichenden Minute näher an Daarth gelangen, lässt mich zusätzlich rastlos werden. Ich muss Ash warnen ... Und meine Freunde befreien.

Es gibt nichts, womit ich mir die Zeit vertreiben kann, und auch kein Fenster, sodass ich nicht abzuschätzen vermag, wie viel Zeit bereits vergangen ist. Meine Umgebung ist künstlich und falsch. Ich will hier weg ... Ich *muss* hier weg.

Irgendwann rolle ich mich auf der Seite zusammen und achte stets darauf, die Gitterstäbe nicht zu berühren. Die Kälte des Bodens frisst sich durch bis auf die Knochen und ich zittere unkontrolliert, bevor ich in einen unruhigen Schlaf falle. Die Anstrengung und der Stress der letzten Tage haben mir doch mehr abverlangt, als ich bisher angenommen habe.

Ich schrecke hoch, als sich jemand am Zellenschloss zu schaffen macht.

»Psst!«, zischt Prisca, während sie den nächsten Schlüssel des riesigen Schlüsselbundes durchprobiert. »Wir haben nicht viel Zeit. Gerade ist Personalwechsel, aber früher oder später wird jemandem auffallen, dass die Schlüssel fehlen.«

Mein Blick fällt auf ein schwarzes Bündel und ein Paar Stiefel neben ihr.

»Meine Rüstung«, wispere ich und greife danach.

»Beeil dich und zieh sie an«, murmelt Prisca. »Sie lag zum Glück neben dem Fach mit den Schlüsseln, deshalb habe ich sie gleich mitgebracht.«

Nach weiteren drei Versuchen findet sie endlich den passenden Schlüssel für das Vorhängeschloss.

Ich wühle mich unterdessen durch die Taschen meiner Rüstung – und mein Herz setzt für einen Schlag aus: Der Nexus ... er ist weg! Somit habe ich keine Möglichkeit, Caleb zu kontaktieren und Ash zu warnen. Ich bin also auf Hazels Nexus angewiesen, aber dazu müssen wir sie erst einmal finden. Außerdem weiß ich nicht, ob ihr die Habseligkeiten gelassen oder ebenfalls weggenommen wurden. Wenn auch ihr Nexus verschwunden ist oder gar zerstört wurde ...

»Hast du herausgefunden, wo Hazel, das Mädchen, das mit mir hergebracht wurde, festgehalten wird?«, frage ich, während ich in meine Rüstung schlüpfe. Flink führe ich die gewohnten Bewegungen aus und schließe die unzähligen Gurte und Schnürungen, bis mich das weiche Leder wie eine zweite Haut umgibt.

»Nein«, antwortet Prisca. »Aber der Mann ist noch da, wo sie ihn zu Beginn hingebracht haben.«

Ich knirsche mit den Zähnen. Vielleicht weiß Tristan etwas über Hazels Verbleib. Immerhin wurden sie gemeinsam weggebracht. Er könnte gehört haben, wo sie eingesperrt werden soll. Hoffentlich kümmert sich nicht Migorn persönlich um sie, denn unbewaffnet werde ich keine Chance gegen ihn haben. Er hat zwar nicht die Statur eines Kämpfers wie Caleb oder Payne, aber ich bin sicher, dass er über den einen oder anderen Trick verfügt. Und über Waffen, die meine Vorstellungskraft übersteigen. Deshalb brauche ich die Halbmond-Klingen. Auch wenn sie nicht viel gegen seine Atombomben ausrichten können, fühle ich mich besser, wenn ich sie in den Händen halten kann.

»Und meine Klingen?«, frage ich. »Wo könnten sie sein?«

»Wenn es Waffen sind, hat Migorn sie mit Sicherheit in der Waffenkammer untergebracht. Er sammelt mit Vorliebe alles Außergewöhnliche und verwahrt es sicher auf. Aber die Waffenkammer liegt am anderen Ende der Stadt, direkt neben Migorns Palast. Es führen unterirdische Tunnel dorthin, aber der König wird wissen, dass du kommst.«

»Sehr gut«, grolle ich. »Zu Migorn wollte ich sowieso.«

»Willst du ihn wirklich jetzt erledigen?«, fragt sie zögernd.

Ich nicke. »Lebend ist die Gefahr viel zu groß, dass er seine Vernichtungswaffen einsetzt oder weitere Truppen entsendet. Wenn er tot ist, wird es Chaos in der Stadt geben. Das ist genau, was wir brauchen, um ungesehen entkommen und uns sammeln zu können.«

Endlich hat sie auch den zweiten passenden Schlüssel gefunden und öffnet die Zellentür.

»Du bist eine Bereicherung für uns«, sagt sie, als ich zu ihr hinaustrete. »Keiner unserer Leute denkt so taktisch wie du. Hast du schon an vielen Kämpfen teilgenommen?«

»Nein«, gebe ich zu. »Aber ich hatte einen sehr guten Lehrer.«

Sie nickt, offenbar zufrieden mit meiner Antwort. Dass ich die Person sein soll, die am taktischsten in ihrer Truppe denkt, macht mir Angst, aber ich habe keine Zeit mehr, mir darüber Gedanken zu machen. Solange sie mir folgen und das ausführen, was ich ihnen rate, soll es mir gleichgültig sein. Auch ich bin nicht unfehlbar – bei Weitem nicht! –, aber in einem Kampf lasse ich mich nicht von Zweifeln übermannen. Dafür habe ich die dunklen Stunden des Wartens und Haderns, doch diese überkommen mich nicht, wenn ich eine Waffe in Händen halte.

***

Ich folge Prisca, die die Zugangsnummern für die verborgenen Korridore kennt, die anscheinend nur den Wissenschaftlern oder anderem Personal vorbehalten sind und die sich über das ganze Areal, wenn nicht gar die gesamte Stadt zu erstrecken scheinen. Hier sind keine Wachen unterwegs, wodurch wir zügig vorankommen. Dennoch fühlt sich jede verstreichende Sekunde wie eine Ewigkeit an. Nichts geht mir schnell genug. Jeder weitere Schritt ist einer zu viel. Die Panik, dass meine Warnung an Ash und die ganze Stadt Daarth zu spät kommen könnte, sitzt mir im Nacken, doch ich ringe sie nieder, so gut es geht.

»Migorn hat nahezu alle Wachen und Soldaten nach Daarth entsendet«, flüstert Prisca. »Normalerweise laufen hier immer Wachen herum, aber seit ihr angekommen seid, sind sie verschwunden. Das ist unser Glück! Ich weiß nicht, ob es überall in den Tunneln so sein wird, aber die unterhalb des Labors sind nahezu menschenleer.«

Vor einer Zellentür bleiben wir stehen. Prisca macht sich sofort daran, das Schloss zu öffnen, während ich mich vor die Gitterstäbe knie. In der Mitte der Zelle liegt Tristan, zusammengerollt zu einer Kugel und in einen ebenso ruhelosen Schlaf gefallen wie ich vor Kurzem. Die Haut an seinen Händen ist verbrannt; der Gestank nach verkohltem Fleisch hängt noch immer in der Luft und vermischt sich mit dem beißenden Geruch von Metall und Kälte.

»Tristan«, wispere ich und er zuckt zusammen.

Sein Blick huscht ziellos umher, als könne er sich nicht daran erinnern, wo er sich befindet und wie er hierhergelangt ist. Dann sieht er mich an.

»Scarlet«, flüstert er. »Wie bist du aus deiner Zelle gekommen?«

»Das erkläre ich dir später. Zuerst müssen wir Hazel finden und von hier verschwinden.«

Er runzelt die Stirn, nickt dann aber. »Ich kann mich nicht erinnern, wann ich zuletzt so etwas Sinnvolles aus deinem Mund gehört habe. Wo ist Hazel?«

»Das wissen wir nicht«, gebe ich zu. »Hast du vielleicht gehört, wohin sie sie bringen wollten?«

»Nein«, murmelt er. »Ich wurde vor ihr weggebracht und in diese Zelle gesperrt. Seitdem habe ich niemanden mehr gesehen.« Sein Blick fällt auf Prisca, die seine Zellentür öffnet. »Wer ist das?«

»Cedrics Schwester«, sage ich. »Lange Geschichte, für die wir später noch Zeit haben. Zuerst müssen wir Hazel finden.«

Aber wie soll uns das gelingen? Wenn sich die Gänge tatsächlich unterhalb der ganzen Stadt erstrecken, wird es Stunden, wenn nicht gar Tage dauern, bis wir Hazel gefunden haben. Sie könnte überall sein. Es muss doch einen Weg geben, sie aufzuspüren! Tenebrae konnte mich nahezu überall finden, weil er meinem Geruch gefolgt ist, und noch leichter fiel es ihm, wenn ich Angst hatte. Aber Tenebrae ist nicht hier.

Mir kommt eine Idee, die gleichzeitig genial und grenzwertig ist. Aber wenn sie funktioniert, könnte es uns gelingen, Hazel aufzuspüren, um endlich von hier verschwinden zu können. Tenebrae ist nicht hier, doch ein anderer Feral ist es.

Ich wende mich an Prisca. »Gibst du uns einen Moment?«

Stirnrunzelnd schaut sie zuerst mich, dann Tristan an, nickt dann aber und verlässt die Zelle.

Tristan wartet, bis Prisca aus der Zelle verschwunden ist, bevor sein Blick wieder zu mir huscht. Er weiß genau, dass ich etwas plane – und dass ich Prisca aus dem Raum geschickt habe, kann nichts Gutes bedeuten.

»Was hast du vor?«, fragt Tristan.

»Ich brauche deinen Feral«, sage ich ohne Umschweife. »Ihm könnte es gelingen, Hazel zu finden. Schließlich habt ihr eine Verbindung.«

Tristans Augen verengen sich zu Schlitzen und er bleckt die Zähne. »Wir haben *keine* Verbindung.«

»Können wir damit aufhören, jetzt über solche Nebensächlichkeiten zu diskutieren?«, zische ich. »Wir müssen Hazel finden. Und dein Feral könnte sie wittern. Er weiß, wie ihr Blut riecht und schmeckt. Er könnte sogar ihre Angst riechen.«

Tristan verschränkt die Arme vor der Brust. »Schlag dir das aus dem Kopf.«

Ich bin drauf und dran, ihm ernsthaft wehzutun. Da ich hier nicht über meine volle Macht verfüge, kann ich ihn nicht einfach zwingen, wie ich es normalerweise getan hätte. Uns läuft die Zeit davon und er stellt sich stur! Warum, weiß ich nicht. Er soll sich doch nur in seinen verdammten Feral verwandeln und die Nase in die Luft halten. Ist das denn so schwer?

Ich reibe mir über die Stirn. »Wir haben keine Zeit für Diskussionen. Ich brauche deinen Feral. Jetzt.«

»So funktioniert das nicht«, grollt Tristan. »Ich habe keine Kontrolle über ihn. Ich kann ihn unterdrücken. Das konnte ich über Jahre hinweg. Aber ich kann ihn nicht nach Belieben hervorrufen. Mein anderes Ich ist nur ein geringer Feral, der nicht auf meine Befehle reagiert. Wenn er nicht hervorkommen will, kann ich ihn nicht dazu zwingen.«

»Im Dorf hat es doch auch funktioniert.«

»Da war ich wütend und aufgebracht über das, was mein Vater von sich gegeben hat«, hält er dagegen. Er wendet den Blick von mir ab, ehe er hinzufügt: »Und du warst in Gefahr.«

Ich müsste ihn also dazu bringen, wütend zu werden. Mir fielen da schon ein paar Dinge ein, die ich zu ihm sagen könnte, aber die würden ihn verletzen … *Richtig* verletzen. Und das will ich nicht. Ich will ihm nicht sagen, dass ich nie so viel für ihn empfunden habe wie für Ash. Ich will ihm nicht sagen, dass ich mit ihm nie glücklich geworden wäre. Oder dass das Mädchen, das er zu lieben glaubt, schon lange nicht mehr existiert.

Ich will Tristan nicht mehr verletzen, als ich es sowieso schon getan habe. Ja, er hat Fehler gemacht. Aber auch ich bin nicht frei davon. Ich bringe es nicht über mich, das zarte Band der Freundschaft, das uns endlich wieder verbindet, erneut mit gemeinen Worten zu durchtrennen, nur weil er keine Kontrolle über seinen Feral hat. Das wäre nicht fair.

Also bleibt mir nur noch ein anderer Weg, um seinen Feral aufzuschrecken.

Ich packe Tristan am Hemd und ziehe ihn zu mir, während ich den Kopf zur Seite neige, um ihm so meinen Hals zu zeigen. Ich wähle bewusst die Seite ohne Narbe und unterbreche für keine Sekunde den Blickkontakt zu ihm. Mein Herz schlägt bis zum Hals, doch ich versuche mir nichts anmerken zu lassen.

Tristans Augen sind weit aufgerissen, die Pupillen so groß, dass sie beinahe die violetten Iriden verschlucken. Doch er wehrt sich nicht dagegen, als er bemerkt, was ich vorhabe. Ich spüre seinen warmen Atem auf der Haut und ein leichtes Prickeln rauscht meinen Rücken hinunter, als er sich nach vorn lehnt und sanft mit der Nasenspitze über die empfindliche Stelle streicht, unter der mein Puls hämmert.

»Kein Wort darüber zu Ash«, grolle ich.

Für einen Moment, so kurz, dass ich ihn für eine Einbildung halte, meine ich, Tristans Zunge an der Haut zu spüren, bevor sein Körper erschaudert und sich in Windeseile verändert. Seine Kleidung zerreißt; darunter kommt sandfarbenes Fell zum Vorschein. Sein Gesicht und anschließend der Rest seines Körpers wandelt sich zu einem Wolf.

»Finde Hazel«, wiederhole ich.

Kurz huscht der Blick aus seinen stechend gelben Augen zu mir und er kräuselt die Lefzen, um mir zu verstehen zu geben, dass er mit meinen Methoden alles andere als einverstanden ist, doch dann lässt er sich von mir nach draußen auf den Korridor bringen, wo Prisca auf uns wartet. Sie mustert den veränderten Tristan nur flüchtig und sagt nichts dazu. Wahrscheinlich hat sie in ihrem Leben schon mehr Ferals gesehen als ich. Tristan reckt die Schnauze in die Luft und schnuppert. Ziellos laufen wir eine Weile durch die verwinkelten Gänge, bis er plötzlich stehen bleibt.

»Hast du was entdeckt?«, frage ich.

Tristan nickt und prescht voran. Prisca und ich haben Mühe, mit ihm mitzuhalten. Vor einer der Türen, die für mich alle gleich aussehen, hält er an, drückt die Nase gegen den unteren Türschlitz und kratzt dann mit der Vorderpfote an der Tür.

»Mach auf!«, sage ich zu Prisca, die sofort den erforderlichen Code auf dem Tastaturfeld neben der Tür eingibt.

Die Tür gleitet auf und tatsächlich befindet sich Hazel im Raum dahinter. Doch sie ist nicht allein. Ihr zierlicher Körper hängt an einer Kette von der Decke; nur die Zehenspitzen berühren den Boden, während die Handgelenke bereits wund und aufgeschürft sind. Die Kleidung hängt in Fetzen an ihr, die Lippen sind blutig und die Wangen tränenverschmiert. Zwei Männer stehen neben ihr. Einer betascht ihre entblößte Brust und lässt sie auch nicht los, als sie zu uns herumwirbeln. Sie trägt noch ihre Hose, wie ich erleichtert feststelle.

Tristan gibt neben mir ein Knurren von sich und senkt angriffslustig den Kopf.

»Hände weg von ihr oder ich reiße dir den Arm ab, um dich anschließend damit zu Tode zu prügeln«, grolle ich.

Bevor einer von ihnen reagieren kann, springt Tristan nach vorn, bringt den Mann, der Hand an Hazel gelegt hat, zu Fall und versenkt die Zähne in seinem Hals. Ihm bleibt nicht einmal genügend Zeit, um zu schreien. Mit blutverschmiertem Maul und gesträubtem Nackenfell wendet er sich dem zweiten Mann zu, der eilig zurückweicht. Dummerweise genau in meine Richtung. Ich packe ihn am Nacken, zerre ihn zu mir und donnere sein Gesicht gegen den metallenen Türrahmen. Es knackt und knirscht. Blut spritzt. Doch er geht genauso lautlos zu Boden wie sein Kumpan.

Geschockt starrt Prisca auf das Gemetzel, das Tristan und ich innerhalb weniger Sekunden angerichtet haben, und das ganze Blut, welches sich über den glatten Zellenboden ausbreitet.

Hazel hebt den Kopf ein Stück, als ich mich an den Ketten zu schaffen mache, die sie oben halten. Winselnd läuft Tristan um sie herum.

»Ich hab's gleich«, sage ich.

»Beeilt euch«, mahnt Prisca. »Ich bin schnell nebenan und hole Kleidung für sie.«

Mit dem Fuß schiebt sie den Arm des einen Mannes in den Raum, damit sich die Tür schließen kann. In einem anderen Moment wäre ihr angewiderter Gesichtsausdruck dabei vielleicht lustig gewesen.

Endlich gelingt es mir, die Kette zu lösen. Hazel fällt auf die Füße, ist aber zu schwach, um stehen zu bleiben. Ich hechte nach vorn und fange sie auf, bevor sie auf dem Boden aufschlagen kann. Zitternd liegt sie in meinen Armen und presst sich an mich.

Mit der freien Hand löse ich auch die Ketten von ihren Handgelenken und ziehe scharf die Luft ein, als ich die offenen Verletzungen darunter sehe. Sie muss sich nach Leibeskräften gewehrt haben ... Sanft streiche ich ihr einige Haarsträhnen aus dem Gesicht. Ihre blutigen Lippen sind mir vorhin schon aufgefallen, doch da dachte ich, dass die Männer Hazel geschlagen hätten. Jetzt sehe ich, dass ihre Unterlippe von den eigenen Zahnabdrücken übersät ist.

»O Hazel«, wispere ich und drücke sie fester an mich. »Es tut mir so leid.«

Als Tristan vorsichtig über die Wunden an ihrem Handgelenk leckt, atmet Hazel keuchend ein, zieht die Hand jedoch nicht zurück. Ich beobachte die beiden und bin überrascht über die Sorgfalt, die Tristan während der Behandlung an den Tag legt. Seine Kraft reicht nicht aus, dass sich die Wunden sofort schließen, doch Hazels zierlicher Körper entspannt sich zusehends in meinen Armen. Die Blutung an den offenen Verletzungen stoppt ebenfalls.

»Ich ... habe nicht geschrien«, flüstert Hazel mit brüchiger Stimme.

»Ich weiß«, flüstere ich zurück und streiche ihr über den Kopf.

Die Zahnabdrücke an ihrer Lippe ... Sie muss die ganze Zeit darauf gebissen haben, damit kein Laut ihren Mund verlassen konnte.

»Du warst tapfer. Aber jetzt sind wir hier und holen dich raus.«

»Wie habt ... ihr mich gefunden?«

»Tristan hat dich gefunden«, sage ich. »Er hat deine Witterung aufgenommen und uns hergebracht. Sobald Prisca mit Kleidung für dich zurückkommt, schaffen wir dich aus dem Labor.«

Sie dreht den Kopf in Tristans Richtung, der noch immer damit beschäftigt ist, ihre Handgelenke zu versorgen. Doch als er ihren Blick auf sich spürt, hält er inne und schaut zu ihr auf. Für den Bruchteil einer Sekunde verändert sich etwas in seinen Augen, aber es ist so schnell wieder verschwunden, dass ich es nicht zu fassen bekomme.

»Danke«, haucht Hazel.

Sie versucht ein kleines Lächeln zustande zu bringen, zuckt jedoch wegen ihrer Bisswunden zusammen. Tristan hebt den Kopf. Und zögert. Seine Nase schwebt nur wenige Zentimeter über Hazels. So verharrt er eine ganze Weile. Beide scheinen komplett vergessen zu haben, dass ich auch noch anwesend bin, denn sie schauen einander an, als würden sie sich zum ersten Mal sehen. Ich wage nicht zu atmen – aus Angst, sie dadurch wieder ins Hier und Jetzt zurückzuholen. Tristans Blick huscht unablässig zwischen Hazels Augen und den Wunden an ihrem Mund hin und her. Nach einer schieren Ewigkeit, in der sich keiner von uns bewegt hat, leckt er über die wunde Haut direkt unter der Unterlippe.

Nicht für eine Sekunde flackert sein Blick dabei zu mir, sondern hält Hazels gefangen, als erwarte er jeden Moment, dass sie vor ihm zurückzuckt. Doch sie tut nichts dergleichen. Sie schließt die Augen und atmet erleichtert aus, als die Schmerzen dank Tristans Behandlung nachlassen.

Ich ziehe eine Augenbraue nach oben und kann mich gerade noch so davon abhalten, ungläubig über die beiden mit dem Kopf zu schütteln. Zum Glück bewahrt mich Prisca, die zurückkommt, davor, Hazel und Tristan aus ihrer eigenen Welt zu reißen.

Tristan dreht uns den Rücken zu, während Prisca und ich Hazel dabei helfen, in die neuen Klamotten zu schlüpfen. Ihre Handgelenke umwickele ich mit Stoffstreifen; Tristan kann sich später weiter darum kümmern. Bis wir in Daarth sind, muss Hazel wieder einen Bogen spannen können.

»Wo ist dein Nexus?«, frage ich, sobald sie versorgt ist.

Mit einer Kopfbewegung deutet sie auf einen kleinen Tisch in der Ecke des Raumes. »Sie haben ihn mit meinem Dolch dort abgelegt.«

Ich reiche Hazel an Prisca weiter und haste hinüber zum Tisch. Ein riesiger Stein fällt mir vom Herzen, als ich darauf tatsächlich Hazels Nexus erblicke. Ich greife danach, setze ihn auf und starte ihn.

Es ist mitten in der Nacht. Wenn ich Pech habe, werde ich niemanden in Daarth erreichen. Keiner außer mir ist so verrückt und schläft mit seinem Nexus am Ohr ... Doch ich muss es probieren! Morgen früh könnte meine Warnung bereits zu spät kommen.

Zuerst versuche ich es natürlich bei Ash, doch der Nexus kann keine Verbindung aufbauen, was bedeutet, dass Ash seinen Nexus gerade nicht trägt. Anschließend bei Caleb, Neera und Payne, aber auch bei ihnen habe ich kein Glück.

»Komm schon«, murmele ich, während ich Hazels weitere Kontakte durchgehe. Die meisten davon kenne ich nicht, deshalb verschiebe ich sie auf später. Doch dann erscheint Jydes Gesicht in meinem Kopf und ich wähle ihn sofort als Gesprächspartner aus. Ich halte die Luft an, während der Nexus eine Verbindung aufbaut, und ich glaube, dass ich noch nie in meinem Leben so erleichtert darüber war, Jydes Stimme in meinem Kopf zu hören.

»Was ist denn?«, fragt er verschlafen. *»Hast du eine Ahnung, wie spät es ist, Hazel?«*

»Jyde, du musst mir jetzt genau zuhören«, sage ich statt einer Begrüßung.

»Scarlet?«

»Wo bist du gerade?«

»Im Schloss. Was …?«

»Geh zu Ash und weck ihn auf. Es ist dringend! Die Stadt ist in Gefahr.«

»Es gefällt mir nicht, wie angespannt du klingst«, meint Jyde. *»Ich bin auf dem Weg zu seinem Zimmer.«*

»Ist gut«, sage ich.

Mein Herzschlag pulsiert in den Ohren, während ich darauf warte, dass Jyde seinen Nexus an Ash weiterreicht. Die Minuten dehnen sich aus, werden zu gefühlten Stunden – und ich beginne, unruhig im Raum auf und ab zu laufen.

»Er ist wach, zumindest halbwegs«, sagt Jyde nach einer Weile. *»Ich gebe dich jetzt weiter. Pass auf dich auf!«*

Wieder verstreichen Sekunden, in denen ich auf die vertraute Stimme im Kopf warte.

»Scar«, murmelt Ash.

Selbst per Nexus klingt seine Stimme rau und kratzig. Ein Klang, den ich liebe, denn für gewöhnlich höre ich ihn morgens als Erstes, wenn ich neben ihm aufwache.

»Migorn hat seine Truppen entsandt«, sage ich ohne Umschweife. *»Aber sie*

kommen nicht, um euch zu helfen. Migorn will Daarth erobern. Ihr dürft den Soldaten auf keinen Fall die Tore öffnen!«

»Sie ... werden uns angreifen?«, fragt Ash, um sich noch einmal zu vergewissern, ob er sich nicht verhört hat.

»Das war Migorns Plan von Anfang an. Er weiß, dass du jetzt am verwundbarsten bist und wir keinen Kampf an zwei Fronten gewinnen können.«

Ich nehme Ashs hektische Gedanken wahr, als er die Stärke seiner eigenen Truppe im Kopf überschlägt.

»Lass Kay und seine Garde sofort von den Außengrenzen nach Daarth zurückkommen«, schlage ich vor. *»Haltet Migorns Soldaten so lange wie möglich auf! Wir kommen euch – so schnell es geht – zu Hilfe. Ihr müsst durchhalten!«*

»Aber ohne Kays Garde werden die Streuner ebenfalls durchbrechen und ihre Chance nutzen, um uns anzugreifen«, wirft Ash ein. *»Dann tritt genau das ein, was Migorn geplant hat.«*

Ich weiß, dass er recht hat. Aber ohne Kays Garde werden die Soldaten von Daarth nicht ausreichen, um den Angriff aufzuhalten. Sie müssen es schaffen, bis wir eintreffen.

»Um die Streuner kümmern wir uns anschließend«, sage ich. *»Konzentriert euch auf Migorns Truppen. Haltet sie hin; sucht nicht sofort den Kampf. Schindet so viel Zeit wie möglich.«*

»Was ist mit dir?«, fragt er. *»Wenn ich gegen sie kämpfe, wird Migorn dich ...«*

»Mach dir um mich keine Sorgen!« Ich zeige ihm Prisca und die Verbindung, die ich mit ihr habe. *»Ich komme hier raus. Bald bin ich wieder bei dir. Bis dahin musst du durchhalten.«*

»Ich tue, was ich kann«, verspricht er. *»Ich werde sofort meine Mutter, Caleb und Payne wecken, und gemeinsam mit ihnen und Jyde besprechen, wie wir die Stadt und ihre Bewohner am besten verteidigen können. Aber Scar?«*

»Hmm?«

»Bitte sei vorsichtig«, sagt Ash. *»Du wirst nicht auf mich hören, wenn ich dir sage, dass du nichts Gefährliches unternehmen sollst, das weiß ich. Aber ich bitte dich, auf dich aufzupassen. Tu, was du tun musst, doch komm auf jeden Fall zu mir zurück. Ich brauche dich im Kampf an meiner Seite. Und danach ebenso.«*

»Ich komme so schnell zurück, wie ich kann, das verspreche ich dir«, antworte ich.

Nachdem wir uns voneinander verabschiedet haben, gebe ich Hazel ihren Nexus zurück.

»Deinen Dolch leihe ich mir eine Weile aus«, sage ich zu ihr, bevor ich mich Prisca zuwende. »Erkläre mir, wie ich zur Waffenkammer gelange, und bring dann die beiden hier raus.«

Tristan knurrt und auch Hazel protestiert schwach. Schnell hebe ich die Hand, um beide zum Schweigen zu bringen.

»Ich werde euch nicht mitnehmen«, sage ich. »Ihr werdet mit Prisca außerhalb der Stadt am Treffpunkt warten und dazu will ich keine Widerrede hören.« Mit dem Finger zeige ich auf Hazel »Du bist viel zu geschwächt und musst wieder zu Kräften kommen, um für den Kampf um Daarth gewappnet zu sein.« Anschließend wende ich mich Tristan zu. »Und du wirst ihr dabei helfen. Morgen muss sie einen Bogen spannen können. Ist das klar?«

Weder Hazel noch Tristan scheinen mit meinen Anweisungen zufrieden zu sein, doch sie nicken nach kurzem Zögern.

Prisca kritzelt eine fünfstellige Zahlenfolge auf ein Stück Papier und reicht es mir. »Das ist der Code für die Waffenkammer. Normalerweise wird sie gut bewacht, deshalb haben wir uns noch nie dorthin getraut. Und keiner von uns wüsste mit den dort gelagerten Waffen umzugehen. Aber jetzt ist der Großteil der Soldaten aus Moorth verschwunden.« Sie zuckt mit den Schultern. »Du könntest Glück haben und dir ohne Probleme Zugang verschaffen.«

Ich murmele ein Danke, als ich den Zettel entgegennehme. »Wo werde ich dort meine Klingen finden?«

»Das weiß ich leider nicht«, sagt Prisca. »Wie gesagt, ich war noch nie in der Waffenkammer. Ich weiß auch nicht, wie viele Waffen tatsächlich dort lagern.«

Hazel drückt auf den Nexus und ihr Blick schweift kurz in die Ferne. »Payne meint, wenn noch alles ist wie damals, wirst du deine Klingen im Bereich A38 finden.«

»Perfekt.«

»Ich beschreibe dir den Weg«, sagt Prisca. Schnell und dennoch detailliert zeichnet sie mehrere Gangsysteme auf einen weiteren Zettel. »Die Türen sind per Zahlenschloss gesichert, doch die Kombination ist für jede Tür dieselbe: 0000. Nur die Waffenkammer hat einen eigenen Code. Sobald du alles erledigt hast, erwarte ich dich hier.« Sie umkreist einen Knotenpunkt.

Ich nicke. »Sollte ich bis Sonnenaufgang nicht zurück sein …«

Tristans Knurren unterbricht mich, doch ich verdrehe nur die Augen.

»Wir müssen auf alles vorbereitet sein«, sage ich. »Wenn ich nicht zurückkommen sollte, werdet ihr allein nach Daarth gehen. Habt ihr verstanden?«

»Nein«, antwortet Hazel. »Irgendwie ergeben die Worte, die deinen Mund verlassen, keinen Sinn für mich. Wir werden auf keinen Fall ohne dich gehen. Momentan bin ich dir keine Hilfe, aber ich werde Ash nicht unter die Augen treten können, wenn ich dich zurücklasse.«

Tristan neben ihr nickt.

»Wir stehen das gemeinsam durch«, fährt Hazel fort. »Oder gar nicht.«

»Von mir aus«, grummele ich. Ich darf nicht noch mehr kostbare Zeit mit solch sinnlosen Diskussionen verlieren! »Wir sehen uns später.«

»Meine Leute werden da sein«, verspricht Prisca. »Sie werden dich anhören.«

Das hätte ich fast schon vergessen … Ich muss die Ferals von Moorth davon überzeugen, sich unserem Kampf anzuschließen. Ich habe keinen blassen Schimmer, was ich zu ihnen sagen soll. Welchen Grund hätten sie, mir zu folgen? Sie haben mich noch nie gesehen. Ich bin nichts weiter als die Gefährtin des Alphas eines anderen Gebietes.

Aber eines ist gewiss: Ohne ihre Unterstützung haben wir nicht den Hauch einer Chance.

KAPITEL 21

Nachdem ich Hazel und Tristan in Priscas Obhut zurückgelassen habe, haste ich durch die verwinkelten Gänge. Dabei halte ich mich strikt an die provisorische Karte, die mir Prisca gegeben hat. Ich kann nur hoffen, dass ich mich nicht bereits verlaufen habe. Warum muss hier auch alles gleich aussehen?

Das Labor habe ich zwar schon lange hinter mir gelassen und befinde mich nun in den Geheimgängen unter der Stadt, doch die Umgebung hat sich nicht verändert. Aufgleitende Türen aus Metall, glatte Böden, auf denen meine Schritte quietschen und von den schmucklosen Wänden widerhallen. Grelles Licht aus Röhren an der Decke erhellen die tristen Gänge, durch die ich eile.

Jede Tür in meinem Weg lässt sich mit der Zahlenkombination 0000 öffnen. Warum überall dieselbe Kombination genutzt wird, weiß ich nicht. Wahrscheinlich konnten sich die Wissenschaftler und Soldaten keine verschiedenen merken und kamen immer wieder durcheinander. Mir soll es recht sein.

Nach mehreren Kilometern gelange ich zu einer doppelten und sehr viel größeren Tür. Das muss der unterirdische Eingang zur Waffenkammer sein. Ich fische den Zettel aus meiner Tasche hervor.

Aber was, wenn ich mich irre? Wenn die Tür vor mir nur eine weitere ist, die sich mit der Kombination 0000 öffnet? Ob sofort ein Alarm losgeht, wenn ich die falsche Kombination eingebe?

Ich starre auf den Zettel in meiner Hand.

Laut der Karte müsste ich mich vor der Waffenkammer befinden, aber sicher bin ich mir nicht. Die Karte ist sehr einfach und zeigt nicht die exakte Strecke der Wege, aber eine weitere Tür vor der Waffenkammer ist nicht verzeichnet. Ich traue Migorn zu, dass er die Kammer mit einer so großen Tür sichert. Oder erwartet mich hinter dieser eine weitere? Prisca meinte, dass sie selbst nie in der Waffenkammer war, weil sie zu gut bewacht wurde.

Nachdem ich noch einen Moment mit mir gerungen habe, tippe ich die andere Kombination ein.

Als die Tür aufgleitet, atme ich erleichtert aus und stecke den Zettel mit der Karte in die Tasche. Den brauche ich später, um zum Treffpunkt zu gelangen. Aber zuerst will ich meine Klingen. Solange es auch nur eine kleine Chance gibt, dass ich sie zurückbekomme, werde ich nicht ohne sie gehen. Dafür sind sie mir viel zu wichtig.

Mit gezücktem Dolch schleiche ich mich in die Waffenkammer.

Ich habe noch nie im Leben einen so riesigen Raum gesehen. Als ich sicher bin, nicht direkt in einen Hinterhalt zu laufen, nehme ich mir einen Moment Zeit, um mich umzusehen und zu orientieren. Selbst der große Saal in Daarth ist nicht so hoch wie die Waffenkammer von Moorth. Sechs, wenn nicht gar sieben oder acht Meter ragen vor und neben mir Regale in die Höhe und enden erst knapp unter der Decke. Der Raum erstreckt sich vor mir so weit, dass ich das Ende von meinem Standpunkt aus nicht sehen kann. Ohne Paynes Hinweis, wo meine Klingen gelagert sein könnten, würde ich hier drin ein halbes Leben mit Suchen zubringen, obwohl viele der Fächer leer sind.

In regelmäßigen Abständen sind Schilder an den Regalen angebracht. Das System durchschaue ich schnell: Die Reihen sind mit Buchstaben gekennzeichnet, die einzelnen Regalebenen mit Zahlen. Um nicht noch mehr Zeit zu vertrödeln, haste ich zum anderen Ende des Raumes, bis ich vor Reihe A stehe. Anschließend suche ich Regal 38.

Als ich jedoch vor dem richtigen Regal stehe, gerät mein Herz ins Stolpern.

Das Regal ist leer. Nur im Regal daneben entdecke ich Hazels Bogen und ihren Köcher.

»Suchst du die hier?«, fragt jemand hinter mir.

Ich erkenne die Stimme sofort, ohne mich dazu umdrehen zu müssen. Migorn. Mein Herz hämmert schmerzhaft gegen die Rippen.

»Ich habe mich schon gefragt, wann du hier auftauchst«, sagt er, als ich mich langsam zu ihm umwende. »Hat dir meine Gastfreundlichkeit nicht zugesagt?«

Er hält meine Klingen in den Händen. Allein dafür werde ich ihn umbringen. Doch mir entgeht nicht, dass er sie völlig falsch hält – wie ein gewöhnliches Schwert! Aber so funktionieren meine Halbmond-Klingen nicht. Bei Migorns Art, sie zu führen, könnte er zwar auch massiven Schaden anrichten, aber dazu benötigt er viel Platz zum Ausholen, den er hier inmitten der eng angeordneten Regale nicht hat. Das könnte ich zu meinem Vorteil nutzen.

»Gastfreundlichkeit?«, wiederhole ich. »Meinst du die Zellen, deren Gitterstäbe man nicht berühren darf?«

»Nette Erfindung, nicht wahr? Die alte Zivilisation hatte ein paar durchaus brauchbare Spielereien auf Lager.«

Ich schnaube nur, während ich den Dolch fester umfasse und mein Gegenüber analysiere.

Migorn hat das schulterlange graue Haar im Nacken zu einem Zopf gebunden und auf dem Kopf glitzert eine goldene Krone, die überhaupt nicht zu seiner restlichen Kleidung, die vorwiegend aus Silbertönen besteht, passt. Hazel würde über diese Geschmacksverirrung die Nase rümpfen.

»Wir haben hier noch eine Menge weiterer Erfindungen, die ich dir nur zu gerne zeigen würde«, redet er weiter. »Du verstehst sicher, dass ich dich jetzt noch nicht gehen lassen kann.«

»Ich werde es trotzdem tun«, entgegne ich. »Wirst du mir meine Klingen freiwillig überlassen oder muss ich sie mir mit Gewalt zurückholen?«

Migorn schnalzt mit der Zunge und schüttelt den Kopf. »Was findet Ash nur an einer Wilden wie dir? Es wäre unterhaltsamer gewesen, wenn du fügsamer wärst. Dann hätten wir gemeinsam viel Spaß haben können. Aber so …« Er verzieht den Mund. »Ich wusste es vom Augenblick unseres ersten Treffens an. Du bist nichts weiter als ein Monster, genau wie dein Alpha. Das Resultat fehlgeschlagener Experimente und gieriger Menschen.«

Ich blecke die Zähne, lasse ihn aber keine Sekunde lang aus den Augen. Migorn hat mit dem, was er sagt, nicht ganz unrecht. Ash ist kein Mensch.

Tristan und Jyde und unzählige andere sind es ebenfalls nicht. Sie sind die Nachkommen der Forschungsergebnisse der alten Zivilisation. Das macht sie jedoch nicht zu Monstern.

»Glaubst du ernsthaft, dass ein solches Monster in der Lage ist, andere zu retten?«

Ich recke das Kinn. »Manchmal braucht es keinen Helden, um das Richtige zu tun.«

Migorn lacht. In einer anderen Situation hätte ich sein Lachen als wohlklingend empfunden, doch jetzt verursacht es mir eine Gänsehaut.

»Nein, einen Helden braucht es nicht«, sagt er. »Aber ein Geschöpf, das nicht völlig von Dunkelheit verzehrt ist, so wie du.«

Ohne Vorwarnung prescht er nach vorn, doch er hat Mühe, mit den Klingen in den engen Gängen auszuholen. Ich weiche nach hinten aus, ducke mich unter einem erneuten Angriff weg und schlitze ihm mit dem Dolch den rechten Unterarm auf.

Normalerweise müsste er jetzt zumindest eine Klinge fallen lassen, doch als ich einen Blick auf die Verletzung werfe, schließt sie sich bereits. Es war ein langer tiefer Schnitt … Ich habe gespürt, dass der Dolch Migorns Muskeln und Sehnen durchtrennt hat … Mein Blick huscht zu seinem Gesicht, das zu einer grinsenden Fratze verzogen ist.

»Wie es aussieht«, murmelt er zufrieden, als er meine fassungslose Miene bemerkt, »steckt in mir ebenfalls ein Monster.«

»Aber … wie …?«

Die Heilung ging so schnell vonstatten … Das ist unmöglich! Innerhalb weniger Sekunden schloss die Wunde sich wieder und nicht einmal eine Narbe oder Rötung ist an der Stelle zu sehen, die eben noch offen klaffte.

Migorns Grinsen wird breiter. »Der letzte Alpha dieser Gegend war doch zu etwas nütze, bevor er während unserer Forschungen sein Ende fand. Genau wie unzählige Ferals vor ihm.«

»Ich hätte dich töten sollen … Ich hätte dich bereits in Daarth töten sollen«, zische ich.

»Das hast du aber nicht. Und deine treuen Hunde haben es ebenfalls nicht getan. Dir fehlt der Biss, kleine Gefährtin. Aber leider verfügst du über Fähigkeiten, die mir fehlen, weißt du? Wir konnten zwar die Essenz eines Alphas extrahieren und mit meinem Blut vermischen, aber ich habe keinerlei Macht über andere Ferals. Deshalb war ich so erstaunt über deine kleine Vorstellung auf dem Burghof, als ich mich plötzlich einer ganzen Meute knurrender Ferals in Menschengestalt gegenübersah. Denn du bist ein Mensch. Keine Feral-Gene schlummern in dir, wie uns dein Blut gezeigt hat. Das ist sehr selten heutzutage. Irgendwann mischt sich immer ein niederer Feral in den Stammbaum, aber dein Blut ... Es ist vollkommen menschlich.«

»Alphas werden geboren, nicht gemacht«, sage ich. »Du kannst dir so viel Alpha-Blut injizieren, wie du willst – es wird dich nie zu einem Alpha machen. Du wirst vielleicht oberflächliche Wunden heilen und dich an mich anschleichen können, ohne dass ich dich höre, aber eines wirst du nie haben.«

»Und was wäre das?«

»Respekt.«

Der Respekt und der Rückhalt der anderen Ferals ist nichts, was automatisch vorhanden ist. Neera war die Gefährtin eines Alphas und wurde zu Beginn vom Volk gehasst. Es hat sie Jahre gekostet, sich das Vertrauen und den Respekt der Ferals und Menschen gleichermaßen zu verdienen. Nach Zaynes Tod schaffte sie es jedoch, beide Rassen zu lenken und zu leiten und wurde dafür geachtet.

»Ich brauche nicht den Respekt dieser niederen Kreaturen«, knurrt Migorn. »Ich will, dass sie mir folgen. Ihren Respekt können sie sich meinetwegen sonst wohin stecken! Dir folgen sie, obwohl du menschlich bist. Ich hatte gehofft, in deinem Blut die Antwort zu finden. Wie gut, dass du gleich für mich bluten wirst.«

Erneut stürmt er nach vorn und sieht sich wieder mit denselben Problemen konfrontiert wie bereits zuvor. Leichtfüßig weiche ich ihm aus.

»Du hättest vorher mit meinen Waffen üben sollen, wenn du mich unbedingt mit ihnen besiegen willst«, sage ich und lache leise.

»Ich habe hier genügend Waffen, um dich zu besiegen«, entgegnet Migorn. »Aber ich fand es irgendwie passend, es mit deinen eigenen zu tun, denn sie sind dir sehr wichtig. Nun ja, vielleicht hätte ich das wirklich besser durchdenken sollen.«

Erneut attackiert er mich, doch wieder weiche ich ihm aus. Kurz werfe ich einen Blick in die Regale um uns herum. Nirgends kann ich Waffen entdecken, die ich schon einmal gesehen habe oder deren Nutzen ich begreife. Die meisten von ihnen sind seltsam geformte schwarze Geräte ohne Klingen oder spitze Enden. Wie soll man damit einen Gegner töten können? Sie erinnern mich entfernt an die Pistolen, die Ash mir im Labor unter Daarth gezeigt hat, nur diese hier sind viel größer und länger.

»Oh, ich habe ja noch etwas für dich«, sagt Migorn plötzlich.

Mit einer Klinge hält er mich auf Abstand, um mit den Fingern der anderen Hand etwas aus seiner Hosentasche fischen zu können. Als er es mir anschließend zuwirft, mache ich schnell einen weiteren Schritt nach hinten. Es landet auf dem Boden, direkt vor meinen Füßen.

»Meine Kette«, wispere ich, während ich das Schmuckstück mit dem Herzanhänger auf dem Boden anstarre.

Ash hat sie mir geschenkt, als wir in Leerth waren. Kurz darauf wurde sie von einem der Männer gestohlen, die mich an dem See im Wald bedroht hatten, und ich hielt sie für verloren. Aber wie um alles in der Welt ist Migorn an meine Kette gelangt?

»Die Männer, denen du begegnet bist, gehörten zu meinem Gefolge«, sagt Migorn, als er meinen fragenden Gesichtsausdruck sieht. »Seit ich das Blut eines Alphas in mir trage, habe ich Schwierigkeiten damit, mein Gebiet zu verlassen, deshalb schicke ich meistens meine Minister mit Gefolge los, wenn meine Anwesenheit irgendwo erforderlich ist. Aus Leerth kehrten jedoch nicht alle meine Männer zurück und einer von ihnen erzählte mir von einem riesigen schwarzen Feral und einer Frau, die seinen Kumpan getötet hatte. Was glaubst du wohl, warum ich diesmal persönlich nach Daarth kam? Ich wollte mich davon überzeugen, dass es tatsächlich Ash war, der durch die Wälder von Leerth gestreift war, und wollte mir diese ominöse Frau ansehen, die bei ihm gewesen sein soll.«

»Deshalb hast du mir die Maske während der Verlobungsfeier abgenommen«, knurre ich.

Migorn nickt. »Der Überlebende konnte mir eine überaus detaillierte Beschreibung der Frau liefern, und als ich dich ohne deine Maske sah, wusste ich, dass du es gewesen sein musstest. Es hat sich für mich gelohnt, Moorth zu verlassen, denn so bekam ich endlich die Chance, an eine lebende Alpha-Gefährtin zu gelangen. Wenn ich das Rätsel deiner Macht entschlüsseln kann, gelingt es mir vielleicht, ein ganzes Heer aufzubauen, das ich allein durch meine Gedanken steuern kann. Und wenn ich die Alphas aller Gebiete vernichtet und ihr Blut mit meinem vermischt habe, wird sich jeder einzelne Feral der ganzen Welt meinem Willen beugen müssen.«

Ich starre ihn völlig entgeistert an. »*Das* ist dein Plan? Du willst alle Ferals unterjochen?«

Migorn grinst mich an. »Natürlich. Sie sind viel zahlreicher, als man denkt. Und ihre Stärke übertrifft die von normalen Menschen bei Weitem. Wenn sie alle mir unterstehen, wird mich nichts und niemand mehr aufhalten können. Ich wäre der mächtigste Mann der Welt.«

»Du meinst, das mächtigste Monster der Welt«, halte ich dagegen.

Doch er zuckt nur mit den Schultern. »Diese Kröte muss ich wohl schlucken.«

»Du wirst niemals alle Alphas besiegen können«, zische ich. »Das werde ich nicht zulassen!«

»Wie nobel von dir«, sagt Migorn glucksend. »Aber hier hast du keine Macht, während durch meine Adern die Kraft eines Alphas pulsiert.«

Erneut versucht er einen Angriff, den ich jedoch pariere. So geht es eine Weile weiter, ohne dass es ihm gelingt, nah genug an mich heranzukommen. Die ungewohnten Waffen und der zu geringe Platz, um sie ordentlich zu führen, frustrieren Migorn zusehends.

Er senkt die Klingen, wahrscheinlich um sich nach anderen Waffen umzusehen, mit denen er besser zurechtkommt, und ich sehe meine Chance für einen Gegenschlag. Ich presche vor, den Dolch vor mich erhoben, und ziele auf seinen Hals.

Das ganze Gerede über Alphas und ihre Macht hat mich auf eine Idee gebracht. Selbst einem Alpha wie Ashs Vater gelang es nicht, eine tödliche Halswunde zu heilen, bevor er verblutete. Das ist die Stelle, auf die ich meine

Angriffe konzentrieren werde. Mit meinen Klingen und genügend Platz um mich herum, um sie entsprechend zu nutzen, hätte ich ihm auch den Kopf abschlagen können, doch jetzt muss ich umdenken.

Kurz bevor ich ihn erreiche, hebt Migorn die rechte Klinge wieder an, nicht im Mindesten überrascht über meinen Vorstoß. Und ich habe keine Zeit mehr, um zu reagieren. Er bewegt sich genauso übermenschlich schnell wie ich, wenn nicht gar noch schneller; nur kurz blitzt der Stahl in meinem Augenwinkel auf, bevor ein stechender Schmerz ausgehend von der Taille durch meinen ganzen Körper schießt.

Doch anstatt zurückzuweichen, dränge ich weiter nach vorn und treibe dadurch die Klinge tiefer in mein Fleisch. Auch als ich spüre, wie sie am Rücken wieder austritt, stoppe ich den Angriff nicht, sondern hole mit dem Dolch so weit wie möglich aus, um ihn in Migorns Hals zu versenken. Wenn ich jetzt zögern oder zurückweichen würde, wäre meine Chance vertan. So viele Möglichkeiten, ihn mit dem mickrigen Dolch zu besiegen, habe ich nicht, also muss ich gleich beim ersten Versuch einen Volltreffer landen, koste es, was es wolle. Ich beiße die Zähne zusammen, unterdrücke jegliche Schmerzensschreie und konzentriere mich nur auf die ungeschützte Stelle zwischen Migorns Kiefer und seinen Schultern. Dorthin muss ich zielen. Um mich selbst kann ich mich danach kümmern.

Migorns Augen sind schockgeweitet, doch er schafft es nicht mehr, rechtzeitig zu reagieren. Wahrscheinlich rechnete er damit, dass ich aufgeben oder zumindest zurückweichen würde, nachdem die Klinge in meinem Körper steckt. Aber ich laufe nicht davon. Ich gebe nicht auf. Erst recht nicht, wenn so viel auf dem Spiel steht.

Mit aller Kraft ramme ich die Dolchklinge bis zum Heft in seinen Hals. Fast augenblicklich sackt Migorn röchelnd zu Boden und der Dolch entgleitet meinen Fingern. Mit beiden Händen versucht er den Dolch aus seinem Hals zu ziehen, rutscht jedoch jedes Mal am schweißnassen Griff ab. Unter seinem Kopf bildet sich eine immer größer werdende Blutlache, doch erst als sein Brustkorb aufhört, sich zu heben und zu senken, sinke ich ebenfalls auf die Knie und blinzele ein paarmal, bevor ich das Ausmaß meiner eigenen Verletzung betrachte.

In meiner Seite steckt eine der Halbmond-Klingen. Ich habe Glück im Unglück: Migorns Angriff scheint mich nicht lebensbedrohlich verletzt zu haben. Anstatt meinen Bauch zu treffen, glitt die Klinge etwa zehn Zentimeter seitlich von meinem Bauchnabel in mich hinein und verletzte nur umliegendes Gewebe und Muskeln. Trotzdem vernebelt mir der pulsierende Schmerz fast die Sinne. Durch die gebogene Form der Klinge befindet sich die Ausstrittswunde am Rücken einige Zentimeter höher als die Eintrittswunde. Meine Hände zittern, als ich nach dem Schwertgriff greife. Mehrmals atme ich tief ein und aus, bevor ich mich genug gesammelt habe, um die Klinge mit einem schnellen sauberen Ruck herauszuziehen.

»Verdammter Mist!«, zische ich.

Ich sinke vornüber und presse eine Hand gegen die Wunde, um die Blutung zu stoppen. Mehrere Minuten vergehen, bis ich keine Sterne mehr vor den Augen tanzen sehe und so weit bin, mich wieder aufzurichten und mir die Verletzung genauer anzusehen. Der Schnitt scheint klar begrenzt und nicht groß zu sein. Meine Klingen sind spitz und scharf und nicht darauf ausgelegt, größtmögliche Verletzungen hervorzurufen, sondern mit einem einzigen gezielten Hieb zu töten. Hätten die Waffen Widerhaken, wäre mein Zustand weitaus kritischer. Hinzu kommt, dass Migorn nicht darin geübt war, die Klingen zu führen. Das hat mir vermutlich das Leben gerettet. Zwei Löcher, jeweils so groß wie mein Daumen, klaffen nun in meiner Rüstung.

Es kostet mich mehrere Anläufe, um wieder auf die Füße zu kommen. Ich muss mich an dem nächsten Regal abstützen, um nicht erneut zu Boden zu gehen. Zusätzlich zu den pulsierenden Schmerzen, die sich im ganzen Körper auszubreiten scheinen, spüre ich das warme klebrige Blut, das unterhalb der Rüstung meine Hüfte und anschließend die Schenkel hinunterläuft. Mir muss etwas einfallen, um die Blutung zu stoppen. Was würde ich jetzt für Ashs Feral-Sabber geben! Doch jetzt darf ich nicht noch mehr Zeit hier vertrödeln.

Ich beiße die Zähne zusammen und nehme meine Klingen wieder an mich. Anschließend greife ich nach Hazels Bogen und Köcher und lege mir beides um die Schultern.

Vor Migorns Leichnam bleibe ich einen Moment stehen und betrachte die Blutlache unter dem Kopf. Äußerlich sieht sein Blut nicht anders aus als gewöhnlich, doch er hat davon gesprochen, dass er Alpha-Blut mit seinem eigenen vermischt hat. Ob er diese Vermischung nur bei sich vornehmen ließ? Oder kamen auch andere in den seltsamen »Genuss« seiner neuesten Erfindung? Das Schlimmste, was uns passieren kann, ist, dass er auch seinen Truppen das Mittel injiziert hat … Ich würde es Migorn zutrauen, so weit zu gehen. Oder dachte er, dass das Blut eines Alphas nur für ihn gut genug wäre? Trotzdem bin ich mir sicher, dass seine entsandten Soldaten keine einfachen Menschen sind. Hoffentlich schafft es Ash, einen direkten Kampf zu verhindern, bis wir zurück sind … und ich Unterstützung mitbringen kann.

Als ich mich nach der blutbesudelten Krone bücke, ziehe ich vor Schmerzen scharf die Luft ein. Anschließend greife ich nach meiner Kette, die ich in die Tasche stecke. Verdammt, jede noch so kleine Bewegung schmerzt so sehr, dass ich bereits helle Punkte vor den Augen tanzen sehe! Ich muss die Wunde verbinden, bevor ich zu viel Blut verliere … Aber hier werde ich nichts dafür finden. Ich muss zurück zu Prisca und den anderen, vielleicht können sie mir helfen. Doch bis dahin bin ich auf mich allein gestellt.

Mit der Krone des gefallenen Königs in der einen und der Karte in der anderen Hand, mache ich mich auf die Suche nach unserem Treffpunkt.

***

Schon nach wenigen Metern verschwimmen die gezeichneten Linien vor meinen Augen und ich muss mich immer wieder gegen die Wand lehnen, um nach Atem zu ringen. So werde ich den Weg niemals finden … An der dritten Tür schaffe ich es nur mit Müh und Not, viermal die Null einzutippen.

Ich war während des Trainings mit Jyde oft verletzt. Schnittwunden, aber auch viele Prellungen und Verstauchungen gehören zu meinem Alltag. Doch die Wunden, die ich durch zu langsame Reaktion oder eigene Dummheit davongetragen habe, haben mich nie so beeinträchtigt wie diese. Ich bin weiterhin der Meinung, dass keine schwerwiegende Schädigung vorliegt, aber der stetige Blutverlust macht mich fertig. Im Dorf hat sich Großmutter sofort jeder Verletzung angenommen, sie mit Salben behandelt und anschließend verbunden. Diesen Luxus habe ich diesmal nicht. Bis ich wieder in Daarth bin und ihre Behandlung in Anspruch nehmen kann, werden noch einige Stunden vergehen. Mir muss etwas einfallen, sonst überstehe ich den Ritt nach Hause nicht.

Doch jetzt muss ich mich auf das nächste Problem konzentrieren, das vor mir liegt. Ich muss es schaffen, völlig Fremde, die keinerlei Verbindung zu mir haben, davon zu überzeugen, dass sie uns in einen Kampf folgen, dessen Ausgang mehr als ungewiss ist. Hoffentlich rechnen sie mir an, dass ich ihre Stadt von Migorn befreit habe. Außerdem habe ich noch Payne in der Hinterhand, die wahrscheinlich diese Meryl ist, nach der sie suchen. Die rechtmäßige Thronfolgerin ... Ich bin gespannt darauf, was sie selbst dazu sagen wird.

Ich schleppe mich weiter. Meine Atmung ist flach, da jede Bewegung meines Bauches die Schmerzen nur noch mehr anfeuert. Doch ich setze einen Fuß vor den anderen, ohne Pause.

Ash ... Ich muss Ash helfen ...

***

Als ich die letzte Tür öffne und dahinter Hazel, Tristan in seiner Feral-Gestalt und Prisca entdecke, geben die Beine unter mir nach. Nur Hazels fester Griff bewahrt mich davor, auf dem harten Boden aufzuschlagen. Für einige Augenblicke wird die Welt um mich herum trotz der flackernden Lichtröhren an der Decke schwarz.

»Bring sie hier rein!«, höre ich Priscas Stimme.

Mein Arm liegt um Hazels Schultern. Die zierliche Kriegerin hat alle Mühe, mich hinter sich herzuschleifen, denn ich bin zu schwach, um ihr zu helfen. Tristan läuft hektisch vor uns umher, reckt die Schnauze in die Luft und schnuppert. Als er mein Blut riecht, stößt er ein hohes Fiepen aus, dessen Klang mich schmerzlich an Tenebrae erinnert.

Prisca führt uns in einen Nebenraum, wie ich am Rande meines Bewusstseins bemerke.

»Leg sie da drauf«, weist sie Hazel schließlich an und deutet dabei auf den glänzenden Metalltisch in der Mitte des Raumes.

Kurz wehre ich mich, doch als meine Beine wieder unter mir wegknicken, gelingt es Hazel, mich auf den Tisch zu hieven. Ich spüre die Kälte des Metalls selbst durch die Rüstung hindurch und erschauere.

Ich wollte niemals auf einem dieser Metalltische enden ...

Mit erstaunlich routinierten Bewegungen tastet Prisca meinen Körper ab und findet schnell den Grund meiner Schwäche. Ich hebe den Kopf, um genau zu beobachten, was sie vorhat. Dann spüre ich ihre Finger, die an den Wundrändern entlangfahren, und hole zischend Luft. Anschließend beugt sie sich direkt über die Verletzung und schnuppert daran.

»Du hattest Glück«, sagt sie, nachdem sie sich wieder aufgerichtet hat. »Wären deine Gedärme oder der Magen verletzt worden, könnte ich es riechen. Offenbar sind nur die Muskeln und einige weniger wichtige Gefäße betroffen.«

»Was?«, lalle ich undeutlich.

Sie macht eine abwertende Handbewegung. »Nicht so wichtig. Du wirst durchkommen. Aber wir müssen dringend die Blutung stillen, denn sonst bestünde noch immer die Gefahr, dass du es nicht schaffst.«

Danke, so weit war ich auch schon ... Kraftlos lasse ich den Kopf wieder nach hinten sinken.

»Spring mal hier hoch«, sagt sie und kurz darauf steht Tristans Feral auf dem Tisch neben mir und schaut auf mich herab. »Wir haben in Moorth eine Art Gewebekleber. Das ist eine der nützlichen Erfindungen von Migorns Wissenschaftlern. Vereinfacht gesagt, verklebt es deine Wunde und unterbindet so die Blutung. Allerdings ist es keine Dauerlösung. Wenn du dich zu viel oder zu abrupt bewegst, könnte es schnell wieder aufreißen.«

»Mach einfach«, presse ich zwischen zusammengebissenen Zähnen hervor.

»Und es ist sehr schmerzhaft«, fährt sie fort. »Tristan, stell deine Vorderpfoten auf ihre Schultern und halte sie mit aller Kraft unten. Hazel, du übernimmst die Beine. Sie darf sich so wenig wie möglich bewegen, während ich den Gewebekleber auftrage.«

Bei ihren Worten gefriert mir das restliche Blut in den Adern zu Eis. Zögernd kommt Tristan ihrer Aufforderung nach, nicht ohne vorher noch ein entschuldigendes Winseln auszustoßen.

Mit der Schnauze stupst er meine Hand an, die er dann zum dichten Fell an seinem Hals dirigiert. Ich grabe die Finger hinein und halte mich mit aller Kraft an ihm fest, während ich darum ringe, meine Atmung unter Kontrolle zu halten. Hazel legt sich mit ihrem Oberkörper quer über meine Beine und umschlingt sie zusätzlich mit den Armen.

Ich spüre etwas Kühles auf der Haut, als Prisca das Loch in der Rüstung weiter aufschneidet, um besser an die Wunde heranzukommen.

»Bereit?«, fragt sie.

»Nein«, murmele ich und kralle mich fester in Tristans Fell.

Wieder tastet sie an der Wunde herum und zieht die Haut auseinander. Allein das reicht aus, um mich aufkeuchen zu lassen. Als sie etwas Langes, Kaltes in die Wunde einführt, schreie ich, doch Prisca lässt sich davon nicht beirren. Sie schiebt das Gerät, mit dem sie hantiert und das ich lieber nicht sehen will, durch die ganze Wundhöhle, bis hinab zu meinem Rücken, wo die Klinge wieder ausgetreten ist. Anschließend füllt sie irgendetwas hinein, was schlimmer brennt als alle von Großmutters Salben und Tinkturen zusammen. Es fühlt sich gleichzeitig heiß und kalt an und schmerzt so sehr, dass ich befürchte, sämtliche umliegende Haut könnte jede Sekunde schmelzen oder gefrieren.

Ich bäume mich auf, kreische und schreie und erkenne meine eigene Stimme bei den Lauten, die ich von mir gebe, nicht wieder. Hazel und Tristan versuchen nach Leibeskräften mich ruhig zu halten. Wahrscheinlich ist es ihr Glück, dass ich durch den Blutverlust weitestgehend geschwächt bin, sonst hätten sie mir nicht viel entgegenzusetzen.

»Beeil dich!«, zischt Hazel.

»Ich mach ja schon!«, antwortet Prisca. »Der Kleber muss in der ganzen Wunde verteilt werden, sonst können die Ränder sich nicht verschließen.«

Mein Herzschlag hallt im Kopf wider und meine Ohren klingeln von den eigenen Schreien.

»Gleich geschafft«, sagt Prisca, als ich schon befürchte, keine Sekunde länger durchhalten zu können.

Das Gerät verschwindet aus mir, doch die Schmerzen bleiben – ein Ziehen und Zerren meiner geschundenen Haut, die versucht sich wieder zu öffnen. Nacheinander gehen Hazel und Tristan von mir herunter und geben mich frei. Sogleich beuge ich mich mit dem Oberkörper über den Tischrand und würge Galle hoch. Auch nachdem ich sie auf den Boden gespuckt habe, bleibt der bittere Geschmack im Mund bestehen.

»Langsame Bewegungen«, mahnt Prisca. »Ich spritze dir noch etwas gegen die gröbsten Schmerzen. Aber sobald du zurück in Daarth bist, musst du dich ausruhen und die Verletzung behandeln lassen. Der Gewebekleber ist nur eine Übergangslösung. Solange er in der Wunde ist, können deine Haut und Muskeln nicht verheilen, weil er im Weg ist und nicht zu deinem Körper gehört.«

»Du meinst, das Zeug muss da wieder raus?«, würge ich hervor und hebe den Kopf.

Prisca nickt. Wenigstens hat sie den Anstand, zumindest ein bisschen betreten dabei auszusehen.

Ich will mir lieber nicht vorstellen, wie das Zeug wieder aus mir herauskommen soll … *Hinein* war schon schlimm genug, aber heraus …

Erneut kommt Prisca mit einem spitzen Ding und einer milchig weißen Flüssigkeit in einem Kolben auf mich zu. »Noch einmal kurz die Zähne zusammenbeißen, dann geht es dir gleich besser.«

»Das bezweifele ich«, grummele ich, tue aber wie geheißen.

Verglichen mit dem, was ich bereits hinter mir habe, ist der kleine Stich in die Haut tatsächlich nicht der Rede wert.

»Das Mittel wird deine Schmerzen für einige Stunden dämpfen«, sagt Prisca, während sie die Wunde abklebt. »Du solltest dich aber nicht überschätzen, nur weil du dich besser fühlst.«

»Keine schnellen und abrupten Bewegungen«, wiederhole ich. »Ich hab es verstanden.«

»Am besten solltest du damit auch nicht reiten«, wirft sie ein.

Ich verziehe das Gesicht, als ich vom Tisch klettere, doch die Schmerzen sind bereits etwas abgeklungen. Dennoch stehe ich leicht gekrümmt da und presse die Hand gegen die behandelte Stelle.

»Davon könnte mich nichts abhalten, auch wenn ich dabei verbluten würde«, knurre ich, während ich auf die Tür zugehe. »Können wir jetzt weitermachen? Ich habe schon zu viel Zeit vertrödelt.«

Hazel und Tristan werfen erst mir, dann Prisca einen fragenden Blick zu, und ich sehe ihnen deutlich an, dass sie protestieren wollen.

»Auf wessen Seite steht ihr eigentlich?«, grolle ich. »Wir müssen nach Daarth! Sie brauchen unsere Hilfe!«

Hazel macht einen Schritt auf mich zu. »Das wissen wir. Aber wir werden nicht zulassen, dass du dabei stirbst.«

»Ich fühle mich blendend«, sage ich. »So schnell gehe ich nicht drauf.«

Prisca seufzt. »Fünf Zentimeter weiter links und du könntest keine großen Reden mehr schwingen. An einer Bauchwunde zu sterben ist ein sehr langsamer und qualvoller Tod.«

»Wie gut, dass Migorn so schlecht zielen kann!«, gebe ich zurück. »Können wir dann zum Treffpunkt oder gibt es noch mehr, was ihr mir jetzt sagen wollt? Ich für meinen Teil würde diese schreckliche Stadt gerne hinter mir lassen.«

Erneut tauschen Hazel und Tristan einen Blick, den ich nicht deuten kann. Es zehrt an meinen Nerven, dass andere denken, sie wüssten besser als ich, was gut für mich ist.

»Meine Leute erwarten dich bereits«, sagt Prisca, als sie an mir vorbeigeht und die Tür öffnet.

Ich folge ihr, ohne zu zögern.

KAPITEL 22

Der Weg zum Treffpunkt ist nicht mehr weit und wir kommen zügig voran. Das Ziepen meiner geklebten Haut veranlasst mich zwar dazu, leicht gebückt zu laufen, aber die Schmerzen, die vorhin jede Bewegung zu einer Qual gemacht haben, sind fast gänzlich verschwunden.

Hazel und Tristan halten sich an meinen Seiten, um mich zu stützen, falls nötig. Hazel habe ich ihren Bogen und die Köchertasche zurückgegeben, die sie selig lächelnd angelegt hat. Keiner von ihnen hat mich gefragt, wie ich an unsere Waffen gelangt bin und was mit Migorn geschehen ist. Ich bin froh darüber, denn auch wenn es mir im Nachhinein kein Kopfzerbrechen bereitet, ihn getötet zu haben, möchte ich nicht öfter als nötig darüber sprechen. Einen Menschen zu töten – und sei es ein Scheusal wie Migorn – gehört nicht zu den Dingen, mit denen ich prahlen will.

Prisca führt uns aus der Stadt hinaus und ich atme erleichtert auf, als ich die glatten hohen Mauern hinter mir weiß. Nicht mehr ständig den Gestank von Metall und Blut in der Nase zu haben beruhigt meine Nerven. Nachdem wir einige Hundert Meter in Sichtweite der Mauer Richtung Meer gelaufen sind, gelangen wir zu einer felsigen Klippe. Gischt spritzt mir ins Gesicht, als ich mich ein Stück vorlehne, um die Wellen zu betrachten.

»Hier entlang«, sagt Prisca und deutet auf eine Höhle, die mir zwischen den kantigen Felsen nie aufgefallen wäre.

Der Eingang ist schmal; Tenebrae hätte niemals hindurchgepasst. Wir folgen dem Höhlenverlauf eine Weile, bis ich Stimmen von weiter vorn höre und einen Feuerschein ausmachen kann. Dann gelangen wir in einen hohen Höhlenraum, der mit Fackeln erhellt ist. Von der Decke hängen gezackte Steine.

Unaufhörlich höre ich das Tröpfeln von Wasser auch über das Stimmengewirr der Anwesenden hinweg.

Ich habe keine Zeit dazu, meine Umgebung genauer in Augenschein zu nehmen, denn sämtliche Gespräche kommen zum Erliegen, als Prisca den Raum betritt. Automatisch straffe ich den Rücken, als ich die Blicke der Versammelten auf mir spüre. Ich muss ein Zucken unterdrücken, denn die Bewegung lässt meine geklebte Haut protestieren.

Mit lauter Stimme, die von den Wänden der Höhle widerhallt, sagt Prisca: »Sie ist hier wie versprochen.«

Anschließend stellt sie sich neben einen Hünen von Mann, der in vorderster Reihe steht. Die Haut, die ich in seinem bärtigen Gesicht überhaupt ausmachen kann, ist wettergegerbt. Beinahe vorsichtig legt er einen mit Haaren übersäten Arm um Priscas Körper. Das ist also ihr Feral. Ein Alpha ist er keinesfalls, denn er senkt den Blick, als ich ihn betrachte.

Es gelingt mir nicht, die Stimmung in der Höhle zu deuten. Alle Anwesenden mustern Hazel, Tristan und mich interessiert, aber gleichzeitig abweisend, als seien sie nicht sicher, was sie mit uns anfangen sollen. Zumindest spüre ich weder Hass noch Aggression. Ich lasse den Blick über die Versammelten gleiten. Menschen und Ferals unterschiedlichen Alters. Männer und Frauen. Die meisten von ihnen sind einfache Leute in verschlissener Kleidung, deren Gesichter von Entbehrungen gezeichnet sind. Es müssen über hundert sein ... Wie hat es Prisca nur geschafft, innerhalb so kurzer Zeit all diese Menschen hier zu versammeln?

»Verzeih, wir bekommen nicht oft solch hohen Besuch«, sagt Priscas Feral und macht einen Schritt auf mich zu. Tristan neben mir versteift sich. »Mein Name ist Vilan und ich bin so was wie der Anführer derer, die du hier siehst.«

Ich nicke ihm zu. »Ich bin Scarlet. Und ich brauche eure Hilfe.«

Hazel murmelt etwas Unverständliches. Wahrscheinlich ist sie der Meinung, dass ich es hätte langsamer, diplomatischer angehen sollen, aber das war noch nie meine Stärke. Zu der Lektion habe ich es in Neeras Unterricht nie geschafft.

»Du bist die Gefährtin eines Alphas und scheinst daran gewöhnt zu sein, dass die Ferals deine Befehle sofort ausführen, doch bei uns …«

Ich unterbreche ihn. »Das ist nicht wahr.«

»Und warum sollten wir dir dann helfen?«, fragt Vilan. »Wir stammen nicht aus deinem Gebiet und sind dir nicht zu Gehorsam verpflichtet.«

Zustimmendes Gemurmel erhebt sich unter den anderen. Äußerlich ungerührt erwidere ich Vilans Blick, der seinen eilig senkt. Ich mag zwar hier in Moorth nicht über meine eigentliche Macht verfügen, aber jeder gewöhnliche Feral, der mich ansieht, weiß, dass ich im Rang über ihm stehe. Und daher kommt auch Vilan nicht darum herum, mir den gebührenden Respekt zu zollen. Ich selbst lege darauf keinen Wert, aber ein Teil von mir verlangt danach und gibt sich erst dann zufrieden, wenn der Sprecher der hiesigen Ferals den Blick senkt.

Anschließend löse ich Migorns Krone, die ich an einem meiner Gurte befestigt habe, und werfe sie Vilan vor die Füße. Stellenweise klebt noch das getrocknete Blut des gefallenen Königs an dem goldenen Material, das im Schein der Fackeln schimmert.

Vilan bückt sich nicht danach, sondern starrt sie eine Weile nur an, bevor er wieder zu mir aufsieht. »Wie bist du an Migorns Krone gelangt?«

Ich verziehe abschätzig den Mund. »Was glaubst du wohl?«

Er scheint mir nicht zuzutrauen, Migorn im Kampf besiegt zu haben. Ich mag es nicht, wenn man mich unterschätzt. Doch keiner von denen, die vor mir stehen, kennt mich und weiß, wozu ich fähig bin. Deshalb schlucke ich den aufkommenden Ärger hinunter.

Unsicherheit huscht über Vilans Miene, bevor er sich mit der freien Hand über den Bart streicht. »Aber … Keinem Mann ist es bisher gelungen, Migorn zu besiegen.«

Ich zucke mit den Schultern. »Wie gut, dass ich kein Mann bin.«

Vilan schweigt eine Weile und lauscht dem Getuschel der Männer hinter sich.

»Migorn hat uns das Leben zur Hölle gemacht«, sagt er dann gedämpft. »Seine Wissenschaftler machten Jagd auf alle Ferals. Sie quälten und töteten unseren Alpha, während wir nichts weiter tun konnten, als uns zu verkriechen. Unzählige von uns fanden in seinen Laboren ihr Ende. Wir mussten uns zurückziehen und im Verborgenen leben. Einige flohen in andere Gebiete und stellten sich den Streunern, aber viele blieben.«

Auf einmal werde ich hellhörig. »Den Streunern? Was meinst du damit?«, hake ich nach.

Sein Blick schweift zu Prisca und er streicht mit der Hand liebevoll an ihrer Seite entlang. Diese Geste verursacht einen Stich in meiner Brust.

»Meine Gefährtin fiel beinahe den Streunern in die Hände, kurz bevor ich sie traf«, erzählt Vilan. »Ich war mit einigen der Ferals, die anderenorts ihr Glück finden wollten, auf der Suche nach einer neuen Heimat. Da traf ich sie zum ersten Mal. Ich tötete die Streuner, die sie bedrängten, und brachte Prisca in Sicherheit. Anschließend half ich meinen Leuten dabei, die Streuner weiter zu dezimieren.« Er zuckt mit den Schultern. »Viele waren von ihnen sowieso nicht mehr übrig. Diese Truppe aus Daarth hat ganze Arbeit geleistet, sie zurückzudrängen.«

Die Garde! Vilan muss von Kays königlicher Garde sprechen, in die ich ursprünglich aufgenommen werden wollte.

»Es gelang uns, die Streuner einzukreisen«, berichtet Vilan weiter. »Im Süden belagern unsere Leute die restlichen lebenden Streuner, um sich ihr Territorium zu sichern, im Norden die Truppe aus Daarth.«

»Du … du meinst, die Streuner sind so gut wie besiegt?«, fragt Hazel. »Das würde ja bedeuten …«

»… dass wir Kays Garde zurückbeordern können«, beende ich ihren Gedankengang und nicke ihr zu. Sie wendet sich sofort ab, um Caleb oder Payne per Nexus zu kontaktieren.

Wir lagen falsch. Die ganze Zeit über lagen wir falsch. Die Angriffe der Streuner sind vehementer geworden, weil sie noch von einer anderen Richtung aus bedrängt und nicht, weil sie zahlreicher wurden. Sie müssen eher eine Chance gesehen haben, bei Kays Garde durchbrechen zu können, als ihr Gebiet gegen die vertriebenen Ferals aus Moorth zu verteidigen. Deshalb wurde ihre Gegenwehr stärker, während ihre Attacken an unseren Grenzen immer heftiger ausfielen. Es gibt nur noch wenige von ihnen und diese wenigen bäumen sich auf.

»Ich hätte nicht gedacht, dass ein paar Streuner dich um den Schlaf bringen«, sagt Vilan und fixiert dabei einen Punkt hinter meinem rechten Ohr. Ich widerstehe dem Drang, mich in sein Sichtfeld zu schieben, nur um ihn dazu zu bringen, den Blick zu senken. »Du hast es geschafft, den Tyrannen Migorn zu besiegen und das Gebiet deines Alphas zu erweitern.«

Ich blecke die Zähne. Daher rührt also seine Abneigung gegen mich! Er ist der Meinung, dass ich nur hier bin, um unser Territorium zu vergrößern. Ohne amtierenden Alpha in Moorth wäre das ein Leichtes, aber daran habe ich nicht eine Sekunde lang einen Gedanken verschwendet.

»Dieses Gebiet ist mir herzlich egal«, knurre ich. »Ich habe Migorn nicht getötet, um unser Territorium zu vergrößern. Mein Interesse an Moorth geht gegen null. Von mir aus könnt ihr mit dieser eisenverseuchten Stadt machen, was ihr wollt.«

»Du ... überlässt sie uns?«, fragt er. Ich nicke. »Aber warum hast du König Migorn getötet, wenn dir nichts an seinem Gebiet liegt?«

»Migorn hat meinen Alpha, meine Freunde und mich bedroht und benutzt«, sage ich. »Ich hätte ihn auch getötet, wenn es euch nicht gegeben hätte, denn ich beschütze die, die mir anvertraut sind. Durch meine Tat könnt ihr euch wieder frei in Moorth bewegen. Gegen Migorns restliche Sympathisanten und Wissenschaftler werdet ihr auch allein ankommen. Ihr könnt darauf warten, bis euch hier ein neuer Alpha geboren wird, oder ihr könnt mit mir nach Daarth kommen. Oder ihr tötet die restlichen Streuner und übernehmt ihr Gebiet. Es ist mir gleich und eure Entscheidung.«

»Das ist ... sehr großmütig«, brummelt Vilan undeutlich, als müsste er sich zu dieser Aussage zwingen.

Prisca versetzt ihm einen Stoß mit dem Ellenbogen, bevor sie sagt: »Natürlich werden wir uns für deinen Großmut erkenntlich zeigen. Nenne deinen Preis!«

»Ich erbitte eure Hilfe«, sage ich laut genug, dass auch die Anwesenden weiter hinten in der Höhle mich verstehen können. »Helft mir dabei, meinen

Alpha und meine Stadt zu retten, und ihr erhaltet eure zurück. Ihr könnt hier leben, wie es euch beliebt. Von uns droht euch keine Gefahr. Aber bitte …« Ich neige den Kopf und senke den Blick. »Bitte helft mir.«

Ich bin mir ziemlich sicher, dass Hazel und Tristan neben mir aufgehört haben zu atmen, als sie meine Geste sehen. So kennen sie mich nicht. Wahrscheinlich haben sie damit gerechnet, dass ich Vilan mit vorgehaltenen Klingen dazu zwingen würde, uns zu unterstützen, und das würde ich auch tun, wenn es mir dabei helfen könnte, ihn von meinem Vorhaben zu überzeugen. Doch diesmal kann ich meinen gewöhnlichen Weg nicht gehen. Es muss mir gelingen, ihre Herzen zu erreichen – nicht ihre Kehlen.

Priscas Beine und Füße tauchen in meinem gesenkten Blickfeld auf. Sie greift nach meiner Hand und stellt sich neben mich. Ich hebe den Kopf, um sie anzuschauen. Ein kleines Lächeln erscheint auf ihrem Gesicht. Nach und nach lösen sich weitere Frauen aus der Menge und stellen sich zu uns. Alle tragen an ihren Hälsen unterschiedlich große Bissmale, die sie als Gefährtinnen auszeichnen.

»Ich kenne dich, Scarlet«, sagt Prisca laut genug, dass jeder der Anwesenden sie hören kann. »Du hast meiner Mutter und meinen Schwestern geholfen, während ihr eigener Mann und Vater sie vergessen hat. Du bist nicht geflohen, um deine Haut zu retten, als ich im Labor zu dir kam, um dich zu befreien, sondern bist zurückgeblieben, weil du ohne deine Freunde nicht gehen wolltest. Du hast uns von Migorn befreit und uns unser Gebiet zurückgegeben, in dem wir sicher und ohne Furcht leben können, ohne uns verstecken zu müssen. Du hast so viel für mich getan, deinen Wert mehr als einmal unter Beweis gestellt, und nun ist es an uns, dir dafür zu danken.« Sie verneigt sich vor mir.

»Dank dir können unsere Kinder behütet aufwachsen, ohne Migorn und seine Wissenschaftler fürchten zu müssen«, sagt eine andere und verbeugt sich ebenfalls.

»Du hast uns die Hoffnung auf ein besseres Leben zurückgegeben, wo zahllose andere gescheitert sind«, tut eine dritte kund.

Sie alle verneigen sich vor mir und murmeln ihren Dank. Unruhig trete ich von einem Fuß auf den anderen. Ihre Ehrerbietung ist mir zu viel; ich will sie nicht. Sie sollen nicht vor mir kriechen, mir huldigen oder überschwänglich danken, schließlich habe ich nur das getan, was ich für richtig hielt.

»Wir werden dir folgen, Königin von Daarth«, sagt Prisca.

Ein erneutes Gemurmel erhebt sich unter den Männern. Anscheinend sind sie mit der Entscheidung ihrer Frauen nicht einverstanden. Doch es bedarf nur eines einzigen Blickes der Gefährtinnen, um ihre Ferals verstummen zu lassen. Prisca reckt das Kinn vor und fixiert Vilan, bis dieser seufzend vortritt.

»Wir folgen dir«, sagt er mit etwas weniger Enthusiasmus als seine Gefährtin. Aber er sagt es. Das ist alles, was für mich zählt. »Wann willst du aufbrechen?«

»Sofort«, antworte ich.

***

Ungeduldig sehe ich dabei zu, wie sich die Ferals zum Aufbruch bereit machen. Die Älteren und Schwachen sowie viele der Frauen bleiben zurück. Damit habe ich gerechnet. Auch ohne sie habe ich gut einhundert Männer und einige Frauen, die gewillt sind, mit mir zu kämpfen.

»Nette Ansprache«, sagt Hazel, die zu mir getreten ist.

Ich wiege den Kopf hin und her. Im Nachhinein weiß ich nicht mehr, was ich alles von mir gegeben habe. Das ist wahrscheinlich auch besser so. Ich habe das gesagt, was mir in den Sinn kam und ich an ihrer Stelle hätte hören müssen, um meine Entscheidung zu überdenken. Zumindest die Gefährtinnen scheine ich damit erreicht zu haben. Es war beeindruckend mit anzusehen, wie sie ihre Ferals überstimmt und dazu gebracht haben, sich mir anzuschließen. Ich hätte eher damit gerechnet, die kämpferischen Herzen der Feral-Männer anzusprechen, aber da lag ich anscheinend falsch.

»Was machen deine Handgelenke?«, frage ich Hazel.

Sie streckt die Hände vor. Die Gelenke sind immer noch gerötet, doch frische Haut hat sich bereits gebildet. Ich erkenne weder offene noch nässende Stellen.

»Tristan hat sich darum gekümmert«, murmelt sie und ich habe Mühe, sie zu verstehen. Mit den Fingern berührt sie die Unterlippe. »Ich habe kaum noch Schmerzen und kann die Hände wieder normal bewegen. Zum Glück kamt ihr noch rechtzeitig ...«

»Wer waren die Männer?«

Sie zuckt mit den Schultern. »Ich habe sie noch nie zuvor gesehen. Irgendwelche Kerle eben, denen Migorn versprochen hat, dass sie mich haben können.«

»Es wundert mich ehrlich gesagt, dass er es nicht selbst tun wollte«, sage ich. »Als Rache für deine Zurückweisung und Flucht damals.«

Ein Schmunzeln umspielt ihre Lippen. »Er hätte es vermutlich getan, aber seit er seine Mittel an sich selbst getestet hat, gab es ... ein paar Einschränkungen bei ihm. Zumindest haben das die Männer erzählt, die sich stattdessen um mich kümmern sollten. Weißt du, welches Mittel sie meinten?«

»Er hat sein Blut mit dem Blut des letzten Alphas dieser Gegend vermischt«, sage ich. »Seine Wundheilung ging so schnell vonstatten, dass ich gar keine andere Wahl hatte, als ihn direkt zu töten.«

»Sein Tod ist kein Verlust«, sagt Hazel. »Aber Ash leidet doch als Alpha nicht unter dieser Art von Einschränkung, oder?«

Ich versetze ihr einen Stoß mit der Schulter und wir kichern beide.

»Nein, er leidet nicht darunter«, sage ich dann mit einem Glucksen, weil ich lachen muss.

»Hmm, das wäre zumindest eine Erklärung für seine Zurückhaltung gewesen.«

Für einen Moment, einen kurzen Moment, fällt dank meiner Freundin die Anspannung der letzten Tage von mir ab und ich kann vergessen, was uns noch erwarten wird. Für die Dauer eines Augenblicks bin ich keine Gefährtin, keine zukünftige Königin, keine Anführerin, keine Kämpferin. Ich bin nur eine Frau, die sich daran erfreut, am Leben zu sein.

Als Hazel von einem der anderen Bogenschützen gerufen wird, schlendert Tristan zu mir und setzt sich neben mich, um mit mir den Fortschritt des Aufbruchs zu begutachten. Dass er noch immer ein Wolf ist und nicht mit mir reden kann, fängt an mich zu nerven.

»Wenn du etwas zu sagen hast, musst du dich zurückverwandeln«, sage ich. »Oder willst du etwa so mit uns nach Daarth reisen?«

Er beugt sich ein Stück vor und schaut an mir vorbei in die Richtung, in die Hazel verschwunden ist, bevor er den Blick wieder auf die anderen Männer richtet. Ich muss ein Schmunzeln unterdrücken. Seine Sorge um Hazel ist wirklich herzerweichend und eine ganz neue Seite an ihm, nachdem die beiden sich vor wenigen Tagen noch gegenseitig an die Gurgel gehen wollten. Sobald er wieder normal ist, werde ich Tristan fragen, was diesen Sinneswandel herbeigeführt hat. Ob es der Biss war? Ist das ausreichend, um die Denkweise eines Ferals zu verändern?

Und auch Hazel scheint sich in seiner Nähe wohlzufühlen. Ich habe sogar den Eindruck, dass sie seine Nähe leichter ertragen kann, solange er ein Feral ist. Vielleicht ist das auch ein Grund dafür, dass er sich nicht zurückverwandeln *will*. Ich schaue zu Hazel hinüber. Nach dem, was ihr im Labor beinahe widerfahren ist, ist es kein Wunder, dass sie fürs Erste Männer auf Abstand hält. Selbst jetzt steht sie mehrere Meter von dem Bogenschützen entfernt, der eine Frage an sie hat. Wobei ich mir nicht vorstellen kann, dass dieser Zustand lange bei ihr andauern wird.

Ich sehe ein paar anderen Männern dabei zu, wie sie ihre Pferde satteln und sich von den Zurückbleibenden verabschieden. Endlich scheint es loszugehen!

Prisca kommt zu mir und fällt mir um den Hals. »Wenn du auf dem Schlachtfeld einem dunkelbraunen Bären begegnest, wäre ich dir sehr verbunden, wenn du ein Auge auf ihn haben könntest. Das ist mein Mann.«

Ich erwidere ihre Umarmung. »Du wirst mit den anderen Frauen und denen, die weniger im Kampf geübt sind, in die Stadt gehen und dafür sorgen, dass die Bewohner von Daarth in Sicherheit sind.«

Sie lässt mich los und nickt. »Du kannst dich auf uns verlassen.«

»Ich weiß«, sage ich und kann ein kleines Lächeln auf dem Gesicht spüren. Mir fällt der Rucksack auf, den sie trägt. »Was hast du da?«

Sie zuckt mit den Schultern. »Ein paar kleine Spielereien. Ich hoffe zwar, dass ich sie nicht brauchen werde, aber sicher ist sicher.«

Ehe ich fragen kann, was sie genau damit meint, wendet sie sich mit einem geheimnisvollen Schmunzeln ab und verschwindet zwischen den anderen.

Das Morgengrauen hat bereits eingesetzt und wir brechen auf. Ich nehme keinerlei Rücksicht auf die anderen oder meine Verletzung, sondern verlange dem Pferd, das mir zugeteilt wurde, alles ab. Hazel reitet dicht neben mir, Tristan prescht als Wolf durchs Unterholz. Hinter mir höre ich das Hufgetrampel der Unterstützung, die Daarth so dringend braucht.

Ich kann nur hoffen, dass wir es rechtzeitig schaffen werden ...

ASH

KAPITEL 23

Seit Jyde mich mitten in der Nacht geweckt hat, bin ich nicht mehr zur Ruhe gekommen. An Schlaf ist sowieso nicht zu denken. Davor stand ich mehr oder weniger am Rande der Erschöpfung, sodass mein Körper einige Stunden Ruhe gefordert hat, wenn ich nicht Gefahr laufen wollte, jederzeit umzukippen.

Doch jetzt ist Ruhe oder gar Schlaf etwas, was ich mir nicht leisten kann.

Die Nachricht, dass Migorns Truppen uns von innen heraus angreifen wollen, sobald sie in die Stadt gelangt sind, hat mich eiskalt erwischt. Ich habe dem König von Moorth zwar nie getraut und ihn sogar gehasst, als er es gewagt hat, meine Gefährtin zu bedrohen, aber ich hätte es nicht für möglich gehalten, dass er so weit gehen würde.

Unter den Menschenvölkern gab es seit dem Untergang der alten Zivilisation keinen Krieg mehr. Es mag sein, dass wir nicht immer einer Meinung sind, aber wir töten uns nicht gegenseitig. Wir haben unsere Gebiete, um die wir uns kümmern müssen, und respektieren einander. Unsere Mauern und Verteidigungsanlagen dienen nur dazu, Streuner abzuhalten. Ich glaube, dass keiner unserer Soldaten je einen Menschen töten musste …

Scarlet klang zwar nicht panisch, als sie mir die Nachricht überbracht hat, aber ich spürte ihre unterdrückte Angst. Ich kenne sie mittlerweile gut genug und bin sicher, dass sie mir nicht davon erzählt hätte, wenn es nur ein Gerücht wäre. Ich kann nur hoffen, dass sie wohlauf ist und sich nicht noch in größere Gefahr bringt … Es wird sie schon Anstrengungen und Opfer gekostet haben, um an diese Information zu gelangen, denn Migorn wird seinen Plan nicht freiwillig ausgeplaudert haben.

Wenn ich ihr doch helfen könnte! Ich bleibe nur hier, weil es auch ihr Leben in Gefahr bringen würde, wenn ich jetzt Hals über Kopf nach Moorth renne, um sie zu unterstützen. Sobald ich mein Gebiet verlasse, verfüge ich nur noch über den Bruchteil meiner Kräfte. Während unserer Reise nach Leerth hat mich das nicht gestört, denn dort ging es mir nie darum, gegen irgendwen zu kämpfen. Im Nachhinein kann ich von Glück reden, dass meine Kräfte dort ausgereicht haben, um meine Verletzungen nach Tristans Angriff zu heilen. Ohne Scarlets Unterstützung wäre ich in dieser Nacht wahrscheinlich draufgegangen …

Tenebrae verhält sich zurzeit ruhig. Sein Ausflug ins Wächterdorf hat ihm einen Dämpfer verpasst, aber ich spüre, dass er leidet. Ständig schreckt er hoch, ohne durchzubrechen, und sucht nach Scarlet, nach irgendeinem Anzeichen dafür, dass sie wohlauf und auf dem Weg hierher zurück ist. Doch er findet genauso wenige Anzeichen dafür wie ich. Und das macht uns beide nervös und dünnhäutig.

Calebs Faust saust auf meine Schulter nieder und ich blinzele mehrmals hintereinander.

»Du bist schon wieder abwesend«, sagt er. Kein Vorwurf liegt in der Stimme, eher Resignation. Er musste es mir in den letzten Stunden schon häufiger als gewöhnlich sagen.

»Entschuldige«, murmele ich und gebe mir die größte Mühe, mich wieder auf die ausgebreitete Karte vor mir zu konzentrieren. Allerdings mit mäßigem Erfolg.

Sofort nachdem mir Scarlet von Migorns Plan berichtet hat, weckte ich die anderen auf. Meine Mutter, Payne und Jyde brüten seitdem über der Karte unserer Stadt und der umliegenden Gebiete, während Caleb die undankbare Aufgabe zufiel, ein Auge auf mich zu haben. Ich werde das Gefühl nicht los, dass sie alle weniger besorgt um mich waren, als sie mich als Feral in einen Käfig sperren konnten. Doch jetzt bin ich wieder ein Mensch und sie müssen sich wohl oder übel mit mir befassen, und ich bin wahrlich gerade keine gute Gesellschaft.

Jyde steht per Nexus in ständigem Kontakt zu seinen Soldaten, denen er befohlen hat, alle Bewohner, die außerhalb der Mauern leben und arbeiten, in die Stadt zu bringen. Mutter und Payne planen, an welchen Orten wir zusätzliche Wachen benötigen, falls es Migorns Truppen gelingen sollte, unsere Mauern zu überwinden. Außerdem besprechen sie, wo die Erstbehandlung der Verwundeten den meisten Sinn machen könnte. Die Soldaten mit den ernsteren Verletzungen sollen in den Burghof gebracht werden, wo Mutter und Brianna sich um sie kümmern werden. Leichtere Verletzungen sollen möglichst nah am Kampfgeschehen behandelt werden, damit die Männer schnell wieder in die Gefechte zurückkehren können.

Alle geben sich Mühe und tragen etwas bei. Jeder hat sein Aufgabengebiet und weiß, wann seine Fähigkeiten am besten genutzt werden können.

Und ich ... Ich fühle mich nutzlos.

Wenn ich versuche mich auf eines der Gespräche um mich herum zu konzentrieren, driften meine Gedanken innerhalb von Sekunden ab und ich starre aus dem Fenster, von dem aus ich in die Richtung schauen kann, in der die Grenze nach Moorth liegt. Mittlerweile erklimmt die Sonne den Horizont. Ein neuer Tag. Ein weiterer, an dem ich nicht weiß, ob und wann Scarlet zurückkommt. Ich habe jegliches Zeitgefühl verloren, aber wahrscheinlich ist es schon fast Mittag.

»Gibt es bereits Neuigkeiten von Kays Männern?«, fragt Mutter.

Ich blinzele mehrmals und wende mich wieder den anderen zu.

»Sie sind auf dem Weg hierher«, antwortet Caleb. »Kay war alles andere als begeistert davon, seinen Posten aufzugeben, aber er hat die Dringlichkeit verstanden. Wir können nur hoffen, dass es kein Fehler war, ihn und seine Männer abzuziehen. Wenn die Streuner uns in den Rücken fallen, während wir mit Migorns Truppen beschäftigt sind ...«

»Dieses Risiko müssen wir eingehen«, sagt Jyde. »Wenn Scarlet recht hat, sind die Männer, die wir hier haben, bei Weitem nicht ausreichend, um es mit einem ganzen Trupp ausgebildeter Soldaten aus Moorth aufnehmen zu können.«

»Auf den Rückhalt des Dorfes der Roten können wir nach eurem kleinen Ausrutscher vor ein paar Tagen nicht zählen«, grummelt meine Mutter. »Ich habe zwar einen Boten hingeschickt, aber ich bezweifele, dass genügend kampffähige Männer übrig sind. Die meisten von ihnen dürften eine ganze Weile außer Gefecht gesetzt sein, nachdem ihr euch um sie gekümmert habt. Und Boldur hegt sowieso einen Groll gegen uns, was ich sogar nach den letzten Vorfällen verstehen kann.«

Alle senken schuldbewusst die Köpfe und vermeiden es, in meine Richtung zu sehen, doch ich denke gar nicht daran, mich dafür zu entschuldigen. Schließlich habe ich keinen von ihnen darum gebeten, mir zu folgen. Dass ich ohne ihre Hilfe wahrscheinlich getötet und zu einem Umhang verarbeitet worden wäre, ignoriere ich dabei geflissentlich.

»König Cespar und Prinzessin Luisa sind im Schloss untergebracht«, wechselt Payne das Thema. »Ohne Tristan wollten sie nicht abreisen. Wir haben ihnen eines der Gemächer mit Anbindung an die Geheimgänge zugeteilt.«

»Noch hätten sie Zeit, zu verschwinden«, sagt Jyde. »Sie sind keine Hilfe, sondern nur zwei weitere Menschen, auf die wir aufpassen müssen.«

»Wir können sie nicht einfach rauswerfen«, meint Mutter. »Trotz allem sind sie unsere Gäste. Wir werden sie genauso behandeln wie alle anderen, die unseren Schutz benötigen. Wurde bereits veranlasst, dass Frauen und Kinder aus den äußeren Distrikten in die inneren gebracht werden?«

Payne nickt. »Ich habe zehn Männer damit beauftragt, von Tür zu Tür zu gehen und den Anwohnern zu erklären, dass sie sich auf einen Angriff einstellen müssen. Zeitgleich wird jeder Mann, der eine Waffe halten kann, in die äußeren Distrikte entsandt, um sie im Falle eines Durchbruchs der feindlichen Soldaten verteidigen zu können.«

»Zivilisten«, brummt Jyde.

»Sie sind allemal besser als nichts«, hält Payne dagegen. »Jeder von uns wird kämpfen, aber wir müssen uns die ganze Zeit über auf so viel anderes konzentrieren. Wir müssen die taktischen Knotenpunkte im Blick haben, gegebenenfalls umplanen und Männer von einem Ort zum anderen schicken. Wir werden uns nicht voll und ganz auf den Kampf an sich konzentrieren können. Wir werden nur halb so gut sein wie sonst.« Sie macht eine Handbewegung in meine Richtung. »Nicht einmal unser Alpha wird uns von Nutzen sein, wenn er sich weiter so gehen lässt.«

Ich werfe ihr einen vernichtenden Blick zu, erspare es mir aber, darauf zu antworten. Denn sie hat ja recht, das weiß ich. Trotzdem fühlt es sich mies an, wenn sie es mir geradewegs vor den Latz knallt. Ich wünschte, sie würden mich einfach in Ruhe lassen ...

»Ich habe es verstanden, dass er sich vor allem und jedem verschlossen hat, als Scarlet noch in Migorns Gewalt war«, fährt Payne fort, »aber sie ist auf dem Rückweg, verdammt noch mal!«

»Hast du mit ihr gesprochen?«, knurre ich.

Es ist so ziemlich der erste halbwegs zusammenhängende Satz, den ich von mir gebe, seit unsere Besprechung begonnen hat.

»Nein«, gibt sie zu. »Nach dem letzten Kontakt mit Hazel und der Anweisung, Kays Truppen zurückzubeordern, habe ich nichts mehr von ihnen gehört.«

»Ich ebenfalls nicht«, sagt Jyde und auch Caleb nickt bestätigend.

»Woher willst du dann wissen, dass sie fliehen konnten?«, frage ich.

Sie hat es mir versprochen … Sie hat mir versprochen, dass sie so schnell wie möglich zurückkommt. Aber ich spüre sie nicht. Sie ist nicht in unserem Gebiet, also ist sie noch in Moorth … Was, wenn es ihr nicht gelungen ist, Migorn zu entkommen? Was, wenn er in seinen Laboren gerade schreckliche Tests an ihr durchführt? Oder wenn sie gar …?

Mutter lässt die Faust auf den Tisch donnern. »Schluss damit! Ich ertrage das nicht länger. Was glaubst du, würde Scarlet sagen, wenn sie dich so sehen könnte? Wenn sie wüsste, dass du deine Pflichten als Alpha und König vernachlässigst? Ich hatte Verständnis für dich, als sie dich aus dem Dorf hierher zurückgebracht haben und es fast keinen Knochen in deinem Leib gab, der nicht gebrochen oder zumindest angeknackst war. Aber es geht dir besser. Reiß dich zusammen! Wir brauchen deine Unterstützung! Die Ferals in unseren Truppen sehen zu dir auf. Sie warten auf deine Befehle. Du kannst dir den Luxus, dich hier zu verkriechen und Trübsal zu blasen, nicht mehr länger leisten.«

Ich schnaube und senke den Blick. Ihre Worte treffen mich härter, als ich es für möglich gehalten hätte, doch nach außen hin will ich mir das nicht anmerken lassen. Ich kann ihr noch nicht einmal den Vorwurf machen, dass sie nicht wüsste, wovon sie da redet. Sie weiß es sehr wohl – und das macht es noch schlimmer.

»Scarlet hat diese Bürde auf sich genommen – ohne zu zögern«, sagt Jyde und wartet, bis ich ihn ansehe. »Es ist ihr nicht leichtgefallen zu gehen, aber sie wusste, dass sie es tun musste. Wenn unsere Stadt jetzt fällt, war ihr Opfer umsonst. Willst du das?«

Ich knirsche mit den Zähnen und balle die Hände zu Fäusten. »Nein«, presse ich schließlich hervor.

Ihr Opfer darf niemals umsonst gewesen sein. Und ebenso wenig darf unsere Stadt fallen. Die Bewohner vertrauen darauf, dass wir sie beschützen und wissen, wie auf diese unbekannte Bedrohung reagiert werden muss.

Scarlet wäre die Erste gewesen, die sämtliche Pläne über den Haufen geworfen und mit gezogenen Schwertern vor die Stadtmauern marschiert wäre, um sich jedwedem Feind zu stellen. Ohne zu zögern. Sie hätte auf all die sorgfältig ausgearbeiteten Pläne von Jyde und Payne gepfiffen und das getan, was sie am besten kann: andere beschützen. Warum kann ich das nicht auch? Ich habe zu ihr gesagt, dass Tenebrae und ich stolz darauf sind, sie als Gefährtin zu haben, und das war nichts als die Wahrheit. Nun sind wir an der Reihe, uns so zu verhalten, dass Scarlet stolz auf uns sein kann.

»Ich werde kämpfen«, sage ich. »Aber verlangt von mir nicht, dass ich taktische Entscheidungen treffen muss. Zeigt mir die Feinde, die ich auseinandernehmen soll. Auf mehr kann ich mich gerade nicht konzentrieren.«

»Immerhin etwas«, murmelt meine Mutter und nickt. »Wir werden versuchen eine direkte Konfrontation so lange wie möglich zu vermeiden, aber wenn es zum Kampf kommt, wirst du von unschätzbarem Wert für unsere Truppen sein. Die Soldaten verehren dich und folgen lieber dir in die Schlacht als jedem anderen.« Ihr Blick huscht zu meiner Seite. »Caleb wird sich in deiner Nähe aufhalten und dafür sorgen, dass die richtigen Befehle zur richtigen Zeit gegeben werden. Du konzentrierst dich auf deine Gegner. Außerdem solltest du …«

Ich springe so abrupt von meinem Platz auf, dass der Stuhl nach hinten umkippt, und fasse mir an die Brust. Bevor einer der anderen fragen kann, was denn mit mir los sei, renne ich aus dem Raum.

***

Die Bediensteten und Soldaten, die in den Gängen meinen Weg kreuzten, wichen eilig zur Seite, als ich an ihnen vorbeihastete. So schnell mich meine Füße tragen konnten, steuerte ich auf die Burgmauer zu und kletterte an einer Leiter hinauf.

Schwer atmend schaue ich nun nach Osten und blinzele gegen die Helligkeit hier draußen an. Ich reibe mir erneut über die Brust. Nein, das war keine Einbildung … Tenebraes aufgeregtes Grollen beweist mir, dass er es auch gespürt hat. Ich kralle die Hände an den Stein der Mauer und lehne mich so weit vor wie möglich, als könnte ich dadurch weiter sehen.

Sie ist hier. Der andere Teil meiner Macht ist zurück in meinem Gebiet. Scarlet hat die Grenze überschritten.

Augenblicklich fallen die Melancholie und die dunklen Gedanken der letzten Tage von mir ab und ich atme erleichtert aus.

Sie lebt. Sie kommt zu mir zurück.

»Hier bist du«, brummt Caleb, der hinter mir schnaufend ebenfalls die Leiter erklimmt. »Renn doch nicht einfach weg! Wir haben uns Sorgen gemacht, dass du schon wieder was Dummes anstellen könntest. Das letzte Mal, als du so kopflos davongeprescht bist, bist du geradewegs als Feral in ein Wächterdorf gerannt. Und davor bist du in Leerth in einen fiesen Hinterhalt geraten. Und davor …«

»Danke, ich hab es verstanden«, grummele ich, ohne mich zu ihm umzuwenden. »Scarlet ist auf dem Rückweg.«

»Ein Glück«, murmelt Caleb. »Geht es ihr und den anderen gut?«

»Ich weiß es nicht«, sage ich. »Ich spüre nur, dass sie am Leben und wieder in meinem Gebiet ist. Aber Scarlet würde nie ohne Hazel und Tristan aus Moorth fliehen. Also gehe ich davon aus, dass es ihnen gut geht.«

»Wann werden sie hier sein?«

»Sie haben gerade erst die Grenze überschritten«, antworte ich. »Je nachdem, wie schnell sie vorankommen und ob sie Pferde haben oder zu Fuß laufen müssen, einen halben bis einen Tag, schätze ich.«

Hoffentlich nicht länger als einen halben Tag … Jede weitere Stunde ohne sie grenzt an Folter.

Ich starre auf den Wald, durch den sie kommen muss, als könnte ich sie dadurch dazu bringen, schneller wieder hier zu sein, doch es ist nicht Scarlet, die zwischen den Bäumen hervortritt. Ich blecke die Zähne, als immer mehr Männer, teilweise zu Pferd, auf die Wiese direkt vor unseren Mauern kommen.

Caleb tritt neben mich und wirft ebenfalls einen Blick nach unten. »Mehr, als wir gedacht haben«, murmelt er, als er ihre Zahl grob überschlagen hat.

Ich nicke. Keiner von uns hätte damit gerechnet, dass Migorn so viele seiner Soldaten zu unserer Unterstützung entsenden würde. Aber wie wir nun wissen, sind diese Männer nicht hier, um uns im Kampf gegen die Streuner beizustehen.

»Geh und sag den anderen, dass sie sich bereithalten sollen«, sage ich.

»Und was hast du vor?«

»Ich ziehe mich um und versuche uns Zeit zu erkaufen. Migorns Soldaten wissen wahrscheinlich noch nicht, dass ihr Plan durchschaut wurde. Ich werde sie in Sicherheit wiegen und bitten, noch eine Weile vor unseren Toren zu warten. Kays Männer, Scarlet und Hazel sind auf dem Weg hierher. Wir sind auf sie angewiesen, denn gegen so viele feindliche Soldaten können unsere anwesenden Truppen nicht bestehen. Jede Minute, die ich uns verschaffen kann, ist kostbar.«

Caleb legt mir eine Hand auf die Schulter. »Tu bloß nichts Unüberlegtes! Ich möchte nachher nicht derjenige sein, der Scarlet erklären muss, dass ihr Alpha kurz vor ihrer Rückkehr gefallen ist.«

Ich spüre, dass ich grinsen muss. Zum ersten Mal seit endlos langen Tagen kann ich es wieder. »Keine Sorge. Nichts und niemand wird mich davon abhalten, meine Gefährtin in die Arme zu schließen.« Dann schaue ich erneut hinunter auf die feindlichen Soldaten. »Aber ihr müsst bereit sein! Ich kann nicht absehen, wann sie misstrauisch werden. Wahrscheinlich müssen wir uns ihnen schon vor Kays Eintreffen stellen. Kläre mit Jyde und Payne alles Weitere. Ich bin kein Genie in Taktikfragen und eurer Besprechung habe ich sowieso nicht zugehört.«

Caleb seufzt. »Ich weiß. Sag Bescheid, wenn du vor die Tore reitest. Ich komme mit dir. Aber vorher solltest du dich wirklich umziehen. Wenn mich nicht alles täuscht, hast du in den Klamotten geschlafen, so zerknittert, wie sie aussehen. Nicht sehr königlich, wenn du mich fragst.«

»Wir treffen uns in fünf Minuten am Burgtor«, sage ich, klettere die Leiter nach unten und eile in mein Zimmer.

***

Ich schnappe mir einen der feineren Anzüge aus meinem Schrank und ziehe mich um. Auf sämtliche Rüstung für Arme oder Brust muss ich verzichten, um Migorns Truppen keinen Hinweis darauf zu geben, dass wir sie durchschaut haben. Mein Schwert werde ich jedoch mitnehmen und es Caleb geben, der sich hinter mir halten wird. Hoffentlich schenken sie ihm nicht allzu viel Aufmerksamkeit. Er selbst ist auf keine Waffen angewiesen.

Ich bin das eigentlich auch nicht, aber ich will es so lange wie möglich vermeiden, mich zu verwandeln. Nicht alle unserer Leute wissen, was ich bin. Wenn deswegen eine Panik ausbricht, während wir uns eigentlich auf die Feinde aus Moorth konzentrieren müssen, wird das in einer Katastrophe enden.

Mein Blick streift die beiden Kronen, die auf der Kommode seitlich des Bettes stehen. Neben Scarlets liegt ihr Nexus, den sie hier zurückgelassen hat, bevor sie mit Migorn nach Moorth ging. Ich greife nach dem kleinen Gerät und stecke es in die Hosentasche. Sie wird den Nexus brauchen, wenn sie kommt.

***

Zurück bei Caleb drücke ich ihm mein Schwert in die Hand.

»Denk dran, wir wissen von nichts«, erinnert er mich. »Sei freundlich zu ihnen.«

Ich verziehe den Mund. Ich weiß, dass ich vorgeben muss, mich darüber zu freuen, dass sie endlich eingetroffen sind, doch es wird mir schwerfallen. Am liebsten würde ich mir einen nach dem anderen von ihnen vornehmen und sie solange quälen, bis sie mir sagen, was dieser Irre Migorn mit meiner Gefährtin gemacht hat.

Wieder einmal muss ich lächeln und Menschen mit Freundlichkeit begegnen, obwohl ich ihnen doch am liebsten das Rückgrat durch den Rachen entfernen würde. Tenebrae grollt bei der Vorstellung zufrieden.

Bald. Ein paar Stunden muss ich mich noch zurückhalten, wenn alles gut geht, und dann werde ich sie vernichten, so wie sie uns vernichten wollten. Ich klammere mich an diesen Gedanken und setze ein falsches Lächeln auf, das ich zur Schau stellen muss, während ich durch das Stadttor hinaustrete, um den Anführer von Migorns Truppen zu begrüßen.

SCARLET

KAPITEL 24

Ich nehme schon lange keine Rücksicht mehr darauf, ob die anderen mit meinem Tempo mithalten können. Die meisten schaffen es nicht, wie mir ein kurzer Blick über die Schulter beweist. Die Umgebung verschwimmt zu einem undeutlichen Streifen in meinen Augenwinkeln, während ich erneut nach vorn schaue. Immer mehr der Ferals aus Moorth fallen zurück, doch das hindert mich nicht daran, mein Pferd weiter anzutreiben. Nur Hazel und Tristan halten sich tapfer in meiner Nähe, auch wenn beide so aussehen, als könnten sie dringend eine Pause gebrauchen.

Gegen Mittag erreichen wir die Grenze zu Daarth. Nirgends gibt es einen sichtbaren Hinweis darauf, dass wir zurück auf unserem Gebiet sind, doch ich spüre es. Von einem Moment auf den anderen pulsiert meine Macht wieder ungehindert durch die Adern. Es fühlt sich an, als wäre ein riesiger Stein, der mir bisher das Atmen erschwert hat, von der Brust genommen worden.

Zu Hause … Ich bin wieder zu Hause.

Ich zügele mein Pferd, das dem Befehl nur zu gerne nachkommt. Tristan bricht augenblicklich neben mir im weichen Moos zusammen und schnappt keuchend nach Luft. Auch Hazels Pferd hat bereits weißen Schaum vor dem Maul.

»Wir müssen eine Pause machen«, sagt Hazel zögerlich, während sie den Blick auf Tristan gerichtet hält. »Du hast durch die Ferals aus Moorth die Unterstützung, die wir brauchen, aber sie werden dir keine Hilfe mehr sein, wenn sie völlig fertig in Daarth ankommen.«

Ich weiß, dass sie recht hat. Die Pferde brauchen Ruhe, die Reiter ebenso. Tristan und ein paar andere Ferals sind in ihrer Tiergestalt unterwegs und werden mir nicht mehr von Nutzen sein, wenn ich sie weiter so antreibe.

Tristan schafft es kaum, den Kopf zu heben. Die Zunge hängt seitlich aus dem Maul, während sich die rechte Flanke hektisch hebt und senkt.

Unter normalen Umständen würde ich ihn jetzt damit aufziehen, dass ihn die Zeit in Leerth verweichlicht hat, aber weder sind die Umstände normal noch habe ich einen Überblick darüber, wie lange wir bereits tatsächlich unterwegs sind. Stunden sicherlich, wahrscheinlich schon mehr als einen halben Tag. Ohne Rast, ohne Verpflegung. Während Hazel und ich wenigstens noch auf einem Pferd sitzen, hat Tristan die ganze Strecke zu Fuß zurückgelegt und sich bemüht, in unserer Nähe zu bleiben.

»Eine Stunde Pause«, sage ich zu Hazel.

Sie schließt erleichtert für einen Moment die Augen, bevor sie aus dem Sattel gleitet und eine Flasche mit Wasser zu Tristan bringt. Ich kümmere mich indes um die Pferde und gebe den nachfolgenden Männern Bescheid, dass sie sich ausruhen sollen. Die Nachricht, dass wir endlich eine Rast einlegen, verbreitet sich in Windeseile und schon nach kurzer Zeit ist die Ebene, auf der wir uns befinden, voller Menschen und Ferals. Sie sitzen in kleinen Gruppen zusammen, reichen Essen herum, während die Pferde etwas abseits grasen. Einige holen auch verlorenen Schlaf nach. Mir soll alles recht sein, solange sie nach Ablauf der Stunde weiterreisen können.

Unruhig laufe ich am Rande unseres provisorischen Lagers auf und ab und behalte den Stand der Sonne im Auge. Mir ist noch nie aufgefallen, wie verdammt langsam sie über den Himmel wandert, wenn man auf etwas wartet.

»Setz dich hin«, grollt Hazel, als ich wiederholt an ihr vorbeilaufe. »Du machst mich nervös.«

Tristan gibt ein zustimmendes Grummeln von sich, bevor er sich dem Hasen widmet, den Hazel erlegt hat. Als Feral verträgt er auch das rohe Fleisch, denn um es durchzubraten, reicht unsere Zeit nicht aus. Ich finde es trotz unserer Umstände amüsant, dass es Hazel ist, die die Nahrung für einen Feral erlegen muss. Offenbar gibt es noch mehr Ferals ohne jeglichen Jagdinstinkt, so wie Tenebrae.

Ich esse nichts und habe auch keinen Hunger. Ich weiß, dass es wahrscheinlich keine gute Idee ist, nichts zu mir zu nehmen, doch seit meiner

Verletzung ist mir jeglicher Appetit vergangen. Zum Glück habe ich keine Schmerzen, aber ich spüre eine Nässe an meiner Seite, die vorher noch nicht da war. Um nachzusehen, ob die Wunde trotz Gewebekleber wieder aufgegangen ist, bin ich jedoch zu feige. Sobald Hazel, Tristan oder Prisca davon Wind bekommen, werden sie mich nicht wieder auf ein Pferd lassen. Also halte ich mich von ihnen fern, sodass auch Tristan den Geruch meines Blutes mit seinen Feral-Sinnen nicht wahrnehmen kann.

»Wir werden nicht zu spät kommen«, versucht Hazel erneut, mich zu beruhigen.

Ich antworte nicht darauf, sondern laufe weiter ziellos umher.

»Haben wir eigentlich einen Plan oder platzen wir einfach in den stattfindenden Kampf hinein?«, fragt sie.

»Was glaubst du wohl?«, entgegne ich. »Sehe ich aus, als würde ich mir einen Plan zurechtlegen?«

»Diesmal geht es aber nicht nur um dich.« Hazels sonst stets fröhlicher Blick ist auf einmal ernst und unnachgiebig. »Diesmal hast du Leute hinter dir, die nicht wissen, wie sie sich in einem Kampf verhalten müssen. Fast alle aus Moorth sind keine geschulten Kämpfer wie Payne, Caleb, Jyde oder ich. Es wird chaotisch zugehen, und wenn sie nicht wissen, was sie tun sollen, werden einige von ihnen in Panik geraten.«

»Sie sollen einfach den feindlichen Trupp aus Moorth bekämpfen und besiegen.«

»*Das* ist dein Plan?«

Ich zucke mit den Schultern. »Ich halte meine Pläne gerne simpel, damit es zu so wenig Fehlern wie möglich kommt.«

»Du kannst sie nicht ins offene Messer rennen lassen«, hält Hazel dagegen. »Sie erwarten, dass sie Anweisungen von dir erhalten. Anweisungen, die über ›Hau das, was sich da vorn bewegt, bis es umfällt!‹ hinausgehen.«

Schnaubend verschränke ich die Arme. »Du weißt genau, dass ich nicht gut darin bin, Anweisungen zu geben. Außerdem haben Caleb oder Payne eine viel bessere Übersicht darüber, wo unsere Verstärkung gerade gebraucht wird, sobald wir ankommen.«

»Sie sind aber nicht Caleb oder Payne gefolgt, sondern *dir.* Sie erwarten, dass *du* sie anführst.«

»Ich bin keine Anführerin.«

Hazel reibt sich seufzend mit der Hand über die Stirn. »Nein, die bist du wirklich nicht. Nach der Ansprache in der Höhle habe ich gedacht, dass du endlich über deinen Schatten springen konntest. Du hast nicht nur wie eine Königin geklungen, sondern dich auch so verhalten. Doch jetzt bist du wieder das trotzige Waldmädchen, das glaubt, nur sich selbst Rechenschaft schuldig zu sein.«

Tristans Blick huscht zwischen Hazel und mir hin und her. Ich bin froh, dass er gerade nicht sprechen kann, denn er würde sich garantiert auf Hazels Seite schlagen. Als Außenstehender würde sogar ich mich auf Hazels Seite schlagen, denn sie hat mit allem recht. Ich kann nicht so tun, als hätte ich keine Verantwortung gegenüber den Ferals aus Moorth. Sie sind mir gefolgt und nicht alle von ihnen werden lebend aus diesem Kampf zurückkehren. Doch es ist meine Pflicht, dafür zu sorgen, dass so wenige von ihnen wie möglich sterben. Und das geht nur mit einem Plan.

Ich stoße die Luft aus, die ich die ganze Zeit über angehalten habe, atme tief durch und frage dann: »Was schlägst du vor?«

Hazel neigt den Kopf. »Du fragst mich um Rat?«

»Du gehörst zu meinem inneren Kreis«, sage ich. »Ich *erwarte* einen Rat von dir.«

Ein kleines Lächeln stiehlt sich auf ihre Lippen. »Wir verdanken es den Gefährtinnen, dass überhaupt so viele Freiwillige aus Moorth mitgekommen sind. Die Ferals hingegen sind nicht gänzlich überzeugt. Das wirst du allein nicht schaffen; das muss Ash übernehmen.«

»Du meinst, er soll zu ihnen sprechen? Aber ihn kennen sie erst recht nicht.«

Doch Hazel schüttelt den Kopf. »Wie ich Ash einschätze, wird er so lange wie möglich in seiner menschlichen Gestalt kämpfen. Die Bewohner aus Daarth und auch unsere Soldaten, die keine Ferals sind, wissen nicht, was er ist.«

Ich nicke. Das habe ich mir schon fast gedacht, denn bisher hat sich Caleb stets darum gekümmert, Tenebrae im Labor einzusperren, wenn er einmal im Monat hervorbrach. Auch als Mensch kann Ash auf den Großteil seiner Stärke als Alpha zurückgreifen, deshalb wird er sich nur verwandeln, wenn es unvermeidlich ist.

»Ashs Feral-Gestalt ist jedoch beeindruckend«, fährt Hazel fort.

Tristan gibt ein Grunzen von sich und wendet uns demonstrativ und wahrscheinlich auch beleidigt den Rücken zu. Ich verkneife mir ein Lachen.

»Diese Gestalt müssen die Ferals aus Moorth sehen«, sagt Hazel und ignoriert Tristans Verhalten. »Du hast Migorn besiegt und ihnen ihre Stadt zurückgegeben. In den Augen der Gefährtinnen hast du deinen Wert bereits unter Beweis gestellt, aber in denen ihrer Ferals bist und bleibst du eine Frau, egal wie stark du bist. Sie werden eher einem Alpha als dir in den Kampf folgen, auch wenn er nicht *ihr* Alpha ist. Sie werden sich an ihm orientieren.« Sie grinst von einem Ohr zum anderen. »Und da Ash sowieso alles macht, was du willst, bist es im Endeffekt trotzdem noch du, die die Entscheidungen trifft.«

Ich erwidere ihr Grinsen mit einem leisen Lachen. »Meine Entscheidungen während eines Kampfes sind aber nicht immer die besten. Ich tendiere dazu, alles um mich herum auszublenden.«

»Überlass das mir und den anderen«, sagt sie. »Wir werden im Hintergrund alles überwachen und lenken. Aber ihr zwei seid die Leitfiguren, auf die jeder schaut, und deshalb werden sie uns ignorieren. Ich erwarte also von dir, dass du einen unvergesslichen Auftritt hinlegst.«

»Keine Sorge«, sage ich. »Ich habe da schon eine Idee ...«

KAPITEL 25

Gestärkt und ausgeruht kommen wir schneller voran als zuvor, doch noch immer fühlt es sich für mich viel zu langsam an. Die Sonne ist bereits nach Westen gewandert und blitzt nur noch mit halber Kraft durch die dichten Zweige der Wälder, die Daarth umgeben. Hazel muss mich mehrmals davon abhalten, dass ich allein zu weit vorpresche und die anderen dadurch den Anschluss verlieren. Hier kennen sie sich nicht aus und würden sich in unseren Wäldern verirren. Doch wir brauchen sie; jeden Einzelnen von ihnen.

Im unwegsamen Gelände spüre ich die Verletzung, die ich mir im Kampf mit Migorn zugezogen habe, deutlicher als in den ebenen Weiten von Moorth. Bei jedem Sprung meines Pferdes über eine Wurzel oder einen umgestürzten Baumstamm beiße ich bei der Erschütterung die Zähne zusammen. Das Mittel, das gegen die Schmerzen helfen sollte, hat schon vor Stunden nachgelassen, aber jetzt fühlt es sich fast wieder so schlimm an wie direkt nach dem Kampf.

Als die Sonne schon beinahe untergegangen ist, erreichen wir endlich den Waldrand und direkt vor uns erstrecken sich die weitläufigen Wiesen und Felder von Daarth. Mein Herz setzt für einen Schlag aus, als ich den Kampf sehe, der bereits in vollem Gange ist.

Die einst grünen Wiesen sind braun von Matsch und Blut. Einzelne Rauchfahnen steigen aus der Stadt auf, doch auf den ersten Blick kann ich keinen Riss in der Mauer ausmachen. Hoffentlich stammen die Feuer in der Stadt von uns. Die Geräusche von aufeinanderprallendem Stahl, laute Befehle der Kämpfenden und die Schreie der Verwundeten dringen sogar bis zu uns.

Es sind so viele ... Männer in blauen Rüstungen drängen unermüdlich vor, branden gegen unsere Verteidigung wie eine riesige Welle, während die Soldaten aus Daarth verbissen darum kämpfen, den schützenden Ring um die äußere Mauer aufrechtzuerhalten. Doch der Ring wankt, denn der Trupp aus Moorth konzentriert seine Angriffe direkt auf die Front des Rings. Sie attackieren ohne Unterlass dieselbe Stelle, hinter der das Stadttor liegt. Wenn unsere Verteidigung an dieser Stelle bröckelt, werden sie innerhalb von Minuten in die Stadt gelangen können ... Wir dürfen nicht länger zögern!

»Hazel, Tristan, Prisca und Vilan«, rufe ich und warte, bis die vier zu mir getreten sind. »Ihr kommt mit mir. Der Rest von euch verbirgt sich hier am Waldrand. Ich will nicht riskieren, dass der Feind schon eine Ahnung davon bekommt, wie zahlreich wir sind. Sobald wir in Erfahrung gebracht haben, wie die Lage ist und wo ihr gebraucht werdet, werden wir zurückkommen. Verstanden?«

Die vier nicken und die restlichen Anwesenden murmeln eine Zustimmung, bevor sie meine Befehle an die Hinteren weitergeben und sich tiefer in den Wald zurückziehen.

»Wir sollten einen großen Bogen reiten und von so weit hinten wie möglich zu den Befehlshabern vorstoßen«, sagt Vilan, der das Treiben vor uns mit ernster Miene verfolgt. »Die Soldaten aus Moorth konzentrieren ihre Angriffe auf die Vorderseite. Wenn wir dort drüben seitlich zu den Verteidigern gelangen und sie euch erkennen, werden sie uns durchlassen.«

Hazel nickt. »Direkt mitten durch die Kämpfenden zu reiten, wäre zu riskant. Wir würden in den Kampf verwickelt werden, bevor wir wissen, wie der Plan aussieht.«

Das Pferd unter mir tänzelt nervös, weil ich zu stark an den Zügeln ziehe. Ash ist da unten ... Meine Freunde sind da unten ... Sie kämpfen. Vielleicht sterben sie, während wir den sicheren, aber weiteren Weg nehmen und ...

Hazel legt die Hand auf meinen Arm. »Es geht ihnen gut«, sagt sie eindringlich. »Wir sind fast am Ziel, aber wir dürfen jetzt nicht leichtsinnig werden.«

Ich schlucke angestrengt, ringe mich aber zu einer Zustimmung durch. Mit einem harten Ruck wende ich mein Pferd und presche nach rechts, während ich mir alle Mühe gebe, den immer stärker werdenden Gestank nach Rauch und Feuer und Blut zu ignorieren. Die Geräusche, die mit jedem Satz nach vorn lauter und lauter werden, kann ich jedoch nicht aussperren. Bei jedem Schrei denke ich die ganze Zeit über nur: *Bitte nicht Ash. Bitte nicht Jyde. Bitte nicht Caleb. Bitte nicht Payne.*

Mein Herzschlag hat sich mittlerweile dem Galopp des Pferdes angepasst, das ich weiter antreibe. Wummernd schlägt es in der Brust, während ich nach links schaue und versuche ein vertrautes Gesicht im Kampfgetümmel ausmachen zu können. Doch ich sehe nur die blauen Rüstungen des Trupps aus Moorth und die schlammbesudelten unserer Soldaten.

Ein lauter Pfiff ertönt über den Schlachtenlärm hinweg und kurz darauf löst sich ein Mann aus den Massen und rennt auf uns zu.

Ich vergesse zu atmen, als ich sehe, dass es Ash ist.

Als wir endlich bei den hinteren Reihen und den Bogenschützen ankommen, vergeude ich keine Zeit damit, mein Pferd zu zügeln, sondern springe im Galopp aus dem Sattel direkt in Ashs ausgebreitete Arme. Durch den Schwung wirbelt er mich einmal herum, bis er mich so fest an sich presst, dass ich befürchte, er könnte mir sämtliche Knochen brechen.

»Mach das nie, nie, *nie* wieder!«, knurrt er, bevor er das Gesicht gegen meine Schulter drückt. »Laufe nie wieder davon, wenn ich dir nicht folgen kann!«

Ich klammere mich an ihn und blinzele gegen die Tränen an. »Nein, bestimmt nicht. Versprochen«, wispere ich, während ich tief den vertrauten Duft nach Wald und Regen inhaliere, der sich unter Schweiß, Dreck und fremdem Blut versteckt, und für einen Augenblick seine Wärme genieße.

Ash hebt den Kopf und löst seinen Klammergriff, um beide Hände an meine Wangen zu legen. Sekundenlang schaut er mich einfach nur an, als müsse er sich davon überzeugen, dass ich wirklich und wahrhaftig vor ihm stehe, während ich mich im Funkeln seiner farblich unterschiedlichen Augen verliere. Dann küsst er meine Stirn, die Nasenspitze und schließlich den Mund.

Als er sich von mir löst, flüstert er: »Ich dachte, ich hätte dich verloren.«

Ich hebe die Hand, lege sie auf seine Wange und streiche mit dem Daumen ein paar Schlammspritzer weg. »Ich habe dir versprochen, dass ich wieder zurückkomme.«

Ash lächelt, bevor er sich gegen die Handfläche schmiegt. »Willkommen zu Hause.«

»Zuerst müssen wir sicherstellen, dass wir nach dem heutigen Tag noch ein Zuhause haben«, murmele ich.

Auf einmal versteift er sich und schiebt mich ein Stück von sich weg. Er bläht die Nasenflügel. »Du bist verletzt! Ich kann dein Blut riechen.«

Schnell winke ich ab. »Nur ein kleiner Kratzer. Er wird mich nicht beim Kämpfen behindern. Prisca hat sich bereits darum gekümmert.«

»Wer?«, fragt Ash.

Ich deute auf Prisca und Vilan, die hinter uns warten, und erzähle ihm in Kurzform, was uns in Moorth widerfahren ist – und dass weitere Unterstützung im angrenzenden Wald auf neue Befehle wartet.

Ash geht hinüber zu den beiden. Ich kann deutlich sehen, dass Vilan die Luft anhält, bevor er den Blick senkt, doch er blinzelt überrascht, als Ash eine Hand auf seine Brust legt und sich vor ihnen verneigt.

»Ihr habt mir meine Gefährtin zurückgebracht«, sagt er – ohne aufzublicken. »Ich weiß nicht, wie ich euch je dafür danken kann.«

Sichtlich unwohl verlagert Vilan das Gewicht von einem Fuß auf den anderen. Mehrmals öffnet und schließt er den Mund, ohne dass ein Ton dabei herauskommt.

Es ist Prisca, die für ihn antwortet. »Es ist uns eine Ehre, Alpha. Wir sind hier, um unsere Schuld zu begleichen.«

Ash schaut sie an und schenkt ihr ein Lächeln, das Prisca mehrmals hintereinander blinzeln lässt. Ich ziehe nur schmunzelnd die Augenbrauen hoch. Ja, Ashs Lächeln besitzt eine ganze eigene Kraft, gegen die sogar eine gestandene Gefährtin machtlos ist.

Anschließend wendet Ash sich Hazel und Tristan zu und verbeugt sich ebenfalls vor ihnen. »Auch euch gilt mein innigster Dank.«

»Keine Ursache«, flötet Hazel, während Tristan die Ohren anlegt und in eine andere Richtung schaut. »Dann wollen wir uns mal ins Kampfgetümmel stürzen! Und denk dran, Scarlet: Ich erwarte einen unvergesslichen Auftritt!«

Ich hebe den Daumen, woraufhin Hazel ihren Nexus startet und gemeinsam mit Tristan hinüber zu den Bogenschützen eilt. Ich schicke Prisca in die Stadt, damit sie nach ihrer Familie sehen und sich kurz erholen kann, um später bei der Behandlung der Verletzten zu helfen. Vilan reitet zurück zur wartenden Verstärkung.

»Was meinte Hazel mit einem ›unvergesslichen Auftritt‹?«, fragt Ash, als wir allein sind.

»Die Verstärkung, die ich mitgebracht habe, besteht ausschließlich aus Ferals und ihren Gefährtinnen. Sie werden einem Alpha eher in den Kampf folgen als einem fremden König.« Ich stelle mich auf die Zehenspitzen und hauche ihm einen Kuss auf die Lippen. »Ich brauche Tenebrae. Jetzt.«

Sein Blick huscht zur Seite zu seinen Männern, die tapfer die feindlichen Soldaten zurückdrängen. Zweifel und Zögern huschen über seine Miene.

Ich lege die Hand an seine Wange und zwinge ihn, wieder mich anzusehen. »Sie werden es verstehen«, sage ich eindringlich. »Niemand wird sich von dir abwenden. Wer dir schaden will, muss erst an mir vorbei.«

Sein rechter Mundwinkel hebt sich zu dem schiefen Lächeln, das ich so liebe, bevor er nach seinem Nexus greift und ihn abnimmt. »Setze ihn Tenebrae auf.« Anschließend greift er in seine Hosentasche und fördert meinen Nexus zutage. »Und den hier wirst du gebrauchen können.«

Ich seufze, als ich das vertraute Gewicht wieder am Ohr spüre.

Kurz lehnt Ash die Stirn gegen meine, atmet tief durch und macht dann einen Schritt zurück. Als er blinzelt, wandeln sich seine Pupillen zu Schlitzen. Der ganze Körper erschaudert, bevor er beginnt sich zu verändern. Seine vor Schmutz starrende Kleidung hält den wachsenden Muskeln und neu angeordneten Knochen nicht stand und zerreißt, während seine Haut kohlschwarzem Fell weichen muss.

Die Soldaten um mich herum schnappen nach Luft, als sie die Verwandlung mit ansehen, doch ich halte sie mit einer Handbewegung davor zurück, in Panik zu verfallen. Hazel tut das Gleiche bei den Bogenschützen, die die Veränderung ihres Königs mit offenen Mündern verfolgen.

Keiner von ihnen wagt zu atmen, als ein über zweieinhalb Meter großer schwarzer Feral auf den Hinterläufen vor mir aufragt und abwartend zu mir herabblickt.

»Hallo, Tenebrae«, raune ich, während ich den Kopf zur Seite neige.

Kurz spüre ich seine Zunge an meinem Hals, bevor er das bekannte Feral-Grollen ausstößt, das noch tief in meinem Inneren vibriert. Anschließend lässt er sich auf alle viere nieder und genießt mit geschlossenen Augen meine Streicheleinheiten. Ich befestige den Nexus an seinem spitzen Ohr, was erstaunlicherweise einfacher funktioniert, als ich befürchtet habe. Für einen Moment huscht sein Blick zu dem Loch in meiner Rüstung. Seine Ohren zucken, bevor er schnüffelt und fiept.

»Nicht jetzt! Es ist nicht schlimm und wir haben Wichtigeres zu tun. Wir werden jetzt die Unterstützung holen, die wir dringend brauchen, um unser Zuhause zu verteidigen«, teile ich ihm per Nexus mit. *»Du wirst dich wie ein braver Feral verhalten und niemanden bedrohen, ist das klar? Sie haben alle einen weiten Weg hinter sich und sind nicht aus unserem Gebiet.«*

Tenebrae zögert kurz, nickt dann aber und deutet mit der Schnauze auf seinen Rücken. Ich brauche keine weitere Einladung und klettere auf ihn.

»Hazel!«, rufe ich über die Schulter. »Stell sicher, dass niemand von uns auf Ferals schießt!«

Sie salutiert knapp, bevor sie auf ihren Nexus drückt, um die Befehle weiterzugeben.

Tenebraes Muskeln zucken erwartungsvoll unter mir. *»Lauf zum Wald!«*, denke ich und er prescht los, schneller, geschmeidiger und kraftvoller als jedes Pferd. Ich halte mich an seinem Nackenfell fest und ducke den Oberkörper so weit wie möglich.

***

Am Waldrand richte ich mich langsam auf. Tenebrae grollt, als er der vielen fremden Ferals gewahr wird, doch ich bringe ihn mit einem Druck der Schenkel zum Schweigen. Ehrfurchtsvoll huschen die Blicke der Ferals zwischen ihm und mir hin und her, bevor sie die Köpfe neigen und zu Boden schauen. Ein Kribbeln rauscht durch meinen Körper und ich recke das Kinn, während der Teil in mir, der von meiner Macht beherrscht wird, zufrieden über die entgegengebrachte Ehrerbietung schnurrt. Sie wussten, dass ich die Gefährtin eines Alphas bin, aber mich mit ihm als Einheit zu sehen, hat den gewünschten Effekt. Wir beeindrucken sie mit Stärke, Zusammenhalt und dem Stolz, den wir ausstrahlen.

»Keiner unserer Leute wird einen Feral angreifen«, sage ich laut. »Entscheidet selbst, in welcher Gestalt ihr kämpfen wollt. Konzentriert eure Angriffe auf die hintere Linie der Soldaten aus Moorth. Ihr erkennt sie an ihren blauen Rüstungen. Sobald der Kampf vorbei ist, erachte ich eure Schuld als beglichen und ihr könnt zurück nach Moorth gehen. Oder ihr bleibt hier. Es liegt bei euch.«

Vilan tritt vor und senkt den Kopf. »Was ist mit dem Streuner-Gebiet?«

Ich wische seinen Einwand mit einer Handbewegung beiseite. »Auch dort könnt ihr euch niederlassen, solange ihr unsere Grenzen achtet.«

»Und wenn ...«

Tenebrae macht einen Schritt auf ihn zu und knurrt. Seine Geduld scheint sich dem Ende zuzuneigen, ebenso wie meine. Sofort weicht Vilan zurück und zieht den Kopf zwischen die Schultern, um sich so klein wie möglich zu machen.

»Wir haben das bereits besprochen«, grolle ich. »Wenn du hier Zeit schinden willst, erachte ich jedwede Zugeständnisse als hinfällig. Das gilt auch für das Gebiet von Moorth. Ich habe euch von Migorn befreit, ich habe euch euer Land zurückgegeben. Als Gegenleistung verlange ich nicht mehr als einen Kampf an unserer Seite gegen einen gemeinsamen Feind. Oder glaubt ihr, dass ihr eine Chance gegen Migorns Truppen habt? Wenn sie hier fertig sind, werden sie frisch gestärkt wieder zurück nach Hause marschieren und dort weitermachen, wo Migorn aufgehört hat. Sie werden einen neuen König aus ihren Reihen suchen, der genauso skrupellos gegen euch vorgehen wird wie der vorherige. Willst du das riskieren, weil du plötzlich zu feige bist zu kämpfen?«

Als Vilan weiterhin zögert, stößt Tenebrae ein warnendes Knurren aus, das den Sprecher der fremden Ferals zusammenzucken lässt.

»Wir kämpfen!«, sagt einer der Ferals und macht einen Schritt nach vorn. Nahezu alle anderen folgen ihm.

»Aber das ist nicht unser Kampf«, wirft Vilan ein und deutet dann auf Tenebrae. »Er ist nicht euer Alpha; er kann euch nicht zwingen.«

»Du bist auch nicht unser Alpha«, entgegnet eine der Gefährtinnen kühl. Ich erkenne sie: Sie war in der Höhle die zweite, die zu mir nach vorn gekommen ist. »Ich folge lieber einem fremden Alpha und tue das Richtige, als mich feige zu verkriechen und auf das Beste zu hoffen.«

»Sie hat recht«, sagt eine weitere Gefährtin. »Wer garantiert uns, dass wir nicht die Nächsten sind, wenn Migorns Schlächter hier fertig sind? Dann wird alles wie vorher. Wir müssten uns wieder verstecken und ständig in Angst leben.«

Der Großteil der Ferals verwandelt sich. Nach kurzem Zögern verändert sich auch Vilans Gestalt – zu einem Bären. Keiner von ihnen ist dabei nur halb so groß wie Tenebrae, aber es sind viele. Mit Zähnen und Klauen werden sie für genügend Verwirrung sorgen, dass unseren Soldaten eine kleine Atempause vergönnt ist.

»Ihr reitet in die Stadt«, sage ich zu den Gefährtinnen. »Hazel wird euch in einem der Lager für die Verwundeten einteilen. Haltet euch an ihre Anweisungen!«

Besser als ihren Männern gelingt es ihnen, ihre Nervosität und Angst zu überspielen, als sie mir zunicken.

»Der Rest von euch folgt mir!«

Tenebrae wirbelt herum und prescht zurück zur belagerten Stadt.

»Beschuss einstellen!«, weise ich Hazel an, die den Befehl an ihre Bogenschützen weitergibt. »Wir sind auf dem Weg.«

Ich höre ihr hohes Lachen im Kopf. *»Das ist genau der Auftritt, von dem ich gesprochen habe!«*

Ich riskiere einen Blick über die Schulter. Immer mehr Ferals in unterschiedlichen Größen und Formen brechen aus dem Wald hervor und rennen hinter uns her. Bereits einer von ihnen würde einen Wächter dazu veranlassen, über eine Flucht nachzudenken, aber eine ganze Armee, angeführt von einem riesigen schwarzen Wolf, wird sogar Moorths Soldaten, die schon einiges gesehen haben, das Fürchten lehren. Sie werden sich noch wünschen, sie hätten sich nie mit uns angelegt!

***

Als die feindlichen Soldaten in den hinteren Reihen auf uns aufmerksam werden, ist es bereits zu spät. Der Schrei bleibt ihnen im Halse stecken, als Tenebrae den ersten von ihnen anfällt und seine Zähne die blaue Rüstung zermalmen. Ich springe von seinem Rücken, ziehe meine Klingen und trenne mit einem einzigen Streich dem nächsten den Kopf von den Schultern.

Für eine Schrecksekunde scheinen die Umstehenden zu erwägen, den Rückzug anzutreten, als sie den massigen Feral und meine Halbmond-Klingen erkennen und sehen, mit welcher Leichtigkeit wir durch ihre hinteren Reihen pflügen. Die meisten von ihnen fallen – bevor sie die Waffen zur Verteidigung erheben können. Die restlichen Ferals nehmen sich die Flanken vor, während Tenebrae und ich vordringen, um zu unseren Freunden aufzuschließen.

Als ich einen weiteren Soldaten in blauer Rüstung niedermähe, spüre ich jemanden an meinem Rücken.

»Schön dich zu sehen, Prinzessin«, ruft Caleb über den Schlachtenlärm hinweg. »Wurde auch mal langsam Zeit, dass du auftauchst.«

»Entschuldige, ich wurde aufgehalten«, sage ich, während ich meine Klingen in den nächsten Gegner ramme.

Die Schlacht ist hektisch und chaotisch, ganz anders, als ich es mir vorgestellt habe. Obwohl meine Sinne aufs Äußerste angespannt sind, habe ich das Gefühl, nur die Hälfte um mich herum wahrzunehmen.

Im Augenwinkel sehe ich Stahl aufblitzen und schaffe es noch gerade so, meine eigene Waffe zu heben, um den Angriff abzuwehren. Der Aufprall vibriert bis hinauf in meine Schultern. Bevor ich den Feind zurückdrängen kann, springt ihn ein Wolf an und versenkt sein Gebiss in dem ungeschützten Bereich direkt unter dem Kinn. Schreiend bricht der Soldat zusammen. Anschließend schaut der graue Wolf, den ich noch nie zuvor gesehen habe, mich an. Ihm fehlt das rechte Auge.

»Jyde!«, rufe ich.

Ein Glück! Ihm geht es auch gut. Ich stoße erleichtert die Luft aus. Im selben Moment erscheint Tristan in Wolfsgestalt neben mir. Sein sandfarbenes Fell und die Schnauze sind blutverschmiert.

»Sieht aus, als wären deine Feral-Leibwächter eingetroffen«, sagt Caleb grinsend, während er einen weiteren Soldaten mit gezielten Hieben zu Boden schickt. »Dann kann ich mich um die anderen kümmern.«

Ich nicke ihm zu und Caleb verschwindet in der Menge. Es gibt genügend unserer Soldaten, die seine Unterstützung dringender benötigen als ich. Mit Jyde und Tristan an der Seite mache ich einen Gegner nach dem anderen nieder. Irgendwann gebe ich es auf, sie zu zählen, doch ich habe das Gefühl, dass es einfach nicht weniger werden.

Plötzlich steht ein Soldat vor mir, dessen blaue Rüstung etwas anders aussieht als die übrigen. Das muss einer der feindlichen Kommandeure sein. Perfekt! Wenn wir sie ausschalten, können wir vielleicht Verwirrung in den gegnerischen Reihen stiften. Der Kommandant zieht sein Zweihand-Schwert und stellt sich mir mit einem herablassenden Grinsen. Wie dumm von ihm!

Gerade als ich auf ihn losgehen will, erhebt sich hinter ihm ein schwarzer Feral. Ich ziehe einen Flunsch und lasse meine Klingen sinken, als Tenebrae ihm in den Hals beißt, woraufhin der Kommandant Blut spuckend in sich zusammensackt, ohne einen Ton von sich zu geben.

»He!«, rufe ich, gehe zu Tenebrae und ziehe ihn am Ohr. »Das war meiner! Such dir gefälligst deine eigenen Gegner!«

Er gibt das Feral-Grollen von sich, schmiegt kurz den Kopf an meine Seite und verschwindet mit einem Satz wieder im Getümmel.

Ich weiß nicht, wie viele Soldaten durch meine Klingen fallen. Ich reagiere auf ihre Attacken und nehme fast nichts mehr um mich herum wahr. Doch das wird mir schnell zum Verhängnis ...

Während meines Trainings mit Jyde und auch in den meisten Kämpfen danach stand ich einem einzigen Gegner gegenüber. Abgesehen von Tristans Hinterhalt an der Hütte gab es nur mich und einen Kontrahenten und nichts anderes.

Nach jedem Gefallenen taucht der nächste Feind vor mir auf. Ich denke nicht nach, sondern vernichte die, die meinen Freunden oder mir schaden wollen. Jeder tote Soldat aus Moorth bringt uns näher an das Ende dieses Kampfes. Ich bemerke nicht, dass ich mich immer weiter von den anderen entferne und sogar von Jyde und Tristan getrennt werde. Erst als der feindliche

Soldat vor mir fällt und ich mich wieder aufrichte, sehe ich, dass sie mich ans andere Ende des Schlachtfeldes gelockt haben.

Ihnen ist es gelungen, Tenebrae und mich zu trennen. Tristan und Jyde kann ich auch nirgends in der Nähe entdecken.

Für einen Augenblick zieht sich mein Magen zu einem Knoten zusammen und ich reagiere zu spät auf die Attacke eines Soldaten zu meiner Rechten. Ich schaffe es noch, die Klinge zu heben, doch er schlägt sie mir aus der Hand. Mehrere Meter entfernt landet sie im Schlamm. Mit nur einer Waffe stehe ich plötzlich fünf Soldaten aus Moorth gegenüber.

Der mittlere, dessen Rüstung leicht anders aussieht als die der übrigen, macht einen Schritt auf mich zu. Er ist fast einen Kopf größer als ich und trägt einen Speer in der Hand.

»Wir haben dich eine Weile beobachtet«, sagt er. »Du musst diejenige sein, vor der Migorn uns gewarnt hat. Solltest du nicht in Moorth sein?«

Ohne Vorwarnung und so schnell, dass mein Blick ihm kaum folgen kann, stößt er den Speer nach vorn und bohrt die Spitze in meine linke Schulter. Ich kreische auf und lasse die zweite Klinge fallen. Schnell presse ich die rechte Hand gegen die Wunde. Warmes Blut quillt zwischen den Fingern hervor.

Die übrigen Soldaten haben ebenfalls ihre Waffen erhoben und auf mich gerichtet, jederzeit bereit auf Befehl ihres Kommandanten zuzuschlagen.

»Sieh an«, sagt er. »Ich hätte nicht gedacht, dass ein Monster wie du ebenfalls rotes Blut hat. Aber du bist gut; das muss ich neidlos anerkennen. Schade nur, dass du auf der falschen Seite stehst. Wir sind gar nicht so verschieden, weißt du? Dank Migorns Wissenschaftler fließt in mir auch das Blut eines Ferals.« Er grinst. »Das macht mich wohl ebenso zu einem Monster.«

»Nein«, knurre ich. »Wir sind *sehr* verschieden. Im Gegensatz zu dir habe ich noch ein paar Tricks auf Lager.«

Ich knurre erneut, lauter diesmal, und sperre gleichzeitig mein menschliches Bewusstsein und jegliches Mitleid in mir ein. Meine Macht peitscht durch mich hindurch, lässt die Fingerspitzen kribbeln und weckt etwas in mir auf, was seit dem Zusammenstoß mit Migorn tief und fest geschlafen hat. Etwas Ursprüngliches, was nicht weiß, dass ich eigentlich ein Mensch bin. Ein Instinkt, der meine Verletzungen wahrnimmt und die Männer vor mir dafür büßen lassen will. Ohne jedwede Zurückhaltung.

Ich erwecke das Monster und lasse den Menschen hinter mir.

Innerhalb weniger Sekunden reagieren die Ferals aus Daarth in der Nähe auf meinen Ruf, lassen von ihrem Gegner ab und wenden sich zu uns um.

»Soll mir das etwa Angst machen?«, spottet der Kommandant und richtet den Speer wieder auf mich. »Du bist unbewaffnet! Von dir droht uns keine Gefahr mehr.«

»Ähm, K…Kommandant«, stammelt einer der Soldaten, der einen kurzen Blick über die Schulter geworfen hat.

»Was ist denn?«

Der Kommandant lässt von mir ab und dreht sich um. Die Hand, die den Speer hält, zittert verdächtig.

Die Ferals haben einen Ring hinter den Soldaten gebildet. Diejenigen in Menschengestalt halten die Waffen gezückt, während die anderen knurrend die Zähne blecken. Mindestens dreißig von ihnen stehen den fünf Soldaten aus Moorth gegenüber; unter ihnen in vorderster Reihe entdecke ich auch Jyde und Tristan, die mir kurz einen vernichtenden Blick zuwerfen, bevor sie sich wieder auf die Gegner konzentrieren.

Dann teilt sich die Menge, um ihrem Alpha Platz zu machen, der knurrend und mit gefletschten Zähnen direkt auf den Kommandanten zumarschiert. Kurz bewegt sich Tenebraes Nase, als er das Blut an meiner Schulter und der Speerspitze des Gegners wahrnimmt. Weitere Gründe benötigt er nicht, um mit der Vorderpranke auszuholen und mit den langen Krallen Brust und Bauch des Kommandanten aufzuschlitzen. Seine Rüstung stellt kein Hindernis dar. Die anderen Ferals stürzen sich auf die übrigen Soldaten, die nicht den Hauch einer Chance haben. Bevor sie sich in Sicherheit bringen oder zum Gegenschlag ausholen können, fallen sie den Ferals zum Opfer.

Als die Situation unter Kontrolle ist, kommt Tenebrae zu mir und leckt kurz über die Stichverletzung in der Schulter. Ich ziehe scharf die Luft ein, spüre jedoch einen Moment später, wie der Schmerz abebbt. Ich hauche ihm einen Kuss auf die Nase und sammele meine Klingen auf. Die verletzte Schulter protestiert unter dem Gewicht der Waffe, aber es muss gehen.

Mit einem Lächeln bedanke ich mich bei allen Ferals, die meinem Hilferuf gefolgt sind, und dränge die Macht in mir wieder zurück. Jeder von ihnen muss auf sich selbst aufpassen und sich auf den Kampf konzentrieren. Gemeinsam mit Tenebrae stürzen sie sich wieder in die Schlacht.

Nur meine beiden Feral-Leibwächter bleiben bei mir zurück. Tristan rempelt mich mit der Schulter an, als ich an ihm vorbeilaufe, und auch Jyde gibt ein Brummen von sich.

»Tut mir leid«, sage ich. »Ich passe ab jetzt besser auf, dass ich euch nicht abhandenkomme.«

Als ich schon wieder meinen nächsten Gegner suchen will, sehe ich, dass sich ein Trupp Reiter nähert. Sofort kontaktiere ich Caleb.

»Endlich!«, antwortet er mir. *»Das sind Kay und seine Männer!«*

Tatsächlich gehen die Neuankömmlinge sogleich dazu über, gegen Migorns Soldaten zu kämpfen.

Dank meiner Unterstützung aus Moorth und Kays Männern sind wir nun endlich in der Überzahl, sodass es uns noch vor Sonnenuntergang gelingt, den Feind vernichtend zu schlagen. Umzingelt und unterlegen kämpfen sie bis zum Ende, anstatt sich zu ergeben. Ohrenbetäubender Jubel brandet auf, als der letzte Soldat in blauer Rüstung gefallen ist.

Wir haben es geschafft, denke ich. *Wir haben es tatsächlich geschafft!*

Über Nexus vergewissere ich mich, dass es meinen Freunden so weit gut geht, und erkundige mich nach unseren Verlusten. Die meisten fielen vor unserem Eintreffen mit der Verstärkung gegen die Übermacht aus Moorth. Wären wir nur ein paar Stunden später eingetroffen, hätten wir wahrscheinlich eine zerstörte Stadt vorgefunden.

Als die ständige Anspannung des Kampfes von mir abfällt, knicken die Knie unter mir weg und ich sacke in den Schlamm am äußeren Rand der Wiese. Hier ist mein letzter Gegner gefallen und ich habe es nicht mehr geschafft, mich weiter zum Zentrum vorzukämpfen, bevor unser Sieg absehbar war.

Meine Muskeln schmerzen, meine Verletzungen pochen und zumindest die Bauchwunde, die ich Migorn zu verdanken habe, ist wieder aufgegangen. Ich darf gar nicht daran denken, dass dieser Gewebekleber wieder herausmuss ... Das lasse ich nur machen, nachdem Großmutter mich mit einer Dosis Nachtkraut lahmgelegt hat. Aber sicherlich gibt es andere Männer mit schlimmeren Verletzungen, um die sie sich zuerst kümmern muss.

Tristan kommt zu mir und stupst mich mit der Schnauze an.

Ich versuche mich zu einem Lächeln zu zwingen, habe jedoch Mühe, den Kopf dabei oben zu halten. Alles dreht sich um mich herum ... Verdammter Blutverlust! Ich will nicht hier im kalten Schlamm ohnmächtig werden. Wo ist Tenebrae? Mit seiner Hilfe kann ich in die Stadt gelangen und mich irgendwo ausruhen, bis Großmutter Zeit für mich hat.

Ich richte mich etwas auf und entdecke ihn inmitten der jubelnden Massen, die noch nicht zurück in die Stadt gegangen sind. Sichtlich unwohl lässt er das Schulterklopfen und die Glückwünsche der Menschen, die ihn zum ersten Mal in seiner Feral-Form sehen, über sich ergehen. Ich bringe es nicht über mich, ihn sofort zu mir zu rufen. Er und die anderen Ferals sollen sich den Menschen zeigen, bis auch der Letzte von ihnen versteht, dass uns von ihnen keine Gefahr droht. Und jetzt, in der Euphorie des Sieges, ist der beste Zeitpunkt dafür. Keiner scheint sich daran zu stören, dass die Ferals, die ich als Unterstützung mitgebracht habe, aus dem Land des Feindes stammen. Sie haben an unserer Seite gekämpft und geblutet – das allein zählt. Ich werde noch ein wenig durchhalten.

Plötzlich lässt mich ein Knurren und Geifern aus unzähligen Kehlen herumfahren. Meine Sicht verschwimmt durch die zu schnelle Bewegung und ich brauche einen Moment, um wieder klar sehen zu können. Mit gesträubtem Nackenfell stellt sich Jyde vor mich und auch Tristan scheint mit einem Mal nervös zu sein. Was ist hier los? Die Geräusche um mich herum verursachen mir eine Gänsehaut.

Sie preschen so schnell aus dem Wald hervor, dass ich sie im ersten Augenblick für Schatten halte. Von allen Seiten gleichzeitig rennen sie durch den Schlamm, ihr Ziel fest im Blick. Und dieses Ziel ist gerade abgelenkt.

»Tenebrae!«, schreie ich.

Doch der erste Streuner hat ihn schon beinahe erreicht und setzt zum Sprung an ...

KAPITEL 26

Ich kämpfe mich auf die Füße, verliere aber im Matsch den Halt und schlage der Länge nach hin.

Wie betäubt muss ich dabei zusehen, als sechs Streuner gleichzeitig auf Tenebrae losgehen. Der hat sich zwar dank meiner Warnung im letzten Moment umdrehen und die erste Attacke abwehren können, doch er schafft es nicht, sich rechtzeitig aufzurichten, um auch den nächsten Streuner, der ihm direkt an den Hals springt, abzuschütteln.

Unzählige weitere Kreaturen huschen auf die Wiese, umzingeln unsere Leute, bevor sie wissen, wie ihnen geschieht, und schneiden ihnen so den Fluchtweg in die Stadt ab.

Die Streuner gleichen den abgerissenen Gestalten, die Tristan während seines Hinterhalts an der Hütte bei sich hatte. Sie sind klein, selbst im Vergleich zu Tristans oder Jydes Gestalten nahezu winzig. Ihre Körper sind stellenweise haarlos, sodass nackte Haut zwischen verfilztem Fell durchschimmert. Die Gesichter ähneln denen eines Menschen, aber auch wieder nicht; die Münder sind mit spitzen Zähnen besetzt, doch ihnen fehlt die typische Schnauze eines Tieres.

Obwohl sie abgerissen aussehen, sind diese Mistviecher nicht dumm, das muss ich ihnen lassen. Sie haben gewartet, bis wir uns alle während des Kampfes gegen die Truppe aus Moorth verausgabt haben. Nahezu jeder von uns ist verletzt oder angeschlagen und nach all den Stunden am Ende seiner Kräfte. Noch dazu haben sie uns den Rückweg hinter die sicheren Mauern abgeschnitten. Sie sind klein und schwächlich, aber es sind so viele, dass ich sie nicht zählen kann.

Erneut versuche ich aufzustehen. Die Beine zittern, wollen wieder unter mir nachgeben, doch ich halte mich oben und ziehe meine Klingen. Noch bevor ich Tenebrae zu Hilfe eilen kann, werden auch Jyde, Tristan und ich von Streunern umzingelt.

»Geht mir aus dem Weg«, grolle ich.

Der Streuner direkt vor mir reckt die Nase in die Luft und atmet witternd ein. Die Lippen verzieht er zu einem Grinsen, als er mein Blut und meine Schwäche riecht. Ich stürme nach vorn und ramme ihm die Klinge in die Brust, bevor er reagieren kann. Tristan und Jyde kümmern sich ebenfalls um einige Streuner, während ich Mühe habe, nicht sofort wieder zusammenzubrechen. Die abrupte Bewegung hat den Schmerz in meinem Bauch wieder aufflammen lassen und nun breitet er sich wellenartig durch den ganzen Körper aus. Beinahe entgleiten mir die Waffen aus den zitternden Händen.

Aber ich muss zu Tenebrae! Als ich einen Blick zu ihm riskiere, entdecke ich Payne und Caleb neben ihm, die alle Hände voll zu tun haben, die Streuner abzuwehren, die sich auf Tenebrae stürzen.

Jyde und Tristan haben die Streuner um uns herum weit genug zurückgedrängt, sodass wir zu den anderen aufschließen können. Ich renne los, ohne nach links oder rechts zu schauen. Unterwegs kontaktiere ich Hazel per Nexus.

»Schießt die Streuner ab, die das Tor belagern«, weise ich sie an. *»Verschafft uns genügend Freiraum, dass wir in die Stadt können.«*

»Geht klar!«

Nur Sekunden später ergießt sich ein schwarzer Pfeilhagel auf die Streuner, die jaulend an Ort und Stelle zusammenbrechen. Doch für jeden Gefallenen scheinen zwei neue nachzurücken.

»Vilan!«, rufe ich, als ich an dem Feral in Bären-Gestalt vorbeikomme, der ebenfalls Streuner abwehrt. »Sieh zu, dass sich deine Leute zurückziehen, sobald sie eine Chance sehen, in die Stadt zu gelangen! Hinter den Mauern sind wir außerhalb ihrer Reichweite.«

Er nickt und ich renne weiter.

Wir müssen es irgendwie schaffen, in die Stadt zu kommen. Hazels Bogenschützen haben kein freies Schussfeld, solange wir noch hier draußen sind, doch die Streuner ziehen ihren Ring immer enger um uns. Dabei ignorieren sie nahezu alle bis auf Tenebrae, auf den sie ihre Angriffe bündeln. Von den Ferals aus Moorth nehmen sie keinerlei Notiz und auch Kays Männer greifen sie nur an, wenn sie sich den Streunern direkt in den Weg stellen.

Ihnen geht es einzig und allein darum, den Alpha zu töten!

Tristan und Jyde schließen wieder zu mir auf und gemeinsam erreichen wir die anderen. Ich schlitze zwei Streuner auf, die sich in Tenebraes Schulter verbissen haben. Bevor die nächste Welle anrücken kann, tausche ich einen Blick mit ihm. Sein Körper ist mit Kratzern und Bisswunden übersät; Blut sickert aus unzähligen kleineren Wunden. Keine davon sieht direkt bedrohlich aus, aber es ist die Menge an kleinen Verletzungen, die Tenebraes Bewegungen langsamer werden lässt. Sein Atem geht abgehackt. Schnell wende ich mich zu Payne und Caleb um. Auch ihre Arme und Oberkörper sind voller Kratzer und Schnitte, aus denen sie bluten. Keiner von ihnen wird mehr lange durchhalten können, wenn uns nicht bald etwas einfällt!

»Kay!«, rufe ich. Der Anführer der Garde wirbelt zu mir herum. »Greife mit deinen verbleibenden Männern die Streuner an, die nachrücken, um den Eingang in die Stadt zu blockieren. Hazel und ihre Bogenschützen kümmern sich bereits um die, die sich dort positioniert haben, aber es kommen ständig neue nach. Hindert sie daran!«

Sein Blick huscht zu Tenebrae und ich sehe ihm an, dass ihm die Idee, die Verteidigung aufzugeben, nicht gefällt.

»Wir können uns nicht ewig gegen sie behaupten«, sage ich schnell. »Wir müssen uns zurückziehen!«

Widerwillig nickt er und leitet den Befehl an seine Männer weiter. Zusammen mit den Ferals aus Moorth stürzen sie sich auf die Streuner, die weiterhin seitlich aus dem Wald strömen, um ihre Gefallenen zu ersetzen.

Währenddessen bilden Caleb, Payne, Jyde, Tristan und ich eine schützende Mauer um Tenebrae.

Doch mit jedem Schlag, mit jeder Attacke fühlen sich meine Arme schwerer und schwerer an. Schweiß rinnt mir die Stirn hinunter und brennt in den Augen. Ich blinzele mehrmals, aber meine Sicht bleibt verschwommen. Ich atme nur noch keuchend und die Beine zittern so sehr, dass ich die Füße weiter auseinanderstellen muss, um überhaupt noch Halt zu finden.

Aber ich gebe nicht auf! Nicht so lange, bis wir es alle lebend hier rausgeschafft haben.

Meine Bewegungen werden fahrig; mehrmals verfehle ich einen Angreifer und schaffe es nur dank Tristans oder Jydes Eingreifen, ihn noch rechtzeitig abwehren zu können. Caleb und Payne konzentrieren sich auf Tenebraes direkten Schutz. Da sie sich im Kampf nur auf ihre Fäuste verlassen, kümmern sie sich um die Streuner, die zu nah an uns heran- oder an uns vorbeikommen.

Mittlerweile wird es dunkel und es fällt mir immer schwerer, die fast schwarzen Gestalten ausmachen zu können, bevor sie mir an die Kehle springen. Manchmal gelingt es erst im letzten Augenblick, meine Klinge zu heben.

Ich weiß nicht, wie viel Zeit vergangen ist. Ich schaffe es nur noch durch pure Willenskraft, auf den Füßen zu bleiben und die Arme zu bewegen. Der Wunsch, Tenebrae zu beschützen, ist lauter als das Schreien meines Körpers nach einer Pause.

Aber ich weiß, dass ich nicht mehr lange durchhalten werde. Ich spüre das klebrige Blut, das an der Hüfte und am Bein hinunterläuft und sich im Stiefel sammelt. Ich fühle das Pochen in der Schulter, wann immer ich mit der Klinge aushole. Mein Atem geht nur noch rasselnd und unregelmäßig und mir ist so schwindelig, dass ich zu taumeln beginne. Zusätzlich zu den kaum auszuhaltenden Schmerzen hämmert mir das Herz gegen die Rippen.

»Der Weg in die Stadt ist frei«, brüllt Caleb hinter mir. »Lasst euch zurückfallen!«

Endlich! Hazels Bogenschützen und Kays Männer haben es geschafft! Und keine Sekunde zu früh.

Meter für Meter bewegen wir uns auf die schützende Stadtmauer zu, ohne dabei den Blick von den Streunern zu nehmen, die auch weiterhin wie eine nicht enden wollende Flut über uns herfallen.

Als sie bemerken, dass wir uns zurückziehen wollen, werden ihre Attacken noch heftiger und rücksichtsloser. Mehrmals jaulen Tristan und Jyde neben mir auf, als Streuner sich in ihnen verbeißen. Auch ihnen fällt es schwerer und schwerer, ihre Angriffe abzuwehren. Einer der Streuner wirft sich so schwungvoll gegen meine Beine, dass ich den Halt verliere und zu Boden gehe. Sofort steht Tenebrae über mir und hält mit einem Prankenhieb einen weiteren Streuner davon ab, mir zu nahe zu kommen.

»Wir müssen rennen!«, sagt Payne, als sie mich am Arm packt, um mir aufzuhelfen.

Rennen? Ich bin froh, wenn ich ohne Hilfe stehen kann ... Aber sie hat recht. Wenn wir uns weiter auf einen offenen Kampf einlassen, werden wir verlieren. Unsere einzige Chance liegt darin, uns hinter die Stadtmauern zurückzuziehen, die nur etwa hundert Meter hinter uns aufragen.

Ich stemme mich zurück auf die Füße und nicke Payne zu. In der Dunkelheit kann ich ihr Gesicht nicht genau erkennen. Ihre Hand liegt auf meinem Arm und sie zieht mich einige Meter zurück zu den anderen.

»Wehrt die ab, die euch zu nahe kommen, aber bleibt nicht stehen und dreht euch nicht um«, weist Caleb uns an. »Hazels Leute werden auf die Streuner schießen, die uns verfolgen. Payne und ich bleiben bei Ash. Tristan und Jyde, ihr kümmert euch darum, dass Scarlet heil ankommt, klar?«

Da ich die Einzige von uns bin, die Waffen in der Hand hat, hole ich so weit wie möglich mit den Klingen aus und metzele die Streuner nieder, die bereits wieder zu uns aufgeschlossen haben. Stöhnend beiße ich mir auf die Lippe, als die Schmerzen in der Schulter und im Bauch beinahe unerträglich werden.

»Lauft!«, brülle ich und wirbele ebenfalls herum.

Tenebrae und die anderen nehme ich nur als dunkle Schemen vor mir wahr, während ich mich darauf konzentriere, einen Fuß vor den anderen zu setzen. Im schlammigen Untergrund und mit zitternden Knien erfordert das meine gesamte Aufmerksamkeit. Pfeile sirren an uns vorbei und lassen die Streuner hinter uns aufjaulen. Ich halte den Blick fest auf die Fackeln am Tor der Stadtmauer gerichtet, die mit jedem Schritt näher kommen.

Durchhalten ... Ich muss durchhalten! Es ist nicht mehr weit. Dann kann ich mich ausruhen ...

Kay steht direkt am Tor im Schein der Fackeln und winkt uns heran, während seine Männer die seitlich herannahenden Streuner auf Abstand halten.

Schneller! Schneller! Sie werden sich nicht mehr lange behaupten können ... Sie halten den Weg für uns ... Wir müssen uns beeilen!

Als die Mauer endlich vor uns aufragt, sprinten Tenebrae und die anderen durchs Tor, wo sie mitten auf dem Platz zusammenbrechen und schwer atmend liegen bleiben. Ich stolpere hinter ihnen her, ohne noch Herr meiner Sinne zu sein. Als ich Pflastersteine anstatt Matsch unter den Stiefeln spüre, gleiten mir die Halbmond-Klingen aus den verkrampften Händen. Nur undeutlich nehme ich wahr, dass Kays Leute und einige der Ferals aus Moorth uns folgen. Als der letzte von ihnen das Tor passiert hat, schließen sie es so schnell wie möglich.

Doch nicht schnell genug.

Ein einzelner Streuner zwängt sich durch das fast geschlossene Tor, rennt an den Männern vorbei, denen nicht genügend Zeit zum Reagieren bleibt, und stürzt sich auf Tenebrae, der es kaum schafft, den Kopf zu heben.

»Nein!«, schreie ich, mache einen Satz nach vorn und werfe mich schützend über ihn.

Die Klauen des Streuners bohren sich durch meinen Rücken und treten vorn ein paar Zentimeter aus der Brust aus. Blinzelnd schaue ich darauf hinab, bevor er sie mit einem schmatzenden Geräusch wieder aus mir herauszerrt.

Erst dann spüre ich die Schmerzen.

Mehr und mehr Blut sammelt sich im Mund, bis ich es nicht mehr schaffe, es wieder hinunterzuschlucken, und es hustend und röchelnd ausspucke. Jeder Atemzug sticht wie tausend Nadeln in meinem Brustkorb.

Sämtliche Kraft weicht nun aus meinem Körper. Die Muskeln gehorchen mir nicht mehr. Ich sacke auf die Knie und kippe anschließend zur Seite weg.

Das Letzte, was ich sehe, sind Tenebraes wunderschöne, aber panisch aufgerissene Augen, bevor hinter der Mauer ein ohrenbetäubender Knall ertönt und alles um mich herum schwarz wird.

NEERA

KAPITEL 27

Der Strom an Verwundeten reißt nicht ab, doch zum Glück sind die meisten von ihnen nur leicht verletzt. Brianna und ich sind im Burghof stationiert. Während ich mich um kaputte Knochen und ausgerenkte Gelenke kümmere, ist Brianna für Schnitt- und Stichwunden zuständig. Wir ergänzen uns perfekt, arbeiten Hand in Hand und haben schon nach wenigen Stunden einen gemeinsamen Rhythmus gefunden. Zu uns beiden werden die Verwundeten weitergeleitet, die nicht in den Lagern nahe dem Stadttor behandelt werden können, vor allem, wenn es Verletzungen betrifft, die ein Weiterkämpfen des Betroffenen unmöglich machen.

Dennoch sind wir froh, dass bisher keiner unserer nächsten Angehörigen bei den Verletzten dabei war.

Die Kunde, dass Scarlet zurück ist und eine Verstärkung mitgebracht hat, verbreitet sich wie ein Lauffeuer und gibt den Kämpfenden neuen Mut. Hazel sehe ich über die Mauer flitzen, während sie die Bogenschützen in Position bringt und Befehle erteilt.

Ich weiß nicht, wie viele Stunden seit Beginn des Kampfes vergangen sind. Meine Hände und die Ärmel meiner Tunika sind blutverschmiert und die Arme kraftlos, doch ich gehe weiter von Verwundetem zu Verwundetem und spreche denen, die bereits behandelt wurden, Mut zu.

»Ist es wahr, Herrin?«, fragt einer von ihnen. »Ist Euer Sohn …?«

Ich lege ihm eine Hand auf die Stirn und nicke. »Niemand braucht sich vor ihm zu fürchten«, sage ich.

Er grinst, verzieht dann jedoch den Mund und hält sich den gebrochenen Arm. »Nein. Jedenfalls niemand von uns. Ich habe ihn gesehen … Noch nie in meinem Leben war ich so froh, nicht in Moorth geboren worden zu sein.«

»Ich habe ihn auch gesehen«, wirft ein anderer Mann auf der Pritsche neben ihm ein. »Und Scarlet ebenfalls. Sie haben gemeinsam eine Schneise in die hinteren Reihen der feindlichen Soldaten geschlagen, als wir schon glaubten, dass alles verloren sei.«

Ich lausche ihrer Begeisterung noch einen Moment, bevor ich zu meinem nächsten Patienten gehe. In den letzten Stunden habe ich schon einige Geschichten über einen riesigen schwarzen Feral und eine Frau mit zwei Klingen zu hören bekommen. Über ihre Taten, ihre Geschwindigkeit und durchschlagende Stärke.

Wenn jemand unsere Stadt vor der Eroberung bewahren kann, dann sind es Ash und Scarlet.

Ich weiß, dass ich es nicht tun sollte, doch ich schließe kurz die Augen und schicke ein Gebet an die Göttin. Seit ich mich von ihr abgewandt habe, hat sie keines meiner Gebete mehr erhört und mich wieder und wieder bestraft. Sie nahm mir den Mann durch meine eigene Hand, ebenso wie die Gefühle für meinen Sohn, die ich mir über Jahre hinweg zurückerkämpfen musste. Doch diesmal ... Diesmal *muss* sie mich erhören.

Ich bete für unsere Stadt und ihre Bewohner, aber ich bete auch für Ash und Scarlet. Dass sie unversehrt bleiben. Dass sie den Kampf lebend überstehen. Dass sie nicht so enden wie Zayne und ich.

Ein ohrenbetäubender Knall lässt mich zusammenzucken. Kurz darauf ertönt noch einer. Und noch einer. Ich presse eine Hand gegen den Brustkorb, um mein Herz daran zu hindern, womöglich herauszuspringen. Die Verwundeten, die aufstehen können, springen von ihren Pritschen und sehen sich nach einem Feind um. Das Blut pulsiert mir in den Ohren, während ich auf das Burgtor starre.

Haben wir verloren? Wurden unsere Mauern gestürmt?

Ich hätte nicht beten sollen ... Das geschieht nur, weil ich wider besseres Wissen um Beistand gefleht habe ...

Angestrengt lausche ich auf weitere Geräusche, einen erneuten Knall, dessen Ursprung ich nicht zuordnen kann, doch eine beängstigende Stille senkt sich über die Stadt. Das Einzige, was ich höre, ist der angestrengte Atem der Umstehenden.

Jede Sekunde rechne ich damit, dass die Soldaten aus Moorth auf den Burghof gerannt kommen und jeden niedermetzeln, der sich nicht schnell genug in Sicherheit bringen kann. So weit im Stadtinneren haben wir kaum noch Männer zur Verteidigung stationiert. Sie sind entweder vor den Toren oder halten den äußeren Ring, aber hierher werden nur die Verwundeten gebracht.

Doch es sind keine Soldaten in blauen Rüstungen, die auf den Burghof gerannt kommen, sondern zwei Ferals.

»Jyde«, ruft Brianna, die von einem der weiter hinten stationierten Patienten auf uns zugeeilt kommt.

Der graue Feral, dem ein Auge fehlt, prescht sofort auf sie zu und nimmt den Zipfel ihres Mantels ins Maul. Vor mir bleibt ein sandfarbener Feral stehen, dessen Fell an der Brust und ums Maul herum blutverschmiert ist. Seine Haltung ist angespannt, und als er mich ankläfft, zucke ich zusammen. Der hohe panische Laut klingelt mir in den Ohren. Er kläfft erneut, da ich mich nicht vom Fleck rühre.

»Bist du das, Tristan?«, fragt Brianna. »Was ist denn da draußen los?«

Wieder ruckt Jyde an Briannas Mantel.

»Ich glaube, sie wollen, dass wir ihnen folgen«, sage ich. »Ist ... ist etwas mit Ash? Oder Scarlet?«

Der Feral vor mir nickt, bevor er herumwirbelt. Eine eisige Kälte rauscht durch meinen Körper und zum ersten Mal seit vielen Jahren habe ich Mühe, die Fassung zu bewahren. Das passiert nur meinetwegen ... Weil ich zur Göttin gebetet habe, die mich nicht erhört.

Brianna packt mich am Arm und zerrt mich schon hinter sich her. Trotz ihres Alters ist sie erstaunlich schnell und ich schaffe es kaum, mit ihr mitzuhalten. Ich stolpere zwischen Pritschen und verängstigten Verletzten entlang, während die beiden Ferals ungeduldig auf der Stelle tänzeln, bis wir endlich zu ihnen aufgeschlossen haben.

***

Sie haben uns zu Briannas Kammer geführt, in der sie ihrer Arbeit als Unberührbare nachgeht und die in der Nähe des Tores zur Stadt am äußeren Ende des Burghofs liegt. Bereits von Weitem hörte ich das lang gezogene Heulen eines Ferals. Ich wusste sofort, von wem es stammt …

Mein Herz krampft sich zusammen, als ich den jammervollen Laut erneut hören muss, und ich schnappe nach Luft. Es klingt genauso wie Zaynes Heulen … Noch nie habe ich einen ähnlichen Laut von Ash gehört. Sein Knurren, Grollen und Kläffen, wenn er als Feral in einem der Käfige im Labor aufwachte, ja, aber noch nie … Er klang niemals so verzweifelt.

Die beiden Ferals bleiben in sicherem Abstand stehen, nachdem ihr Alpha ihnen einen einzigen Blick zugeworfen hat, der selbst mich dazu veranlasst, beide Füße in den Boden zu rammen.

Ash kauert neben dem Eingang zu Briannas Kammer und presst einen leblosen Körper gegen die Brust. Auch aus mehreren Metern Entfernung weiß ich, dass es sich dabei um Scarlet handelt. Ein riesiger Kloß bildet sich in meinem Hals, der mich kaum noch atmen lässt. Ist sie …?

Brianna fängt sich vor mir und macht ein paar Schritte auf Ash zu. Sie zögert nur kurz, als er sie mit gefletschten Zähnen anknurrt, streckt jedoch die Hand nach ihm aus.

»Du musst sie loslassen«, sagt sie ruhig. »Wir können ihr sonst nicht helfen.«

Ashs Blick huscht gehetzt umher, bleibt nur für Sekundenbruchteile an Briannas ausgestreckter Hand hängen, bevor er sich auf mich und die beiden anderen Ferals legt. Dann zieht er Scarlet fester an sich.

Brianna schaut zu mir und bittet mich stumm um Hilfe, doch ich bin wie gelähmt. Wir müssen wissen, wie es um Scarlet steht, doch wenn sie … wenn sie bereits tot ist … Ihre Haut ist so schneeweiß, als wäre sämtliches Blut aus ihrem Körper verschwunden. Aber am meisten Sorgen bereitet mir das Blut um den Mund herum. Sie muss es ausgespuckt haben. Blut aus dem Mund ist nie ein gutes Zeichen, das weiß selbst ich, obwohl ich mich während der Zeit als Unberührbare auf Knochenbrüche spezialisiert habe.

Auch Brianna scheint das viele Blut um Scarlets Mund bemerkt zu haben, denn sie macht erneut einen Schritt auf Ash zu.

»Wir werden uns um sie kümmern«, sagt sie, »aber das geht nicht, wenn du sie nicht loslässt. Sie wird sterben, wenn du weiter zögerst!«

Ash zuckt zusammen, als Briannas Worte zu ihm durchdringen, und schaut auf die leblose Scarlet in seinen Armen hinab. Langsam lässt er sie zu Boden sinken, hält jedoch ihre Hand fest mit der Pranke umklammert. Brianna stürzt auf sie zu und kniet sich neben sie. Ich folge ihr und schlage beide Hände vor den Mund, als ich Scarlets durchschlagenen Brustkorb sehe. Die kleineren Schrammen und Schnitte an ihrem restlichen Körper sind nicht der Rede wert, aber die Löcher in der Brust ...

Nur ein Blick, den ich mit Brianna austausche, ist nötig, um mir die Gewissheit zu geben: Gegen eine solche Verletzung sind wir beide machtlos. Es handelt sich nicht um Knochen, die wieder geschient, oder offene Wunden, die genäht werden können. Das hier geht tiefer. Die Verletzung scheint vom Rücken aus zu beginnen und ist so weitreichend, dass selbst vorn die Austrittswunden zu sehen sind. Und das stetige Blutrinnsal, das aus Scarlets Mundwinkel läuft, lässt mich mit Sicherheit wissen, dass ihre Lunge verletzt ist. Eine kaputte Lunge ... Ich kenne niemanden, der so etwas heilen könnte ...

Brianna greift nach Scarlets freier Hand und beginnt zu schluchzen. Ashs panischer Blick legt sich auf mich, doch ich schüttele den Kopf. Der letzte Hoffnungsschimmer verschwindet aus seinen weit aufgerissenen Augen.

»Wir können nichts tun«, wispere ich.

Hinter mir schnappen auch die beiden anderen Ferals hörbar nach Luft. Der hellere der beiden – Tristan – sprintet an mir vorbei und verschwindet aus der Kammer in Richtung Burghof und zum Tor hinaus. Ich sehe ihm nur kurz nach, bevor ich mich wieder meinem Sohn widme, der nach wie vor Scarlets Hand umklammert hält, ansonsten aber völlig erstarrt zu sein scheint. Ich wünschte, ich könnte ihnen helfen. Ich wünschte, ich könnte etwas tun ...

Ein Husten erschüttert Scarlets Körper, woraufhin sie sich vor Schmerzen krümmt. Jede Bewegung scheint ihr Höllenqualen zu bereiten.

Ich lege Brianna eine Hand auf die Schulter. »Hole deinen Vorrat an Nachtkraut«, sage ich leise. »Damit können wir wenigstens ihr Leiden lindern.«

Noch bevor einer von uns reagieren kann, reißt Ash Scarlets Körper wieder an sich und hält ihn fest umklammert. Wieder und wieder stupst er mit der Schnauze gegen ihre Schulter, bis er die Nase an ihren Hals legt und ununterbrochen ein so trauriges Jaulen ausstößt, dass es mir bei jedem Laut das Herz zerreißt. Tränen laufen meine Wangen hinunter, während ich die beiden beobachte.

Vor über fünfundzwanzig Jahren habe ich jegliche Emotionen in mir verschlossen. Nach dem Verlust wollte ich nie wieder etwas fühlen, wollte den tobenden Schmerz nicht mehr spüren.

Nicht einmal meinem ärgsten Feind hätte ich gewünscht, das Gleiche durchmachen zu müssen wie ich.

Nun meinem einzigen Sohn dabei zuzusehen, wie er das Wichtigste in seinem Leben verliert, ohne dass ich etwas dagegen tun kann, ist die schlimmste Strafe, die sich die Göttin für mich hätte ausdenken können.

Habe ich denn nicht schon genug gelitten? Muss auch mein Sohn für den Verrat, den ich begangen habe, bestraft werden?

Ich grabe die Fingernägel in meine Handflächen, als ich die Hände fest zu Fäusten balle.

Warum? Warum begnügt sich die Göttin nicht damit, mein Leben zur Hölle zu machen? Warum muss auch mein Sohn diese Erfahrung machen?

Als sich mehrere Personen nähern, wirbele ich herum. Tristan ist zurück und zerrt eine junge Frau hinter sich her, die ich noch nie zuvor gesehen habe. Hazel, Payne und Caleb folgen ihnen, doch niemand wagt sich näher an den riesigen gebrochenen Alpha heran. Ihre Blicke huschen zu mir, doch ich schüttele nur stumm den Kopf. Hazel schluchzt auf und presst das Gesicht gegen Paynes Schulter.

Nur die junge Frau macht einen Schritt auf Ash zu. »Ich kann ihr vielleicht helfen«, sagt sie.

Jeder von uns hält die Luft an. Nur Ash fletscht die Zähne, als die Frau eine Hand nach Scarlet ausstrecken will. Sein Blick ist so voller Schmerz und Wut, dass es an Selbstmord grenzt, ihm jetzt zu nahe zu kommen.

»Lass es mich versuchen«, sagt sie erneut. »Ich habe schon die Wunde an ihrem Bauch versorgen können.«

Ich schaue zu Tristan, der unruhig auf der Stelle läuft. Kennt er die Frau? Ist er ihr vielleicht in Moorth begegnet?

»Tenebrae, bitte«, schluchzt Hazel und stellt sich neben die Frau. »Prisca ist Scarlets einzige Chance. Sie hat sie schon einmal zusammengeflickt. Vielleicht … vielleicht schafft sie es wieder. Aber bitte, lass sie es versuchen!«

Ashs Zähne sind noch immer gebleckt, doch ich sehe, dass er zögert. Mir ist kein Heiler bekannt, der innere Verletzungen kurieren könnte, aber … Es ist eine Chance. Und im Angesicht des sicheren Todes klammert sich jeder an jede noch so kleine Chance.

Nach einem weiteren warnenden Knurren erlaubt Ash der jungen Frau, sich zu nähern. Sie lässt sich neben Scarlet nieder, zieht einen Rucksack von den Schultern und beginnt darin herumzukramen.

»Was brauchst du?«, frage ich, nachdem ich mich wieder gefangen habe.

»Stellt sie ruhig«, antwortet die Frau. »So stark wie möglich. Sie darf sich nicht bewegen. Und bringt sie in die Kammer dort drüben. Hier draußen kann ich keine offenen Wunden behandeln. Außerdem brauche ich heißes Wasser und viel Licht.« Sie wendet sich an Ash. »Du wirst ihren Herzschlag überwachen. Bei der kleinsten Veränderung gibst du mir Bescheid, ist das klar?«

Ash nickt und trägt Scarlet anschließend in Briannas Kammer. Wir quetschen uns ebenfalls hinein.

Diesmal bete ich nicht zur Göttin. Diesmal bete ich zu der unbekannten Frau, dass es ihr – wie auch immer – gelingen mag, die Gefährtin meines Sohnes vor dem sicheren Tod zu retten.

SCARLET

KAPITEL 28

Helligkeit dringt durch meine geschlossenen Lider und ich versuche stöhnend mich vor ihr zu verstecken. Jede Bewegung, selbst das Atmen, schmerzt so sehr, dass ich es am liebsten sofort einstellen würde. Doch es ist sinnlos, vor dem Licht, das selbst durch die zugekniffenen Lider dringt, fliehen zu wollen, also gebe ich auf – so lange, bis ich zurück in die Bewusstlosigkeit sacke.

Erst als ich etwas Kühles, Nasses am Hals wahrnehme, komme ich wieder zu mir und drehe den Kopf ein Stück. Nach mehreren Versuchen gelingt es mir, die Augen zu öffnen. Neben mir liegt Tenebrae und schläft. Seine feuchte Nase lehnt an meinem Hals. Meine Hand liegt in einer seiner Pranken, verschwindet beinahe in ihr, während sein Daumen auf der Unterseite meines Handgelenks ruht. Seine Pfote ist angenehm warm. Oder bin ich so kalt?

»Ich glaube, sie wacht auf«, sagt jemand in meiner Nähe.

Unendlich langsam drehe ich den Kopf in die andere Richtung. Payne sitzt auf einem Stuhl am anderen Ende des Zimmers. Wo bin ich hier? Das ist weder das Zimmer, das ich mir mit Payne und Hazel teile, noch Ashs Gemach. Mein Blick huscht umher, unfähig sich länger als ein paar Sekunden auf einen Punkt konzentrieren zu können. Jyde und Tristan liegen in ihren Feral-Gestalten zu ihren Füßen, heben jedoch sofort die Köpfe, als sie merken, dass ich zu mir gekommen bin. Tristan gibt ein Fiepen von sich, das unangenehm in meinen Ohren klingelt. Warum sind die beiden hier? Warum sind überhaupt so viele Leute hier?

»Kannst du mich hören?«, fragt Payne.

Ich nicke zögerlich, kneife jedoch sofort die Augen zusammen, da bereits diese kleine Bewegung ausreicht, um mich Sterne sehen zu lassen. Was ist denn nur passiert? Ich fühle mich, als wäre ich unter eine Kutsche geraten und anschließend von der Stadtmauer gesprungen …

»Hast du Schmerzen? Soll ich deine Großmutter holen?«

Ohne auf meine Antwort zu warten, springt Jyde auf die Pfoten und flitzt aus dem Zimmer.

»Was … ist passiert?«, nuschele ich.

Meine Stimme klingt dabei rau und lallend, als wäre ich mit Hazel für mehrere Tage in der Baracke versumpft. Doch am schlimmsten ist der metallische Geschmack auf der Zunge, der mir Übelkeit zusätzlich zu den Schmerzen bereitet. Fast muss ich mich übergeben, aber ich kann mich gerade noch beherrschen. Das Würgen und Vornüberbeugen würde mich wieder ohnmächtig werden lassen.

»Du wurdest von einem Streuner angegriffen, als du Tenebrae beschützen wolltest«, sagt Payne. »Weißt du das noch?«

»Nicht so wirklich«, gebe ich zu.

Nur undeutlich erinnere ich mich an den Kampf gegen die Soldaten aus Moorth und den anschließenden Angriff der Streuner. Wir haben versucht uns zur Stadt zurückzuziehen – und dann … Dann endet meine Erinnerung.

»Du hast dich vor Tenebrae geworfen und wurdest so selbst Ziel des Streuners«, hilft Payne meinem Gedächtnis auf die Sprünge. »Er hat dich ziemlich übel zugerichtet. Seine Krallen haben deinen Brustkorb durchschlagen und deine Lunge verletzt. Beinahe wärst du an deinem eigenen Blut erstickt.« Ihr Blick gleitet zu dem schwarzen Feral hinter mir. »Als er gemerkt hat, dass er dir nicht helfen kann, hat er dich sofort zu deiner Großmutter gebracht und niemanden außer ihr und Neera in deine Nähe gelassen. Auch uns nicht. Er war völlig außer sich … So habe ich ihn noch nie erlebt. Nur Prisca durfte noch zu dir, nachdem sie ihm verständlich gemacht hat, dass sie deine verletzte Lunge heilen könnte.«

Ich blinzele mehrmals, als ich versuche die vielen Informationen zu verdauen, doch ich hinke kläglich hinterher. Eine verletzte Lunge? Ein durchstochener Brustkorb? Das würde zumindest die Schmerzen erklären, die ich bei jedem Atemzug spüre … Ich erinnere mich daran, dass Tenebraes

Feral-Sabber nur bei oberflächlichen Wunden hilft. Eine zerfetzte Lunge war wohl auch für ihn zu viel. Doch warum lebe ich noch? Allein durch Paynes Erzählung bekomme ich den Eindruck, dass ich eigentlich tot sein müsste.

»Das war vor drei Tagen«, berichtet Payne weiter. »Seitdem ist Tenebrae nicht von deiner Seite gewichen und hat die ganze Zeit über deinen Herzschlag überwacht. Jedes Mal, wenn er sich anders als normal angehört hat, brüllte er nach Brianna oder Prisca.«

»Mehr als einmal standest du kurz vor einem Herzstillstand«, sagt Prisca, die ins Zimmer gerauscht kommt. »Du hattest viel zu viel Blut verloren, weil du meine Warnung in den Wind geschlagen hast.«

Anders als Payne, Tristan oder Jyde hält sie sich nicht hinter der unsichtbaren Linie, die das Zimmer zu trennen scheint, sondern kniet sich neben das Bett und greift nach meiner freien Hand.

»Dein Alpha hat die Veränderung deines Herzschlages jedoch rechtzeitig bemerkt, sodass ich dir helfen konnte.« Sie legt zwei Finger an mein Handgelenk und überprüft meinen Puls. Dann lächelt sie. »Wie es aussieht, bist du über den Berg. Diesmal solltest du aber wirklich auf mich hören, wenn ich dir sage, dass du dich schonen musst. Wobei dir der Blutverlust deiner Bauchwunde wahrscheinlich das Leben gerettet hat, denn ansonsten wärst du tatsächlich an deinem eigenen Blut ertrunken. Allerdings war es trotzdem ziemlich knapp.«

Sie hebt das weiße Hemd an, das ich statt meiner Rüstung trage, und inspiziert einen Verband an meinem Bauch. Wer hat mich umgezogen und warum habe ich einen Verband um den Bauch? Ach ja, die Stichwunde von Migorn ...

»Auch schon besser«, sagt sie. »Darum habe ich mich aber nicht gekümmert, sondern sie anschließend nur verbunden. Alte Gewohnheit.« Sie grinst mich an. »Dein Alpha war sehr gründlich, nachdem er sich wieder gefangen hatte. Zwischendurch hätte ich ihn am liebsten geknebelt und irgendwo festgebunden, weil er regelrecht in Panik verfallen ist und uns nur behindert hat. Ständig stand er uns mit seiner massigen Gestalt im Weg herum. Mich wollte er überhaupt nicht zu dir lassen. Aber wie ich sehe, schläft er endlich mal. Keine Ahnung, wie er so lange durchhalten konnte.«

»Drei Tage lang hat er kein Auge zugemacht«, berichtet Payne. »Kein Wunder, dass er jetzt nichts mitkriegt. Normalerweise würde er beim kleinsten Geräusch aufspringen, aber auch die Kraft eines Alphas scheint Grenzen zu haben.«

Als Nächstes kommt Großmutter ins Zimmer und stellt sich neben Prisca. Liebevoll streicht sie mir über den Kopf. »Hast du Schmerzen?«, fragt sie.

»Es geht«, murmele ich und blinzele träge. »Wie viel Nachtkraut habe ich intus?«

»So viel, wie ich mich getraut habe, dir zu verabreichen«, antwortet Großmutter. »Prisca musste die Verletzung an deiner Lunge so schnell wie möglich mit einer Erfindung aus Moorth behandeln, aber du hast so laut geschrien und dich vor Schmerzen gewunden, dass wir dich ruhigstellen mussten.«

»Was deinen Alpha nur dazu bewogen hat, noch mehr in Panik zu verfallen«, wirft Prisca trocken ein.

»Ich hatte schon befürchtet, dass die Dosis zu hoch war«, murmelt Großmutter. »Zum Glück verträgst du einiges.«

Ich verstehe nur die Hälfte von dem, was die beiden Frauen zu mir sagen. Bereits als Prisca von meiner kaputten Lunge und einem Beinahe-Herzstillstand geredet hat, habe ich aufgehört, genauer zuzuhören. Ich bin knapp dem Tode entronnen, aber ich lebe. Das allein zählt. Wie ich es bis hierher geschafft habe, kann ich mir anhören, wenn ich nicht mehr dank des Nachtkrauts in meinem Blut kurz davorstehe, wieder abzudriften.

»Was ist mit den anderen?«, frage ich.

»Unsere Verluste sind gering«, antwortet Payne. »Die meisten Kämpfer haben wir verloren, bevor du mit der Verstärkung eingetroffen bist. Danach war der Kampf ausgewogen, und nachdem Kay mit seinen Männern zu uns gestoßen ist, waren wir endlich in der Überzahl. Die Streuner konzentrierten ihre Angriffe nur auf Tenebrae, sodass während ihrer Attacke kaum Verteidiger verletzt wurden.«

Ich schließe die Augen und atme erleichtert aus. Geringe Verluste. Die Stadt ist gerettet. Tenebrae und meine engsten Vertrauten leben. Mehr muss ich nicht wissen.

»Und die restlichen Streuner?«, frage ich. »Als wir uns zurückgezogen haben, waren noch so viele von ihnen übrig.«

»Darum habe ich mich gekümmert«, sagt Prisca. »Erinnerst du dich noch an den Rucksack, den ich aus Moorth mitgebracht habe? Darin waren ein paar nette Erfindungen der alten Zivilisation. Eine von ihnen nannten sie ›Handgranate‹. Davon habe ich einige von der Burgmauer geworfen, nachdem ihr endlich hinter dem Tor verschwunden wart. Ihre Zerstörungskraft war ... durchschlagend.«

Ich runzele die Stirn.

»Als diese Handgranaten auf dem Boden aufkamen«, erklärt Prisca weiter, »explodierten sie. Und diese Explosion tötete die Streuner. Nur wenige blieben übrig, die ihr Heil in der Flucht suchten.«

»Allerdings«, wirft Payne ein, »sieht die Ebene vor Daarth jetzt aus, als hätten riesigen Maulwürfe dort gebuddelt.«

Ich schaue von einer zur anderen und verstehe kaum etwas von dem, was sie zu mir sagen. Handgranaten? Maulwürfe? Einzig und allein die Information, dass die Streuner besiegt sind, sickert in mein Bewusstsein.

»Du musst dich ausruhen«, sagt Großmutter und streichelt mir erneut über den Kopf. »Es wird eine Weile dauern, bis du dich wieder wie gewohnt bewegen kannst. Es ist immer jemand hier, wenn du etwas brauchst.«

Ich nicke, schmiege mich näher an Tenebrae, ohne mich dabei viel zu bewegen, und dämmere innerhalb weniger Sekunden wieder weg.

***

Das nächste Mal wache ich auf, weil ich mich dringend erleichtern muss. Die Sonne scheint immer noch – oder schon wieder – durch das Fenster des Zimmers, das ich jetzt als Großmutters Kammer erkenne. Der Geruch ihrer Tränke und Tinkturen steigt mir in die Nase, als ich vorsichtig Luft hole. Das Atmen schmerzt weniger als zuvor, was ich als gutes Zeichen werte. Auch fühle ich mich klarer im Kopf. Wahrscheinlich hat die Nachtkrautdosis mittlerweile nachgelassen.

Tenebraes Nase lehnt weiterhin an meinem Hals und ich spüre seinen gleichmäßigen Atem auf der Haut. Behutsam winde ich mich unter ihm hervor, um ihn nicht zu wecken.

Dummerweise scheinen gerade Caleb und Tristan mit meiner Beobachtung betraut zu sein.

»Du darfst noch nicht aufstehen, Prinzessin«, mahnt er mich leise, als er bemerkt, dass ich wach bin.

Ich winke ab. »Kannst du mir Hazel oder Payne herholen? Ich muss mal.«

Tristan kommt meiner Bitte nach und verlässt den Raum.

»Deine Großmutter wird mich köpfen, wenn sie erfährt, dass ich dich herumlaufen lasse«, grummelt Caleb. »Und Tenebrae wird mich anschließend vierteilen.«

Ich schmunzele und überspiele so das Zähneknirschen, als ich mich in eine sitzende Position hochdrücke. Das Schwindelgefühl des Nachtkrauts ist zwar verschwunden, dafür spüre ich nun wieder die Schmerzen. Nicht so stark, dass ich erneut nach dem Mittel verlangen würde, aber als stetiges Pochen und Ziepen. In meiner Brust ist es am schlimmsten und ich beschränke mich auf kurze flache Atemzüge.

Als Hazel endlich ins Zimmer kommt, lächelt sie mich erleichtert an.

»Ich wollte es nicht glauben, als Payne meinte, dass du schon zu dir gekommen bist und sogar geredet hast«, wispert sie. »Du warst … Als dich dieser Streuner angegriffen hat, sahst du so …« Sie presst die Lippen zu einem schmalen Strich zusammen und schüttelt den Kopf. »Du kannst dir gar nicht vorstellen, wie froh ich bin, dass du noch lebst.«

»So schnell gehe ich nicht drauf«, flüstere ich. »Aber jetzt könnte ich deine Hilfe gebrauchen.« Ich strecke eine Hand nach ihr aus. »Bring mich nach draußen. Ich muss mich dringend erleichtern.«

Ihr Blick huscht zu Tenebrae und sie runzelt die Stirn.

»Lässt er euch immer noch nicht in meine Nähe?«, frage ich. Hazel schüttelt den Kopf. »Mach dir keine Sorgen. Ich ziehe ihm die Ohren lang, wenn er protestieren sollte. Aber jetzt wäre ich sehr froh darüber, wenn ich nicht ins Bett machen müsste.«

Hazel kommt zu mir, ergreift meine Hand und legt meinen Arm um ihren

Hals. Anschließend hilft sie mir auf. Ich ziehe scharf die Luft ein und bleibe halb gekrümmt stehen.

»Geht es?«, fragt sie leise.

Ich nicke und mache einen unsicheren Schritt an ihrer Seite. Meine Knie zittern und drohen unter mir nachzugeben, doch Hazel hält mich oben. Ich kann mich nicht daran erinnern, wann ich mich zuletzt so schwach gefühlt habe. Nach meiner Auspeitschung, vermutlich.

Wir haben es nicht mal in die Nähe der Tür geschafft, als Tenebrae wach wird. Suchend fährt seine Pranke über die leere Bettseite neben ihm, bevor sein Kopf nach oben ruckt und die Ohren hektisch zucken.

»Ich bin hier«, murmele ich und seufze.

Grollend bleckt er die Zähne, während sein Blick zwischen Hazel, die sich neben mir versteift, und mir hin- und herhuscht.

»Lass das!«, zische ich ihn an. »Dafür haben wir jetzt keine Zeit. Du kannst nachher mit mir schimpfen, wenn ich zurück bin.«

Mit einem Kopfnicken gebe ich Hazel zu verstehen, dass wir weiterlaufen müssen. Tenebrae ist neben mir, bevor ich auch nur einen Schritt gemacht habe. Behutsam nimmt er meine freie Hand in seine Pfote, führt sie zu seiner Nase und schnuppert an meinem Handgelenk. Ich kraule ihm über die Schnauze.

»Siehst du?«, sage ich. »Alles bestens.«

Er wirkt nicht beruhigt, aber zumindest protestiert er nicht weiter. An Hazels Seite stolpere ich über den Burghof hinüber zum Abtritt. Tenebrae hält sich an meiner anderen Seite und folgt mir nur nicht weiter, weil er nicht durch die schmale Tür passt. Dafür höre ich ihn draußen fiepen und verdrehe die Augen. Hazel lehnt am Türrahmen und kichert, während ich mich erleichtere.

»Ist er immer so nervtötend?«, fragt sie, als sie mir anschließend wieder aufhilft.

»Ja«, grummele ich.

Sie kaut einen Moment auf ihrer Unterlippe. »Sind alle Feral-Männer so?«

Überrascht von ihrer Frage weiß ich nicht sofort, was ich darauf antworten soll. Warum fragt sie mich plötzlich nach Feral-Männern? Ich bin mir ziemlich sicher, dass ihre Frage auf einen ganz bestimmten Feral-Mann abzielt, aber ich hüte mich, sie direkt darauf anzusprechen, denn dann würde ich erst recht nichts aus ihr herausbekommen.

»Du hast eindeutig mehr Erfahrung mit Männern als ich«, sage ich nach einer Weile. »Fragst du mich das aus einem bestimmten Grund?«

»Nein, nur so«, nuschelt sie.

Wären da nicht ihre Wangen, die sich rot verfärben, hätte ich ihr das vielleicht sogar geglaubt.

Nachdem meine dringendsten Bedürfnisse gestillt sind, lasse ich mich von Hazel zu einer Bank im Burghof bringen. Payne gesellt sich nach einer Weile zu uns.

»Du läufst schon wieder umher?«, fragt sie.

Ich ringe mich zu einem Grinsen durch. »Davon könnten mich nur zwei gebrochene Beine abhalten.«

Tenebrae gibt ein Grollen von sich und ich verdrehe die Augen.

»Als Feral hast du keinerlei Sinn für Humor«, grummele ich.

Mit Payne werde ich mich später unterhalten, wenn die Schwäche mir nicht mehr in den Gliedern steckt. Selbst der kleine Ausflug über den Burghof hat mich mehr angestrengt, als ich es für möglich gehalten hätte. Vilan und seine Ferals müssen noch ein paar Tage warten …

Tristan kommt ebenfalls zu uns getrottet. Warum er weiterhin in seiner Feral-Gestalt unterwegs ist, ist mir ein Rätsel, aber ich bin noch zu erledigt, um mir darüber Gedanken zu machen. Wobei ich jede Wette eingehen würde, dass es mit Hazel zu tun hat. Sie wirft ihm nur einen kurzen Blick zu, bevor sie sich mit Payne unterhält und so tut, als würde Tristan nicht hier sein.

Ich lehne mich zurück, lasse den Kopf in den Nacken sinken und genieße die warmen Sonnenstrahlen, die mir ins Gesicht fallen. Tenebrae bettet den Kopf auf meinem Schoß und ich kraule ihn hinter den Ohren. Ich hätte nichts dagegen, für den Rest des Tages hierzubleiben, umgeben von meinen Freunden und wissend, dass es ihnen gut geht.

Doch nach einer guten halben Stunde meint Hazel: »Du solltest dich wieder hinlegen.«

»Wahrscheinlich hast du recht«, sage ich. »Aber die Sonne tut so gut.«

Trotzdem lasse ich mir von ihr aufhelfen und mache ein paar Schritte, ohne dass sie mich stützt. Tenebrae hält immer eine Pranke nach mir ausgestreckt für den Fall, dass ich das Gleichgewicht verlieren könnte. Er drängt mir seine Hilfe nicht direkt auf, ist jedoch da, wenn ich ihn brauchen sollte. Dankbar schaue ich ihn an. Er weiß genau, dass ich noch geschwächt bin, aber dennoch gibt er mir den Freiraum, den ich brauche. Ich will nicht auf andere gestützt über den Burghof humpeln. Der Weg zum Abtritt war eine Ausnahme, da musste es schnell gehen. Aber jetzt kann ich mir Zeit lassen – und Tenebrae gibt mir die Zeit, die ich brauche.

Als wir über den Burghof laufen, fällt mir auf, dass viele Ferals in ihren Tiergestalten unseren Weg kreuzen und kurz den Kopf vor Tenebrae und mir neigen. Tenebrae erwidert die Geste und ich schenke ihnen ein Lächeln. Es ist keine Unterwürfigkeit, die sie zur Schau stellen, aber doch eine Geste des Respekts angesichts unseres Ranges und unserer Leistung während des Kampfes. Migorn wollte die Ferals unterjochen, sie dazu zwingen, vor ihm im Staub zu kriechen, während sie Tenebrae und mich respektieren. Und wir respektieren jeden einzelnen von ihnen ebenfalls. Mir gefällt es, all die unterschiedlichen Feral-Gestalten über den Burghof laufen zu sehen. Diese Vielfalt, die Stärke, die ihre anderen Erscheinungen ausstrahlen, gibt mir das Gefühl, dass wir während des Kampfes gegen die Soldaten aus Moorth sehr viel mehr erreicht haben, als nur Daarth zu schützen.

Kaum einer scheint sich an den Ferals zu stören – bis auf …

Eine junge Frau mit gelockten roten Haaren kommt schnurstracks auf uns zu – oder sie versucht es zumindest, während sie einen großen Bogen um die Ferals macht – und sofort verdrehe ich die Augen. Was will *die* denn hier?

»Ich dachte, ihr hättet Ruby weggesperrt«, wispere ich Hazel zu.

»Wir haben ihre Schwester Kyla eingesperrt, weil sie verantwortlich für die Giftanschläge war«, entgegnet sie. »Ruby wurde an irgendeinen reichen Mann in der Stadt verheiratet.«

»Was macht sie dann hier?«, frage ich.

Doch bevor Hazel mir antworten kann, baut sich die zierliche Rothaarige vor mir auf. Kurz flackert ihr Blick zu Tenebrae und Tristan und sie verzieht angewidert den Mund. Anscheinend kommt sie aber zu dem Schluss, dass die beiden in ausreichendem Abstand zu ihr stehen. Dann gilt ihre ungeteilte Aufmerksamkeit wieder mir.

»Du lebst also noch«, sagt sie mit eisiger Stimme.

»Sieht ganz so aus«, murmele ich.

»Und wo ist Ash?«, fragt sie. »Niemand hat ihn gesehen. Jeder schweigt, wenn ich nach dem Prinzen frage. Hast du nur deine eigene Haut gerettet und ihn da draußen sterben lassen? Es war von Anfang an klar, dass du nicht gut genug für ihn sein würdest.«

Ich ziehe die Augenbrauen nach oben. »Hat es dir noch niemand gesagt?«

Verunsicherung huscht über ihr hübsches Gesicht, bevor sie sich wieder fängt und das Kinn nach vorn reckt, um größer zu erscheinen. »Was denn?«

Ich lasse meine Hand durch Tenebraes Fell gleiten, woraufhin er ein zufriedenes Grollen von sich gibt. Anschließend schaut er Ruby an, während ich mich an ihn schmiege. Im ersten Moment versteht Ruby nicht, was das soll, doch dann sieht sie Tenebrae in die Augen. Ihr Mund steht sperrangelweit offen, als sie endlich begreift, wer vor ihr steht. Taumelnd macht sie ein paar Schritte zurück.

»Das ... das kann nicht sein!«, stammelt sie. »Er ist ein *Prinz*! Er kann keiner von ... von *denen* sein!«

»Tja«, murmele ich. »Etwas Ähnliches habe ich auch gedacht, als ich es herausgefunden habe. Aber auch ein Prinz – oder mittlerweile König – ist nicht davor gefeit, hin und wieder nach nassem Hund zu riechen.«

Die letzte Bemerkung bringt mir einen kleinen Rempler von Tenebrae ein und ich ziehe ihn am Ohr.

Tränen schwimmen in Rubys Augen, bevor sie herumwirbelt und über den Burghof rennt.

»Ich glaube, die sehen wir so schnell nicht wieder«, flötet Hazel neben mir. »Wie tragisch aber auch! Wahrscheinlich hätte sie den Unsinn mit den Anschuldigungen und den Giftanschlägen niemals gemacht, wenn sie gewusst hätte, was Ash ist. So wie sie reagiert hat, würde sie ihn auch als Prinzen – oder vielmehr seine Krone – nicht wollen, wenn er ein Feral ist.«

»Vielleicht hätten wir es ihr früher sagen sollen«, meint Payne. »Dann wären wir sie schon eher losgeworden.«

Hazel seufzt. »Warum kommst du denn erst jetzt auf diese Idee?!«

Anfangs wollte ich weder den Prinzen und erst recht nicht den Feral. Dann gab es eine Zeit, in der es mir leichtergefallen ist, den Feral als den Prinzen zu wollen. Mit Tenebrae komme ich zurecht, sehr gut sogar, aber ein Leben an der Seite eines Prinzen verursacht mir nach wie vor Bauchschmerzen. Und jetzt ... kann ich mir trotz allen Widrigkeiten ein Leben ohne den Feral und den schwarzen Prinzen von Daarth nicht mehr vorstellen.

»Ash? Bist du das wirklich?«, fragt jemand hinter uns.

Ich unterdrücke ein Seufzen, als ich Luisa erkenne. Die Prinzessin von Leerth ist noch eine Person, auf die ich in meinem momentanen Zustand so gar keine Lust habe. Was macht sie überhaupt noch hier? Waren König Cespar und sie etwa während des Angriffs auch in der Stadt?

Sie macht einen zögerlichen Schritt auf uns zu. »Ich wollte es eben nicht glauben, als ich euer Gespräch mit Ruby gehört habe, aber ... Wie es aussieht, ist es wahr.« Ihr eiskalter Blick richtet sich auf mich. »Und du lebst auch noch und bist wieder da. Wo hast du Tristan gelassen?«

Warum fragt mich das eigentlich jeder? Bin ich die Einzige, die für die Feral-Männer verantwortlich ist? Ich habe schon alle Hände voll damit zu tun, nicht ständig in gefährliche Situationen zu geraten ...

Ich werfe einen Seitenblick neben mich, wo Tristan mit angelegten Ohren sitzt. Luisa folgt meinem Blick und jegliche Farbe weicht aus ihrem Gesicht. Es könnte auch an der eiskalten Prinzessin von Leerth liegen, dass Tristan es bisher vermieden hat, seine Feral-Gestalt abzulegen, denn früher oder später wäre er ihr in der Burg über den Weg gelaufen. Dass er nicht sonderlich viel für sie übrighat, weiß ich ja mittlerweile.

»Unmöglich!«, zischt Luisa. »Wehe, du sagst mir jetzt, dass mein Verlobter auch eines dieser Monster ist!«

Sie weicht vor ihm zurück, obwohl er keinerlei Anstalten macht, sich auf sie zuzubewegen, sondern weiterhin zwischen mir und Hazel sitzt und an seiner Verlobten vorbeischaut. Vielmehr sinkt er mit jedem gehässigen Wort, das ihren Mund verlässt, weiter in sich zusammen. Mein Herz schmerzt bei diesem Anblick.

Luisa zetert ungehemmt weiter, lässt sich immer neue Worte einfallen, um ihn zu verspotten und zu verschmähen, und ich bin drauf und dran, sie dazu zu zwingen, ihre verdammte Klappe zu halten. Doch als ich einen Schritt auf sie zu machen will, legt mir Hazel eine Hand auf den Arm. Anschließend stellt sie sich vor Luisa, die in etwa gleich groß ist wie sie – und lässt ihre Faust gegen die Nase der Prinzessin donnern.

Jeder von uns hält die Luft an, während Luisa kreischend zu Boden sackt und beide Hände gegen die blutende Nase drückt.

Hazel baut sich breitbeinig vor ihr auf und starrt wütend auf sie nieder. »Wenn du noch ein gemeines Wort zu Tristan sagst, breche ich dir mehr als nur deine Nase. Ist das klar?«

Payne und ich sind zu geschockt, um etwas dazu zu sagen oder einzugreifen. Nicht dass jemand von uns – nicht einmal Tristan – Partei für Luisa ergriffen hätte, aber ... Dass gerade Hazel die Prinzessin mittels ihrer Fäuste zum Schweigen bringt, kam unerwartet. Dennoch macht mein Herz einen freudigen Satz, während ich die Szene auf mich wirken lasse.

Ich lehne mich zu Tristan hinüber und wiederhole flüsternd die Worte, die er vor wenigen Tagen zu mir gesagt hat: »Eine Frau, die sich vor dich stellt und dich verteidigt, wenn du es selbst nicht kannst, hmm?«

Er starrt zu Boden, doch die Muskeln unter seinem Fell zucken unruhig. Offenbar habe ich damit einen Nerv getroffen.

»Wie es aussieht, habe ich einiges verpasst«, murmelt Payne leise.

»Kommt, wir gehen!«, verkündet Hazel und lässt eine jammernde Luisa zurück, ohne sie eines weiteren Blickes zu würdigen.

»So eine blöde Kuh«, murrt sie bei jedem meiner langsamen Schritte. Unser Abgang wäre sehr viel würdevoller gewesen, wenn ich mich schneller hätte bewegen können. Dann schaut sie zu Tristan. »Wie hast du es mit *der* nur ausgehalten?«

Ich schmunzele die ganze Zeit über Tristans Blicke, die er Hazel zuwirft, wann immer er aufsieht. Was nun sehr viel häufiger geschieht als noch vor einer Viertelstunde.

***

Als ich am nächsten Tag aufwache, sitzt Ash neben meinem Bett, den Kopf auf seinem angewinkelten Arm auf Höhe meines Kopfes gebettet, und schläft. Seine linke Hand hält meine umschlungen, zwei Finger ruhen auf meinem Handgelenk. Anscheinend war Tenebrae der Meinung, dass ich außer Lebensgefahr sei, sodass er sich wieder zurückziehen konnte. Außer Ash ist niemand sonst im Zimmer, was ich ebenfalls als gutes Zeichen werte.

Behutsam, um ihn nicht zu wecken, ziehe ich mit der freien Hand den Ausschnitt meines Hemdes auseinander, um mir die Wunde anzusehen, die ich dem Streuner zu verdanken habe. Bisher hatte ich dringlichere Probleme, als mir über neue Narben Gedanken zu machen. Auch jetzt würden sie mich nicht stören, doch es interessiert mich, wie schlimm es tatsächlich um mich stand. Allerdings entdecke ich nur vier verblasste Punkte, die kaum ins Auge fallen. »An deinem Rücken sind die Narben deutlicher zu sehen«, murmelt Ash verschlafen und hebt den Kopf, bevor er sich mit der Hand über die Augen reibt. Doch selbst dann blinzelt er mehrmals hintereinander, als müsste er sich erst daran erinnern, wo er sich befindet. »Vom Rücken aus musste Prisca deine Lunge reparieren, sodass ich die Eintrittswunden nicht sofort behandeln konnte. Deshalb ...«

Ich hebe die Hand und lege sie an seine Wange. »Ich mache mir keine Sorgen darüber, dass ich Narben zurückbehalten könnte. Auf dem Rücken fallen ein paar mehr oder weniger sowieso nicht mehr auf. Solange sie dich nicht stören ...«

Er dreht den Kopf und haucht mir einen Kuss auf die Handfläche. »Du kennst meine Meinung dazu«, sagt er. »Narben erinnern uns daran, wie viel wir ertragen können. Ich weiß, dass du sehr viel ertragen kannst, aber diesmal ...« Er bricht ab und senkt den Blick. »Du warst überall verletzt«, murmelt er dann. »Ich wusste überhaupt nicht, wo ich dich anfassen oder hochheben konnte, um dich zu deiner Großmutter zu bringen. Die ganze Zeit über hatte ich nur den Geruch deines Blutes in der Nase, der Tenebrae und mich mit jedem Atemzug noch panischer werden ließ – und der Moment, in dem das Licht aus deinen Augen verschwand, bevor du bewusstlos wurdest ... Ich hatte noch nie in meinem Leben so große Angst. Ich dachte ... Ich dachte, ich hätte dich verloren. Ich dachte, du würdest in meinen Armen sterben. Und es wäre meine Schuld gewesen.«

Ich richte mich auf, nehme sein Gesicht zwischen beide Hände und küsse ihn auf die Stirn. Er seufzt ergeben über diese kleine Geste. Niemals hätte ich einen Gedanken daran verschwendet, dass es seine Schuld gewesen wäre. Selbst wenn ihn hundert Streuner angegriffen hätten, hätte ich mich zwischen sie und Tenebrae geworfen. Nicht, um irgendeine Schuld begleichen zu wollen. Nicht, weil ich es als meine Pflicht ansehen würde.

Sondern weil es richtig ist. Sein Leben und Tenebraes Leben zu retten, das wird für mich immer an erster Stelle stehen, ganz gleich in welcher Situation.

Aber ich verstehe seine Ängste, seine Sorgen. Und zum Teil verstehe ich auch die Schuldgefühle, die ihn umtreiben, obwohl sie völlig lächerlich sind. Ich hätte sterben können, wäre beinahe gestorben, aber dennoch ... bin ich hier. Ich kann ihn berühren, mit ihm sprechen, ihm nahe sein. Nichts anderes will ich. Und Ash muss begreifen, dass nur das allein für mich zählt. Keine Siege, keine Narben, keine Kämpfe. Nur er und unser Leben, das wir gemeinsam führen werden. Dafür gehe ich jedes Risiko ein.

»Ich bin hier, direkt vor dir«, wispere ich.

Diese Worte sagte er einst zu mir, als ich mich dagegen gesträubt habe, etwas für einen anderen Mann als Tristan zu empfinden. Und ich sagte sie zu ihm, als ich zum ersten Mal mit Migorn im Burghof aneinandergeriet. Sie sind unser Anker, unsere Rettung, wenn wir Gefahr laufen, das wirklich Wichtige aus den Augen zu verlieren. Sie erinnern uns daran, was zählt – und dass es einen gibt, der darauf wartet, gesehen zu werden.

Das Lächeln, das Ash mir schenkt, ist so ehrlich und warm, dass es mir schier das Herz zerreißt. Ich werde nie in Worte fassen können, wie sehr ich diesen Mann liebe.

»Ich sehe dich. Nur dich«, antwortet er, bevor er sich nach vorn lehnt und mich küsst.

KAPITEL 29

Zwei Tage später bekomme ich endlich von Großmutter die Erlaubnis, mich langsam wieder frei bewegen und in Ashs Gemächer umziehen zu dürfen.

Seufzend lasse ich mich auf die weiche Matratze fallen, die kein Vergleich zu der harten Pritsche in Großmutters Kammer ist. Die Laken und Bettdecken riechen so gut … Nachdem ich mehrere Nächte unter freiem Himmel oder auf dem kalten Boden verbracht habe, ist das gerade der Himmel auf Erden für mich. Allerdings würde es mir noch sehr viel besser gefallen, wenn ich etwas Gesellschaft neben mir hätte …

»Es tut gut, dich endlich wieder in meinem Bett zu sehen«, sagt Ash, der mir von der Tür aus zusieht, »aber die Antwort lautet Nein. Ich habe gerade ein sehr unangenehmes Gespräch mit deiner Großmutter hinter mir, in dem sie mir nahegelegt hat, dass du dich noch eine Weile schonen musst.«

Ich beiße mir auf die Unterlippe, um nicht laut aufzulachen. Wie dieses Gespräch abgelaufen ist, kann ich mir bildlich vorstellen. Ashs Ohren haben immer noch eine leicht rote Färbung. Wie schlimm müssen sie dann erst geglüht haben, als Großmutter ihm genau dargelegt hat, was er darf und was nicht? Ich kenne meine Großmutter; sie ist keine Frau, die ein Blatt vor den Mund nimmt.

»Ich habe auch noch ein Gespräch vor mir, das ich schon seit Tagen aufschiebe«, murmele ich.

Bisher hatte ich die Ausrede, dass ich das Bett nicht verlassen durfte, aber Prisca und Vilan werden nicht ewig warten. Ich habe ihnen versprochen, ihnen die mögliche Thronfolgerin von Moorth vorzustellen. Das werde ich auch tun; allerdings habe ich keinen Einfluss auf ihre Entscheidung.

»Das heißt aber nicht, dass ich dieses Gespräch sofort führen muss«, fahre ich fort. »Es wäre doch zu schade, wenn ich mich währenddessen wieder langweile und meine Gedanken abdriften ...«

»Scar, nein«, raunt Ash, doch ich sehe ihm deutlich an, dass er bereits mit sich ringt. »Wenn ... wenn die Wunden an deinem Rücken oder am Bauch wieder aufgehen ...«

»Dann kenne ich jemanden, der gerne meine oberflächlichen Verletzungen versorgen wird. Außerdem geht es mir bestens.«

Als er weiterhin zögert, knie ich mich aufs Bett und schließe die Augen. Langsam schiebe ich die Hand unter mein Hemd, streichele über meinen Bauch und die Taille, während ich mir die ganze Zeit über vorstelle, dass es Ashs Hand wäre, die meine Haut liebkost. In der Nacht nach unserer Verlobungsfeier hat er mich zum letzten Mal berührt. Das ist zwar erst knapp zwei Wochen her – und wenn ich die Tage, in denen ich bewusstlos war, außer Acht lasse, noch weniger –, aber es fühlt sich an, als wäre seitdem ein halbes Leben vergangen.

Ich will ihn spüren, auf mir und in mir. Ich will spüren, dass ich noch hier bin, bei ihm. Ich will, dass er mich die Schmerzen und Entbehrungen, die ich seit unserer letzten gemeinsamen Nacht erlitten habe, vergessen lässt. Ich will ihm gehören und er soll mir gehören. Für ein paar Stunden, in denen wir nichts weiter sein müssen als zwei Liebende, die sich vor dem Rest der Welt verstecken.

Als ich die Augen öffne, erkenne ich genau den Moment, in dem er die Veränderung in meinem Geruch wahrnimmt. Seine Nasenflügel blähen sich auf, als er meine Erregung riecht.

»Deine Großmutter bringt mich um«, murmelt er.

Ich fühle bereits das breite Lächeln auf meinen Lippen. »Tür zu«, befehle ich, bevor ich mir das Hemd über den Kopf ziehe. Noch ehe ich es zu Boden werfen kann, höre ich den Riegel zuschnappen.

Mit drei großen Schritten ist er bei mir, hält dann jedoch inne. Seine Hände halten nur Zentimeter von meiner Haut entfernt inne, als hätte er plötzlich Angst, mich zu berühren.

Ich richte mich auf, packe Ash am Kragen und ziehe ihn zu mir. »Ich habe es dir schon einmal gesagt«, wispere ich. »Ich bin nicht zerbrechlich, aber ich verspreche dir, dass ich dir sofort Bescheid gebe, wenn mir irgendwas wehtut. Doch bis dahin …« Kurz vor seinen Lippen verharre ich und schaue ihm in die Augen. Das sonst übermütige Funkeln in den farblich unterschiedlichen Iriden ist einem dunklen Hunger gewichen, dessen Anblick allein ausreicht, um mein Blut zum Kochen zu bringen. »Bis dahin will ich dich spüren.«

Eine weitere Ermutigung braucht Ash nicht. Er küsst mich, neckt meine Zunge mit seiner, während er beide Hände über meinen Oberkörper wandern lässt. Zuerst über meine Schultern, dann hinab über Arme und Bauch. Ich seufze in seinen Mund, als er endlich an meinen Brüsten angelangt ist und sie sanft liebkost.

Seine Lippen lösen sich von meinen und bahnen sich anschließend einen Weg hinab zu meinem Hals. Ash haucht einen Kuss auf die Narbe direkt unter meinem Puls, bevor er mit dem Mund knabbernd abwärts wandert. Ich vergrabe die Hände in seinem Haar und lehne stöhnend den Kopf in den Nacken, als seine Lippen meine Brustwarze umschließen und behutsam daran saugen.

Hitze sammelt sich in meinem Schoß, baut sich mit jeder Sekunde weiter auf, bis ich an nichts anderes mehr denken kann als Ashs nächste Berührung, seinen nächsten Kuss, das nächste Necken seiner Zähne.

Ich lehne mich zurück auf die Matratze und ziehe Ash mit mir. Er kniet über mir und streift sich das Hemd über den Kopf. Ich genieße sein Gewicht auf mir, das mich tiefer ins Laken drückt. Mit den Fingernägeln fahre ich die Muskeln an seinem Bauch nach, bis ich an denen angelangt bin, die unter dem Hosenbund verschwinden.

Ich schaue zu ihm auf, halte seinen Blick gefangen, bevor ich gemächlich die Hand über seine Erektion gleiten lasse, die sich deutlich in seiner Hose abzeichnet. Kurz weiten sich seine Augen, bevor er sie keuchend zusammenkneift. Sein anschließendes Zischen, als ich über die Spitze reibe, erfüllt mich mit Lust und Triumph. Ich genieße es, ihn an den Rand des Wahnsinns zu treiben, ebenso wie ich seine Reaktion auf solch kleine Berührungen genieße. Erneut zeichne ich mit den Fingern den Umriss nach, woraufhin er einen dieser grollenden Laute von sich gibt, die ich so sehr liebe.

»Wenn du mich quälen willst«, raunt er, »solltest du dir im Klaren darüber sein, dass ich das Gleiche bei dir machen werde.«

Bevor ich etwas erwidern kann, lässt er die Hand zwischen meine Beine gleiten und massiert meinen Schoß. Ich wölbe den Rücken, als ich seine Finger endlich da spüre, wo ich sie am dringendsten brauche, doch die Erlösung, nach der ich mich sehne, bleibt aus. Durch die Hose fühle ich zwar den Druck der Berührungen, aber es genügt nur, um dem flüssigen Feuer in meinem Unterleib neue Nahrung zu geben.

Ash lehnt sich zu mir nach unten, ohne das quälende Spiel seiner Finger zu unterbrechen.

»Fühlt sich das gut an?«, wispert er in mein Ohr.

Ich nicke wimmernd.

»Aber es ist nicht genug, oder?«

Wieder ein Wimmern meinerseits. Ich habe scheinbar vergessen, wie man spricht, aber das kümmert mich nicht.

Ash beißt in mein Ohrläppchen, bevor er raunt: »Denk das nächste Mal daran, ehe du mich quälen willst.«

Er klettert von mir herunter und zieht meine Hose samt Unterwäsche aus. Mit klopfendem Herzen warte ich auf die erneute Berührung seiner Finger, diesmal direkt an meinem feuchten Fleisch, doch Ash kniet nur neben mir und betrachtet meinen Körper. Lange verweilt sein Blick an der Narbe an meinem Bauch, die ich im Kampf gegen Migorn davongetragen habe. Er beugt sich nach vorn und küsst die Stelle, an der meine Klinge in mich eingedrungen ist.

»Dreh dich auf den Bauch«, sagt er dann.

»Was?«, krächze ich.

Mein Verstand ist völlig vernebelt von zu viel Hitze und zu viel Sehnen, dass ich seiner Aufforderung nicht folgen kann. Und sie macht keinen Sinn … Ich will doch nur endlich …

»Umdrehen«, wiederholt er mit einem verheißungsvollen Knurren in der Stimme, das meine Sinne in Schwingung versetzt.

Meine Muskeln zittern, als ich seinem Befehl nachkomme und mich auf den Bauch rolle. Es vergehen nur Sekunden, in denen ich wartend den Atem anhalte, bis ich Ashs Lippen auf meinem Rücken spüre. Sanft und fürsorglich küsst er jede einzelne Narbe. Ich seufze wohlig und rekele mich auf den Laken, während seine Küsse meine Haut in Brand setzen.

Überrascht stöhne ich auf, als seine Finger ihre Tätigkeit zwischen meinen Beinen wieder aufnehmen, und ich spüre, dass sich seine Lippen an meinem Rücken zu einem Lächeln verziehen. Ich kralle die Hände ins Laken und presse das Gesicht ins Kissen, um die Laute, die ich von mir gebe, zu dämpfen. Mit genau der richtigen Intensität liebkosen seine Finger meinen empfindlichsten Punkt, sodass ich innerhalb von wenigen Augenblicken Sterne vor den Augen tanzen sehe. Meine inneren Muskeln ziehen sich wieder und wieder zusammen. Ich bin kurz davor ... So kurz davor ...

Ashs Arm gleitet unter meinen Bauch und hebt mein Becken an. Ein überraschtes Japsen entweicht mir, als ich mich kniend wiederfinde, mit ihm hinter mir zwischen meinen leicht gespreizten Beinen. Noch ehe ich weiß, wie mir geschieht, spüre ich Ashs Härte an meinem erhitzten Fleisch und stöhne auf, als er sich quälend langsam in mich gleiten lässt und mich ausfüllt.

Er beugt sich nach vorn, sodass sein Oberkörper an meinem Rücken lehnt und ich seinen donnernden Herzschlag an meiner Haut spüren kann. Die Finger seiner einen Hand verflechten sich mit meinen, die andere Hand ruht an meinem Bauch und hält meine Hüften oben. Er zieht sich wieder aus mir zurück, doch ehe ich protestieren kann, dringt er tiefer in mich ein als zuvor. Ich schreie und stöhne und seufze. Jeden Punkt, an dem wir uns berühren und miteinander verschmelzen, spüre ich überdeutlich; heiß und schmerzhaft süß zugleich.

Ash gehört mir und ich gehöre ihm. Im Moment sind wir eins und ich wünschte, dieser Moment würde ewig währen. Der Moment, in dem es nur uns beide gibt und niemanden sonst. Keine Sorgen, keine Pflichten, keine Ängste. Nur sein verschwitzter Körper an meinem; unser Stöhnen ist das einzige Geräusch im Raum. Er ist mir so nah, wie ein Mensch einem anderen nur nah sein kann. Wir sind hier, wir leben und sind weitestgehend unversehrt.

Ashs Bewegungen seiner Hüften werden schneller, gieriger, bis ich endlich die Erlösung finde, nach der ich mich seit Tagen sehne. Ich bäume mich auf, ein letztes Mal, während meine Muskeln unkontrolliert zucken und ich anschließend kraftlos zusammensinke. Nur Ashs Arm hält mich oben. Der Griff um meine Hand wird fester, sein Atem keuchender, und ich spüre seine Zähne an meiner Schulter, wo er mich erneut als die Seine markiert. Mit einem Grollen erschaudert er, bevor auch aus seinem Körper jegliche Kraft entweicht und er von der gleichen bittersüßen Schwerelosigkeit ergriffen wird wie ich.

Ash sinkt neben mir auf die Matratze und streicht mir sanft die wirren Haare aus dem Gesicht. Ich lächele selig, als er mich auf die Stirn küsst und mich anschließend an sich zieht. Erschöpft, aber mehr als zufrieden schlafe ich auf seiner Brust ein, begleitet von seinem schnellen, beruhigenden Herzschlag.

***

So leise wie möglich klettere ich Stunden später aus dem Bett. Ash schläft tief und fest und ich habe das Gefühl, als würde er gerade den Schlaf der letzten Wochen nachholen. Ich gönne mir einen Moment und schaue auf ihn hinab, nachdem ich mich angezogen habe. Er sieht so friedlich, aber gleichzeitig auch verletzlich aus, dass sich mein Herz zusammenzieht. Mit den Fingerknöcheln streichele ich ihm über die Stirn.

Ich werde nicht zulassen, dass sich erneut jemand zwischen uns drängt oder ihn mir wegnehmen will. Aber es gibt so vieles, was ich nicht absehen kann.

Migorn ist zwar tot, aber ich weiß nicht, wie es mit Moorth weitergehen wird. Denkt der Großteil der Einwohner wie Vilans Truppe und sind sie froh darüber, dass ihr verrückter König tot ist? Oder werden sie seine Ermordung rächen und nach mir suchen, um mich zur Rechenschaft zu ziehen? Das würde nicht nur mich, sondern auch Ash und unser ganzes Königreich in Gefahr bringen. Meine Hoffnung ruht auf Payne, mit der ich zwar noch nicht darüber gesprochen habe, aber von der ich glaube, dass sie ein Mitglied der Königsfamilie von Moorth ist. Wenn sie den Thron besteigen und das Land zur Zufriedenheit seiner Bewohner regieren könnte, würde uns keine Gefahr mehr drohen.

Das Königreich Leerth an unserer anderen Grenze ist ebenfalls für mich nicht einzuschätzen. Luisa weiß nun, was Ash ist. Wird sie das einfach so hinnehmen? Oder wird sie versuchen uns das Leben schwer zu machen? Ich hege keinen Groll gegen sie, solange sie auf ihrem Berg bleibt und die Finger von meinem Verlobten lässt. Ihren eigenen Verlobten hat sie offenbar abgeschrieben, so wie sie auf seine andere Gestalt reagiert hat. Und nachdem Hazel ihr die Nase gebrochen hat …! Das war schon beeindruckend. Hätte ich es nicht selbst gesehen, hätte ich es nicht geglaubt. Ich bezweifele zwar, dass es Tristan den Schlaf rauben wird, dass er nun nicht mehr der Verlobte einer Prinzessin ist, aber ich werde mich trotzdem bei Gelegenheit mit ihm darüber unterhalten. Auch weil ich wissen will, was da nun zwischen ihm und Hazel läuft. Luisa selbst wird einen Weg suchen, sich an uns – oder zumindest an Hazel – zu rächen, aber ich hoffe, dass sie nicht ihren Vater und dessen Truppen in ihre persönliche Fehde hineinzieht. Obwohl König Cespar seine Tochter über alles schätzt, halte ich ihn doch für einen vernünftigen Mann.

Ich setze meinen Nexus auf, damit Ash mich erreichen kann, sobald er aufwacht, nehme die Stiefel in die Hand und schleiche auf Zehenspitzen aus dem Zimmer.

***

Als ich über den Burghof laufe, komme ich an einigen improvisierten Krankenlagern vorbei. Anscheinend wurden die weniger stark Verletzten nach draußen verlagert, wo sie ein wenig die Nachmittagssonne genießen können. Einige haben ein geschientes Bein oder dick verbundene Arme, aber sie sitzen in Grüppchen zusammen, scherzen und lachen, als hätte unsere Stadt nicht noch vor wenigen Tagen am Rande der Zerstörung gestanden.

Viele von ihnen grüßen mich und so laufe ich von Gruppe zu Gruppe und unterhalte mich kurz mit ihnen. Manche wollen wissen, wie es mir gelungen ist, einen anderen König zu töten, andere fragen mich, wie ich an die Verstärkung gekommen bin. Ich beantworte ihre Fragen geduldig und erkundige mich nach ihrem jeweiligen Zustand. Niemand von ihnen scheint ernsthaft verletzt zu sein. Sie benötigen nur eine längere Heilungszeit als ein Alpha oder die Gefährtin eines solchen.

Ich genieße die Gespräche mit ihnen. Sie begegnen mir mit Respekt, manche sogar mit Ehrfurcht, aber keiner kriecht vor mir, selbst die Ferals unter ihnen nicht. Sie schätzen mich für mein Können und das, was ich geleistet habe, und nicht nur für meine Verbindung mit Ash. Ich fühle mich, als würde ich dazugehören. Sie grenzen mich nicht aus, nur weil ich eine Frau bin, und sie meiden mich auch nicht aufgrund meiner Stellung. Diese Erfahrung ist so neu, aber auch gleichzeitig so wunderschön und wohltuend für mich, dass ich den ganzen Tag damit verbringen könnte, von einem Grüppchen zum anderen zu schlendern.

»Scarlet«, ruft eine Frau, die gerade das Bein eines Soldaten neu verbunden hat.

Ich gehe zu ihr hinüber und erkenne sie erst auf den zweiten Blick. Hätte sie mich nicht gerufen, wäre ich nie auf die Idee gekommen, dass die Frau in Hemd und Hose und mit geflochtenem Zopf Königin Neera sein könnte. Bisher habe ich sie immer nur in kostbaren Kleidern und akkurat frisiert gesehen, doch nun hängen ihr einzelne Haarsträhnen, die sich aus dem Zopf gelöst haben, ins Gesicht und in den Nacken. Ihre Wangen sind gerötet und ihre Augen leuchten; von dem unnahbaren Stolz, der sie sonst umgibt, ist nichts zu spüren. Sie scheint in ihrer Arbeit vollends aufzugehen und kümmert sich nicht darum, wie sie dabei aussieht. Ich erinnere mich daran, dass Neera einst eine Unberührbare war, die sich auf das Richten und Schienen von Knochenverletzungen spezialisiert hatte, bevor sie Königin wurde. Kein Wunder, dass sie Großmutter nach einem solchen Kampf zur Hand geht. Neera macht nicht den Eindruck, als hätte sie während der Jahre als Herrscherin etwas von ihren Fähigkeiten und Kenntnissen eingebüßt, und mich beschleicht das Gefühl, dass sie in ihrer alten Berufung aufgeht.

Als ich bei ihr angekommen bin, zieht Neera mich in eine Umarmung, die ich nur zu gerne erwidere.

»Ich bin froh, dass es dir besser geht«, sagt sie, nachdem sie sich wieder von mir gelöst hat.

Ich winke ab. »Da muss schon mehr kommen als ein Streuner, um mich zu töten.«

Neera zieht die Augenbrauen zusammen, während sie mich mustert. »Ohne Priscas Hilfe wärst du wahrscheinlich gestorben. So begnadet deine Großmutter auch in den Heilkünsten ist: Eine zerfetzte Lunge kann auch sie nicht zusammenflicken. Hinzu kam, dass du durch den hohen Blutverlust bereits geschwächt warst.« Sie schüttelt den Kopf. »Auch dein Herz hat mehrmals ausgesetzt, als Prisca dich behandelt hat. Zum Glück hat Ash die ganze Zeit über deinen Puls gewacht, sonst hätten wir viel zu spät reagiert. Und ohne Priscas Zaubermittel aus Moorth wärst du uns einfach unter den Händen weggestorben; entweder wärst du erstickt oder verblutet.«

Ich lege eine Hand an meinen Brustkorb, genau an die Stelle, aus der die Krallen des Streuners herausragten. So dramatisch habe ich meine Verletzung nicht in Erinnerung. Könnte auch an der hohen Menge Nachtkraut liegen, mit der Großmutter mich vollpumpte. Und dank Tenebraes Behandlung der äußeren Verletzungen hatte ich kaum Schmerzen.

Sie alle haben sich um mich gekümmert. Tenebrae, Großmutter, Prisca, auch Neera war zugegen und half mich zu retten, obwohl es mit Sicherheit genügend andere Verwundete gab. Sie kämpften darum, mich am Leben zu erhalten, ungeachtet dessen, wie schlecht es um mich stand.

»Danke«, murmele ich.

Doch Neera seufzt nur. »Wofür denn? Weder Brianna noch ich konnten viel tun. Deine Großmutter hat dich mit Nachtkraut ruhiggestellt und ich habe Prisca das gereicht, wonach sie verlangt hat. Ein sehr fähiges Mädchen, das muss ich schon sagen. Wir ließen sie einfach machen, sogar Ash – du nennst ihn ja Tenebrae, wenn er in seiner anderen Gestalt ist – hat nach einer Weile nicht mehr protestiert, als er gemerkt hat, dass Prisca deine letzte Chance auf Rettung war.«

»Trotzdem«, sage ich und ergreife ihre Hand.

Neera streicht mir mit dem Daumen über den Handrücken. »Ich habe dir zu danken. Dafür, dass du meinen Sohn beschützen wolltest. Dafür, dass du zurückgekommen bist. Und dafür, dass du unsere Stadt vor dem Untergang bewahrt hast. Ohne dich und deine Hilfe wären nichts als Ruinen von Daarth übrig und jeder von uns wäre im Kampf gefallen.« Sie lächelt mich an. »Ash wird dir das schon gesagt haben, aber auch ich bin stolz auf dich.«

Erneut umarme ich sie und spüre, wie die Last der letzten Wochen von mir abfällt. Neera macht sich keine Sorgen über einen Gegenschlag der anderen beiden Reiche. Entweder weiß sie mehr als ich oder sie verlässt sich auf ihre Erfahrung. Eine Erfahrung, über die ich nicht verfüge und vielleicht auch niemals verfügen werde. Es kümmert mich nicht, was der Grund ist, doch ihre Ruhe überträgt sich auf mich. Ich bin froh, eine so weitsichtige und erfahrene Freundin an meiner Seite zu wissen.

»Tu mir nur einen Gefallen«, murmelt Neera. »Kläre die Sache mit dem Lotriumsaft so bald wie möglich mit Ash. Ich weiß nicht, ob wir es erneut schaffen, die Gerüchte darüber verstummen zu lassen. Warum du es getan hast, ist mir klar, aber Ash hat es ziemlich kalt erwischt. Er hat nach außen hin so getan, als würde es ihn nicht interessieren, aber ich habe gespürt, dass er insgeheim die Schuld bei sich gesucht und sich selbst Vorwürfe gemacht hat. Rede mit ihm, und sei es nur, damit du ihm deine Beweggründe begreiflich machen kannst.«

»Das habe ich schon, aber ich werde erneut mit ihm darüber sprechen, wenn alles andere geklärt ist. Doch zuerst muss ich noch eine Schuld bei Prisca und Vilan einlösen, damit sie bald in ihre Heimat zurückkehren können.«

Neera nickt. »Prisca ist tagsüber viel in der Stadt, um ihre Familie zu besuchen, aber sie dürfte bald wieder zurückkommen.«

Ich verabschiede mich von Neera und ihren Patienten und schlendere weiter über den Burghof. Mir ist klar, dass ich mit Ash über den Lotriumsaft reden muss, und ich habe auch keine Angst davor. Ich weiß nur selbst nicht, wie ich in Zukunft handeln werde. Doch wenn ich alles andere hinter mir habe, haben wir Zeit ... Zeit für uns. Zeit, damit ich mich an all das gewöhnen kann, was nun von mir erwartet wird. Zeit, um in meine neue Rolle hineinzuwachsen. Und vielleicht finden wir gemeinsam eine Lösung. Bestimmt sogar.

Bei dem schönen Wetter herrscht reger Betrieb auf dem Burghof. Caleb ist gerade dabei, gemeinsam mit Jyde ein paar neue Rekruten zu trainieren.

Meine Finger kribbeln vor Verlangen, ebenfalls zu ihnen in den Ring zu steigen, aber ich bezweifele, dass mein Körper dabei schon mitmachen würde. Wehmütig stehe ich in der Nähe der Trainingsarena und sehe den beiden Männern dabei zu, wie sie den Grünschnäbeln die Handhabung eines Schwertes erklären.

Meine Aufmerksamkeit wird jedoch schnell auf zwei andere Personen gelenkt. Hazel huscht durch den Seitengang des Hofes, dicht gefolgt von Tristan.

»Hör auf, mir hinterherzulaufen«, grollt sie, ohne stehen zu bleiben oder sich zu ihm umzudrehen.

»Ich wollte mir nur noch einmal deine Hand ansehen«, sagt Tristan. »Du hast sie dir verletzt, als du Luisa geschlagen hast.«

Diesen Hieb werde ich zeit meines Lebens nicht vergessen. Zu schade, dass wir nicht die Technologie haben wie die Wissenschaftler der alten Zivilisation, die Momente in Bildern festhalten konnten. Das wäre definitiv so ein Moment gewesen.

»Ich hab dir doch gesagt, dass es mir bestens geht«, zischt Hazel.

Ich schmunzele über ihren Tonfall. Sie klingt nicht genervt, sondern viel mehr in die Enge getrieben. Seit Tagen scheint Tristan zum ersten Mal wieder ein Mensch zu sein und prompt reagiert sie seltsam auf ihn. Woran das nur liegen kann?

Ich spüre Ash, bevor ich ihn sehe. Das Prickeln im Nacken war schon immer ein untrügliches Indiz dafür, dass er sich in meiner Nähe aufhält. Seufzend lehne ich mich nach hinten gegen seine Brust und sofort schlingt er einen Arm um meinen Bauch, um mich noch fester an sich zu ziehen.

Er folgt meinem Blick. »Ich frage mich schon seit dem Zwischenfall mit Luisa, was zwischen Hazel und Tristan läuft«, raunt er.

»Tristan hat Hazel gebissen«, berichte ich, bemühe mich aber, die Details dazu aus dem Kopf zu verbannen, damit Ash durch den Nexus keinen Blick auf meine Gedanken erhaschen kann. »Anschließend hat er sich um ihre Verletzungen an den Handgelenken und im Gesicht gekümmert. Und seitdem … gehen die beiden anders miteinander um.«

»Er hat sich um ihre Verletzungen gekümmert?«, wiederholt Ash.

Ich nicke. »Als Feral. Mit dem Feral-Sabber.«

Er gibt ein Schnauben von sich, ehe er sagt: »Interessant.«

Sogleich werde ich hellhörig. Ich drehe den Kopf ein Stück und schaue zu ihm auf. »Wieso findest du das interessant?«

Ash grinst mich an. »Weil der Feral-Sabber, wie du es so charmant nennst, kein Allheilmittel ist.«

»Aber bei mir heilt er doch auch oberflächliche Wunden«, halte ich dagegen. »Die Verbrennung, die ich mir in der Küche zugezogen habe. Und die Kratzer und Schnitte nach dem Kampf.«

»Ja«, sagt Ash. »Bei dir funktioniert das. Aber ich könnte zum Beispiel nicht die Verletzungen deiner Großmutter heilen. Nicht einmal die meiner eigenen Mutter.«

Ich öffne den Mund, um etwas zu erwidern, schließe ihn jedoch wieder, als es mir dämmert. »Du ... du meinst ...«

»Ich bin nicht sicher, wie es bei niederen oder gar gemachten Ferals wie Tristan ist, aber meine Heilkraft als Alpha wirkt nur bei mir und der einen Person, die meine Gefährtin ist und sowohl von mir als auch dem Feral anerkannt wird«, erklärt er. »Bei niemandem sonst.«

»Aber das würde ja bedeuten, dass Hazel und Tristan ...«

Als ich eine Weile nach Worten suche, sagt Ash: »Vielleicht bedeutet es das. Sehr wahrscheinlich sogar. Ich bin gespannt, wie lange es dauern wird, bis die beiden es ebenfalls bemerken.« Er senkt den Kopf und knabbert an meinem Ohr. »Bei dir hat es ziemlich lange gedauert.«

Ich versetze ihm einen Klaps auf den Arm, mit dem er mich umklammert hält. »Weil du dich mir gegenüber aufgeführt hast wie ein verwöhntes Prinzchen.«

»Normalerweise kam das bei Frauen ganz gut an.«

Ich verdrehe die Augen. »Welch ein Glück, dass ich nicht wie normale Frauen bin. Was machst du überhaupt hier? Du hast tief und fest geschlafen, als ich gegangen bin.«

»Ich bin aufgewacht, weil mein Bett eiskalt war«, murmelt er neben meinem Ohr.

»Ich wollte dich nicht wecken«, entgegne ich.

Er schlingt auch den zweiten Arm um meinen Bauch und zieht mich noch fester an sich. »Als ich wach wurde und du nicht da warst ... Für einen Moment hatte ich Angst, dass alles nur ein Traum war ... Dass du immer noch in Moorth wärst und vielleicht nie wieder zu mir zurückkommen würdest. Oder dass du ... dass du doch gestorben wärst, weil niemand deine Verletzungen versorgen konnte. Aber da war dein Geruch, der am Laken haftete; stärker und frischer als die Tage zuvor. Und ich wusste, dass es doch kein Traum war. Dass du lebst und wieder bei mir bist.«

Mit einem Finger schiebt er den Kragen meines Hemdes zur Seite und entblößt die leichte Rötung, die ich dank seines Bisses vorhin davongetragen habe. Sanft legt er die Lippen um die Stelle und leckt anschließend mit der Zunge darüber. Ich erschaudere wohlig.

»He!«, ruft Caleb vom Trainingsring aus. »Macht das gefälligst in eurem Zimmer, wo ich das nicht mit ansehen muss!«

Ich kichere, während ich die Finger durch Ashs Haar gleiten lasse und mich so fest an ihn schmiege, dass kein Lufthauch mehr zwischen uns passt. Ich kann mir keinen schöneren Ort vorstellen, an dem ich gerade sein möchte – außer in seinen Armen.

EPILOG

Zwei Jahre später ...

»Aber Majestät«, ruft mir eine Zofe hinterher, »Ihr könnt so nicht herumlaufen! Und erst recht nicht verreisen!«

Ich ignoriere sie, wie immer. Was hat mich nur geritten, als ich mich von Neera dazu überreden ließ, mir eine Zofe einzustellen? Meine erste Wahl für solche Tätigkeiten wäre Hazel gewesen, aber die ist leider gerade unabkömmlich. Zumindest konnte ich mich dagegen wehren, als sie mir zwei neue Leibwächter andrehen wollte, weil sowohl Hazel als auch Payne ihren Dienst fürs Erste nicht mehr verrichten können.

Ich lasse meine Zofe, deren Namen ich mir beim besten Willen nicht merken kann, stehen und eile den Gang entlang. Nie im Leben werde ich das sackartige Ungetüm von Kleid anziehen, in das sie mich stecken wollte! Es nervt mich schon, dass ich meine Rüstung nicht mehr tragen kann und auf ein weites Hemd und eine Hose zurückgreifen muss.

Meine Halbmond-Klingen habe ich auch schon seit Monaten nicht mehr in den Händen gehalten. Jeden Morgen schaue ich sie an und fahre sacht mit den Fingern über die filigranen Verzierungen direkt unter dem Heft.

Nur noch einen Monat, sage ich mir. Dann werde ich mich nicht mehr so unbeholfen fühlen und mich wieder freier bewegen können. Aber jetzt schaffe ich es dank meines Bauchumfangs nicht einmal mehr, mir ohne Hilfe die Stiefel anzuziehen.

Heute ist mein vorerst letzter Tag in Daarth. Ash und ich haben es so lange wie möglich hinausgezögert, aber Großmutter war der Meinung, dass ich endlich abreisen muss, wenn ich nicht Gefahr laufen will, unser Kind auf halber Strecke nach Moorth zu bekommen.

Payne brauchte zwar eine Weile, bis sie sich dazu überreden ließ, den Thron des anderen Reiches zu besteigen, aber sie macht sich ganz gut. Auf jeden Fall besser als ich, wie ich finde. Caleb und Neera sind oft in Moorth, um Payne zu unterstützen, und vor allem Neera wird fürs Erste dortbleiben, weil ich mich dahin zurückziehe, bis das Kind da ist. Mir graut es vor jedem einzelnen Tag, den ich von Ash getrennt sein werde, aber das Risiko, dass unser Kind ebenfalls ein Alpha sein könnte, ist uns beiden zu groß. Deshalb werde ich für die Dauer der Niederkunft und der anschließenden Tage in Moorth bleiben. Vilan ist ebenfalls eingespannt; er wird der erste Feral sein, der sich das Kind ansehen wird. Und nach seiner Reaktion entscheiden wir dann, wie wir weiter verfahren.

Tristan und Hazel erwarten mich am Eingang zum großen Saal. Ihr fast einjähriger Sohn sitzt auf Hazels rechter Hüfte, doch der kleine Evan streckt sofort die Ärmchen nach mir aus, als er mich sieht. Ich nehme ihn Hazel ab und mache ein paar lustige Geräusche für den Kleinen, während ich ihn im Arm halte.

»Du verwöhnst ihn«, brummt Tristan.

»Ich bin seine Patentante, ich darf das«, gebe ich mit Quietschstimme zurück.

Hazel kichert. »So, wie du rumläufst, bist du wieder vor deiner Zofe geflüchtet.«

Ich seufze und verdrehe die Augen. »Du glaubst gar nicht, wie froh ich bin, wenn Evan endlich alt genug ist, dass du wieder hier im Schloss bleiben kannst. Das ist schon die dritte Zofe, die Neera mir aufgeschwatzt hat, und auch sie werde ich in die Flucht schlagen.«

»Erst mal musst du wieder hierher zurückkommen«, sagt Hazel. »Danach geben wir unsere Kinder bei Tristan ab und machen das, was wir früher auch gemacht haben.«

Tristan gibt ein unverständliches Brummen von sich, widerspricht jedoch nicht. Ich grinse ihn an. Mit ihm und Hazel ging es Schlag auf Schlag, nachdem sie sich von den Schrecken in Moorth und den darauffolgenden Kämpfen um Daarth erholt hatten. Ash zog mich tagelang damit auf, dass Hazel sehr viel schneller als ich begreifen würde, was vor sich ging. Sie heirateten sogar vor Ash und mir; wir mussten noch auf einen geeigneten Termin warten, da aus unserer Hochzeit ein Staatsereignis gemacht wurde, auf das ich dankend hätte verzichten können. Ich habe noch immer ein Problem mit zu viel Aufmerksamkeit und werde mich nie daran gewöhnen, dass jemand mich meinen könnte, wenn er mich mit »Majestät« oder »Königin« anspricht.

»Wenn Tristan nichts dagegen hat, können wir das gerne machen«, sage ich und reiche Evan an seinen Vater weiter. »Ich würde mich über Gesellschaft freuen, die keinen Stock im Hintern hat.«

Hazel kichert. »Was soll Tristan denn dagegen haben?« Sie hakt sich bei mir unter und zieht mich in den Saal. »Das ist das Schöne an Feral-Männern: Sie schlagen ihren Frauen keinen Wunsch ab.«

»Dem kann ich nicht widersprechen«, sagt Ash, der bereits im Saal auf uns gewartet hat.

Ich löse mich von Hazel und eile zu ihm hinüber. Er küsst mich, während er eine Hand an meine Wange legt und mit der anderen liebevoll über meinen Bauch streichelt.

»Wie geht es euch beiden?«, fragt er leise.

Ein Lächeln macht sich auf meinem Gesicht breit. »Du hast uns erst vor einer Stunde gesehen«, erwidere ich. »Aber uns geht es so weit ganz gut. Nur auf die Reise nach Moorth könnte ich verzichten.«

»Ich könnte auch darauf verzichten, dich gehen lassen zu müssen«, murmelt er.

Doch wir wissen beide, dass es nötig ist. Auf keinen Fall will ich vor derselben Entscheidung stehen wie Neera, denn ich würde es nicht schaffen … Ich würde nie darüber hinwegkommen. Ich könnte nicht einmal nach außen hin vorgeben, dass es mir gut gehen würde. Und ich könnte nie jemanden lieben, der mich vor eine Wahl gestellt hätte, die ich niemals treffen wollte. Ich spüre die zarte Verbindung, die ich mit dem Leben, das mit jedem Tag weiter in mir heranwächst, habe, aber ich würde es nicht ertragen, wenn ich dadurch Ash verlieren würde. Ich klammere mich an die Hoffnung, dass die Geburt eines neuen Alphas sehr selten ist und ich bald hierher nach Daarth zurückkehren kann. Gemeinsam mit unserem Kind.

Wir hoffen beide, dass es ein Mädchen wird, denn dann brauchten wir uns keine Sorgen zu machen. Eine Tochter wäre kein Alpha. Ein Feral vielleicht, aber kein Alpha. Und dann könnten wir bald nach Hause zurückkehren.

Was wir machen, wenn das Kind ein Junge und gegen alle Erwartungen doch ein Alpha ist, haben wir zwar auch schon besprochen, aber ... keine der beiden Lösungen gefällt mir wirklich; weder dass ich in Moorth bleiben soll, bis unser Kind erwachsen ist, noch dass ich es in Moorth in die Obhut einer Amme geben soll, damit ich nach Daarth zurückkann. Deshalb hoffe ich ... Ich hoffe, dass nichts davon notwendig werden wird.

Jeder Tag, den ich von Ash getrennt sein werde, wird mir wie eine kleine Ewigkeit vorkommen. Seit ich mich von meinen Verletzungen erholt habe, waren wir ausnahmslos jeden Tag zusammen. Wir sind gemeinsam eingeschlafen und aufgewacht. Tagsüber mussten wir uns um verschiedene Aufgaben kümmern, aber länger als ein paar Stunden haben wir es nie ohne die Nähe des anderen ausgehalten. Und nun soll ich mehrere Wochen von ihm getrennt sein ... Ich kann es mir noch nicht vorstellen, wie ich das überstehen soll. Nur dank meines Nexus, durch den wir zumindest eine kleine Verbindung zueinander haben, werden wir die kommende Zeit meistern können.

»Willst du so nach Moorth fahren?«, fragt Ash schmunzelnd.

Es liegt kein Vorwurf über meine Kleidungswahl in seiner Stimme.

Ich zucke mit den Achseln. »In dem hässlichen Kleid, das ich laut meiner Zofe hätte tragen sollen, war keine Tasche für meinen Dolch.«

Ashs Schmunzeln wird zu einem breiten Grinsen, bevor er mich auf die Nasenspitze küsst. »Warum befasse ich mich überhaupt damit, dir eine Eskorte bereitzustellen?«

»Das frage ich mich allerdings auch«, gebe ich lächelnd zurück. »Schlimm genug, dass ich in einer Kutsche reisen muss. Mir wird bestimmt übel von dem ganzen Geschaukel.«

Erneut höre ich Tristans undeutliches Gemurmel hinter mir. Wahrscheinlich war er zu lange in Leerth und Luisas schlechtem Einfluss ausgesetzt, denn er wird nicht müde, mich zu tadeln, wenn ich mich mal wieder wie das Mädchen aus dem Wald benehme. Mittlerweile ignoriere ich sein Verhalten.

Caleb tritt zu uns und räuspert sich. »Die Kutsche wartet im Hof.«

Augenblicklich versteife ich mich und kralle die Finger mit aller Macht in Ashs Tunika. Auch er verstärkt den Griff um mich. Ich will nicht weg ... Ash streicht mir mit den Fingerknöcheln über die Wange und lehnt dann die Stirn gegen meine.

»Es wird alles gut werden«, wispert er. »Es sind nur ein paar Wochen.«

»Wir halten für gewöhnlich nicht mal ein paar Stunden aus«, murmele ich.

Ich hole tief Luft, inhaliere seinen Duft nach Regen und Wald und löse mich dann von ihm, um mich von Hazel, Tristan und Evan zu verabschieden.

»Komm bald wieder und stell mir mein Patenkind vor«, sagt Hazel, während sie mich, so gut es bei meinem Umfang möglich ist, umarmt. »Und grüß Payne von mir.«

»Mache ich«, sage ich. Dann strecke ich den Arm nach Tristan aus und ziehe ihn ebenfalls in unsere Umarmung. »Passt in der Zwischenzeit gut auf Ash auf.«

Da Caleb und Jyde mich als Eskorte begleiten werden, habe ich Hazel und Tristan damit beauftragt, einzugreifen, falls Tenebrae außer Kontrolle geraten sollte. Das ist zwar während der letzten zwei Jahre nie passiert, aber da war ich ständig hier und habe mich um ihn gekümmert, wenn er sich einmal im Monat für wenige Tage gezeigt hat. Wie er jetzt reagieren wird, wenn ich nicht da bin, um ihn zu kraulen und ihm die Zeit zu vertreiben, weiß ich nicht.

Tenebrae war in den letzten Monaten noch nervöser als Ash, hatte ich das Gefühl. Ständig legte er seine Pranke auf meinen Bauch und überprüfte meinen Puls am Hals, als könne er den zweiten Herzschlag in mir bereits fühlen. Jede auch noch so kleine Veränderung löste bei ihm Panik aus und mehrmals war ich kurz davor, ihn in einen der Käfige zu sperren, um zumindest für ein paar Stunden Ruhe vor ihm zu haben. Er folgte mir überallhin, kannte keinen Freiraum und überhäufte mich mit seiner Zuneigung, dass es mir fast zu viel wurde.

»Überlass Ash und Tenebrae nur uns«, sagt Hazel. »Ich komme mittlerweile ganz gut mit Feral-Männern zurecht.«

»Ja«, sage ich und lächele. »Das sehe ich.«

Ich verabschiede mich von den dreien und gehe zurück zu Ash, der mit Caleb bereits an der Tür auf mich wartet. Jeder Schritt fällt mir schwerer als der vorherige. Caleb nickt mir zu und verschwindet hinaus Richtung Hof. Ash versucht mich anzulächeln, während ich auf ihn zulaufe, doch das Lächeln erreicht nicht seine Augen. Das Funkeln fehlt in ihnen. Er bemüht sich, ebenso wie ich es tue, aber wir können einander nichts vormachen. Ich greife nach seiner Hand. Wir waren noch nie gut darin, uns voneinander fernzuhalten, und nun müssen wir uns erneut trennen, ohne zu wissen, wann wir uns wiedersehen werden. Wenn alles gut geht, sobald ich nach der Geburt mit unserem Baby die Rückreise antreten kann. Wenn es schlecht geht …

Meine Finger verflechten sich mit seinen und beide drücken wir sie so sehr, dass es fast wehtut.

»Kommt bald zurück«, flüstert er. »Tenebrae und ich warten hier auf euch.«

Ich schlucke krampfhaft und dränge die Tränen zurück, die in den Augen brennen. »Nichts wird uns davon abhalten können«, sage ich zu ihm wie damals, als er nach seinem heimlichen Besuch im Dorf wieder nach Daarth gereist ist.

Ich stelle mich auf die Zehenspitzen und küsse Ash ein letztes Mal vor meiner Abreise. Seine Lippen zittern genauso sehr wie meine.

Es gibt keine Macht auf dieser Welt, die uns dauerhaft voneinander fernhalten könnte. Ganz gleich, was vor mir liegt. Ganz gleich, was ich durchmachen muss. Ich werde so bald wie möglich zu ihm zurückkehren.

In den Märchen, die mir Großmutter als Kind vorlesen musste, hieß es zum Schluss immer: »Und sie lebten glücklich bis ans Ende ihrer Tage.« Mein Weg bis hierher war alles andere als einfach. Ich habe falsche Entscheidungen getroffen, habe gekämpft und geblutet und Herausforderungen getrotzt, die ich nie für möglich gehalten hätte. Dennoch stehe ich hier, mit meinem ganz persönlichen Prinzen, der auch zum Teil dem bösen Wolf aus jenen Geschichten gleicht.

Und gerade in diesem Augenblick bin ich ganz sicher, dass es auch für uns ein »Glücklich bis ans Ende aller Tage« geben wird, denn wir sind mehr als bereit, alles dafür zu tun.

Gemeinsam.

Als die Kutsche losfährt, lehne ich mich aus ihrem Fenster und halte Ashs Hand weiterhin umklammert. Er läuft noch einige Schritte nebenher, während wir unsere Finger miteinander verschränkt halten.

»Ich sehe dich«, sagt er, als wir fast den Burghof verlassen haben.

Ich schlucke mehrmals hektisch, um die Tränen und das aufsteigende Schluchzen zu unterdrücken. Bevor ich Ashs Hand loslassen muss, streichele ich mit dem Daumen über seinen Handrücken.

»Und ich sehe dich«, wispere ich, ohne den Blick von seinen wunderschönen Augen zu lösen. »Immer.«

ENDE

DANKSAGUNG

Die *Feral Moon*-Saga und damit gleichzeitig mein zwölftes Buch ist zu Ende. Ich hoffe, du hattest beim Lesen genauso viel Spaß wie ich beim Schreiben.

Scarlet und Co. haben es mir nicht immer leicht gemacht, aber anders wäre es ja auch langweilig, nicht wahr?

Meine Danksagung gliedere ich gerne chronologisch nach meinem Schreibprozess und hoffe so, niemanden zu vergessen, der mir beratend oder unterstützend zur Seite stand.

Als Erstes geht mein Dank an meinen Mann, der mein tägliches *Geschreibsel* und die damit verbundenen Marotten klaglos erträgt und mir den Rücken freihält, wenn ich mal wieder »nur ganz schnell ein Kapitel fertig schreiben muss«. Der mich mit leckerem Essen versorgt, weil ich sonst kläglich an der Tastatur verhungern würde, da es beim Schreiben und Zeichnen nur mich, meine Welt und meine Figuren gibt. Ich liebe dich!

Des Weiteren danke ich meinen beiden Hunden, die mich täglich daran erinnern, dass Sauerstoff nicht überbewertet wird. Draußen habe ich immer die besten Ideen, so auch den Plot zu *Feral Moon*.

Meiner Mama danke ich, dass sie wieder als Testleserin zur Verfügung stand und mich mit Feedback versorgt hat. Auch abseits des Schreibens ist sie immer für mich da und unterstützt mich, wo sie nur kann, ohne Fragen zu stellen. Ich hab dich lieb!

Ebenfalls bin ich meinen Testlesern zutiefst dankbar, die ich einige Male an den Rand des Wahnsinns getrieben habe, weil ich sie nur kapitelweise versorgen konnte. Vielen Dank, liebe Canni, Juliane, Nicci, Jessi, Zeina, Sabrina, Jen, Alex, Nadine, Rose und Pauline! Danke für euer gnadenloses Feedback und eure Begeisterung für meine neuen Charaktere.

Für euer Lob, eure Witze in der Testleser-Gruppe, euren Rückhalt und Ansporn!

Ich freue mich unendlich darüber, dass *Feral Moon* bei *Dark Diamonds* erscheint! Endlich hat es geklappt, nachdem bereits zwei andere Bücher von mir dorthin sollten. Vielen Dank, liebe Nicole Boske, dass du an Scarlet und die anderen geglaubt hast! Danke für deine Zeit, in der du mir unermüdlich meine Fragen beantwortet hast, und deine Begeisterung für meine Geschichte!

Die Zusammenarbeit zwischen Autor und Lektor kann manchmal heikel sein, deshalb bin ich sehr froh, Dietlind Koch als Lektorin bekommen zu haben. Sie hat nicht versucht mich oder meinen Schreibstil zu verbiegen. Vielmehr hatte ich bei ihren Anmerkungen stets das Gefühl, dass sie meinen Text und die Geschichte nach vorn bringen! Vielen Dank dafür!

Mein Dank geht ebenfalls an mein großartiges Blogger-Team, das mich durch Werbung und Rezensionen sowie tolle Kommentare unterstützt. Ihr rockt das, Mädels!

Zuletzt gilt mein Dank wie immer dir, lieber Leser. Danke, dass du zu *Feral Moon* gegriffen hast, und ich hoffe, dass wir uns bei einem anderen Buch wiedersehen!

Bis dahin wünsche ich dir alles Liebe,

Asuka

DARK
DIAMONDS
Jeder Roman
ein Juwel
fantastisch
romantisch
faszinierend
sinnlich
dramatisch
Das Imprint für New Adult Fantasy
www.darkdiamonds.de

Modernes Rockgirl trifft auf einen Jahrhunderte alten Gentleman ...

Cat Dylan
Call it magic
Band 1: Nachtschwärmer
314 Seiten
Taschenbuch
ISBN 978-3-551-30093-5

Nichts liebt die 25-jährige Eliza mehr als ihre Nachtschichten als Radiomoderatorin des alternativen Musiksenders Shine-a-light. In diesen Momenten gibt es nur sie, die Musik, ein paar wenige Zuhörer – und seit kurzem einen mysteriösen, aber charmanten Anrufer, der geradewegs ihre Gedanken zu lesen scheint. Der smarte Morgan würde hingegen alles tun, um der mentalen Verbindung mit der hippen Radiomoderatorin zu entgehen. Denn eine solche Verbindung kann für Morgan als Wesen seiner Art nur eins bedeuten: Eliza ist seine Auserwählte und damit die Frau, an die er für immer gebunden sein wird. Dabei gilt es in seiner Vampirgemeinschaft als niederträchtig, Gefühle für eine Menschenfrau zu hegen ...

www.darkdiamonds.de

Von Feenhügeln und anderen Wundern

Raywen White
Mystic Highlands
Band 1: Druidenblut
Softcover
ISBN 978-3-551-30105-5

Als Rona Drummond auf einen versteckten Brief ihres Cousins stößt, beschließt die Studentin eine Reise nach Schottland zu wagen, um mehr über ihre ursprüngliche Heimat und ihre Ahnen zu erfahren. Schon lange hat sie das wilde Hochland und die weiten Wiesen vermisst. Doch mit was für einer Augenweide Rona tatsächlich konfrontiert wird, findet sie erst am Flughafen in Inverness heraus. Vor ihr steht Sean, ein athletischer, tätowierter Schotte, der einfach nur zum Umfallen gut aussieht. Und genau der ist es, der Rona auf ihre Ausflüge quer durch Schottland begleitet. Dabei sorgen merkwürdige Ereignisse dafür, dass sie einem dunklen Familiengeheimnis näher kommen, das nicht nur Ronas bisheriges Leben, sondern auch ihre aufkeimenden Gefühle für Sean in ein ganz anderes Licht stellt …

www.darkdiamonds.de

Dark Diamonds
Jeder Roman ein Juwel.

Dark Diamonds
Ein Imprint der CARLSEN Verlag GmbH
April 2019

Lektorat: Dietlind Koch
Umschlagbild: shutterstock.com / © Kseniia Vladimirovna / © d1sk / © Ana Gram / © artshock / www.freepik.com / © BiZkettE1
Umschlaggestaltung: formlabor, ungecovert – Buchcover und mehr (Kim Leopold)
Satz und Umsetzung: readbox publishing, Dortmund
Druck und Bindung: CPI Books GmbH, Birkach
ISBN 978-3-551-30161-1
Printed in Germany
www.carlsen.de/darkdiamonds

Alle Bücher im Internet: www.carlsen.de